DIETER FORTE
*1935 in Düsseldorf geboren, lebt in Basel.
Sein Theaterstück »Martin Luther & Thomas Münzer oder
Die Einführung der Buchhaltung«
wurde ein Welterfolg. Für die Romantrilogie
»Das Haus auf meinen Schultern«, deren erster Band
»Das Muster« ist, wurde er mit dem Bremer und mit dem
Baseler Literaturpreis ausgezeichnet.*

DIE BRIGITTE-EDITION
ERLESEN VON ELKE HEIDENREICH

BAND XI
DIETER FORTE
Das Muster

DIETER FORTE

Das Muster

Roman

DIE BRIGITTE-EDITION

Für Marianne

Der Plan

Die Völkerwanderungen, die der Geschichtsschreiber, gelenkt von den trügerischen Reliquien aus Steingut und Bronze, auf der Landkarte festzuhalten sucht, und welche die Völker, die sie herstellen, nicht begriffen.

Die Gottheiten der Morgenröte, die weder Götterbild noch Sinnbild hinterlassen haben.

Die Furche von Kains Pflug.

Der Tau auf dem Gras des Paradieses.

Die Hexagramme, die ein Kaiser auf dem Panzer einer der heiligen Schildkröten entdeckte.

Die Gewässer, die nicht wissen, daß sie der Ganges sind.

Das Gewicht einer Rose in Persepolis.

Das Gewicht einer Rose in Bengalen.

Die Gesichter, die eine Maske sich aufsetzte, die eine Vitrine bewacht.

Der Namen von Hengists Degen.

Shakespeares letzter Traum.

Die Feder, welche die merkwürdige Zeile niederschrieb: *He met the Nightmare and her name he told.*

Der erste Spiegel, der erste Hexameter.

Die Buchseiten, die ein grauer Mann las und die ihm enthüllten, daß er Don Quijote sein könnte.

Ein Sonnenuntergang, dessen Röte in einer Vase von Kreta überdauert.

Das Spielzeug eines Knaben, der Tiberius Gracchus hieß.

Der goldene Ring des Polykrates, den der Hades verwarf.

Da ist kein einziges dieser verschollenen Dinge, das jetzt keinen langen Schatten wirft und nicht das bestimmt, was du heute tust oder was du morgen tun wirst.

J. L. Borges

I

Chronik und Erzählung

1

Von Luoyang nach Changang über Lou Zhou und Dun Huang nach Lop-Nor, um die Wüste Takla Makan nach Karashar, nach Khotan und Kashgar, über das Hochland von Pamir nach Tashkent, Samarkand, Hamadan, Palmyra zum Hafen von Antiochia; lange Karawanen aus fremden Ländern mit alten Geschichten von der Kaiserin Lei Zu, die in ihren Gärten in der Ebene des gelben Flusses von einer Schlange angegriffen auf einen Maulbeerbaum flüchtete, auf dessen Blättern kleine häßliche Raupen durch dünne selbstgesponnene Fäden sich in harte Kokons verwandelten, aus denen erneut verwandelt zarte Schmetterlinge schlüpften; mit der Geschichte des großen Kaisers im Osten, der so kostbare Seidengewänder trug, daß alle Gesandtschaften ehrfürchtig davon berichteten, der bei Strafe des Todes verbot, das Geheimnis des Maulbeerbaumes und der Seidenraupe über die Grenzen seines Reiches zu tragen, und in seiner Hauptstadt auf hohen Stangen die Köpfe derer ausstellte, die das Verbot mißachteten.

2

Die Nacht war so schwarz wie das Wasser, durch das der flache Kahn glitt. Sie hatten lange gewartet, die mondlose Stille abgewartet, dann den Kahn ins Moor gestoßen und, mit den langen Stangen sich abdrükkend, die Wasserwege gesucht, die das Moor durchzogen, mit den Händen im Wasser die leichte Strömung erfühlt, mit den Stangen das Boot weitergestoßen, wenn es im Schlick oder im Ried hängenblieb, sich nicht mehr fortbewegte, schweigende, schweißtriefende Arbeit in der kalten Nacht, in der Dunkelheit, die ohne ein Zeichen war.

Dämmerte der Morgen im Dunst des Moores, schoben sie den Kahn tiefer in das nasse Gestrüpp, warteten reglos auf die nächste Nacht, die sie weiterbringen sollte, saßen auf diesem langen, schmalen Boot, das sie selber gezimmert hatten, unter schweren, dicken Umhängen, von der Nässe vollgesogen, stumm wie Erdhügel, auf diesen Holzbrettern, die ihre Heimat waren, und warteten auf die Nächte, die ihr Schutz waren, in denen sie ihren Weg suchten.

3

Im hellen Licht der sizilischen Sonne, in Palermo, der schönsten Stadt der Welt, wie Idrisi berichtet und Ibn Dschubair schwärmt, dem Königssitz des reichsten und zivilisiertesten Staates Europas, mit seinen hochgebauten Palästen, Kirchen, Synagogen, Moscheen, Herbergen, Bädern, Kaufläden; seinen belebten Straßen und Parkanlagen, in denen Sarazenen, Juden, Griechen, Byzantiner, Römer in allen Sprachen miteinander redeten; saßen in den Werkstätten der normannischen Könige Seidenweber aus Theben und Athen, Korinth und Byzanz, die das byzantinische Seidenweben mit den alten Webmustern der Araber verbanden, und schufen gemeinsam den großen königlichen Umhang in scharlachroter Atlasseide, gefüttert mit Goldbrokat, und als Muster, engumschlungen, den normannischen Löwen mit dem Kamel der Sarazenen; und trugen es ein in kufischen Zeichen, der alten würdigen arabischen Schrift, daß sie diesen königlichen Umhang webten: »*Im Jahre der Hedschra 528, im Jahre 1133 nach Christus in der glücklichen Stadt Palermo*«, den Krönungsmantel Kaiser Friedrichs II. *Stupor Mundi*, der die Welt in Erstaunen versetzende, den Krönungsmantel des Heiligen Römischen Reiches Deutscher Nation.

4

Auf dem Eichberg, dort wo die Eiche mit dem verwirrenden Astwerk stand, dieser starke alte Baum, der seine Äste und Zweige ruhig über den Hügel legte, stand der Alte, genannt der Bärtige, der nur einmal im Jahr hier erschien, und breitete um Mitternacht seine Arme weit aus. So stand er lange Zeit mit geschlossenen Augen, schrie plötzlich laut auf, schrie die heiligen, schützenden, für alle anderen unverständlichen Worte und verdammte die Rod und die Rodjanitza und verjagte sie und bannte sie von diesem Land.

Im Schein des Vollmonds standen in einem respektvollen großen Kreis stumme Gestalten, Bauern aus den umliegenden Dörfern, vor ihren Füßen Holzgefäße mit Weizen, Honigbrot und Most, Weidenkörbe mit lebenden Hühnern und Gänsen, Opfergaben, die sie dem Swarog und seinem Sohn Dazbog brachten, die guten Götter, die das Getreide trockneten. Auf ein Zeichen des Bärtigen legten sie ihre Gaben in die Mitte des Kreises, traten wieder zurück in ihren stummen Kreis und warteten. Als die Morgendämmerung mit dem Nebel aufstieg, verbeugten sie sich tief gegen die schwache Helligkeit, danach ergriff der Bärtige das geschnitzte Eichenbrett mit dem groben Gesicht des Perun, dem Gott des Blitzes, trug es zum Fluß hinab und warf das Brett ins Wasser zu den Bereginen, den Flußnymphen. Die Bauern, die ihm gefolgt waren, nahmen die langen Stangen von den Booten, mit denen sie gekommen waren, stießen das schwimmende Brett mit den Stangen in die Mitte des Flusses und riefen: »Verschwinde, Perun verschwinde.« Sie riefen es so lange, bis das schwimmende Stück Holz nicht mehr zu sehen war.

Das wurde in jedem Frühjahr so gemacht, seit man sich erinnerte, und jede Generation erzählte es der nächsten Generation.

5

In der Dämmerung der Morgenfrühe, so die Erinnerung, kurz bevor die aufgehende Sonne ihre schmalen Streifen durch die engen Gassen der Stadt Lucca zog, sah man Messer Fontana auf seinem täglichen Gang zur Kathedrale San Martino. Er verbeugte sich kurz vor der Figur des Heiligen Martin, der auf der weißen Marmorfassade sein Seidencape mit einem Bettler teilte, ging an dem im Portikus eingemeißelten Labyrinth vorbei und stand dann lange, in Gedanken versunken, in der dunklen Kathedrale vor dem von brennenden Kerzen erhellten Volto Santo, dem Heiligtum der Stadt Lucca, einem Kruzifix aus den Zedern des Libanon, das vor langer Zeit am Strand angeschwemmt wurde. Einige erzählten auch, es sei mit den Seidenwebern in die Stadt gekommen, die Palermo verließen, nach dem Tod Kaiser Friedrichs II. und nach der Sizilianischen Vesper am Ostermontag des Jahres 1282, dem Aufstand gegen die Tyrannei der Franzosen, um sich in der freien Republik Lucca anzusiedeln.

Messer Fontana, geboren zu Lucca, dieser alten Stadt, entstanden aus einer Stadt der Etrusker, war Seidenweber, und im Musterbuch der Fontana finden sich von seiner Hand in griechischer Sprache, die damals noch die Sprache der Seidenweber war, die ersten Eintragungen: »*Im dritten Mond müssen die Maulbeerbäume geschnitten werden, und die Frauen müssen mit der Zucht der Seidenraupen beginnen. Wechsle nach jedem dritten und fünften Faden, wechsle die Zahl, wechsle wieder, und gestalte das Muster unter dem Himmel, dies nennt man Brokat.*«

6

Er baute sich das Haus auf einem Hügel aus Torf, den er den ganzen Sommer über gestochen hatte. Im nahen Birkenwald schlug er einige kleine Bäume, rammte die Stämme in den Boden und hatte einen starken, festen Grund. Die beim Dammbau liegengebliebenen Eichenstämme zog er mit einem gemieteten Ochsen auf seinen Grund, mit einem Beil schlug er die schweren Holzbohlen viereckig, errichtete ein Rechteck und drehte die aufeinandergeschichteten Stämme so, daß sie fest aufeinanderlagen. Er füllte die Zwischenräume mit Torf, stampfte den Boden mit

Lehm, den ihm ein Bauer brachte, deckte das Dach mit Stroh und nagelte aus einigen Abfallbrettern eine Tür. Dann zog er mit seiner Frau und den Kindern ein und wartete über den ganzen Winter, ob das Haus stehenblieb. Als es Frost, Schnee und Frühjahrsstürme überstand, war er zufrieden.

7

Giovanni Fontana liebte es, an heißen Nachmittagen in seinem stadtbekannten leichten karmesinroten Umhang im Schatten der Steineichen über die Wälle von Lucca zu promenieren. Es war Tradition in Lucca, dessen Bürger als vernünftig, stolz und freiheitsliebend galten, die freien Plätze, die Dächer der hohen Wohntürme, ja selbst den Stadtwall mit immergrünen Steineichen zu bepflanzen. Der Blick auf die Stadt war daher ein angenehmer Wechsel von dunklem Grün und warmem Ziegelrot verschachtelter Hausdächer, ein Bild voller Harmonie, das sich übergangslos in die Landschaft fügte. Auf dem Wall, unter einem lichtblauen Himmel, spürte man den Wind des nahen Meeres. Am Horizont sah man das harte, blendende Weiß der Marmorberge von Carrara und in der Ebene davor die geordneten Reihen der Maulbeerbäume.

Die freie Republik Lucca in der Toscana war die Hauptstadt der Seide, und Giovanni Fontana hatte seinen Anteil daran. Er war Gonfaloniere seines Stadtviertels, Vorsteher der Seidenweber und bestimmte mit den Bankiers und Handelsherren der Stadt das Schicksal dieser Republik. Luccas Seidenstoffe waren kostbar.

Auch Fontanas Werkstatt, die über zwanzig Seidenweber an sechs Webstühlen beschäftigte, webte den tiefgrünen und den leuchtendroten Brokat mit dem Gold- und Silbermuster, webte Seide und Gold auf einem Webstuhl in einem einzigen Webvorgang – eine Kunst, die nur die Seidenweber von Lucca beherrschten – zu paarweise aufsteigenden Löwen, umgeben von Ornamenten aus Blättern und Ranken. Die Kurie in Rom war ein unersättlicher Abnehmer dieser prachtvollen Arbeiten, und die Seidengewänder der Familie Fontana hingen in der päpstlichen Schatzkammer.

Als er vom Wall in das Viertel der Seidenweber zurückkehrte, empfing ihn schon von weitem das vertraute rhythmische Schlagen der Webstühle, das den Tag der Seidenweber genauer einteilte als der Glockenschlag von San Martino. In den Seitenstraßen der Färber hingen die frischgefärbten bunten Seidenstoffe zwischen den Dächern der schmalen Häuser, leuchteten in der Sonne und tauchten die Gassen in ein orientalisches Licht. Vor seiner Werkstatt wurde ein neuer Kettbaum aufgebäumt. Die Kettfäden zogen sich durch die ganze Straße, und während sein Sohn die schwere Arbeit beaufsichtigte, saß sein Enkel lachend und schreiend auf dem zentnerschweren Marmorblock, der die Kettfäden spannte und sich mit jeder Umdrehung des Kettbaums mit einem kleinen Ruck nach vorn bewegte.

Er schaute noch kurz in die Werkstatt, wo seine Tochter mit anderen Frauen die Kettfäden eines Kettbaumes, der schon auf dem Webstuhl lag, in die Litzen einzog, die später an den Schäften befestigt wurden. Eine Arbeit, die Geduld und Konzentration erforderte, ein falsch eingezogener Kettfaden konnte das Muster zerstören. Einige Frauen spulten die farbigen Schußgarne auf die kleinen Rollen der Weberschiffchen, die dann in der genauen Folge des Webmusters griffbereit auf den Webstuhl gelegt wurden. Diese Vorbereitung des Webens war langwierig und oft komplizierter als das Weben selbst, und in diesen Tagen herrschte in der Werkstatt eine angespannte Atmosphäre. Fehler in der Vorbereitung konnten einen Webstuhl für Tage zu einem nutzlosen Instrument machen, sie konnten einen ganzen Auftrag gefährden.

Giovanni Fontana ging daher, ohne ein Wort zu verlieren, die schmale Treppe zum ersten Stock seines Kontors hinauf, holte das große, schwere Musterbuch aus einer Lade, schlug es auf und arbeitete weiter an der genauen Aufzeichnung eines neuen, von ihm entworfenen Musters: Auf rosa Atlasgrund zogen feine blaue Ranken ein Netz aus regelmäßigen Spitzovalen, in denen Drachen, Pfauen und Einhörner ihr Spiel trieben. Die Flügel und die Schweife der Tiere, die Blätter an den Ranken wurden so überreich mit Gold durchschossen, daß das Gold die Seide fast verdeckte. Für diesen Stoff lagen viele Bestellungen aus den europäischen Königshäusern vor, so daß die Arbeit der nächsten Jahre gesichert war.

8

Er wurde auf die Festung gebracht, weil er den Damm durchstochen hatte, um die alten Fischgründe zu erhalten, die der Fluß jedes Jahr im Bruch schuf. Fische im Überfluß, mit der Hand zu fangen, mit kleinen

Netzen, Fische, die der Damm, der durchs Bruch gezogen wurde, um das Land vom Wasser zu trennen, nun in den Flußlauf zwang. Zehn Jahre Festung, so das Urteil, das der Fischer nicht verstand. Er gab zu, den Deich durchstochen zu haben, denn die Fische und er, und mit ihm sein flaches Boot, waren vorher da, und der Deich war ein Unrecht an ihm und an dem Fluß, dem er einen neuen Weg aufzwang.

Er starb in der Festung. Es war der erste Sohn. Er wurde in die Erde gelegt unter der alten Eiche, dem Ort, den sie sich als Friedhof gewählt hatten.

9

»Wir haben den Uguccione nicht gestürzt, damit sich Castruccio zum Herzog macht. Er wollte Capitano del popolo sein. Aber er hat das Bürgerstatut nie beachtet, und als Herzog von Lucca wird er es ganz abschaffen. Lucca wird keine Republik mehr sein. Das wird ein schöner Martinstag.«

Gianni Fontana, der Enkel des Giovanni, saß in dem alten, engen Kontor mit seinem jüngeren Bruder Paolo, der gerade als Teilhaber in die Firma eingetreten war, und seiner Frau Anna, Tochter eines Bankiers in Lucca, eine stolze, schöne Frau, die auch am Werktag nur in Seidenkleidern ging und ihr schwarzes, mit Goldfaden durchwirktes Haar wie eine Krone trug.

»Lucca wird sich wieder freikaufen«, war ihre Antwort.

Gianni stand auf, er war sehr groß und mußte sich in diesem kleinen Kontor immer etwas bücken. »Die Bankiers von Lucca haben es gut, sie haben ihr Geld irgendwo in Europa, in Lucca haben sie nichts, worauf der neue Herzog seine Hand legen könnte. Wir haben unsere Werkstätten hier, wir sind leicht zu fesseln.«

Anna zeigte auf das Musterbuch, das wie ein entscheidendes, ausschlaggebendes Gewicht vor ihnen lag. »Im Buch steht, wer sich von den Maulbeerbäumen entfernt, der verliert seine Freiheit.«

»Im Buch steht auch, wer den Kokon nicht zeitig abstreift, der verliert sein Leben«, antwortete Gianni.

Paolo meinte, daß in diesem Buch sehr vieles stehe, nur nicht, wohin man jetzt gehen solle.

Gianni entfaltete ein Schreiben und zeigte es den anderen. »Venedig bietet den Seidenwebern aus Lucca ein eigenes Stadtviertel am Ponte di Rialto. Florenz bietet sofortige Aufnahme in die Zunft.«

Nach langem Schweigen sagte Anna: »Florenz liegt nahe bei Lucca. Die Maulbeerbäume wachsen dort auch. Und es ist eine freie Republik.«

So verließ die Familie Fontana Lucca am Vorabend des Martinstages des Jahres 1327. An einem Tag, an dem sonst die Seidenweber feierten und jedes Jahr wetteiferten, wer das schönste Seidencape für San Martino gewebt hatte, an dem Tag, an dem sich jetzt Castruccio Castracani zum Herzog über Lucca einsetzte. Sie benutzten das Durcheinander am Vorabend des Festtages, um mit anderen Seidenwebern durch ein von Freunden geöffnetes Stadttor zu ziehen. Ihre Kinder zogen mit Lichtern voran und gaben dem Auszug den Anschein einer abendlichen Huldigung an den neuen Herzog, aber hinter dem Stadttor wurden die Lichter gelöscht, und die Menschen zogen schweigend durch die Nacht.

Die Familie Fontana ließ ihre Werkstatt, die Webstühle, das Stofflager und alle andere Habe zurück. Sie besaß nur noch das Musterbuch, einige kostbare Stoffe und das Wissen, wie man Seide webt.

10

Der flache Kahn trieb auf dem Fluß, der leise glucksend langsam durchs Bruch zog, im nächtlichen Schatten der Bäume, die mit Zweigen und Wurzeln sich vom Land ins Wasser neigten. Der Kahn drehte sich in den Strudeln, hing an einem Zweig, kam wieder frei, zog weiter, wie der Fluß weiterzog, an den verschlammten Ufern, den sandigen Inseln vorbei, in großen Bewegungen und gegenläufigen Strömungen, die den Kahn festhielten und mit einem Ruck wieder freigaben. In einer fast unmerklichen Bewegung, in einem labyrinthischen Kreisen zog der Kahn durch die Nacht mit ihren kalten klaren Sternen, die im Wasser aufblitzten, an die sich auch der Fluß hielt, der immer breiter wurde, schneller wurde, durch Seitenarme und Kanäle mit leichter Strömung in den Hauptarm mündete, sich vereinigte mit dem Wasser aus den fernen Bergen, schneller trieb das Boot, und das Ufer entfernte sich unter dem gleichbleibenden Sternenhimmel.

Ein Fischerboot fing den Kahn ein, kurz vor der Meeresmündung, der junge Mann, der darin lag, war tot. Das war der Sohn des Sohnes. Auch er wurde begraben unter der alten Eiche, unter der jetzt schon viele in der Erde lagen.

Anna erinnerte die Familie an jedem Jahrestag der Flucht an *Das Gespräch von Lucca* und an die Anfänge in den feuchten Seidenkellern von Florenz, dunkle Gewölbe, die niemals trocknen durften, damit die Seide beim Weben ihr Gewicht behielt.

Es gab zwar genug Seidenhändler in Florenz, die Webstühle und Seidengarne zur Verfügung stellten, aber die Webstühle und das Garn blieben ihr Eigentum. Die Webmuster wurden vorgeschrieben, die gewebten Stoffe mußten zum festgelegten Preis und zum festgelegten Termin abgeliefert werden. Kleinmeister nannten sich diese im Auftrag großer Handelshäuser arbeitenden Seidenweber. Sie waren an ihren Auftraggeber gefesselt, wollten sie nicht den Webstuhl verlieren, an das bestellte Muster, an die Konjunktur und die dadurch diktierten Preise. So webten die Fontanas am Anfang die gefragten Florentiner Muster, Szenen aus der Bibel, Engel, die Madonna in der Mandorla, das Christusmonogramm. Schmale Rapporte, die sich auf dem breiten Florentiner Webstuhl immer wiederholten, später dann, auseinandergeschnitten, als Besätze auf Paramente, den Meßgewändern der Priester, appliziert wurden, aber damit hatten die Fontanas schon nichts mehr zu tun. Die Arbeit war aufgeteilt, in kleine Einheiten zerlegt, jeder hatte nur seinen Teil beizutragen, das Produkt, das schöne Gewand, sah nur der Händler.

Anna, die von ihrem Vater her etwas von den Finanzen verstand und das Geschäft immer mehr führte, tat dies so geschickt, daß bald ein eigener Webstuhl in einer kleinen Werkstatt stand. Von den Seidenzwirnern, die alle aus Lucca stammten, weil nur sie das Luccheser Filatorium, die große, in Lucca erfundene Seidenzwirnmühle, bedienen konnten, erhielt sie regelmäßig Garnlieferungen. So konnten nachts die Stoffe gewebt werden, die die Fontanas selbst entwarfen, bald entstand ein kleiner Kundenkreis wohlhabender Bürger, die Interesse an diesen Arbeiten hatten, und als Anna dem Salvestro de' Medici, der sich beim Aufstand der Ciompi hervorgetan hatte, eines Tages, als er durch ihre Straße ritt, einen Goldbrokat über die Schulter warf, waren die Fontanas wieder selbständige Seidenweber mit eigenem *Atelier für Prunkseide,* so die Bezeichnung. Die Medici unterstützten die popolani, die für eine demokratische Verfassung eintraten, und förderten die aus Lucca zugewanderten Anhänger dieser Partei.

Die Fontanas gehörten nun zu den Florentiner Seidenwebern, die das Granatapfelmuster durch ihre Webkunst zu großer Feinheit entwickelten, indem sie die Palmetten und Rosetten, die sich um den Granatapfel zogen, zu großflächigen, vielfältig verschlungenen, repräsentativen Ornamenten ausweiteten, schwer zu webende goldfarbene Muster, die sie zusammen mit tiefrotem oder schwarzem Samt in einem Arbeitsgang herstellten. Viele tausend Kettfäden auf einem Kettbaum, unzählige Hebungen und Senkungen für den Schuß, Messer, die die Seidenschlingen zu warmem Samt aufschlitzten und die Farbe des Grundgewebes durchscheinen ließen, gewebte Vertiefungen, in denen das Muster aufleuchtete, königliche Stoffe aus schwarzgoldenem und rotgoldenem Brokatsamt, aus hellem samtenem Blau mit durchscheinendem Goldbrokat.

Zwischen den Erdschollen sah er blinzelnd ein schwaches Licht, ein winziger Spalt, durch den ein scharfgeschnittener Lichtstrahl einfiel, von dem er nicht genau wußte, woher er kam, auch nicht wußte, ob es ein Traum war oder schon der Tod, denn er sah auch den im Mondlicht glitzernden Fluß, der so breit und ruhig dahinzog, mit einem Floß darauf, auf dem Männer ein Feuer anzündeten, lachten, miteinander redeten, und er hörte ihre Stimmen so nahe, als säße er am Ufer, und das Floß gleite im Abendlicht an ihm vorbei, und die Flößer nickten kurz, ihn erkennend, in diesem vergehenden Licht, denn es wurde rasch dunkel, die Erdschollen nahmen ihm die Luft, aber wenn er atmete, nur atmete, immer nur atmete, würden sie sich vielleicht schützend um ihn legen, ihn nicht allzusehr in die Tiefe drücken, in diese enge Dunkelheit, aus der man nie herauskam, an die man sich aber gewöhnen mußte, so wie man sich auch an die Nächte gewöhnen mußte, die für andere der Tag war, und die Nacht war nicht nur Finsternis und Angst und Leere, in dieser Finsternis gab es Lichter und Geräusche, helle Punkte, die über dem Moor schwebten, die Menschen vom Weg abbrachten, zu Geistern und Nymphen führten, die in der Nacht nicht schliefen, Geräusche aus dem Wasser und aus der Erde und die Lichter zwischen den hohen Bäumen, die Sterne, die man immer heller sah, wenn man die ganze Nacht nur in den Himmel starrte, in ein funkelndes Licht, heller als der Tag.

Das war der Urenkel. Er verschwand im Sumpf.

13

Als Anna starb, führten die Enkel schon das Geschäft. Es hatte sich eingebürgert, den Erstgeborenen, der das Geschäft übernehmen mußte, Gianni oder Giovanni zu nennen, Paolo war immer der Zweitgeborene. Gianni war ein ernster Mensch, ein Tüftler, der tagelang über neuen Mustern brütete, sie am Webstuhl ausprobierte und dann auf die Patrone übertrug. Paolo hatte das kaufmännische Geschick von Anna geerbt, er führte die Geschäftsbücher und kümmerte sich um den Verkauf der Stoffe. Alessandro, von den jüngeren Geschwistern als dritter Teilhaber in die Firma aufgenommen, leitete in Livorno, dem Hafen von Florenz, eine kleine Filiale. Er liebte dieses bunte Leben zwischen Griechen, Juden, Arabern, Spaniern, Holländern, Engländern, die in allen Sprachen miteinander handelten, Firmen gründeten, ihren Religionen nachgingen, zusammenlebten. Alessandro war der Meinung, daß die Kunst des Seidenhandels mehr einbrächte als die Webkunst, und hatte die schöne Gabe, sich zu vergnügen und dennoch das Geschäft zu betreiben. Er erfuhr auch als erster, daß 1439 Cosimo de' Medici das Basler Konzil nach Florenz holen wollte. Es wurde eine Glanzzeit für die Seidenweber. Gianni, Paolo und Alessandro saßen während der großen Empfänge auf der Empore des Konzilssaals und verglichen die Stoffe, die Muster, die raffinierten Schnitte, die in Florenz Tagesgespräch waren. Sie empfingen Kardinäle in ihrem Geschäft, man zahlte große Summen, um von ihnen bevorzugt bedient zu werden. Die Seidenweber waren für einige Jahre die Könige von Florenz.

Die Erinnerung an dieses Fest war schrecklich. Als Alessandro in seinem Übermut und seinem Leichtsinn einen hohen Herrn, der seinen Seidenstoff nicht bezahlen wollte, dadurch verärgerte, daß er ihm in dem genau gleichen Stoff auf der Konzilstreppe entgegentrat und unter dem Gelächter der Dabeistehenden die Qualität der beiden Stoffe verglich, lachte er nur noch diesen Tag. Am anderen Morgen fand ihn Gianni erstochen auf einem Webstuhl liegend, das Blut war in den roten Samt geflossen, der auf dem Webstuhl aufgespannt war. Gianni schnitt nach der Beerdigung Alessandros diese blutige Stoffbahn vom Webstuhl ab und legte sie ohne jeden Kommentar in das Musterbuch.

Die Zeiten wurden wieder ruhiger. Gianni, der von nun an Stoffe für gewisse Herren nur noch Rot in Rot webte, starb, wie er gelebt hatte, still und ohne Aufsehen, über das Musterbuch gebeugt. Paolo führte die Geschäfte lustlos für die Nachkommen weiter, er war bald mehr Bankier als Seidenweber. Er freundete sich im Alter noch mit Benozzo Gozzoli an, der den Auftrag bekommen hatte, das Konzil in der Hofkapelle der Medici als großes Fresco zu verewigen. Da er viele Fragen nach den Stoffen, den Farben, den Mustern hatte, denn die Medici wollten sich in ihren Prachtgewändern sehen, stand Paolo oft staunend vor den durch eine paradiesische Landschaft ziehenden Konzilsteilnehmern, gekleidet in den Seidenstoffen der Firma Fontana. Gozzoli hatte sie so im Vordergrund aufgestellt, als wären sie dem Musterbuch der Fontanas entsprungen, und Paolo wünschte sich eine kleine Kopie des Bildes: »als Katalog für alle Kunden.« Gozzoli erfüllte seinen Wunsch, und so hing das Bild, das nur als Fresco in der Hofkapelle der Medici existierte, noch einmal im kleinen Format im Kontor der inzwischen sehr würdigen Seidenweberei Fontana. Als Paolo starb, mußte man ihm dieses Bild in die Hand geben, und er sah nicht mehr nur den in Seide und Samt, in goldenen Borten und durchbrochenen Mustern auftretenden Festzug, er sah die wunderbare Landschaft seiner Heimat, der Toscana, das tiefe Blau des Himmels, das harte Weiß der Marmorberge, die fruchtbaren Hügel mit ihren Obstbäumen und Weinstöcken und in den Tälern neben den Flüssen das samtene Grün der Maulbeerbäume.

14

Aufstehen, den ganzen Tag im Nebeldunst diesen Erdwall aufschütten, die Erde von den Pferdewagen auf den Damm, um das hochgehende Wasser, diesen verrücktgewordenen Fluß, der schäumte und sich überschlug in seiner sinnlosen Kraft und in seiner Wildheit Bäume, Häuser, Vieh mit sich schleppte, ertrunkene Kühe, in Baumästen verfangen, Pferde, noch im Geschirr, stranguliert, aufgedunsene Menschen, für Sekunden auftauchend und weitertreibend. Sie trugen die Erdkörbe hoch, um diesen Fluß zu bändigen, zu zähmen, ihn zu zwingen, in seine Mündung zu rasen, ins Meer zu stürzen und nicht das Dorf zu überschwemmen, diese kleinen Hütten unter ihren Strohdächern, geduckt zwischen schmalen Gärten und Feldern, tief in die Erde gedrückt, um sich gegen den Sturm und den Regen zu schützen, der auf sie niederpeitschte.

Als am Abend der Damm in sich zusammensank, lautlos vor dem Fluß zurückwich und der Fluß sich durch die Lücke zwängte, sie weit aufriß und das Wasser sich mit einem tiefen Seufzer, wie später viele berichteten, breit auf das Dorf ausdehnte, schwammen die Strohdächer wie friedliche Inseln der Ruhe in einen sich immer weiter ausdehnenden See.

Es überlebten nur die, die auf dem Deich waren. Der Junge konnte seine Eltern nicht retten, die im Haus schliefen. Todmüde lag er auf der Erde zwischen den leeren Körben, auf dem Rest des Deiches, den es nun nicht mehr gab, so wie es das Haus nicht mehr gab und das Dorf nicht mehr gab und alle, die mit ihm darin gelebt hatten.

15

Giovanni Fontana, Enkel des Paolo Fontana, Alleininhaber der bekannten Seidenweberei am Ponte Vecchio, galt als typischer Florentiner. Klein, wendig, stets schlicht und unauffällig gekleidet, nach allen Seiten höflich grüßend, eilte er mit schnellen Bewegungen von den Bankiers und Geldwechslern auf dem Mercato Nuovo zu den Seidenhändlern auf der Piazza della Signoria, zu den Stadtpolitikern in der Loggia dei Lanzi. Leicht vornübergebeugt, mit seinen spöttischen Augen aus dem vorgestreckten Kopf das Treiben der Menschen immer ein wenig von unten nach oben betrachtend, glaubte er dieser Welt so rasch kein Wort. Ein zäher und listiger Geschäftsmann, der endlos verhandeln konnte, gefürchtet wegen seines bösartigen Witzes, mit dem er die Dummheiten und Vorurteile der Menschen kommentierte, sprach er mit einem Geschäftspartner, suchten seine Augen unruhig und spähend schon den nächsten Händler.

Er galt als Freigeist, weil der Buchhändler Bisticci für ihn griechische und lateinische Autoren sammelte, kannte den Dante auswendig, fand den Gottesdienst in griechischer Sprache vor der dekorierten Büste Platos als dem neuen Apostel eine vernünftige Angelegenheit und diskutierte mit jedermann leidenschaftlich und ausdauernd über die Form der idealen Republik. In späteren Jahren ein gemäßigter Anhänger Savonarolas, haßte er die Korruption der Signoria, die ohne ernsthafte Arbeit für jede selbstverständliche Handlung die Hand aufhielt. Seine Verachtung der Regierenden ging so weit, daß er mehrmals die Wahl in die Signoria ablehnte, zu gescheit, um nicht zu wissen, was man von ihm erwartete, entzog er sich der Würde mit höflichem Lächeln und bissigen Sentenzen über die Natur des Menschen. Als ihm Lorenzo de' Medici wegen seiner ständigen Kritik an der Signoria mit Verbannung drohte, war er der Meinung, daß in einer Republik kein Mann so viel Macht haben solle, einen anderen Bürger dieser Republik verbannen zu können, denn dann dürfe man ja wohl nicht mehr von einer Republik reden, was ihm trotz der unwiderlegbaren Antwort zwei Jahre Verbannung eintrug, der er sich entzog, indem er bei Freunden mit seinen Büchern unterschlüpfte und nur in der Nacht ausging.

Seine Frau, viel jünger als er, Tochter des Malers Ghirlandaio, der aus einer Goldschmiedefamilie vom Ponte Vecchio stammte und die Familie Fontana bei der Auswahl der Farben für die Seidenstoffe beriet, besaß nicht nur den Kunstverstand ihres Vaters, sie verkaufte auch seine Bilder. Das machte sie so geschickt, daß auch andere Maler der Stadt ihr Bilder zum Verkauf übergaben, so daß im Geschäft der Fontanas ein Durcheinander von Bildern, Stichen, Büchern und Seidenstoffen herrschte und man nur schwer erraten konnte, worin eigentlich das Hauptgeschäft bestand. Verkauft wurde jedenfalls alles, zuweilen auch Bücher aus der Bibliothek des Hausherrn, was zu heftigen Auftritten führte, denn seine Bücher waren ihm heilig, während seine Frau mehr von Bildern hielt. Die Fiorentina, wie sie allgemein nur genannt wurde, weil sie ihre Meinung immer lautstark und ungeniert im Florentiner Dialekt von sich gab, war keine Frau, die sich etwas sagen ließ. Die Auseinandersetzungen zogen sich oft über den ganzen Tag hin. Wenn dann nicht nur die Nachbarn den Laden füllten, sondern auch die Seidenfabrikation stockte, weil die Weber ihre Webstühle verließen, um das Schauspiel zu genießen, fand man sich am Abend im großen Kreis bei Donati zusammen, einem Wirt, der an der Piazza Santa Trinita nicht nur ein gutes Speiselokal führte, sondern auch ein Kenner von Büchern und Sammler von Bildern war, so daß man sich auf neutralem Boden an einer umfangreichen Tafel wieder versöhnen konnte.

16

Das Getreide stand so dicht, daß man nur mit Mühe hindurchgehen konnte, bis zum Horizont stand es gelb und in der Sonne leuchtend, die Halme waren stark, der Sommer war heiß, kein Wind hatte die Ähren niedergedrückt.

Die Ernte war so reich, daß die Preise an einem Tag zerfielen und die Ernte vernichteten wie ein Hagelsturm, der über die Felder zieht. Einige Bauern verfütterten ihr frischgedroschenes Getreide an das Vieh, keiner kaufte es. Der größte Teil der Ernte blieb auf dem Halm, die Schnitter standen vor den Feldern, warteten Tag um Tag, aber kein Händler war bereit, auch nur einen Doppelzentner abzunehmen. Das Getreide wurde schwarz und feucht und faulte langsam auf den Feldern, die Schnitter erhielten in diesem Jahr keinen Lohn, die reiche Ernte blieb ohne Segen.

Als wolle Gott strafen, wuchs im nächsten Jahr fast nichts auf den Feldern, die Erde weigerte sich die Frucht zu tragen, die wenigen Halme wurden, um keine Körner zu verlieren, mit der Sichel statt mit der Sense geschnitten.

Es gab in diesem Jahr kein Brot, Hunger und Seuchen zogen durch die Dörfer, und die Menschen starben still und ergeben in ihren kleinen Holzhäusern. Das Vieh verendete auf der Suche nach Gras, die Tiere schrien durch die Nächte, es war keiner da, der sie erlöste. Die Dörfer verödeten, wer konnte, zog in die Fremde, die Felder verkarsteten, und die Deiche wurden brüchig; mit der Schneeschmelze im Frühling kam die Flut, und das Land versank im Wasser. Als die Sonne das Land wieder trocknete, sah man auf den Deichen und auf den schlammigen Feldern wieder Menschen.

Das war das Jahr, da die ersten, die in das Dorf zurückzogen, eine alte Frau auf einem Stuhl vor einer Kate sitzend fanden, sie saß da, starrte aus ihren Augenhöhlen, ihrem tiefeingefallenen Gesicht auf die Felder, erst als sie ihren Körper berührten, fiel sie tot um.

17

Giovanni Fontana, der Kriege und Pestepidemien, Bankrotte von Handelshäusern und Konjunktureinbrüche überstanden hatte und mit seinem quirligen Temperament aus allen Schwierigkeiten immer wieder herausfand, starb an der Marotte, sein Alter je nach Laune und Belieben anzugeben. Als er vierzig war, behauptete er, schon sechzig zu sein, als er sechzig war, behauptete er, vierzig zu sein, als er auf die Achtzig zuging, schwor er heilige Eide, neunundfünfzig zu sein. Das brachte eines Tages einen Gast bei Donati so in Rage, daß er dem Alten einen Hieb versetzte, Giovanni stürzte über einen Stuhl, schlug sich den Kopf auf und starb daran.

Er hinterließ vier erwachsene Kinder, die alle ihren Weg gegangen waren. Gianni, der Älteste, der schon lange die Seidenweberei hätte übernehmen sollen, überall in Florenz zu sehen, nur nicht im Geschäft, war ein Hitzkopf, hängte sich in alle politischen Streitereien, diskutierte nicht lange, wurde schnell handgreiflich, schlug sich auch oft für die Ehre seiner jeweiligen Dame, ein wüster, kraushaariger Draufgänger, trotzdem beliebt, weil er den palio, das kostbare, karminrote Tuch mit goldenen Seidenfransen, in einem besinnungslosen Ritt quer durch die Stadt auf einem halbwilden Pferd für sein Viertel gewonnen hatte; was einem jungen Burschen in Florenz unvergänglichen Ruhm eintrug.

Paolo, der Zweitälteste, früh von der Malerei gefangen, die ihn in immer neues Staunen versetzte, kurze Zeit Schüler von Botticelli, versuchte sich als Porträtist, ging schließlich nach Rom, wo er an der Pest starb.

Francesco war auf Wunsch seines Vaters, der den Medici nie traute, früh nach Lyon gegangen, wo er eine Filiale der Firma aufbaute, die mit der Zeit immer bedeutender wurde. Auch Leonarda, die Jüngste, lebte inzwischen in Lyon. Sie hatte den Teilhaber eines Florentiner Handelshauses, der die Lyoner Geschäfte betrieb, geheiratet, und so sorgten Francesco und Leonarda in Lyon oft für das Überleben der Fontanas in Florenz, denn die Zeiten wurden dunkler. Der Sacco di Roma, die Plünderung Roms durch die Söldner Karls v., hatte auch die Florentiner Geschäftsleute getroffen. Die moria, die unbegreifliche Geißel Gottes, die Pest, ergriff Florenz schwerer denn je. Wer nicht aufs Land flüchtete, verschloß sich in seinem Haus. Wer das Haus verlassen mußte, lief mit Kräutern in der Hand und Schwämmen vor dem Mund durch die Gassen. Hinter den Mauern fanden keine Feste mehr statt, die Geschäfte und die Behörden waren geschlossen, auf den Marktplätzen lagerten Räuberbanden. Die Fiorentina entließ alle Seidenweber und setzte sich selbst an den Webstuhl, wenn es etwas zu weben gab.

Kaum war die Pest vorbei, erschien Karl v. mit seinen Truppen nun auch vor Florenz, um dieser aufsässigen Republik für alle Zeiten ein Ende zu machen. Machiavelli bildete eine Bürgerwehr, die mit grünen Fahnen und Danteversen auf den Lippen durch die Straßen marschierte. Michelangelo leitete als Prokurator die Befestigungsarbeiten und ließ in den Vorstädten Kirchen und Klöster abreißen, um freies Schußfeld zu haben. Die Belagerung dauerte fast ein Jahr. Die Kanonen des Kaisers zerstörten halb Florenz, die Menschen aßen Katzen, Eulen und Ratten, sie töteten sogar ihre Kinder, die sie nicht mehr ernähren konnten. Achttausend Menschen starben bei der Verteidigung der Republik, und als es nach einem Jahr nichts mehr zu verteidigen gab, legte man die grüne Fahne mit dem Wort *Freiheit* nieder.

Als Karl v. als Triumphator durch die Stadt zog, saßen die Fontanas in ihrem Seidenkeller. Gianni war auf den Wällen durch eine Kanonenkugel getötet worden, so daß nur noch die Fiorentina die Familie zusammenhielt. Sie hatte Nachrichten aus Lyon. Der französische König bot den Seidenwebern von Florenz Aufenthalt und Arbeit, Steuerfreiheit, Privilegien für neue Firmen. Lyon kannte keinen Zunftzwang, war der größte Stapelplatz für italienische Seide und konnte sich an freiheitlichen Stadtrechten durchaus mit Florenz vergleichen. Die Seide schuf auch hier die Unabhängigkeit und Freiheit, die Lucca und Florenz besessen hatte. Die Seide schuf die Toleranz, Angehörige vieler Nationen und aller Glaubensrichtungen zu beherbergen. Viele Florentiner Seidenweber waren schon in Lyon, es gab also keinen Grund, nicht dorthin zu gehen. Die Fiorentina übergab das Musterbuch dem Enkel, der jetzt die Firma übernehmen mußte, und da es wieder einmal bei Todesstrafe verboten war, die Geheimnisse der Seidenweberkunst in fremde Länder zu tragen, ließen die Fontanas noch in der Nacht Geschäft, Webstühle, Seidenballen, Bilder, Bücher, das Haus mit allem Mobiliar, allen Besitz und alle Freunde zurück und zogen mit dem Musterbuch, mit einigen Seidenstoffen und mit in den Kleidern eingenähten Florentiner Goldmünzen als Pilger verkleidet im Jahre 1536 nach Lyon.

Sie verloren dabei nicht nur ihre Goldstücke und Seidenstoffe durch plündernde Banden, sie verloren einen jüngeren Bruder, der sich auf der Suche nach Brot in ein Dorf schlich und nicht mehr zurückkam, sie verloren eine jüngere Schwester, die an Entkräftung starb, und sie verloren die Fiorentina, die von einem betrunkenen Söldner niedergestochen wurde, als sie das Musterbuch, auf das er es abgesehen hatte, nicht hergeben wollte. Sie konnten sie nicht einmal beerdigen, weil sie wie verlorenes Vieh weitergetrieben wurden. Als sie in der Nacht an den Platz zurückkehrten, fanden sie im Dreck der Straße nur das blutverschmierte Musterbuch.

18

»Polen? Noch nie gehört. Wo liegt denn das?« amüsierten sich die vier Kosaken, die auf ihren Pferden den Fluß durchquert hatten, der in der Morgensonne ruhig und mit kleinen silbernen Wellen vor sich hin plätschernd an der Insel vorbeizog, die den Fluß hier teilte. Sie hatten auf der Insel übernachtet, kamen durch den Fluß, ritten über die Felder mit der frischen Saat, machten Jagd auf einige Kälber, die hinter einem Gatter standen, stachen sie mit Kriegsgeschrei ab und waren dabei, ein Feuer anzuzünden, als der junge Viehhirte auftauchte. Er stand da hilflos vor den Kosaken, zeigte auf die Kälber und stammelte etwas von Polen.

Wo es denn nun läge, dieses Polen, wollte ein Alter wissen, der mit seiner schmutzigen Pelzmütze wedelnd das Feuer anfachte.

Der junge Viehhirte überlegte und zog mit einer Hand einen Kreis um sich.

Die Kosaken lachten.

Er wiederholte die Bewegung und zog diesmal mit beiden Händen einen Kreis um sich.

Die Kosaken lachten.

Der Junge überlegte, dann zeigte er so genau wie möglich in die vier Himmelsrichtungen, die man ihm beigebracht hatte. Er zeigte dahin, wo die Sonne aufging, dahin, wo sie am Mittag stand, dahin, wo sie unterging und dahin, wo man sie niemals sah. Er zeigte auch, um genau zu sein, die Richtungen an, die dazwischenlagen, wiederholte die Armbewegungen, zog einen schützenden Kreis um sich und nannte ihn Polen.

Die Kosaken schüttelten den Kopf, und der Ältere setzte ihm den Bratspieß auf die Brust.

Da zeigte er senkrecht nach oben in den blauen Morgenhimmel.

Die Kosaken schüttelten wieder den Kopf.

Der Junge in seinem zerrissenen Hemd, mit seiner kurzen, ausgebleichten Hose, stand da barfüßig und zeigte nach unten auf den Boden.

Die Kosaken grinsten. Einer von ihnen ging zum Lattenzaun, an dem die Werkzeuge der Bauern lagen, nahm eine große Schaufel, drückte sie dem Kleinen in die Hand und sagte: »Dann zeig uns mal, wo Polen liegt. Wir sehen es nicht. Vielleicht liegt es unter der Erde.«

Der Junge, der mit der Schaufel kaum zurechtkam, sie kurzfassen mußte, fing an zu graben. Er schaufelte wortlos, hastig und duckte sich hinter die aufgeworfene Erde, als sei sie ein Schutzwall gegen die Kosaken.

Die Kosaken zerlegten eines der Kälber und brieten das Fleisch über dem Feuer. Als der Junge bis zur

Hüfte in seinem Erdloch stand, blickte er keuchend auf.

Die Kosaken schüttelten die Köpfe.

Am Mittag war nur noch sein Haarschopf zu sehen. Als er aufblickte, schüttelten die Kosaken, die halb schlafend in der Sonne lagen, immer noch die Köpfe. Er grub weiter, auch als man ihn schon lange nicht mehr sah. Er grub weinend weiter, auch als er nicht mehr konnte, und sein Körper vor Schmerzen schon ganz taub war. Er grub weiter, als es schon dunkelte und die Kosaken längst fortgeritten waren.

Am nächsten Morgen sahen die Bauern den eingestürzten Erdhaufen, und in der Erde fanden sie den Jungen, in sich zusammengekrümmt, tot.

19

Jean Paul, wie er in Lyon genannt wurde, war ein wortkarger, zurückhaltender Mann, der das Schicksal der Fiorentina nie verwinden konnte. Über die Vergangenheit durfte man in seinem Haus nicht sprechen, geschah das einmal aus Versehen, verließ er sofort den Raum. Er saß früh im Kontor, ein seidenes golddurchwirktes Barett auf dem Kopf, stets mit der Entwicklung von Stoffen und Mustern beschäftigt. Er trug sie in das Musterbuch ein, das ihm die Fiorentina in Florenz vor allen Mitgliedern der Familie übergeben hatte. Mit der Hilfe von Francesco und Leonarda, die nun schon lange in Lyon lebten, überwand er den Widerstand der Lyoner Seidenweber gegen die plötzliche Überzahl der Italiener. Die alte Filiale der Fontanas war ein guter Grundstein, man konnte die Firma schnell wieder aufbauen und wurde rasch als Lyoner Bürger und Seidenweber angesehen, was auch am Auftreten Jean Pauls lag, der sich der Lyoner Art nicht anpassen mußte, sie lag ihm und entsprach seinem ernsthaften, vernünftigen Wesen.

Wenn am Ufer der Sâone auf der ehemaligen place de la Draperie, die jetzt bezeichnenderweise place du Change hieß, die Ketten über die Steinpfeiler gelegt wurden, um den Platz für die Kaufleute freizuhalten, und die sechs Syndici, ein Gremium aus zwei Franzosen, zwei Italienern, zwei Deutschen, die Wechselkurse für die verschiedenen Währungen festgelegt hatten, der Handel also endlich unter großem Geschrei beginnen konnte, sah man sofort, daß Jean Paul zu den respektablen Händlern gehörte, die man um Rat fragte, deren Meinung galt. Sein Qualitätssinn war unbestechlich, Stoffe prüfte er mit einem festen Griff seiner Hand, der Craquant, das knisternde Geräusch der Seide, der Schrei der Seide, wie die Weber sagten, genügte ihm oft für sein Urteil. Während der Börsenzeit stand er stumm an seinem einmal eingenommenen, bald angestammten Platz, drängte sich nicht durch die Menge der Kaufleute, wer mit ihm handeln wollte, wußte, wo er zu finden war. Waren die Bedingungen eines Auftrags klar und seriös, war man mit ihm sofort handelseinig. Minderwertige Ware für den Export zu produzieren, lehnte er ab. Auf Kompromisse ließ er sich nicht ein. Er schwieg dann abrupt, unterbrach das Gespräch, indem er abwesend über die Köpfe der Kaufleute blickte.

Er gehörte auch zu den Webern, die die Kaufmannschaft ständig ermahnten, nicht nur an der Börse zu handeln, sondern auch Maulbeerbäume anzupflanzen, um unabhängig von Seidenlieferungen zu sein. So wurden denn bald sechzigtausend Maulbeerbäume aus Italien eingeführt und an den Ufern der Sâone und der Rhône angepflanzt. Lyon wurde endgültig zur Hauptstadt der Seide.

Jean Paul blieb Junggeselle, seine Liebe galt der Seide. Er ließ immer schwerere Gold- und Silberstoffe weben, Stoffe, die nur die italienischen Familien weben konnten. Ziselierter rot-schwarzer, blau-grüner Seidensamt mit strengen symmetrischen Ornamenten aus Spitzovalen und Blütensträußen. Die Aufträge für die königlichen Schlösser Frankreichs häuften sich, und François, ein Enkel der Leonarda, der begabteste Seidenweber der Familie, ließ sich in Paris nieder, wo der Hugenottenkönig Henri Quatre nicht nur eine Medici heiratete, sondern sogar in den Tuilerien Maulbeerbäume pflanzte und die sich um das Schloß ansiedelnden Seidenweber mit Privilegien überhäufte, um die kostbaren Stoffe mit der verschwenderischen Gold- und Silberbroschierung zu produzieren, die der König und seine Gemahlin aus Florenz trugen, die die Räume des Schlosses als Wandverkleidung und Vorhänge in luxuriöse Seidenkabinette verwandelten.

Die Familie war sich aber einig, zum König auf Distanz zu bleiben und das Geschäft in Lyon weiterzuführen, man war sich auch einig, daß es die Enkel von Francesco weiterfuhren sollten. Der Älteste, Jean Paul II. genannt, weil er die geschäftlichen Fäden der Firma schon fest in der Hand hielt, war mit der Tochter eines Pfarrers der reformierten Gemeinde Lyons verheiratet, den *huguenots,* wie man sie aus unerfindlichen Gründen nannte. Dieser reformierte Glaube verbreitete sich schnell unter den Seidenwebern. Da sie daran gewöhnt waren, mit Händlern vieler Nationen und Religionen zu verkehren, gab es auch keine Probleme, wenn katholische und reformierte Familien sich zusammenfanden. Man heiratete *über die Straße,* wie man das nannte, und lebte in Toleranz zusammen.

20

Er sah seinen Großvater, wie er vom Stuhl aufstand, auf dem er den ganzen Tag gesessen hatte, diesem Stuhl aus geflochtenem Stroh, der nur dem alten Mann vorbehalten war, der darin saß und aus dem Fenster ins Bruch sah, das nicht Land, nicht Wasser war, ein dunkelschimmerndes Stück Erde, von einer schwachen Sonne erhellt.

Wortlos, wie er da seit Tagen gesessen hatte, stand er auf, zog sich aus, legte die alten zerschlissenen Sachen sorgfältig zusammen, hängte sie über den Stuhl, ging zu der dunklen Truhe, klappte sie auf, legte die Uhr hinein, die er in den letzten Tagen immer in der Hand gehabt hatte, auf die Ziffern starrend, die er kaum kannte. Diese schwere Taschenuhr, die aus der Zeit stammte, als er, jung und unvernünftig wie er war, einen ganzen Lohn, den ganzen Schnitterlohn eines Sommers, dem Handelsjuden, der durchs Dorf kam, für diese Uhr gab, die er nie brauchte, denn er konnte die Zeit nach der Sonne bestimmen. Er stand nachdenklich vor der Truhe, bewegte sich nicht, stand da nackt, alt, frierend auf dem Steinboden, den er gelegt hatte, um keine Kate mit Lehmboden zu besitzen, bückte sich, schob den vertrockneten Brautstrauß seiner Frau beiseite, zerrte das steife, leinene Hemd hervor, das seine Frau mit in die Ehe gebracht hatte, das nie getragen wurde, das nur für das Ende bestimmt war, selber gewebt aus dem Flachs hinter dem Haus, das ihr Stolz war, denn sie wollten bestimmen, wie ihr Ende aussah, und nicht in einen alten Fetzen gewickelt aus dem Haus getragen und in die Erde geworfen werden. Er zog es über, schlurfte mit seinen schwachen Beinen zum Krug mit dem Wasser, goß das Wasser aus, ging zu dem kleinen Spiegel, nahm ihn von der Wand und zerschlug ihn, nahm das schwarze Kopftuch seiner Frau vom Haken und verhüllte damit das Bild der Heiligen Maria, nahm das bunte Tuch vom Haken, das er im Sommer um den Hals trug, das er bei der Ernte auf dem Feld trug, mit dem er bei der Ernte in der Sommerhitze seinen Schweiß abwischte, band sich das Tuch um den Kopf, so daß das Kinn fest anlag, bekreuzigte sich, verbeugte sich vor dem kleinen Kreuz, das über dem Bett hing, legte sich auf sein Bett und starb nach drei Tagen und Nächten.

21

Jean Paul, der sich im Alter immer mehr ins Schweigen zurückzog, in Gedanken stundenlang neben einem Webstuhl stehen konnte, auf die anscheinend langsam, aber stetig und damit doch schnell ablaufenden Kettfäden starrte, sie mit der vergehenden Zeit, dem vergehenden Leben verglich; schon das Einziehen der einzelnen Kettfäden in die Litzen als schicksalhafte Bestimmung des Lebensweges ansah; und den Schußfaden, den das Weberschiffchen rastlos in die Kette einzog, als den Teil des Lebens, der das Vorgegebene in eine mehr oder weniger phantasievolle Variation verwandelte, die das Wirken des Menschen, seine Handlungen und Taten in einem Muster festhielt, das dem ablaufenden Leben Sinn und Richtung und Halt gab, eben das ausmachte, was man als ein menschliches Leben bezeichnen durfte, als persönliches Schicksal, das unverwechselbar sein eigenes Muster hatte.

Angeregt durch die verwandtschaftliche Bindung und durch den Gesprächspartner, den er im Pfarrer La Mettrie fand, verließ er die römisch-katholische Kirche, die in Rom einen Medici zum Papst gemacht hatte, und ließ sich aus Vernunft und nachdenklicher Überzeugung in die reformierte Gemeinde Lyons aufnehmen. Er zog sich weitgehend aus den Geschäften der Firma zurück, zumal man ihm die Kasse der reformierten Gemeinde anvertraute, die er bis zu seinem Tode gewissenhaft verwaltete. Die Firma hinterließ er als ein blühendes und renommiertes Unternehmen, das über fünfzig Webstühle besaß, ganz Europa mit seinen Stoffen belieferte und inzwischen als *Manufacture Fontana* firmierte.

22

Sonntags und an den Feiertagen trafen sie sich auf dem Friedhof, saßen um die Gräber ihrer Familien, aßen ihr Brot, tranken Wodka, lachten, weinten, erzählten die alten Geschichten, die alle kannten und die von allen weitererzählt wurden, lagerten sich um die Gräber, tranken und aßen, opferten den Vorfahren Brot und Salz, auch ein Schlückchen vom Wodka, richteten die Kreuze auf, die umgefallen waren, malten die verblassenden Namen nach, erzählten die Geschichten von den Toten, die im weiten Umkreis bekannt waren, die trotzdem in immer neuen Ausschmückungen erzählt wurden, weil man es den Toten schuldig war, weil es die Pflicht der Söhne und Töchter war, denn auch von ihnen sollte man einmal erzählen, irgendwann, wenn auch sie hier liegen würden, neben Müttern und Vätern, Großmüttern und Großvätern, Onkeln und Tanten und all den anderen, deren Kreuze als morsches Holz auf den Gräbern lagen, die Erde tief eingesunken, im hinteren Teil des Friedhofes, wo die lagen, an die sich keiner mehr erinnerte, aber von denen alle wußten, deren Namen vergessen waren, deren Lebensjahre und Lebenszeit unbekannt waren, deren Geschichten man aber noch kannte.

Da lag der, der dem deutschen Inspektor vom Gut, das einem fremden Herrn aus Preußen gehörte, den Schädel mit dem Spaten gespalten hatte, mit einem Schlag in zwei Teile gespalten hatte, mit einem solchen Schlag, daß der Spaten im Brustkorb steckenblieb, der dann in einem Boot flüchtete, in dem er tot aufgefunden wurde.

Da lag auch die mit den roten Haaren, die Hexe, die das Dorf mit einem Zauberspruch und mit einem geheimnisvollen Trank vor dem Sumpffieber gerettet hatte und als einzige daran starb, weil sie den Zauber für sich vergessen hatte und der Trank für sie nicht mehr reichte.

Und die Geschichte von dem Holzfäller, der mit einem gefällten Baum ins Wasser stürzte, Gott verfluchte, daraufhin mit dem Stamm flußaufwärts schwamm, wo der Baum an einer Furt neue Wurzeln schlug und als Wasserbaum immer noch steht, lange noch mit dem Gerippe des Holzfällers darin, den sie hier der Erde übergaben.

Und die Geschichte von der Doppelzüngigen aus Krakau, die immer gleichzeitig in zwei Sprachen redete, eine dicke, riesenhafte Frau, mit einem goldenen Kopftuch und einer silbernen Kette, die bis zur Erde hing, und wenn sie den Mund aufmachte, hörte man zwei Sprachen gleichzeitig, mit den Offizieren aus Frankreich sei sie gekommen, so hieß es, aber keiner wußte es genau, jedenfalls starb sie bei den Nonnen, die sie hier begruben.

Jeden Sonntag und jeden Feiertag diese Geschichten, diese unzähligen Geschichten, die in immer neuen Variationen weiterkreisten, und Allerseelen, wenn die Namen der im Fegefeuer Leidenden aufgerufen wurden, wenn alle im Chor die Fürbitte aussprachen und mit ihren kleinen Lichtern aus Talg über den Friedhof zogen, kleine wandernde Lichtpunkte in der Dämmerung, Erinnerungen an die Vergessenen, an die, die vor ihnen da waren, die ihnen ihr Leben gaben, die ihrem Leben einen Sinn gaben, die jetzt in der dunklen Erde lagen, über die die schwarzen Krähenschwärme aufschreiend ihre Kreise zogen.

23

Jean Paul II., *le père,* wie er in Lyon nur genannt wurde, war jeden Morgen auf seinem Gang am Ufer der Rôhne oder der Saône anzutreffen. Aufrecht, mit weißem Haar, die Hände auf dem Rücken verschränkt, gekleidet mit einem schwarzen, langen Seidenmantel, schwarzen Bundhosen, schwarzen Seidenstrümpfen, schwarzen Schnallenschuhen, ging er seinen festgelegten Weg und sah jedem in die Augen. Dieser Spaziergang hatte sich im Laufe der Jahre zu einer Art öffentlicher Sprechstunde entwickelt. Wer sich ungerecht behandelt fühlte, einen Mißstand beklagte, einen Vorschlag hatte, der konnte ohne Umstände le père ansprechen. Er blieb stehen, hörte sich die Sorgen des anderen an, nickte kurz und ging schweigend weiter. Nach Tagen hörte dann dieser und jener, daß sein Anliegen einen guten Weg genommen hatte.

Jean Paul II. saß im Schiedsgericht der Seidenkaufleute, das bei Streitigkeiten über die Qualität einer Ware sein Urteil abgab. Er saß im Vorstand des Waisenhauses, denn viele Kinder arbeiteten in den Manufakturen der Seidenweber, halfen bei den Vor- und Nacharbeiten an den Webstühlen, hockten unter den Webstühlen und zogen die Schäfte, und es war seine Aufgabe darauf zu achten, daß die Seidenweber die Vereinbarungen mit dem Waisenhaus einhielten und nicht zum Nachteil der Kinder auslegten, was immer wieder versucht wurde.

Um seine Firma kümmerte er sich kaum noch. Von den vielen Kindern und Enkeln übernahm wieder ein Enkel das Musterbuch und damit die Leitung der Firma, man nannte ihn ebenfalls nur Jean Paul, obwohl er einen anderen Vornamen hatte. Le père hatte ihn unter mehreren möglichen Nachfolgern ausgesucht, und weil er der Meinung war, daß die Qualität der Seidenstoffe sich kaum noch steigern ließ, immer mehr Seidenweber den gleichen Standard erreichten, es also jetzt mehr darauf ankäme, die Produktion zu steigern, was ohne die Verbesserung der komplizierten Mechanik der Webstühle nicht möglich war, hatte er dem Techniker der Familie die Leitung der Firma übertragen.

Dieser Jean Paul, ein Tüftler, ein Erfinder, der oft den ganzen Tag unter den Webstühlen lag, erreichte durch sein mechanisches Geschick und seinen technischen Verstand manche Verbesserung. So veränderte er die Montierung der Tretschnüre an den Zugwebstühlen, was zur Überraschung aller ganz neue Muster ermöglichte. Die Maschine lief jetzt reibungsloser, unkomplizierter, also schneller, und daß sie schneller lief, freute ihn am meisten, er liebte diese Schnelligkeit.

Jacques, sein um ein Jahr jüngerer Bruder, zweiter Mann in der Firma, außerdem Teilhaber eines Lyoner Bank- und Handelshauses, handelte Wechsel auf allen europäischen Börsenplätzen, rechnete Kredite und Zinsen der verschiedensten Währungen in écu de marc um, eine in Lyon gebräuchliche künstliche Verrechnungswährung auf Goldbasis, die nur in den Büchern existierte und ermöglichte, die Forderungen der verschiedenen Händler und Fabrikanten gegeneinander auszugleichen. Er beriet viele Lyoner Geschäftsleute in ihren Vermögensanlagen, kannte die Börsen von Amsterdam und London und hatte das Weltläufige des raschen Geschäftsmannes.

Der Dritte in der Firma, von allen nur Jeannot genannt, erschien selten in Lyon. Er reiste mit Stoffmustern in allen Farben und Webarten von Messe zu Messe, von Kunde zu Kunde, trat auf wie ein Zauberkünstler, zog seinen Hut, bat um ehrfürchtiges Schweigen, schlug die schweren Stoffbücher Seite für Seite andächtig auf, selber immer wieder über die Machart und Farbenpracht der Stoffe erstaunt und gestattete den Kunden, falls sie bestellen wollten, zögernd und nach längerem Überlegen, den Stoff mit zwei Fingern zu berühren. *Arc-en-ciel* nannte er diese Vorführungen, *der Welt den Regenbogen zeigen*. Hunderte von kleinen farbig leuchtenden Stoffmustern, Blumensträuße und Ornamente auf schwerer, knisternder Seide, schimmerndes Moiré, dunkler Velours, buntes Façonné, leuchtendes Ombré. Die Webart rief er laut wie eine Litanei über die Köpfe seiner Kunden in den Raum: Étoffe de façonnés à plusieurs chaînes poil, une chaîne de liage; lancés, brochés. Étoffe de soie ombré, façonné: satin liséré deux lats; broché. Étoffe de soie, velours au sabre sur satin *double chaîne*. Étoffe de soie à *Moire Française*.

Lyon war das Königreich der Seide, ein Königreich, in dem jeden Tag 24 Stunden lang der ruhelose Schlag der Webstühle regierte. Tausende von Webstühlen in staubigen Manufakturen, engen Wohnstuben, dunklen Kellern, deren Lärm in den engen Gassen mit den hohen Häusern vielfach widerhallte, das metallene *Klack Klack* der Weberschiffchen, der harte Schlag der Lade, dieser klirrende, gleichmäßige und doch tausendfach gebrochene Rhythmus, der den Bewohnern zum Lebensgeräusch wurde.

Die Stadt konnte sich lange behaupten in einer Zeit der ständigen Glaubenskriege, ihr Seidenmonopol, ihre Börse, der Handels- und Finanzplatz hielt sich, bis die Vernunft endgültig unterging und nur noch der kriegerische Glaube herrschte und alles in seinen würgenden Strudel zog. Der König schickte seine Dragoner, die den Auftrag hatten, sich bei den Hugenotten einzuquartieren und, da sie nicht den rechten Himmel hatten, ihnen das Leben zur Hölle zu machen. Haushaltungen und Geschäfte der Hugenotten wurden geplündert, Webstühle zerstört, hohe Kontributionen gefordert. Wer sich widersetzte, wer nicht zahlen konnte, wer nicht zum Katholizismus übertrat, riskierte den Tod, zumindest die Galeere oder den Kerker. Die *Dragonnaden,* wie man diese Bekehrungsversuche nannte, waren eine tödliche Plage, und da die meisten Weber Hugenotten waren, war hier das Elend besonders groß.

Auch Fontanas Werkstatt wurde von Dragonern besetzt, gegen eine hohe Summe konnte er die Zerstörung der Webstühle verhindern, aber als im Oktober 1685 der König das Edikt von Nantes aufhob, das den Hugenotten Glaubensfreiheit garantierte, war dies das tödliche Ende. Nur katholische Seidenweber durften von nun an noch Seide weben und Seide handeln, kein Hugenotte durfte mehr einen Webstuhl bedienen.

Stille herrschte in Lyon. Die Webstühle ratterten nicht mehr, und da alle Bewohner der Stadt an dieses Geräusch gewöhnt waren, war es eine bedrohliche Stille. Konnte man sich früher in den Straßen nur schreiend unterhalten, genügte jetzt ein Flüstern. Die Webstühle, diese Erfindung der ewigen, ununterbrochenen, gleichmäßigen Bewegung, standen reglos, erstarrt wie die Menschen.

24

Nach der Hochzeit in der weißgoldenleuchtenden Kapelle, die jetzt auf dem Hügel neben der alten Eiche stand, ging das Brautpaar, ins Kirchenbuch eingetragen als Joseph und Maria Lukacz, den Berg hinab zum Friedhof des kleinen Viehjungen, wie man ihn jetzt nannte, legte Blumen, Brot und Salz auf die Gräber und verneigte sich vor den Toten. Die Schlange der Verwandten, Freunde, Gäste, die hinter dem Brautpaar herzogen, verlängerte sich auf dem Weg vom Friedhof zum Dorf, wurde immer bunter und heiterer, jeder, der in der Gegend wohnte und der von einer Hochzeit Essen, Trinken, Lachen, Musik und Tanz erwartete, schloß sich an. Die Menschenschlange zog einen Kreis um das Dorf, denn es war Brauch, einmal um das Dorf zu gehen, bevor die Braut das Haus des Bräutigams betrat, und so zog eine farbige, lachende, kichernde, sich immer enger um das Dorf drehende Spirale um die Häuser und Gärten, und als Jankel fand, daß es Zeit war, das Fest zu eröffnen, setzte er seine Geige ans Kinn, und mit einem energischen Strich gab er dieser Spirale einen befreienden Schwung, wie ein Peitschenschlag traf der Ton der Geige die Menschenschlange, die mit einem Jubelschrei antwortete, das Brautpaar schon vor dem Haus, der Letzte noch auf freiem Feld, drehte sich die Spirale nun um sich selbst und in sich selbst, die jungen Kerle sprangen mit akrobatischen Verrenkungen so hoch sie konnten, die jungen Frauen drehten sich im schwindelnden Kreisen ihrer Röcke und Unterröcke, und Jankel legte zu, seine Geige wurde lauter, sein Bogen energischer, er zog schneller über die Saiten, und die Spirale aus tanzenden, lachenden, weinenden, glücklichen, unglücklichen Menschen vergißt in ihrem Tanzrausch, in ihrer unendlichen Bewegung, die Welt, die Plagen, die Leiden, den Tag und die Nacht, dreht sich um die kleinen Häuser in den schönsten Kleidern, die sie ihr Leben lang aufheben für einen Tag wie diesen, dreht sich in wirbelnden Tanzschritten, in kunstvollen Drehungen und Wendungen, bildet Paare, Kreise, sie fassen sich an den Händen, stolpern gemeinsam vorwärts, halten sich, klammern sich fest, werden getragen von der Menschenkette, die sich immer enger zieht, immer mehr in sich selbst dreht, immer dichter wird, immer schneller dreht, alles mitreißt in ihren Strudel, und als Jankel noch energischer spielt, noch mehr zulegt, die Geige aufschreit und in jauchzenden Tönen die Welt besingt, die Sonne, den Himmel, das Wasser, das Land mit allen seinen Tieren, tanzen und springen und stampfen die Menschen, als sei es für das ewige Leben, als ginge es um das ewige Leben, einmal erfahrbar in einem Rausch aus tagelangem Tanz und Gesang, und immer neu erlebbar, neu wie die Schöpfung am siebten Tag, neu und unschuldig und ewig, ein Leben voller Leben und Tanz und Gesang, und Jankel drückt den Bogen so fest auf die Saiten, daß die Geige bis weit ins nächste Dorf zu hören ist, über Felder und Wasserflächen, über die einsamen Gehöfte bis zum Damm am Fluß, und die Bauern auf den fernen Feldern und die Fischer auf dem Fluß hören die Töne und drehen sich leise, ganz leise am fernen Ende dieser Spirale, in deren Mitte nun ein schmerzhaftes Gestampfe, Gestöhn, Geschrei herrscht, eine vor den Augen wirbelnde, vergehende Welt, die langsam im wechselnden Licht von Tag und Nacht verschwindet, im Geräusch der nicht mehr zu unterscheidenden Tänzer versinkt, die sich drehen und drehen, bis sie erschöpft und fast schon tot am Boden liegen, einschlafen, nichts mehr wissen, hören, sehen, und als Jankel die Geige absetzte, waren sieben Tage und Nächte vergangen, während er selber glaubte, nur einen Tag und eine Nacht gespielt zu haben, doch das Atmen seiner Geige, ihre wilden Töne, waren noch lange zwischen Himmel und Erde zu hören, schwebten weiter, bis sich irgendwo in einem Dorf wieder ein neuer Menschenzug zusammenfand, der sich im Labyrinth einer langen Spirale um sich selbst, in sich selbst, drehte, immer weiter sich drehte zu Tod und Geburt.

25

Jean Paul, Jacques und Jeannot trafen sich in der Nacht in einem Nebenraum der Manufaktur, in dem sonst die Patroneure die Webmuster auf die Patronen übertrugen, die als Vorlage für die Einrichtung der Webstühle dienten. Hunderte dieser *Mise en carte,* wie man sie auch nannte, auf denen in kleinen Kreuzen die komplizierten Muster Faden für Faden eingetragen waren, hingen an den Wänden. Erst viele Patronen zusammen ergaben ein Muster, die einzelnen Patronen zeigten oft nur das Detail eines Ornamentes, einer Blume, einer Farbnuance, Details, die nur ein Seidenweber zu einem sinnvollen Muster zusammenfügen konnte.

Jeannot berichtete noch im hohen Alter in einem Brief an seine Nachfahren von dem kurzen Gespräch. Le père sei schweigend in den Raum gekommen und habe zunächst, als sei er noch Chef der Firma, die neuen Patronen kontrolliert und wie in alten Zeiten seine Anmerkungen zu den Webmustern gemacht. Dann hätte er plötzlich aufgeblickt und mit müder, stumpfer Stimme gesagt: »Was mich betrifft, ist die Sache einfach, ich bin alt. Ich werde in Lyon bleiben. Ich werde meinen Glauben nicht wechseln. Wenn man mich deshalb nicht auf dem Friedhof beerdigt – Erde ist Erde. Aber die Familie muß die Stadt verlassen. Hier herrscht der Totengräber.«

Jean Paul, der Chef der Firma, der die Entscheidung treffen mußte, sah ebenfalls keine Zukunft mehr in der Stadt. Lyon werde das Seidenmonopol verlieren. Es gäbe Angebote aus den Niederlanden und aus Brandenburg, Glaubensfreiheit, Steuerfreiheit, Privilegien für den Aufbau einer Seidenfabrikation. Allerdings, die Flucht bedeute den Totalverlust der Firma und Jahrzehnte des Neuaufbaus in einem fremden Land. Außerdem sei es bei Todesstrafe verboten zu fliehen, die Grenzen würden von den Dragonern bewacht, die ersten gefangenen Seidenweber säßen schon auf den Galeeren.

Jacques, dem die Religion als Bankier nicht sehr viel bedeutete, meinte, daß sich so mancher gute Hugenotte pro forma taufen ließe, unter Vorbehalt natürlich, es gäbe da juristische Klauseln, was zumindest erlaube, die Firma vorerst weiterzuführen, um sie dann, in besseren Zeiten, in Ruhe zu liquidieren und das Kapital über Genf oder Amsterdam zu transferieren.

»Und wo bleibt die Familie inzwischen?« wollte Jean Paul wissen.

»In der Schweiz«, antwortete Jacques. Genf, Lausanne, Neuenburg, französischsprachige Städte, die durchaus an Seidenindustrie interessiert seien. Warum so weit wegziehen. Vielleicht änderten sich die Zeiten, und man könne wieder zurück.

Le père meinte unwirsch, er sähe ungern einen Konvertiten in der Familie. Entweder ja oder nein. Es gehe hier nicht nur um den Glauben, es gehe um die Freiheit zu denken und zu leben.

Jacques sagte, es sei noch die Frage, ob der Glaube nicht Mittel zum Zweck sei. Die Hugenotten webten nicht nur die schönsten Seidenstoffe, sie beherrschten auch die Banken und entschieden über den Kredit, in ihren Buchdruckereien erschienen die Bücher und Journale, die die öffentliche Meinung beeinflußten, die Gelehrten wären auf ihrer Seite und die Wissenschaftler. Wenn man in einem Dorf einen Arzt, einen Apotheker, einen Notar aufsuche, sei es garantiert ein Hugenotte. Es sei das gleiche Spiel wie bei den Juden. Der Aberglaube revoltiere mal wieder gegen den Verstand des Menschen, der Haß und der Neid gegen die Toleranz. Auf den Scheiterhaufen mit denen, die nicht so sind wie wir, und dann nehmen wir uns ihre Häuser, Fabriken und Banken, verbieten ihre Bücher, und da so etwas nur in Gottes Namen möglich sei, sei ihnen der Glaube herzlich willkommen.

Le père, der noch nie lange diskutiert hatte, stand auf, stellte seinen Stuhl gerade und ging mit der Bemerkung, seine Haltung sei klar, und er hoffe nur, daß die Familie die gleiche Klarheit gewänne. Dann verließ er den Raum.

Jean Paul sah sich noch einmal um, dann sagte er: »Morgen nacht. Die ganze Familie und alle Seidenweber, die mit uns ziehen wollen. Jeder geht von seinem Haus aus ohne Gepäck. Keiner betritt mehr die Manufaktur.

Jacques kümmert sich um das Geld und die Wechsel. Jeannot um die Patronen. Ich nehme das Musterbuch und die wichtigsten Stoffe. Im Morgengrauen sind alle außerhalb der Stadt.«

Und so verließen im Oktober 1685 die Fontanas Lyon.

26

In dem Jahr nach der wunderbaren Genesung seines Sohnes von einer rätselhaften Krankheit durch die Fürbitte an die Heilige Maria Mutter Gottes machten Joseph und Maria Lukacz eine ebenso wundersame Pilgerfahrt, sie reisten von Preußisch-Polen durch das zu Österreich gehörende Polen nach Russisch-Polen. Eigentlich wollten sie nur die am Krankenbett ihres Sohnes gelobte Pilgerfahrt zum nicht allzufernen Gnadenbild der Heiligen Maria erfüllen und noch den Bruder Marias, der in Krakau Priester war, besuchen. Dabei reisten sie von Posen aus, wo sie wohnten, durch die Länder des Königs von Preußen, des Kaisers von Österreich-Ungarn und des Zaren von Rußland.

Eine verwirrende Fahrt, denn obwohl offensichtlich alle Menschen, denen sie begegneten, Polen waren und polnisch sprachen, waren doch für die Reisepapiere und für die Formalitäten an den Grenzübergängen zumindest auch Deutsch und Russisch unerläßlich.

Joseph und Maria Lukacz sprachen deutsch, doch die Wallfahrt wäre ohne die Hilfe eines sprachkundigen Juden aus Russisch-Polen, der in Devotionalien reiste und dessen Legitimationen aus einer großen Auswahl von Heiligenbildern bestand und der statt verschiedener Währungen die verschiedensten Rosenkränze mit sich führte, nicht allzuweit gediehen. Zweimal wurden sie als Spione verhaftet, weil sie auf die unverständlichen Fragen ihnen unbekannter Behörden, deren Existenz sich nur dadurch rechtfertigte, daß sie nun einmal da waren, keine Antwort wußten. Nur weil der dolmetschende Jude sie mit Beredsamkeit, treuen Blicken, mit Heiligenbildern, Rosenkränzen und diversen heiligen Eiden auf seine sämtlichen Vorfahren zu seinen Handlungsgehilfen beförderte, konnte diese christliche Wallfahrt zur Heiligen Maria weitergeführt werden. Denn die verschiedenen Behördenvertreter, die alles, was polnisch war, grundsätzlich als Hochverrat auslegten, konnten so eine Pilgerreise, je nach Regierung, leicht in ein preußisches Gefängnis, in ein galizisches Lager oder zum Ural umdirigieren.

So bewegten sie sich oft wie in einem Labyrinth, fuhren ein Stück mit einem Pferdewagen, gingen zu Fuß über ausgemergelte Dorfwege, querfeldein durch unbestellte Felder, durch Sonne und Regen, kehrten wieder um, wenn eine Grenzstation geschlossen war, gingen in einem großen Kreis um einen Ort, der voller Soldaten war, mieden Grenzübergänge, bei denen der Jude schlechte Erfahrungen mit den Zöllnern gemacht hatte, wußten oft nicht mehr, wo sie waren, schliefen und aßen bei Bauern, die auf die elenden Pilger fluchten, die unnützerweise durch das ganze Land zogen, waren bei Sonnenaufgang unterwegs, in der Nacht unterwegs, durchquerten Gegenden, in denen der Jude sich Geschäfte erhoffte, schimpften über die Umwege, während der Jude behauptete, es seien Abkürzungen. Sie zogen durch einsamgelegene Dörfer, die sich unter ihren tief in die Erde geduckten Dächern versteckten und von ferne nur an den Rauchfahnen zu erkennen waren, die über den Hütten kreiselten, durch kleine Städte, deren Märkte mehr vom Stimmengewirr zwischen Polen, Russen, Deutschen, Böhmen, Slowaken, Ungarn, Ukrainern, Litauern und Juden lebten, als von dem, was sie an Waren anzubieten hatten. Magere Pferde wechselten mehrfach den Besitzer unter dem Vorwand, ein Geschäft zu machen, wobei der letzte nicht mehr als der erste erhielt. Einige Tage lang reisten sie mit einer dreiköpfigen Gauklerfamilie, die mit einem tanzenden Bären und einem kreischenden Affen unterwegs war. Während der Sohn auf dem Seil stand, schlug der Alte die Pauke, tanzte mit Schellen an den Füßen, der Bär drehte sich, der Affe sprang an einem Stock auf und ab, und die Frau legte den Bäuerinnen die Karten.

Als sie endlich zwischen preußischen, russischen und österreichischen Fahnen und Herrscherbildern hindurch über Krakau – wo sie Marias Bruder nicht antrafen, weil er, obwohl Priester, wegen irgendeiner polnischen Verschwörung im Gefängnis saß – ihr Pilgerziel erreichten, Tschenstochau, wie es die Deutschen nannten, Tschenstochow, wie es die Russen nannten, Częstochowa, wie es die Polen nannten, und sich von ihrem Reisegefährten verabschiedeten und dabei versprachen, eine Kerze für ihn anzuzünden, lächelte der Jude und meinte, er hätte im Laufe der Jahre schon Hunderte von Pilgern über die Grenzen gebracht, und wenn jeder davon eine Kerze anzünde, könne das auch ein höllisches Feuer werden in diesen Zeiten. Er verbeugte sich mit seiner übergroßen Höflichkeit viel zu tief, lächelte ein wenig hilflos und verschwand eilig.

Das Kloster Jasna Góra lag auf einem Berg und war durch Jahrhunderte eine uneinnehmbare Festung, was man vom übrigen Land nicht sagen konnte; aber auch die Festung war inzwischen erobert, doch das Kloster war noch da, dazu viele tausend gläubige Pilger, die es täglich füllten, und über ihren Köpfen schwebte dunkel, fast schwarz, kaum erkennbar und doch unübersehbar vorhanden das Gnadenbild, die Schwarze Madonna von Częstochowa. Eine Ikone von unbekannter Herkunft, gemalt auf Zypressenholz, aus Byzanz flüsterten die einen, aus Siena, hieß es auch. Joseph und Maria kannten diese Orte nicht, konnten sich weder unter Byzanz noch unter Siena etwas vorstellen, kannten auch kein Zypressenholz, sahen nur das schöne Gesicht der Schwarzen Madonna und beteten. In all dem Gewirr, in all der Unübersichtlichkeit, in diesem lebenslangen Labyrinth mit seinen spiralförmigen Gängen, die man hoffnungsvoll betrat und die doch nie zu einem Ausgang führten, denen man trotzdem folgen mußte, in diesem heillosen, menschlichen Durcheinander, das dahintrieb wie Jungtiere in einem hochgehenden Fluß, war sie der einzige feste Halt, der unverrückbare Punkt im Leben.

Als Joseph und Maria in ihr Dorf zurückkehrten und die Fragen, wie denn die Ikone aussähe, nicht aufhörten, nahm Joseph ein Stück Holzkohle und zeichnete sie auf die Innenseite einer Baumrinde. Das geschah auf Anhieb zur großen Überraschung Josephs so gut, daß der Pfarrer ihm das Bild abkaufte. Joseph versuchte es weiter mit der Kohle, rieb mit braunen und goldschimmernden Farben das Bild der Madonna auf Holzplatten, die die Bauern ihm abkauften, und wurde nach und nach zum Ikonenmaler des ganzen Kreises. Abends saß er auf der Ofenbank, zeichnete mit der Kohle auf Holz und sang dabei. Er hatte eine schöne Stimme, man hörte sie im ganzen Dorf, und man hörte es gern, wenn er sang. Joseph, der die Unordnung der Welt erlebt hatte, wurde ein zufriedener Mensch, er sang und malte seine Bilder bis zu seinem Tod.

27

Die Räder des Bauernkarrens mahlten tief durch die schlammigen Furchen, drückten verlorene Stoffballen, weggeworfenen Hausrat noch tiefer in den Schlamm.

Ein mit einem zu leichtgebauten Pferdewagen umgestürzter Webstuhl lag am Weg, sich im Geschirr verfangene, mit den Hufen in die Luft schlagende Pferde, denen man die Nüstern verbunden hatte, versuchten, mit blutig aufgerissenen Augen freizukommen. Eine Frau mit naß herunterhängenden Haaren lief im Kreis und rief halblaut Namen in die Dunkelheit. Ein Kind mit aufgeblähtem Bauch und verwirrt suchenden Augen saß reglos und leise wimmernd auf einem Wagenrad. Ein Mann war von einem von Ochsen gezogenen Wagen gefallen, lag unter den schweren Rädern und schrie, eine Frau hielt ihm den Mund zu, die entkräfteten Ochsen ließen sich blutigschlagen, ohne sich von der Stelle zu rühren. Zerlumpte Bauern der Gegend begleiteten als schweigende Schatten den Zug der Flüchtlinge auf beiden Seiten, nahmen die weggeworfene oder liegengebliebene Habe der vorwärtsdrängenden Masse, sortierten aus, was sie gebrauchen konnten, schlugen sich um wertvolle Seidengewänder, plünderten steckengebliebene Wagen, forderten für ein Ochsengespann zehn, zwanzig, fünfzig Goldstücke. In der Ferne plötzlich das Geschrei von Menschen, die von Dragonern überrascht und niedergemetzelt wurden. Dann wieder nur die stille, fluchende, stöhnende Mühsal der sich vorwärtskämpfenden Menschen.

Als der Wagen der Fontanas mit einem Ruck endgültig steckenblieb, die Pferde sich sinnlos aufbäumten, sprangen alle ab, verließen diesen Weg, der nur in den Tod führte und liefen, mit dem, was jeder tragen konnte, nur dem Instinkt folgend, in einen nahegelegenen, schwarz dastehenden Wald, wo der Boden fester war, das Gehen leichter und Plünderer und Dragoner sich nicht so rasch bewegen konnten. Der Mond schien, sein gleichgültiges Licht erhellte das Geäst der Tannen, aufblinkende Sterne zeigten den ungefähren Weg. Sie fürchteten die Schluchten und die wasserführenden Wildbäche, die Tannenäste schlugen ihnen ins Gesicht, die nasse Kleidung legte sich schwer um den Körper. Wer stolperte und fiel, stand auf und ging weiter, was war Schmerz, was war Angst, jeder Meter Boden war Hoffnung. Als der Morgen dämmerte, stießen sie auf einen im Nebel liegenden Heuschober. Sie versteckten sich darin. Als der Nebel sich unter einer kalten Sonne auflöste, sahen sie unter sich den blauen Genfer See.

28

Der Sarg wurde schwerer, die Luft feuchter, sie standen bis zu den Knien im Wasser. Chalupa, der Stärkste unter ihnen, setzte als erster ab. Das Wasser im

Bruch war über Nacht gestiegen, hatte die alte Abkürzung, den festen Steg zum Friedhof unterspült, das sumpfige Wasser hatte sich ausgedehnt, das feste Land hatte sich verschoben.

»Als wir Dobrszinski begruben, war der Steg noch gut«, sagte Wittek, der als Schmied auch nicht schwach war. Die Trauergesellschaft hatte sich schon zurückgezogen und winkte aufgeregt von der Fahrstraße.

»Der Weg war zwanzig Jahre gut«, meinte Chalupa und setzte sich auf den Sarg. Janusz, der Spindeldürre, der am meisten schnaufte, gab allen von seinem Wodka ab, den er immer bei sich hatte. Sie tranken in Ruhe und schauten blinzelnd durchs Bruch nach dem Steg, der doch irgendwo wieder auftauchen mußte, aber nichts war zu sehen, nur dumpfes, in der heißen Sonne vor sich hin brütendes Wasser.

Der alte Lukacz, den sie da im Sarg trugen, merkte von allem nichts mehr. Die Trauergesellschaft schrie etwas herüber, man konnte es nicht verstehen. Chalupa, der die Bequemlichkeit über alles liebte, hatte seine zwei Zentner auf dem Sarg ausgestreckt und döste vor sich hin. Der Sarg sank langsam tiefer. Chalupa, der langsam, aber geordnet dachte, auf dessen Wort daher alle warteten, wenn es galt, eine Sache zu besprechen, sagte, nachdem er das Gesicht einige Male in nachdenkliche Züge gelegt hatte: »Der Lukacz hat sein eigenes Bier gebraut. Er hat seinen eigenen Tabak angepflanzt. Er hat vier Kinder in die Welt gesetzt. Seine Frau ist selig gestorben. Die Kinder leben. Der Lukacz hat gelebt. Was braucht der Lukacz einen Sarg?«

Kaszek dachte ebenfalls nach. Er schob den Kopf

von einer Seite der Schulter auf die andere Seite und meinte: »Da liegt er aber nun mal drin, und es wäre sicher eine Todsünde.«

»Mit dem Sarg kommen wir nicht mehr weiter«, sagte Janusz.

Sie dachten nach und nahmen noch alle mit Dank einen Schluck aus der Wodkaflasche, die Janusz herumreichte.

Wittek schlug einen Kompromiß vor: »Der Lukacz hat ein anständiges Leintuch an, wenn wir den Sarg aufgeben, schaffen wir es vielleicht, der Steg muß doch halbenwegs zum Friedhof wieder auftauchen.«

Chalupa, der auf dem Sarg ausgestreckt ins diffuse Licht des Himmels blinzelte, bemerkte in seiner ruhigen Art: »Ich glaube, der Sarg sinkt.«

»Kann sein, der Steg verschiebt sich weiter«, meinte Janusz, der ein wenig ängstlich war, »da sollten wir vielleicht nicht so lange warten.«

Chalupa meinte: »Tot ist tot und Erde ist Erde, vielleicht sollte man nicht den Lukacz, sondern den Sarg retten.« »Ohne christliches Begräbnis?« fragte Wittek.

»Wenn der Steg wieder hochkommt«, meinte Kaszek, »kommt auch der Lukacz wieder hoch, und im Moor hält er sich ja. Das Begräbnis kann dann immer noch stattfinden. Ein Toter hat Zeit genug, und der Lukacz hat immer Zeit gehabt.«

Sie nickten einander zu, Chalupa erhob sich vom Sarg, sie bekreuzigten sich und schlugen den Sargdeckel auf, und der alte Lukacz sah plötzlich wieder die Sonne. Sie nahmen das Bild der Schwarzen Madonna von Częstochowa, das er mit ins Grab nehmen wollte, aus seinen Armen, hoben ihn heraus und legten seinen Körper sorgfältig ins Wasser, den Kopf an eine Wurzel gelehnt, wobei der alte Lukacz seltsam rülpste. Dann schoben sie sich mit den beiden Sarghälften durch das schlammige Wasser zur Fahrstraße; daß sie das ohne den sie haltenden und tragenden Sarg geschafft hätten, glaubte keiner der vier Sargträger.

Da sie auch das Gnadenbild, das der Vater des alten Lukacz gemalt hatte, aus Versehen wieder mitgebracht hatten, denn eigentlich wollten sie es ihm auf den Bauch legen, aber der Teufel weiß wie, es lag halt im Sarg, und da die Trauergesellschaft immer noch in den feinen dunklen Kleidern dastand, beschlossen sie gemeinsam und ohne den Pfarrer, der gegen den Unfug protestierte, zum Friedhof zu ziehen, das Bild in das ausgehobene Grab zu legen und den Lukacz in Abwesenheit zu beerdigen.

Nach einer Trauerstunde am Grab und vielen Reden, denn jeder wollte etwas dazu sagen und sein Urteil zu diesem Fall abgeben, wurde es noch sehr lustig, und als sie am Abend singend und untergehakt ins Dorf zurückkehrten, konnte der Totengräber das Grab nicht wie vorgesehen zuschaufeln, denn der dicke Chalupa lag darin und schnarchte seinen Rausch aus. Der Totengräber versuchte mit Hilfe des auch nicht mehr nüchternen Janusz den Chalupa hochzuziehen, als Janusz dabei ins Grab fiel und sich ebenfalls schlafenlegen wollte, gab es der Totengräber auf, er zog noch den Janusz heraus und ging mit ihm in seine Kate, wo sie weitertranken. Sie erörterten noch lange, ob das offene Grab eine Sünde darstelle, kamen aber dann zu dem beruhigenden Schluß, da keine Leiche darin läge, sei es vor Gott schließlich egal, ob das Grab offen oder geschlossen sei.

Die Geschichte war aber die, daß der Lukacz am nächsten Morgen in seinem langen Leichenhemd mit dem Gnadenbild in der Hand auf dem Dorfplatz stand, während der dicke Chalupa mit aufgerissenen Augen tot im Grab lag.

Der alte Lukacz war in dem lauwarmen Wasser des Bruchs offenbar wieder von den Toten zu den Lebenden zurückgekehrt, hatte sich traumwandlerisch auf den Weg gemacht, war über dem halbversunkenen Steg auf dem Friedhof gelandet, wo der Chalupa mit seinem Gnadenbild in einem Grab schnarchte, er habe ihm das Bild abgenommen, wobei der Chalupa schrecklich aufgeschrien habe, dann sei er über die Fahrstraße zum Dorf zurückgegangen, und jetzt sei ihm kalt.

Aus der Geschichte wurde ein Wunder. Obwohl der Bischof damit drohte, das ganze Dorf zu exkommunizieren, wurde der Lukacz als Heiliger verehrt und sein Gnadenbild als wundertätig anerkannt. Als er drei Monate später endgültig starb – wobei man ihn vorsichtshalber drei Tage länger als üblich liegenließ – war er ein sehr glücklicher Mann.

Einmal im Jahr fand an seinem Todes- und Auferstehungstag eine Prozession zu seinem Grab statt, die immer mehr Gläubige anzog, die danach gestärkt in ihre Dörfer zurückgingen. Hätte der alte Lukacz das gewußt, er wäre noch glücklicher gewesen, denn wem gelingt es schon, ein Wunder in die Welt zu setzen, was kann der Mensch mehr tun, als ein Wunder in die Welt zu setzen, ein ganz persönliches, einzigartiges, unverwechselbares Wunder für die Ewigkeit, das hätte der alte Lukacz sicher gedacht, das wußten alle, die an ihn glaubten und sich an seinem Wunder stärkten und aufrichteten und durch ihn wußten, daß der Tod nicht so wirklich sei, wie immer erzählt wurde, daß man auferstehen und weiterleben könne aus dem Grab heraus aus tiefer dunkler Nacht.

29

Der Flüchtlingsstrom zog über Lausanne, Bern, Zürich nach Schaffhausen, ein kleinerer nahm eine seitliche Route über Yverdon, Neuchâtel, Bienne nach Basel. Menschen erschienen ununterbrochen in Städten und Dörfern wo sie verpflegt wurden, übernachten konnten, aber nicht bleiben durften, wo es Hilfe gab und Achselzucken. Die langen Kolonnen ratloser Menschen zogen weiter an Seen vorbei, am langgestreckten Jura, verzweigten sich, kreuzten sich, liefen im Kreis durch das Land. Hungernde, verzweifelte, zerlumpte Menschen, ruhelos auf der Suche nach einer neuen Heimat.

Die Familie Fontana, auch sie immer abgerissener, ärmlicher, hilfloser, suchte mit den sie begleitenden Seidenwebern den direkten Weg nach Basel, wo Jean Paul Geschäftspartner hatte, Seidenfabrikanten, Kunden. Jacques kannte einige Bankiers, Jeannot war auf seinen Geschäftsreisen oft in dieser Stadt gewesen, hier gab es bereits eine hugenottische Gemeinde. Sie zogen durch die naßkalten, dunstigen Schluchten der Birs und waren glücklich, als sich das Rheintal vor ihnen öffnete und sie die Türme des Basler Münsters sahen.

In Basel fühlte man sich aufgehoben. Jean Paul trug sich auf dem Rathaus in die Liste der Réfugiés, der Glaubensflüchtlinge, ein. Sein nächster Weg führte zum nahen Seidenhof, der herrschaftlich am Rhein lag, in der Hoffnung, irgendeinen der alten Geschäftspartner zu finden. Der erste, der ihm begegnete, war Emanuel Hoffmann, der sofort für die Übernachtung der Familie in seinem Haus sorgte, für die notwendige Erholung und Neuausstattung der übermüdeten, abgestumpften Menschen, die da auf dem Basler Marktplatz saßen. Von denen, die Lyon mit den Fontanas verlassen hatten, waren nur noch wenige dabei, dafür waren Neue dazugestoßen, Fremde, die sich unterwegs angeschlossen hatten, eine zusammengewürfelte Menschengruppe, der Rest der ehemals so stolzen Firma Fontana.

Am nächsten Tag führte Hoffmann Jean Paul in seine Manufaktur am Ufer der Birsig, wo er in diesem Jahr der großen Flucht und der Zerstörung der Lyoner Seidenindustrie eine neue Seidenbandfabrikation gegründet hatte, von der er behauptete, daß ihr die Zukunft gehöre. Geheimnisvoll und stolz zeigte er Jean Paul den neuen Kunststuhl, der hier auch Bändelmühle genannt wurde. Ein automatischer Webstuhl, der sechzehn verschiedene Seidenbänder gleichzeitig weben konnte und so perfekt gebaut war, daß man keine Weber mehr brauchte, nur noch angelernte Arbeitskräfte, die gerissene Kettfäden knüpften, defekte Webspulen auswechselten. Es war ein Wunderwerk. Hoffmann hatte diese Webmaschine aus den Niederlanden nach Basel geschmuggelt, sie war bisher nur in Köln, Straßburg, Elberfeld, Barmen und Iserlohn bekannt, so daß Hoffmanns Einsatz eine Heldentat war. Eine umstrittene Heldentat.

»Ihr in Lyon mit euren schweren Seidenstoffen, euren kostbaren Mustern, immer nur Brokat und Samt, das ist etwas für Königshöfe, für Fürsten, Kardinäle und reiche Bürger. Damit ...«, und er zeigte fröhlich auf die lärmende Maschine, »damit kann man die Masse beliefern, und man kann billig liefern. Einfaches Seidengarn genügt, die Maschine produziert Tag und Nacht, sechzehn verschiedenfarbige Bänder, von Posamentern auf dem Lande überwacht. So ein Band kann sich jeder leisten. Und wenn die Mode wechselt, die Maschine produziert von einem Tag auf den anderen das, was gewünscht wird. Wir arbeiten nicht mehr auf Bestellung für eine Person. Wir produzieren für den Markt.«

»Das kann jeder herstellen«, meinte Jean Paul.

»Der Webstuhl ist teuer. Wir verleihen diese Webstühle nur, sie bleiben unser Eigentum. Wir stellen sie in den Dörfern rund um Basel auf, liefern die Garne, schreiben das Muster vor, holen die fertigen Bänder ab. Die Entwürfe, die Planung für die Produktion und den Verkauf, das bleibt alles hier in Basel.«

Sie gingen zurück in das schön gelegene Haus Hoffmanns, in die ganz mit Seide ausstaffierten Räume im ersten Stock, von denen aus man den Rhein sah.

Jean Paul fragte: »Wie ist es in Zürich?«

Hoffmann antwortete: »Taft oder Damast. Man muß vor der Stadt produzieren, und man darf nur an die Zürcher Seidenherren verkaufen, außerdem muß man seine Produktionsgeheimnisse allen zugänglich machen. Wenn die Zürcher dann die gleiche Qualität herstellen können, müßt ihr weiterziehen.«

Hoffmann zuckte mit den Schultern. »Überall nur

Réfugiés, meistens Seidenweber. Wenn sich hier nun alle niederlassen und ihre Seide weben und verkaufen – die Welt ist klein.«

Jean Paul sagte: »Und wir sind die besseren Seidenweber.«

Hoffmann antwortete: »Und ihr seid sehr stolz, fast unnahbar, eure Devise heißt, résister. Widerstehen. Eine ehrenwerte Haltung, aber im Geschäftsleben –«

Jean Paul sagte: »Wir haben noch eine zweite Eigenschaft, die patience de huguenot. Unsere Geduld. Widerstand und Geduld.« Er sah aus dem Fenster auf die Schifflände, wo gerade ein Lastschiff eine Gruppe Réfugiés aufnahm, um sie rheinabwärts in die deutschen Lande zu transportieren.

Er wäre gerne in Basel geblieben. Eine freie Stadt, viele Seidenhändler, in der Rheinebene könnte man einen Versuch mit Maulbeerbäumen wagen – aber die Fontanas waren keine Bandweber. In dem stark zerfledderten Musterbuch, daß sie immer noch mitschleppten, obwohl es für sie schon fast unbrauchbar war, fanden sich kostbare Stoffe mit klassischen Mustern.

Das Schiff legte ab, trieb langsam in die Strommitte, entfernte sich auf dem reichlich Wasser führenden Fluß und verschwand schnell aus den Augen der an der Schifflände stehenden Menschen.

Widerstand und Geduld! Sie waren geflohen mit Gottes Wort auf den Lippen. Konnte es sein, daß es sie in die Irre führte?

30

Pawel, der ältere Bruder des Joseph Lukacz, war Analphabet. Er kümmerte sich um die Pferde auf dem Gut, für die er als Instmann zuständig war, zog in seinem Deputatsgärtchen Tabakpflanzen, die er hütete wie seine Pferde und die er auf eine nur ihm bekannte Weise in Tabak verwandelte, den er in einer langen Pfeife rauchte, der langen Pfeife, die er ständig im Mund hatte, die alle im Dorf kannten, die das einzige war, was er wirklich besaß.

Als er am Pfingstsonntag in der Kirche die Predigt des Pfarrers hörte und dabei auch vernahm, daß Gottes Wort in uns sei, hatte er nicht gerade eine Erleuchtung, aber der Satz ging ihm nicht mehr aus dem Kopf, er setzte sich sozusagen quer in seinen Kopf. Daß Gottes Wort in ihm sei, das war für ihn ein so unverständliches Ding, daß er sich an einem Sonntagmorgen die Stiefel putzte und den Feldweg zum Pfarrhaus einschlug.

Der Pfarrer, der wußte, daß man mit Pawel sehr verständig über Pferde, aber leider weniger gut über Gottes Wort reden konnte, zeigte ihm die große Bibel, die auf einem Stehpult lag, und Pawel vertiefte sich darin. Er war sehr davon beeindruckt, daß man, so oft man auch in diesem Buch eine Seite umblätterte, immer wieder neue Zeichen fand, die der Pfarrer Buchstaben nannte, die aber doch unzweifelhaft Gottes Wort sein mußten, und vertiefte sich in das Studium dieser seltsamen Zeichen.

Von da an ging er jeden Sonntag ins Pfarrhaus, stand stumm am Stehpult und las in der Bibel. Man gewöhnte sich daran, nahm es als sonntägliches Geschehen, bis eines Tages Pawel, der immer noch keinen Brief, keine Anordnung lesen konnte, dem Pfarrer ernsthaft und mit gläubigem Gesicht versicherte, er verstehe jetzt Gottes Wort. Der Pfarrer verlangte eine Leseprobe von Pawel, zeigte auf verschiedene Stellen des Evangeliums, dabei stellte sich heraus, daß Pawel das Gewirr der schönen Zeichen mit leuchtendem Gesicht auf eine Art interpretierte, die wiederum der Pfarrer nicht kannte. Pawel las laut und mit fester Stimme in einer Sprache, die offenbar nur er verstand.

Der Pfarrer warf ihn hinaus, aber Pawel ließ sich seine Sprache nicht verbieten und predigte Gottes Wort in der kleinen Wirtschaft des Dorfes, wo man ihn ebenfalls hinauswarf. Daraufhin zog er mit großer Glaubensgewißheit von Haus zu Haus, von Dorf zu Dorf und verkündete Gottes Wort in der originalen Sprache, so wie er sie uns hinterlassen hatte, und für die einfachen Leute übersetzte er alles mit großer Geduld und Freundlichkeit ins Polnische. Er fand auf diese Weise immer mehr Gefolgsleute, die Gottes Wort in der Auslegung des Pawel durchaus verstanden, oft zum erstenmal verstanden.

Als seine Gemeinde größer wurde und er auf den Dorfplätzen öffentlich predigte, kam eines Tages ein Amtmann aus der Kreisstadt und versuchte, ihn an seiner Predigt zu hindern, doch Pawel hatte seine Sprache gelernt und antwortete ihm deutlich mit klaren und eindeutigen Sprüchen, die der Amtmann nicht widerlegen konnte, weil er kein Wort verstand. Der Amtmann schrieb einen Brief nach Posen an die Regierung, in dem er den Vorfall schilderte und ausdrücklich betonte, daß es sich hier nicht um Polnisch, Russisch, Ukrainisch, Ungarisch oder Deutsch handele, auch nicht, wie ihm der Pfarrer versichert hätte, um Lateinisch, Griechisch, Hebräisch oder Aramäisch. Es handle sich hier eindeutig um die Sprache des Pawel.

Pawel, der jetzt im deutlichen Wettbewerb zum Pfarrer stand, vergrößerte seine Anhängerschar durch eine kühne Wendung in seinen Predigten, er verkündigte seinen Anhängern das baldige Paradies auf Erden. Da seine Predigten von seinen engsten Jüngern laufend ins Polnische, Russische und Deutsche übertragen, abgeschrieben und verteilt wurden, verdoppelten sich die zu ihm pilgernden Gläubigen von Sonntag zu Sonntag, die Kirche stand leer, und Pawel verkündete vor einer großen Menschenmenge den herannahenden Tag des Paradieses.

Als Instmann für Pferde, der er immer geblieben war, wußte er, daß die Pferde nach getaner Arbeit saufen wollen. Dieses Gleichnis vor Augen, schlug er an einem Sonntagmorgen in der Herrgottsfrühe mit einer schweren Axt Löcher in die Fässer der vor dem Dorf liegenden Brauerei, leitete das ausfließende Bier in den Dorfbach und verwies seine Anhänger auf dieses Zeichen des Himmels. An diesem Tag war viel Freude.

Der Sonntag darauf war wieder trostlos, und die Leute begannen zu murren, was Pawel dazu verführte, mit einem Gespann einige Fässer Schnaps aus der Schnapsbrennerei des Gutes zu stehlen, um den als heiliges Wasser deklarierten Inhalt vor den Augen seiner Anhänger in den Dorfteich zu entleeren.

Im Eifer des sich vollziehenden Wunders hatte er wohl den Alkoholgehalt des heiligen Wassers unterschätzt. Als er sich mit seiner immer brennenden

Pfeife über ein gerade geöffnetes Faß beugte, gab es eine Explosion, ein Feuerball loderte auf, und von Pawel wurde nie mehr etwas gesehen.

Seine Anhänger hielten ihm noch lange die Treue, denn das Paradies hatte er richtig vorausgesagt, leider nur für sich, aber er war ja nun schon dort.

31

Iserlohn war eine kleine, verwinkelte, in einen Mauerring gezwängte, um diesen Mauerring herumwachsende alte Stadt in einer kargen, unfreundlichen Natur. Der Ort war in Europa bekannt durch den Fernhandel seiner großen Kaufmannsfamilien. Iserlohner Kaufleute reisten von Handelsplatz zu Handelsplatz, von Messe zu Messe, kauften Waren an einem Ort und verkauften sie an einem anderen, ohne daß diese Ware je nach Iserlohn kam. Diese Art des Handels wurde nur hier betrieben, die alten Handelshäuser Iserlohns bewegten auf diese Weise durch Europa große Warenmengen von den Produzenten zu den Messen, vom Verkäufer zum Käufer und ersparten sich dabei eigene Stapelplätze und Lagerräume.

Jean Paul Fontana hatte alte Kontakte mit diesen Handelsherren, die in Lyon oft Seide gekauft hatten und sie auf der Frankfurter Messe an Londoner oder Amsterdamer Handelshäuser weiterverkauften. Als ihm Christoph Merian, ein Verwandter der Basler Familie Hoffmann, der in Frankfurt am Main im Auftrag des Kurfürsten von Brandenburg Hugenotten anwarb, Iserlohn als künftigen Sitz der Firma vorschlug, war Jean Paul nicht abgeneigt. Diese Stadt in der Grafschaft Mark, so die Auskunft Merians, gehörte erst seit einigen Jahren nach einem langen Erbfolgestreit, der fast zum Krieg geführt hätte, zu Brandenburg, der Kurfürst hatte also alles Interesse daran, dieses für ihn etwas abgelegene Gebiet in seiner wirtschaftlichen Entwicklung zu fördern. Dieser Wunsch aus dem fernen Berlin traf sich mit dem Willen der Iserlohner Kaufleute, die neben der einheimischen Eisenindustrie noch einen anderen Wirtschaftszweig ansiedeln wollten, um dem riskanten Fernhandel einen soliden Untergrund zu geben. Sie bemühten sich mit großem Elan um die französischen Seidenweber, die in Europa auf der Flucht waren. Ihre Angebote waren verlockend, zumal Iserlohn bei einem Großbrand vier Tage vor Weihnachten 1685 fast vollständig vernichtet wurde und neu aufgebaut werden mußte. Jean Paul entschloß sich daher nach langem Überlegen und immer erneutem Zögern, nicht den großen Flüchtlingszügen nach Berlin zu folgen, sondern in Iserlohn neu anzufangen. Jeannot, der am liebsten durch ganz Europa gereist wäre und fast ein Angebot des Baslers Hoffmann angenommen hätte, für ihn als Vertreter die Messen zu besuchen, war gegen Iserlohn. Jacques verhielt sich bei der Entscheidung neutral, er wollte sowieso nicht in Iserlohn bleiben, für ihn blieb Amsterdam das Ziel. Den Ausschlag gab die Hoffnung des Technikers und Tüftlers Jean Paul, auf neuentwickelten Webstühlen mit der Iserlohner Drahtindustrie zusammenzuarbeiten und damit zu neuen Produkten zu kommen. So zog die Familie Fontana, versehen mit Pässen und Geleit des Kurfürsten von Brandenburg, nach einigen Monaten Aufenthalt in Basel, nach Iserlohn.

Daß in Iserlohn keine Maulbeerbäume wachsen würden, war Jean Paul bei seiner Ankunft klar, daß die Anfänge der Firma, trotz der Garantien und Privilegien des Kurfürsten, trotz des Interesses der Iserlohner Kaufleute und der Unterstützung einer kleinen reformierten Gemeinde, so mühselig werden sollten, hatte er nicht vorausgesehen. Die Bevölkerung empfing die Franzosen wie feindliche Eindringlinge, Fremde, dazu noch fremdsprachig, mit einem Handwerk, das man nicht kannte, das hier nie ansässig war. Das Seidengewerbe war zwar zunftfrei, jeder durfte es in der Stadt betreiben, doch die Zünfte der eingesessenen Handwerker wehrten sich gegen alles Neue und Unbekannte. Scheiben wurden eingeschlagen, Mistkarren vor der Haustüre ausgekippt. Als Jean Paul mit dem ersten neu angefertigten Webstuhl seine Arbeit beginnen wollte, wurde ihm sogar das Haus angezündet. Wären die Iserlohner Kaufleute nicht so sehr am Erfolg der Seidenweber interessiert gewesen, hätte man die ersten Jahre nicht überstanden und weiterziehen müssen. Aber auch so war es eine unwürdige Existenz. Ein Menschenalter lang blieb man fremd in der Stadt, die Freude aller einfältigen Geister, die endlich für ihr ausgetrocknetes Gehirn einen Gegenstand fanden, den sie für ihre Gehässigkeiten, ihren Spott, ihre Bösartigkeit benutzen konnten. Die reformierten Franzosen erbauten sich ihre Kirche, ihre eigene Schule, aber sie blieben unter sich, sprachen weiterhin ihr Französisch, heirateten untereinander, hielten an Glauben, Sitten und Bräuchen ihrer Heimat und an ihrem Handwerk fest, umgeben von Feindschaft und Unverständnis lebten sie in einem Ghetto, résister et patience.

»Wer bist du denn? Ein kleiner Pole!
Der weiße Adler die Parole.«

Das schrien sie aber auf deutsch. Sie schrien es im Chor, vor dem Schulgebäude, um die Lehrer zu ärgern, die es ihnen verboten hatten, und um sich mit den deutschen Klassenkameraden zu prügeln, die das auch auf polnisch verstanden. Zu Hause schrien sie es natürlich polnisch oder, wenn die Verwandtschaft da war, auf russisch. Und Verwandtschaft war immer da, sie war groß und unübersehbar und über Polen verstreut und hatte das ständige Bedürfnis, sich zu sehen.

Josephs Erinnerungen an seine Kindheit bestanden in einer unendlichen Reihe von Onkeln und Tanten, die würdig in der Wohnstube saßen und miteinander heftig diskutierten. Der Bruder des Vaters aus Lodz schimpfte über die Russen, ein anderer Bruder aus Lemberg fluchte über Österreich, sein Vater drohte der preußischen Verwaltung in Posen. So hatten sie immer ein Thema. Und wenn Mutters Verwandtschaft aus Krakau dabei war und auch noch die Verwandtschaft aus Böhmen mitgebracht hatte, dann wurde es auch schon mal hitzig. Mutter saß dann demonstrativ unter dem Gnadenbild der Schwarzen Madonna von Częstochowa, das unübersehbar in der Wohnstube hing, die Verwandtschaft um sie geschart, die Frauen den Rosenkranz in den Händen, der bei unleidlichen Diskussionen heftig durch ihre Finger rasselte, die Männer in schwarzer Weste mit der breiten Uhrkette auf dem Bauch, gedankenvoll, bedächtig, immer ruhig, auch wenn sie mit der Faust auf den Tisch schlugen. Einer aus der Familie wurde immer

Priester, alle sparten und darbten dafür, eine Generation ohne Priester wäre eine Schande gewesen. So gab es zwei Richtungen, die auf Tauffesten, Hochzeiten, Beerdigungen sich nicht aus dem Wege gingen, die einen lobten Jesus Christus, die anderen sprachen von Kongreßpolen, Streik und Aufstand.

Der kleine Joseph langweilte sich dabei. Er liebte den weißen Adler und wünschte sich, ihn nur einmal im Bruch zu sehen, majestätisch, schneeweiß, lautlos zwischen Himmel und Erde schwebend. Im Bruch war er jeden Tag. Es war schön, mit den nackten Beinen durch das angewärmte Wasser zu streifen, Frösche unter der Uferböschung zu suchen, im Schilf stillzustehen, bis man mit der Hand in einer ruckartigen Bewegung einen Fisch aus dem Wasser werfen konnte, oder in einem der flachen Kähne zu liegen, in den Himmel zu starren, während das Wasser leise gluckste.

Der einzige, den er dahin mitnahm, war Onkel Stanislaus. Onkel Stanislaus kam aus Böhmen, war Mutters Lieblingsbruder, ein großer schwarzhaariger Mann mit einem gewaltigen Schnurrbart, und reiste für eine Brauerei. Er spielte Klarinette, war überall beliebt, und wenn er zu Besuch war, zwinkerte er dem kleinen Joseph schon nach einer Viertelstunde mit den Augen zu, dann schlichen sich beide ins Bruch, weil Stanislaus die verdammte Mischpoche, wie er die ewig diskutierende Verwandtschaft nannte, nicht länger ertragen konnte. Er schwieg gerne und er angelte gerne. Joseph, der wußte, wo die Fische standen, zeigte ihm die besten Stellen, da saßen sie dann, blinzelten sich gelegentlich zu, schauten ins Bruch und begutachteten die Fische, die sie fingen.

Nach zwei Stunden stand Stanislaus auf, zog wieder die gelbe Weste über, schaute auf seine silberne Taschenuhr und sagte: »Also denn.« Joseph führte ihn durch die neuangelegten Hopfenfelder und Tabakpflanzungen, die Geld ins Bruch brachten. Stanislaus prüfte die Dolden an den Hopfenstangen, zerbröselte sie mit seinen ruhigen Händen, roch an ihnen, riß die Hopfenseide von den Stangen, den Teufelszwirn, der zu nichts zu gebrauchen war, und nahm sich dann die Tabakpflanzen vor. Etwas ratlos und kopfschüttelnd stand er zum Schluß vor den Weinbergen, die man jetzt ebenfalls angelegt hatte – die nördlichsten Weinberge Europas, hatte der Schulrektor feierlich verkündet –, Stanislaus hielt das für Unfug und war der Meinung, die Leute sollten doch lieber bei ihrem Bier bleiben.

In der Dämmerung stand er dann noch lange mit Josephs Vater vor dem Haus und sprach über Doppelzentner und Silbergroschen, und wenn sie sich dann endlich die Hand gaben, konnte das Fest beginnen, auf das alle warteten.

33

Jacques, der Bankier, verließ Iserlohn schon nach einem Jahr und reiste weiter nach Amsterdam, mit seinen Verbindungen war er hier der Firma nützlicher. Einige Jahre später ging er dann nach London, wo er sich endgültig niederließ, eine Engländerin heiratete, wieder Teilhaber einer Bank wurde und sich ausschließlich dem Finanzgeschäft widmete. Er jonglierte so erfolgreich an der Börse, daß er bald zu den angesehensten Mitgliedern der Finanzgilde gehörte. Einer seiner Söhne erbaute in London ein Hotel, das er mit großem Geschick führte, ein anderer ging später nach Berlin, wirkte als Berater bei der Gründung der Preußischen Seehandlung mit.

Jeannot hielt es ebenfalls nur kurze Zeit in Iserlohn. Er war von seinen Reisen her die großen Städte und Messen, die Lebendigkeit der Fremde gewohnt. Er liebte Unterhaltung, Vergnügen, Abwechslung im Umgang mit Menschen, liebte es, in den Tag zu leben, und konnte auf Dauer dem strengen, geregelten Leben einer reformierten Gemeinde nichts abgewinnen, hatte wohl auch zu viel in der Welt gesehen, zu viele Menschen und Länder und Glaubensbekenntnisse, um sich seinem Glauben treu in einer kleinen Stadt abseits der großen Reisewege niederzulassen.

Er war oft in den Handelsstädten am Rhein, hier lud man die Waren der Fontanas auf Schiffe um, die nach Amsterdam oder zur Messe nach Frankfurt fuhren. Immer häufiger dirigierte er die Waren über Düsseldorf, das zwar nur einen kleinen Hafen hatte, aber so nebenbei die Möglichkeit ganz unverhoffter Geschäfte bot, die in angenehmer Atmosphäre mit großer Leichtigkeit abgeschlossen wurden. Der hier residierende Kurfürst Johann Wilhelm von der Pfalz hatte in zweiter Ehe eine Medici aus Florenz geheiratet, und in Düsseldorf wimmelte es daher von Italienern. Anna Maria Louisa von Toscana hatte nicht nur ihre Leibköche und Leibärzte mitgebracht, auch Bankiers, Kaufleute, Seidenhändler, Stukkateure, Vergolder, Elfenbeinschnitzer, Gold- und Silberschmiede, Uhrmacher und Kunsttischler, dazu kamen Maler, Bildhauer, Architekten, Sänger, Musiker aus ganz Europa. Eine lebensfrohe Gesellschaft, die die höfischen Feste ausstattete und kräftig mitfeierte und die Stadt in einem ständigen Festtaumel hielt. Ein kurfürstlicher Hof mit seidenen Gewändern, Maskenbällen, Kostümen, Opern, Balletten, Feuerwerk und Festen auf dem Rhein, deren Mittelpunkt das Schiff des Kurfürsten war. Dieses Durcheinander von Italienern, Franzosen und Niederländern, dieses Nebeneinander verschiedener Religionen, dieses Zusammenleben von Künstlern und Kaufleuten – Jeannot ging das Herz auf, er hatte immer öfter in Düsseldorf wichtige Geschäfte zu erledigen, und eines Tages erhielt Jean Paul einen Brief von ihm, in dem er mitteilte, daß er nicht mehr zurückkehren werde, die Aussichten in Düsseldorf seien glänzend, die Erwartungen für die Zukunft der Stadt großartig, er werde hier eine Dependance der Firma eröffnen. Der Kurfürst plane eine Seidenfabrikation, die an einem solchen Hof mit einer Medici ganz andere Möglichkeiten biete, es dürfte sich vielleicht auch lohnen, in diesem milden Klima am Rhein Maulbeerbäume anzupflanzen und Seidenraupen zu züchten. Außerdem, schrieb er, wohl um den glaubensstarken Bruder zu beruhigen, gäbe es hier schon lange ein Toleranzedikt, Glaubensfreiheit und daher auch eine ansehnliche reformierte Gemeinde mit einer bereits fertiggestellten großen Kirche und einer entsprechenden Lateinschule, während man in Iserlohn an beidem noch baue. Man lebe zwar hier unter einem katholischen Fürsten, aber da der Kurfürst mehr an der Kunst und am Leben interessiert sei, sei die Glaubensfrage für ihn lediglich ein Mittel der Politik, wo er Großes vorhabe. Es ginge hier die Rede, daß er bald einmal König von Sardinien werde, ja vielleicht sogar König von Armenien.

Ein Jahr später folgte ein Brief, in dem Jeannot mitteilte, daß er eine Italienerin aus Florenz, Tochter eines kurfürstlichen Hofmalers, geheiratet habe, im übrigen die Geschäfte, je nach den Festen des Kurfürsten, mal gut mal schlecht gingen, aber er doch hoffe, seinen Kindern dereinst einiges zu hinterlassen.

In den Jahren danach kamen nur noch kleinere Bestellungen nach Iserlohn, bis eines Tages sein Sohn sich brieflich vorstellte, indem er den Tod des Vaters mitteilte, verbunden mit dem Bericht, daß der neue Kurfürst ein Schloß in Benrath plane und seinen Vater, dank der alten Beziehungen zu Lyon, beauftragt habe, für die Wände des Schlosses die schweren Lyoner Seiden zu besorgen, und dabei auch spezielle Wünsche bezüglich der Muster geäußert habe. Der Vater sei über diesen Auftrag verstorben, und da er die Arbeit weiterführen werde, wolle er hiermit anfragen, ob das alte Musterbuch der Firma Fontana noch existiere, das bei der Auswahl der Stoffe für das Schloß in Benrath nützlich sein könne.

34

Aus dem Wasser wurde Land, so die früheste Erinnerung, Jahr um Jahr mehr Land, um darauf etwas anzupflanzen, Getreide, Hafer, Gerste, ein Haus zu bauen. Aus dem unübersehbaren Bruch wurde die faule Obra, die alte Obra, die junge Obra, die neue Obra, die große Obra und die vielen Obrakanäle zwischen den Flußarmen und das Land, das dazwischen erschien. Wasser und Erde trennten sich, der Sumpf wurde immer trockener, wurde immer eifriger bebaut mit Hopfenstangen, Tabakplantagen, Weinbergen.

Hinter dem Haus, auf einer Wiese, auf der die trocknende Wäsche sich im Wind blähte, Schafe, Gänse, in einem kleinen Stall ein Schwein. Vor der Haustüre die Großmutter, die immer an der Spindel saß und die feinen Wollfäden spann und zu den Festtagen die Gänse stopfte. Und die Aufregung dieser Festtage, wenn sich Vater mit seinem Akkordeon und Onkel Stanislaus mit der Klarinette in die kleine Schlafstube zurückgezogen, ein Fäßchen Bier und eine Flasche Wodka mitnahmen, und er eine Kerze in flache, weiche Scheiben schneiden durfte, die er auf dem rotgestrichenen Fußboden der Wohnstube verteilte. Aus der offenstehenden Tür zur Schlafstube ertönten Polka, Mazurka und Krakowiak, und die Paare drehten sich auf dem herrlich glatten Boden, alle Verwandten, alle Nachbarn, wer gerade hereinschaute.

Er schlich sich dann immer in die Schlafstube, wo die beiden Männer vergnügt vor sich hin spielten, nach jedem Tanz einen tiefen Schluck nahmen und er stolz darauf war, wenn er für die beiden einen neuen Krug Bier vom Faß zapfte und den Wodka nachfüllte. Aus der Wohnstube hörte man die scharrenden Füße, die immer fester aufstampften, Vater und Stanislaus legten dann noch gerne eins zu, spielten schneller, und durch die Tür zur Wohnstube konnte er sehen, wie die Röcke der Frauen flogen, die Männer mit ihren Stiefeln aufstampften.

»Nix von Leinewand
Nix von Leinewand

Alles muß von Seide sein.«

Und bei jedem *Nix* ein Stampfen und ein Drehen, und das *aaalles* immer so endlos hingezogen, in den tiefsten Tönen, und dann hoch auf *Seide,* das war der Gipfel, ganz hoch mit einem Juchzer gesungen, und die Paare sprangen dazu in die Luft, daß man Angst um die Stube bekam. Und wenn der Krakowiak alle erhitzte, dann, ja dann war es eigentlich so schön, so traumhaft schön, die Musik, die Tanzenden, der Geschmack des süßbitteren, kühlen Bieres, heimlich getrunken, daß er sich nicht vorstellen konnte, daß es irgendwo auf der Welt schöner sein könne als hier im Bruch, in dieser warmen Stube, zwischen diesen vielen Menschen, die lachten, redeten, gestikulierten, sich in die Arme fielen, einander etwas zuflüsterten, Hochwichtiges unter vier Augen mit lauter Stimme besprachen, herumbrüllten vor lauter Freude, daß sie auf der Welt waren.

Und wenn am Schluß doch wieder einer seinem bis vor einer Sekunde besten Freund das Bier ins Gesicht schüttete und der andere mit einer Ohrfeige antwortete, dann war auch das schön, denn dann ging es wieder um Kongreßpolen, um Warschau, Moskau, Berlin und Wien, was ihm zu diesem Zeitpunkt egal war, denn ihm war einfach schlecht, weil er zwischen dem heimlich getrunkenen Bier auch zum erstenmal den Wodka probiert hatte. Während er sich übergab, ging es neben ihm darum, daß sich ein gewisser Koslowski auf dem Landratsamt in Bomst in Koller hatte umtaufen lassen, seinen polnischen Namen also in einen deutschen verwandelt hatte, was er damit verteidigte, daß er nun einmal, obwohl ein Pole, Deutscher sei, deutsch spreche, als Soldat die preußische Uniform trage. Worauf man ihm antwortete, daß es Deutsche gäbe, die ihren Namen inzwischen polnisch schrieben, weil sie, obwohl Deutsche, seit Generationen in Polen lebten, mit den Polen lebten, polnisch sprächen, sich als Polen fühlten, ein gewisser Dollmann aus Chorzec zum Beispiel hieße jetzt Dombrowski. Worauf dann ein anderer antwortete, das gleiche sich ja alles wieder aus, der eine sei eben als Pole ein Deutscher und der andere als Deutscher ein Pole, das wäre ja alles nur wegen der Grenzen und wegen der Beamten, die die Namen nicht richtig schreiben könnten, und als Koslowski sei es eben schlecht in Deutschland, und als Dombrowski sei es besser in Polen, alles nur eine Grenzfrage, und die Grenzen gingen eben immerzu hin und her, wie Deiche, die den Lauf des Wassers veränderten, und es könne möglich sein, der Enkel des Koller hieße wieder Koslowski, und der Enkel des Dombrowski hieße wieder Dollmann, es sei denn, sie würden in einem Krieg aufeinander schießen, was natürlich nicht auszuschließen wäre, denn den Menschen sei immer alles zuzutrauen.

Und zwischen all diesen Festen und Streitereien, die – so die Erinnerung – immerzu und beim geringsten Anlaß stattfanden und auch ohne jeden Anlaß stattfanden, wurden die Erde und das Wasser immer mehr getrennt. Hunderte von Arbeitern standen im Sommer auf dem Deich und schütteten Erde auf, standen in den Kanälen und gruben sie so tief, daß das Wasser immer weiter abfloß. Er sah zum erstenmal, wie tief man sich in die Erde eingraben konnte, durch dunkelbraune, schwarze Torfschichten hindurch, stellenweise durch schwarzes Gestein hindurch, das sie

Kohle nannten, dann kamen Inspektoren und begutachteten dieses schwarze Gestein, hantierten mit Meßgeräten, gingen wieder weg. An einigen Stellen grub man tiefer, schickte Arbeiter in die Erdlöcher, die schnell flüchteten, wenn das Wasser einbrach. Die Inspektoren kamen und gingen, die Bohrgeräte blieben liegen, das Wasser füllte die Löcher wieder auf, holte sich die Erde zurück, die nicht hinter den Deichen lag.

35

Jean Paul, der hartnäckigste, entschlossenste und prinzipientreueste der drei Brüder, heiratete in Iserlohn ein junges Mädchen, Tochter eines Apothekers aus Montpellier, deren Eltern auf der Flucht verstorben waren und die sich in Basel der Familie Fontana angeschlossen hatte. Mit ihr gründete er eine Familie, aus der vier Söhne und zwei Töchter hervorgingen, mit ihr versuchte er, die Firma Fontana wieder aufzubauen. Er war einer der *Entrepreneurs,* die vor der Stadt, später dann im *Fabrikenhause am Westerthore* ihre Manufakturen aufbauten, Seide webten, wobei nur noch selten die alten wertvollen Seidenstoffe entstanden, es wurde fast nur noch mittlere Ware verlangt, vor allem modische Accessoires. Die Mode der Schnallen an Seidenbändern, an Röcken und Tüchern, zwang zur Verbindung der Firma mit Graveuren und Produzenten von Messingwaren, die es in Iserlohn zahlreich gab. Als die großen Hüte und Reifröcke in Mode kamen, verband sich die Firma Fontana mit einem Iserlohner Drahthersteller, ebenfalls einem alten Handwerk dieser Stadt. Zusammen produzierten sie Karkassen, mit Seide bezogene Drahtgestelle, für die mit Seidenbändern ausstaffierten Damenhüte, die in die Niederlande und nach London geliefert wurden. Für die Reifröcke wurden immer kühnere Konstruktionen entworfen, Gerüste für viele Meter Seidenstoff mittlerer bis guter Qualität.

Als Jean Paul starb, übernahmen die Söhne die Firma, machten sich teilweise selbständig, stellten Kandelaber und Tafelleuchter aus Bronze her, kunstvolle Arbeiten, für die man gute Modellierer, Former und Graveure benötigte, Seide wurde immer weniger hergestellt, denn die Seidenkonjunktur schaukelte ständig zwischen Hausse und Baisse. Wechselnde Steuern und Zollverordnungen, Kontinentalblockade und Zollverein, Kriege und der durch Europa ziehende Napoleon beeinträchtigten das Seidengeschäft. Dazu kam die Konkurrenz der Baumwolle, auf den neuen automatischen Webstühlen entstand sie fast von selbst, verbreitete sich rasch und drang auch in die modisch hochstehenden Märkte ein. Selbst der aus Lyon eingeführte Jacquardstuhl, ein automatischer Webstuhl, der komplizierteste Seidenmuster weben konnte, kam nicht mehr dagegen an.

Die Enkel Jean Pauls verließen das französischsprachige Ghetto der Hugenotten, heirateten und verschwägerten sich mit den Kaufmannsfamilien der Stadt, das Deutsch-Französisch in den Familien wurde alltäglich. Die Fontanas wurden preußische Untertanen. Nur noch ein Johann Fontana saß an einem alten Webstuhl und fertigte für eine kleine Kundschaft die alten Seidenstoffe an, mit der uralten Pendelbewegung der Weber, rechte Hand, linke Hand, Fuß, Schiffchen, Lade, Kette, rechte Hand, linke Hand, Fuß, Schiffchen, Lade, Kette, dieser endlosen, gleichförmigen Bewegung, die Muster und Stoffe für Könige schuf, den Krönungsmantel des Heiligen Römischen Reiches Deutscher Nation im Jahre 1133 im glücklichen Palermo. Als im Jahre 1806 das Heilige Römische Reich Deutscher Nation sich auflöste und die Reichsinsignien mit dem Krönungsmantel für immer in die Schatzkammer der Wiener Hofburg kamen, löste auch Johann Fontana seine Seidenweberei für immer auf.

36

Maschenka war nicht wirklich schwermütig, sie war eher stolz darauf, immer Unglück zu haben. In ihrem ganzen bisherigen Leben hatte sie immer nur Unglück gehabt, wie sie jedem sagte, der mit ihr sprach, und sie lebte in der immerwährenden Gewißheit, daß alles, was noch kommen werde, für sie nur Unglück sein könne. Damit war sie zufrieden, ja, sie war sogar glücklich.

Geschah etwas Unerwartetes auf dem Feld oder im Haus, so sagte sie mit ruhiger Gelassenheit: »Das kann nur mir passieren.« Sie sagte das mit stoischer Ruhe und war geradezu froh darüber, daß es ihr passierte, denn sie hatte es ja vorausgesehen, und denen, die über sie lachten, auch vorausgesagt. Sie trug dieses lebenslange Unglück mit stolzer Gelassenheit und zunehmender Kraft und Ausdauer, denn um all dieses Unglück zu ertragen, mußte man sehr stark sein, und das war sie auch.

Auf dem Feld trug sie zwei Garben Weizen und lachte über andere, die nur eine Garbe schafften. Sie mähte mit ihrer großen Sense doppelt soviel Gras wie andere Frauen, und wenn es darauf ankam, ein Ochsenfuhrwerk, hoch mit Heu beladen, sicher zur Scheune zu fahren, nahm sie es mit jedem Viehknecht auf. Abends, wenn alle erschöpft in ihren Betten lagen, putzte sie ihr Haus, scheuerte, wischte, lachte über die Faulpelze, die sich nach der Feldarbeit ihr schmerzendes Kreuz einölten.

»Mir ist keine Arbeit zuviel«, das war ihr Lebenswahlspruch, der sie mit Stolz erfüllte, und so hörte man zwischen den Häusern oft den Ruf: »Maschenka, komm mal, pack mit an!«

Maschenka half immer und half allen. War eine Bäuerin krank, führte sie deren Haus so nebenbei mit, lag eine Frau im Kindbett, spielte sie Hebamme, kalbte eine Kuh und der Bauer war gerade auf dem Feld, spielte sie auch da die Hebamme, war ein Knecht verunglückt, übernahm sie das Ausmisten des Stalles und zeigte allen, daß sie das alles viel schneller und sauberer schaffte als der elende, faule Stallknecht. Je mehr sie sich für andere verausgabte, desto mehr Energie schien ihr zuzuwachsen.

Sie half ausgesprochen gern, beklagte sich aber jeden Abend bei ihrem Mann darüber, daß alle, die Hilfe brauchten, immer nur zu ihr kämen, sie müsse ständig für alle da sein. Kam aber einer nicht zu ihr, bat er nicht um ihre Hilfe, stand sie am nächsten Morgen an seiner Stubentüre und fragte ihn, warum man sie nicht geholt hätte, ob sie nicht gut genug wäre.

»Maschenka ist schwierig«, sagte Joseph dann über seine Maria, wenn sie wieder einmal weinend und mit der Welt hadernd in einer Ecke saß, weil man sie nicht gerufen hatte, obwohl sie doch soviel Unglück im Leben gehabt hätte, wie jeder wisse, da hätte man sie doch wirklich rufen können, alle kämen immer nur zu ihr, sie müsse immer für alle da sein, aber jetzt hätte man sie wohl nicht mehr nötig, sie hätte eben immer nur Unglück.

Nur Joseph verstand diese arme Seele, die im Leben genausoviel Glück und Unglück hatte wie jeder Mensch, die aber die glücklichen Momente sofort vergaß, ja, überhaupt nicht wahrnahm, nicht wahrhaben wollte, geradezu beleidigt reagierte, wenn man sie daran erinnerte, sie in eine dunkle Ecke ihrer Seele drängte, um sich aber an jedes Unglück in ihrem Leben, jede Schwierigkeit, jedes Versehen, ausdauernd und hingebungsvoll zu erinnern, es nie zu vergessen, immer gegenwärtig zu haben, um aus den Unglücken der Vergangenheit auf die Unglücke der Zukunft zu schließen.

Sie war auf dieser Erde nur da, um zu arbeiten, unglücklich zu sein und von den anderen ausgenutzt zu werden, das war ihr unumstößlicher Glaube, und ihr Stolz und ihre Lebenskraft nahmen zu, je mehr sie ertragen mußte, die Heilige Maria Mutter Gottes von Częstochowa, deren Bild über ihrem Bett hing, wußte das.

Aber auch ihr Glaube war so kompliziert und undurchsichtig, daß kein Priester jemals schlau daraus wurde. Sie ging nicht in die Kirche, obwohl sie sich dadurch viel Ärger einhandelte. Sie glaubte ganz privat und nach ihrem eigenen Verständnis an den Herrn Jesus Christus, mit dem sie das alles persönlich ausmachte, denn auch ihr Sündenkatalog war selbst gemacht, was Todsünden und läßliche Sünden waren, da hatte sie ihre eigenen Ansichten, sie verrechnete ihre kleinen Notlügen nach ihrem Sündenkatalog mit dem Herrgott, der ihr das tiefe Unglück und die schwere Arbeit und ihr mühseliges Leben gewiß anrechnen würde, denn der Herrgott sah nicht auf die, die in die Kirche gingen, im übrigen ein fröhliches Leben führten und selbst zur Erntezeit am Sonntag nicht auf dem Feld standen.

»Maschenka ist so«, sagte Joseph und verzieh ihr alles und liebte sie. Mit fünfzig arbeitete sie noch mehr als jeder Mann, mit sechzig war sie noch die stärkste Frau im ganzen Dorf, und wenn ein Knecht vom Gut eine dumme Bemerkung machte, schlug sie ihm den Dreschflegel über den Kopf. Maschenka ging auf einen ruhigen Lebensabend zu, vor dem sie sich fürchtete wie vor dem Teufel, als Gott ihre Gebete erhörte und ihr als Belohnung für ihr schweres, unglückliches Leben ein wirkliches Unglück schenkte, das einzig wahre und große Unglück ihres Lebens.

Als sie mit ihrem Joseph an einem Frühjahrsabend von der Arbeit auf dem Feld heimkehrte, sah sie hinter dem Wäldchen, das zwischen ihnen und dem Dorf lag, eine Rauchfahne. Sie liefen beide, ahnungsvoll, schneller, Maschenka raffte die Röcke und war trotz der schweren Kiepe auf ihrem Rücken weitaus schneller als Joseph, dabei schrie sie, daß man es weit über die Felder hörte, und als sie endlich das Dorf erblickte, sah sie ihre Kate in hellen Flammen. Maschenka warf sich auf die Erde, schrie in den Himmel, schrie so laut und schlug so sehr um sich, daß kein Mensch sich in ihre Nähe traute, beruhigte sich erst tief in der Nacht, wimmerte noch drei Tage still vor sich hin, stand dann auf, bekreuzigte sich und begann, tief und demütig in ihr Unglück versunken, mit dem Neubau ihrer Kate, ein Dankeswerk an Gott, der allen Spöttern im Dorf bewiesen hatte, daß sie wirklich und wahrhaftig das größte Unglück im Leben hatte.

Joseph zog sich zurück, saß bei Nachbarn in der Küche, sprach nicht mehr viel und starb bald darauf. Maschenka baute ihr Haus alleine auf, stand mit siebzig auf dem Dach ihres neuen Hauses und deckte es mit Stroh, das ihr ein Fuhrknecht hinaufwarf, und als alles fertig war und so war, wie sie es sich vorstellte, hängte sie das Gnadenbild der Schwarzen Madonna, das Nachbarn aus dem brennenden Haus gerettet hatten, an den Kamin ihres neuerbauten Hauses.

Den Rest ihres Lebens saß sie stolz und aufrecht auf einem Stuhl vor ihrem Haus, mit ihrem rundlichen, freundlichen Gesicht, mit ihren gütigen Augen und ihrer Stupsnase, den weißen Haaren, die unter dem schwarzen Kopftuch hervorlugten, strahlte sie jeden Vorübergehenden an und erzählte allen tagtäglich von ihrem Unglück.

Als ihr Enkel Joseph, der damals schon ein Mann war, weit weg wohnte und im Berg arbeitete, noch einmal ins Bruch seiner Kindheit zurückkehrte und sie vor ihrem Tod besuchte, wußte er, Gott ist gerecht. Aber er sah auch, Gott ist nur gerecht im Unglück und im Leiden, das Paradies auf Erden ist nicht sein Werk.

Das wahre Unglück der Maschenka bestand nämlich darin, daß sie ihr Haus ganz sinnlos, ganz unnötigerweise wieder aufgebaut hatte. Die Lukacz fanden ihre Existenz nicht mehr im Bruch. Die großen Gutsherren kauften das Land auf, wer nicht auf dem Gut arbeiten wollte, mußte wegziehen, und als das Haus abbrannte, blieb endgültig nur noch die Fremde.

Maschenka merkte von all dem nichts. Sie saß vor ihrem leeren Haus, wartete jeden Tag auf die Rückkehr ihrer Familie, dankte ihrem Gott und war glücklich.

2
Das Leben geht weiter

1

Monsieur Fontana, Hoflieferant, Seidenwarenhändler, Sammler und Privatgelehrter, verließ jeden Morgen um acht mit dem Schnarren seiner Repetieruhr sein Haus *Zum alten Dom* am Marktplatz der Haupt- und Residenzstadt Düsseldorf, um seinen gewohnten und »für die Körpermaschine leider notwendigen Spaziergang« anzutreten, was bedeutete, daß er mit grämlichem Gesicht mehrere Male das Karree um das von Chevalier Grupello geschaffene Reiterstandbild des Kurfürsten Johann Wilhelm abschritt.

An sonnigen und heißen Tagen blieb er schon einmal stehen, zog seinen Dreispitz und plauderte vor der Auberge, die gegenüber dem Rathaus lag, mit einem der Franzosen oder Italiener, die sich rund um den Marktplatz niedergelassen hatten; an bedeckten und trüben Tagen marschierte er mürrisch sein Pensum herunter und beherzigte die alte Florentiner Devise »Sine sole sileo – ohne Sonne schweige ich«.

In seiner gelben Seidenweste, seinen roten Seidenstrümpfen, seinen schwarzsamtenen Kniehosen, seinem grünen Samtüberrock sah er aus wie ein alter Papagei, den es aus einem exotischen Land hierherverschlagen hatte, und wie ein alter Papagei sprach er in späteren Jahren laut vor sich hin, wenn ihm »justement die Bücher durch den Kopf gingen«. Oft war er dabei so in Gedanken, daß er seinen Diener Jean, der ihn an der Haustüre erwartete, erstaunt fragte, ob er auch tatsächlich seinen Spaziergang schon hinter sich hätte.

»In effigie, leeven Herr«, antwortete Jean dann jedesmal, »viermal ums Karree«.

An Regentagen, wenn ihm womöglich ein Marktknecht noch eine leere Heringstonne vor die Füße rollte, um ihn aus seinem Marschrhythmus und aus seinen Gedanken zu bringen, konnte er äußerst unangenehm werden.

Den schwarzen Ebenholzstock mit dem Silberknauf aufstampfend, marschierte er dann im Eilschritt um den Platz, die Ecken genau einhaltend, im rechten Winkel wendend, und schimpfte laut in einem eigenartigen Gemisch aus französischen, italienischen, holländischen, deutschen Wörtern auf die Welt, die Zeit, die korrupten Regierungen und ihre stockdummen Untertanen, die er alle für verrückt erklärte, für ganz und gar verblödet, für Idioten, denen man die Haut aavtrekken solle, die Menschheit überhaupt für unrettbar verloren, auf dem Marsch ins Unheil, terrible, die ganze Situation, keiner ausgenommen, basta. Und er knallte seinen Stock bei jedem terrible und jedem basta so laut auf das Kopfsteinpflaster, daß sich bald die Fenster des Rathauses öffneten und der jeweilige Maire, wie die Düsseldorfer ihren Bürgermeister nannten, ihm zuschrie, er solle sich gefälligst in sein Haus verfügen und da herumkrakeelen, worauf Monsieur Fontana höhnisch seinen Dreispitz schwenkte, den Maire abschätzig mit Baas titulierte und mit einem endgültigen »dumm Volk, Pack, elendes« aufrecht den Platz verließ und sich in sein Haus zurückzog.

Regelmäßig erschien er dann noch einmal am Fenster im ersten Stock seines Hauses, schrie sein »terrible, basta« über den Marktplatz und schloß danach eigenhändig die Fensterläden, denn der Ratsdiener hatte ihm schon einmal mit dem Rathausschlüssel ein Fenster eingeworfen, Fontana hatte mit einer ledergebundenen, silberbeschlagenen Chronik der Lombardei zurückgeworfen, und erst nach längeren Verhandlungen mit dem Maire konnten die Ratsherren wieder das Rathaus betreten und Fontana in seiner Chronik studieren.

Nach solchen Vorfällen ließ sich Monsieur Fontana, auf dem Markt nur *Dummvolk* genannt, von seinem Hausdiener Jean in seine Studierstube einschließen, mit dem strengen Befehl, ihn erst nach acht Tagen wieder herauszulassen, da er die Welt justement nicht mehr ertragen könne, terrible, basta, und er sich jetzt konzentrieren müsse und überhaupt nur noch Bücher sehen wolle.

Jean hatte einmal die acht Tage wörtlich genommen und aus Ärger über ausstehenden Lohn den vorzeitigen Befehl zum Aufmachen überhört, worauf Monsieur Fontana an der Regenrinne aus dem ersten Stock seines Hauses herabkletterte, an der Haustüre schellte und den arglos aufmachenden Jean mit Fußtritten in den Keller jagte, um ihn dort einzuschließen. Jean rächte sich, indem er das ganze Sauerkraut in sich hineinstopfte, das im Keller in einem großen Holzfaß lagerte, was auch wieder Folgen hatte.

Stadtbekannt wurden die beiden auch mit dem ernsthaften Antrag, der Stadtrat solle beschließen, das Reiterdenkmal des Kurfürsten umzudrehen. Der Gaul reite nämlich, so Fontana, das ganze Jahr auf das Haus zu, und das könne auf die Dauer nicht gutgehen. Als ihm der Maire antwortete, daß er dann das ganze Jahr den Pferdehintern ansehen müsse, der jetzt zum Theater zeige, gab sich Fontana zufrieden mit der Bemerkung, es wäre gut, wenn das alle Bürger täten.

In sternklaren Nächten sah man ihn mit einer Laterne am Giebelfenster seines Hauses, stundenlang sah er in den dunklen Sternenhimmel, saß da in seinem roten, seidenen Schlafrock, richtete das Fernglas, das er einem holländischen Kapitän abgekauft hatte, von Stern zu Stern und sinnierte vor sich hin.

Zogen Wolken auf, stieg er hinunter in sein Studierzimmer, das vollgestellt war mit Globen, Atlanten, schweren, metallbeschlagenen Chroniken, Musterbüchern von alten Seidenweberfamilien, ein Bücherberg, in dessen Höhlen sich nur Monsieur Fontana auskannte, denn langsam waren Gänge und Ausbuchtungen entstanden, von einem Zimmer konnte nicht mehr die Rede sein, ein Büchermassiv erfüllte den Raum, in dem er geduldig herumkletterte.

Er übersetzte die Chroniken aus dem Griechischen und Lateinischen ins Französische und Italienische, das dann wieder ins Deutsche, verglich die einzelnen Auszüge und Aufzeichnungen mit alten Handschriften, Briefen, Korrespondenzen, verglich die Entfernungen und die Zeitangaben mit den Maßstäben seiner Globen und Atlanten, entzifferte Buchstaben, Worte, Sätze und unverständliche Abkürzungen in kaum lesbaren Handschriften, verglich Stoffmuster, Webarten, Farbzusammenstellungen und übertrug seine Erkenntnisse in eine eigene Chronik, an der er seit zwanzig Jahren arbeitete.

Wenn Jean bei Tagesanbruch mit dem Frühstück kam, fand er seinen Herrn oft gedankenverloren vor einem Globus sitzend, den er immer schneller antrieb, so daß Kontinente und Meere zu einem Bild verschmolzen, saß da und murmelte, Afrika, Amerika, Asien, Europa, zeigte dann mit dem Finger auf den

sich drehenden Globus und fragte Jean jeden Morgen: »Nun sieh dir dat an, Jean, wo soll dat all hinführen?« Und Jean antwortete jeden Morgen: »Ja, leeven Herr, dat sind so Sachen, wat soll man dazu sagen.« Dann wachte Monsieur Fontana aus seinen Gedanken auf und fragte Jean: »Sach, Jean, wo bin ich eigentlich?«
»In Düsseldorf, leeven Herr.«
»Und wat mach ich in Düsseldorf?«
»Dat weiß nur der liebe Gott.«
»Und wie komm ich hierher?«
»Ach, leeven Herr, dat weiß nich mal der liebe Gott.«
Dann saß er wieder einsam zwischen seinen Chroniken, die von einem Ereignis zum anderen sprangen, von einer Person zur anderen, Geschichten erzählten, deren Sinn er nicht kannte, die aber festgehalten wurden, aufgeschrieben wurden, also einen Sinn haben mußten. Er verglich sie mit den Erzählungen, die er noch kannte, mit den Geschichten, die ihm erzählt wurden, obwohl er oft nicht mehr wußte, wer was gesagt hatte, welches Ereignis in welcher Zeit geschah, Personen und Zeit und Geschichte durcheinanderbrachte, weil ein anderer ihm berichtet hatte, was ein anderer gesagt hatte, und wieder andere von Ereignissen berichteten, die auch sie nur vom Hörensagen kannten, die man auch ihnen nur erzählt hatte, die wiederum von Menschen stammten, denen man es auch nur erzählt hatte.

Es war ein Puzzle, das ihm immer wieder aus den Händen fiel, sobald es die Klarheit eines Bildes vermittelte, so genau die einzelnen Teile waren, sie fügten sich doch nie zusammen, obwohl sie eine Einheit bildeten, unzweifelhaft zusammengehörten, ein Bild darstellten; immer wieder gab es neue Lücken, immer wieder entfernte sich die Wahrheit, die diesem Bild zugrundelag, die Wahrheit, die er suchte.

Wichtiges war verloren, Unwichtiges zwar genau berichtet, ein Sinn aber nicht zu erkennen, bestenfalls zu erahnen in diesen Geschichten von Stolz und Vernunft, von Gewißheit und Zweifel, Demut und Ausharren, Armut und Elend, Tod und Leben, diesem sich ständig wiederholenden Totentanz, der immer weitertrieb, hastig vorübertanzte. Personen traten für Sekunden in den Mittelpunkt, klar erkennbar, erfaßbar in einem Moment ihres Lebens und traten wieder zurück hinter ein anderes Leben, das wiederum von einem anderen Leben abgelöst wurde. Unzusammenhängende Fragmente und doch erkennbar eine immer wieder auftauchende von klarem Verhalten diktierte Haltung zur Welt, im einzelnen undeutlich, erkennbar erst im Nacheinander der Generationen, in der Folge der Geschichten und Ereignisse. Eine Haltung, die nirgends verzeichnet war, keine Mahnung war, nirgendwo ausgesprochen oder festgehalten wurde, die einfach da war und immer wieder die Geschehnisse bestimmte oder mitbestimmte, und wenn sie sie nicht bestimmen konnte, ertrug, nach ihren inneren Maßstäben ertrug, sie anderen Generationen mitgab, auf andere Generationen vertraute.

2

Die Häuser standen dicht neben dem Förderturm, aneinandergebaute, ineinandergebaute, vom Ruß geschwärzte Mauern, die in der Nacht unsichtbar waren.

Wenn sich die Gestalten auf den Weg machten, aus den Türen kamen, sich kurz zunickten, schweigend zum Förderturm gingen, kamen ihnen andere Gestalten entgegen, die hinter den kurz geöffneten Türen verschwanden, sich hinter den verwinkelten, nachtschwarzen Mauern in schattenhaften Bewegungen verloren.

Die Häuserkolonie wuchs wie die Zahl der Arbeiter, die hierherkamen, wahllos, zufällig, kamen neue Arbeiter, entstanden neue Mauern, ein Labyrinth aus verrußten Steinen, das viele Sprachen zusammenführte, Menschen aus vielen Ländern gefangenhielt.

Auch Joseph Lukacz hatte hinter einer dieser Mauern seine Schlafstelle, die er in der Nacht verließ und die er erst in der Nacht wiedersah, dazwischen lag die Dunkelheit des Berges, in den er täglich einfuhr. Fünfzehn war er, als er zum erstenmal, sich zusammen mit anderen an den Förderkorb klammernd, in die Tiefe glitt, das dumpfe Geräusch dröhnte in seinen Ohren, der zunehmende Druck der Luft nahm ihm den Atem, die feuchte Wärme, die aus dem Schacht aufstieg, legte sich mit seiner Angst schwer und klamm auf seinen Körper. Das kleine Bild der Schwarzen Madonna, das er um den Hals trug, klebte auf der Brust, er schaute starr auf die Lampe in der Hand, an die er sich in diesem schwarzen Höllengetöse klammerte, das Licht, das er von oben mitnahm und das ihn bei der Arbeit immer daran erinnerte, daß es nicht nur die Dunkelheit des Berges gab, sondern auch das Licht des Tages.

Er vergaß diese erste, ihm endlos erscheinende Fahrt nie, obwohl sie nun lange zurücklag, er erinnerte sich an seine Angst, an den lähmenden Schrekken dieser Fahrt, die ihm so zusetzte, daß man ihn, unten angekommen, erst einmal stützen mußte, an das Entsetzen, das ihn ganz schwindlig machte, als ihm bewußt wurde, wie tief er in der Erde war.

Inzwischen war es Gewöhnung, gleichbleibende tägliche Arbeit, schweißtriefende Plackerei im Stollen, in den schmalen, abgestützten Gängen vor Ort, wo man sich nur gebückt bewegen konnte, und dort, wo der Flöz schmal war, nur im Liegen arbeiten konnte, im Staub, im Dreck, in der Feuchtigkeit, in der Dunkelheit sich an den Holzstreben und am Gestein festhaltend, auf dem Rücken liegend, auf der Seite liegend.

In den kurzen Pausen starrte er in das Licht der Lampe, bis seine Augen schmerzten, in die Sonne, die sich im Wasser des Obrabruchs spiegelte, zwischen den schnellen Bewegungen der Fische, dem trockenen Knistern des Schilfs, dem Quaken der Frösche, dem Schrei eines ruhig kreisenden Vogels.

Dann brach wieder die Dunkelheit herein, das Geräusch der schlagenden, hämmernden, fluchenden Männer um ihn herum, das Geräusch der dumpf abrutschenden Kohle, die Unerbittlichkeit des Berges, der nichts hergab in seiner ewigen Nacht, keinen Stein, kein Stück Kohle, diesen Berg, den man Schlag für Schlag und Stück für Stück aushöhlen mußte, der alles festhielt, der schwitzend vor Anstrengung die Eindringlinge mit Wasser überschüttete, in einer einzigen Bewegung die winzigen Stollen zerdrückte, die sie in seinen riesenhaften Leib hineinschlugen, der Berg, der so hart und unnachgiebig und grausam war, daß man oft nur den einen Wunsch hatte, ihn mit einer einzigen Sprengladung in einer ungeheuren

Explosion in die Luft zu jagen, damit in diesem Höllenloch die Sonne schien, die Luft hereinkam und die Kohle offenlag.

Aber Joseph Lukacz hatte gelernt, daß er jeden Tag nur einige Meter schaffen konnte, daß er unerbittlich, geduldig und gleichmäßig Tag für Tag in der Dunkelheit ein paar Meter schaffen konnte. Sein Leben würde dabei vergehen, das Leben seiner Kinder und das Leben derer, die nach ihnen kamen, ohne daß der Berg ihnen viel abgab. Der Berg würde sie alle besiegen, das wußte er nun, und trotzdem würden sie jeden Tag wieder einfahren, das wußte er nun auch. Es war so zwecklos und so sinnvoll wie das Leben. Joseph Lukacz war nun ein Bergmann, und er war stolz darauf.

Sonntags spazierte er in seinem schwarzen Kittel, in seiner schwarzen Hose, die in schwarzen Stiefeln steckte, mit den Kumpels aus seinem Gedinge durch die Landschaft, die ebenso schwarz war wie ihre Kleidung. Die Wege waren schwarz von der abtransportierten Kohle, die Wiesen, Büsche und Bäume waren schwarz vom Kohlenwind, der von der Halde herüberwehte. Sie bemerkten es nicht mehr, der Berg war schwarz, also war die Natur auch schwarz und der Himmel grau mit einer vom Rauch verdeckten schwarzen Sonne.

Auf einem dieser Spazierwege traf er Maria, Tochter eines Bergmanns, die er bald darauf heiratete. Sie zogen in eines dieser kleinen Häuschen, die die Zeche baute, und hatten Söhne, die alle Bergmann wurden.

Er selbst blieb, wie er es vorausgesehen hatte, im Berg, mit dem er zuletzt auf vertrautem Fuß stand, in dem er täglich seine ihm zugemessenen Meter aufschlug, und als der Berg Stollen und Schachtanlage mit einem knirschenden Geräusch zusammendrückte, war er nicht sehr verwundert, er nahm es hin als sein Schicksal, das ihm der Berg zuteilte. Wie lange er noch in einer Höhle des Berges lebte, hat man nie erfahren, es dauerte Jahre, bis die Schachtanlage wieder in Betrieb war. Man fand nur wenige Leichen, Joseph Lukacz fand man nie, er wurde nie für tot erklärt, er liegt im Berg in Dabrowa.

3

»Fontana, Fontana – ja, ich erinnere mich, das muß auch noch alles in den Akten sein. Der gehörte zu den Italienern und Franzosen, die da um den Marktplatz ihre Häuser hatten. Seidenwarenhandel Fontana. Ja, ich erinnere mich. *Zum alten Dom,* Marktplatz 504, nach der Umnumerierung Nummer 9. Schönes Haus. Man sagt, er hätte viel Geld verdient mit der Ausstattung des Schlosses in Benrath, Lyoner Seide, er kannte sich da aus. Hat dann sein ganzes Vermögen in Bücher angelegt. Ein Sonderling.

Sein Geschäft hat er schon früh an *Cantador & Ciolina* verkauft, italienische Einwanderer, ebenfalls Seidenhandel, importierten Seidenstoffe aus Italien. Das Haus ging nach seinem Tod an einen entfernten Verwandten, nicht mehr genau feststellbar, Lieutenant Dippy. Scheint wohl nur Geld ausgegeben zu haben. Liebhaber des Düsseldorfer Theaters, das ja gleich gegenüberlag und anderer Etablissements, außerdem Stammgast bei *Lacomblet* am Marktplatz, Caféhaus mit Lesekabinett aller Zeitungen und Zeitschriften. Jedenfalls übernahm Cantador bald auch das Haus und führte den Laden im Erdgeschoß weiter. Seidenhandel und Galanteriewaren. Ein umfangreiches Geschäft, kein Krämerladen. Respektable Familie, mehrfach Ratsherren und Bürgermeister der Stadt. Bis dann eben die Sache mit dem Lorenz passierte.

Die Preußen waren ja noch nicht so lange da, die Düsseldorfer waren jedenfalls der Meinung, daß das Leben ohne die Preußen schöner wäre. Wir hatten den Code Napoléon, da kamen die mit ihrem preußischen Landrecht. Da war die 48er Revolution natürlich hochwillkommen. Die Düsseldorfer wählten den Lorenz Cantador zum Chef der Bürgerwehr, und die Dinge nahmen ihren Lauf. Revolutionäre Reden, Berlin schickte Truppen, die Düsseldorfer zerrissen die Einberufungsbefehle, Belagerungszustand der Stadt. Das Haus Cantador am Markt war das Hauptquartier. Lassalle und Freiligrath gingen da ein und aus. Cantador war der Führer der Demokraten. Lassalle und Freiligrath hatten den Arbeiterverein und den Volksklub hinter sich. Sie saßen da in der Bibliothek des Fontana und diskutierten durch die Nächte. Lassalle schrieb einen Artikel nach dem anderen, Freiligrath seine Gedichte *Die Todten an die Lebenden,* das kannte jeder in Düsseldorf auswendig.

49 wurde es dann ernst. Dr. Neunzig, ein Schulfreund von Heine, rief vom ersten Stock des Hauses Cantador die Revolution aus, direkt aus dem Arbeitszimmer des verstorbenen Fontana. Und die Dinge nahmen wieder ihren Lauf. Barrikadenbau, Angriff auf die Militärposten, Straßenkämpfe, mit Kanonen schoß das Militär durch die Stadt, viele Tote und Verletzte, die Standgerichte verhängten Todes- und Zuchthausstrafen, ein schlimmes Jahr. Die Regierung ließ

erklären, Düsseldorf sei der Hauptherd der Anarchie und der Unordnung in der ganzen Monarchie. So sah es denn hier auch aus, neben jedem Düsseldorfer stand ein Soldat. Als Cantador und Lassalle eine Sammlung für die Hinterbliebenen der erschossenen Bürger veranstalten wollten, kam kaum etwas zusammen, so groß war die Angst.

Cantador stand unter Militäraufsicht. Er floh nach Amerika und beteiligte sich da am Bürgerkrieg, soll Kommandant eines Regiments gewesen sein, man weiß nicht, wann er gestorben ist und wo er begraben liegt. Mit dem Seidenhandel war es auch aus, wer in den Laden ging, war nicht königstreu. Das Geschäft wurde geschlossen. Es gab mehrere Hausdurchsuchungen, dabei wurde auch das Archiv und die Bibliothek des Fontana konfisziert und abtransportiert. Das stand ja noch alles bei Cantador. Jetzt flogen die Bücher auf die Straße, die Marktfrauen rissen die Seiten heraus und wickelten ihren Kohl darin ein, und die Papiere kamen wahrscheinlich nach Berlin, Geheimes Staatsarchiv.

Der Geheime Archivrat und Bibliothekar Dr. Lacomblet, einer der Nachkommen der Lacomblets, die das Caféhaus am Markt hatten, hat sich darum gekümmert. Der hat das Archiv betreut, hat vieles übersetzt und hat versucht, die Arbeit zu beenden. Der hat mir auch noch manches erzählt, alte Geschichten aus Italien, aus Frankreich, ich kann mich noch erinnern.

Warum wollen Sie das denn alles nur wissen?«

Der Notar pendelte mit seiner Glatze und seinen Froschaugen, die er hinter dicken Brillengläsern versteckte, zwischen den Aktenstößen hin und her, die er ächzend aus einem Aktenschrank herbeischleppte, nahm die Brille ab, putzte mit einem Taschentuch die Augengläser, setzte sie wieder auf, musterte seinen Besucher, der ruhig in einem Sessel vor dem Schreibtisch saß und hartnäckig seine Fragen stellte, in diesem dunkelgetäfelten Büro mit seiner staubigen Luft, mit den seit vielen Jahren ungeöffneten Aktenschränken, in dem der Alte wie in einem Herbarium umherkroch und die amtlichen Papierberge mühevoll über seinen Schreibtisch schob. Der Notar ließ sich stöhnend, und die Qual der Erinnerung durch einen Blick an die schmutzige Decke betonend, in einen knarrenden Ledersessel fallen, der neben einem großen, offenbar von der Wand herabgefallen, fast unkenntlichen Ölbild *Düsseldorfer Stadtansicht,* stand.

»Warum wollen Sie das nur alles wissen? Das ist doch alles längst vergessen und vergangen.«

Gustav Fontana stand von seinem Stuhl auf, knöpfte seine dunkelblaue Uniformjacke zu, die Uniform eines königlich-preußischen Lokomotivführers und sagte: »Weil es vergessen und vergangen ist.«

Der Notar wischte sich mit seinem Taschentuch den Schweiß von der Stirn: »Wenn nicht zufällig die Revolution vom Haus Ihres Großonkels ausgegangen wäre, wäre alles noch erhalten, aber so –«

Gustav Fontana stand nachdenklich vor dem Tisch des Notars: »Das ist vielleicht gar kein Zufall.«

»Was meinen Sie denn damit?«

»Es ist nicht vergessen und nicht vergangen und auch kein Zufall.«

»Der Spruch könnte auch von Ihrem verrückten Großonkel stammen.«

Gustav Fontana zuckte mit den Schultern, strich mit den Händen über die Doppelreihe der zu den

Schultern hin auseinanderlaufenden Knöpfe, setzte seine Dienstmütze mit dem Zeichen des Flügelrads auf und verließ das Notariat. »Bis morgen.«

»Ich schreibe Ihnen alles auf«, rief der Notar.

4

Maria und Joseph, Maria und Joseph, im Rhythmus der Schienenstöße, die dem fahrenden Zug ihr unerbittliches Hämmern mitgaben, Maria und Joseph, das war die einzig sichere Erinnerung, in Jahrhunderten wäre keiner auf die Idee gekommen, einen anderen Namen zu wählen. Maria und Joseph, Geburt und Tod, Wasser und Land, endlose Sümpfe, Fischer auf den breiten Flüssen, Bauern auf dem knappen Land. Später dann die großen Deiche, mit denen die Fremden ins Land kamen, die Besitzer der neugeschaffenen Welt, die Wasser und Erde teilten, die uralte Einheit auflösten, das Wasser ins Meer leiteten und auf den schmalen Erdstreifen zwischen den Flüssen und Seen Menschen ansiedelten.

Aus dem weiten Polen kamen sie, aus Böhmen kamen sie, aus der Unendlichkeit östlicher Länder, Maria und Joseph bestellten das Land, machten es fruchtbar, schufteten sich in einen ärmlichen Tod. Ein langes Leben voller Eintönigkeit, das sie in ihren unzähligen Geschichten vergaßen. Je größer das Elend, die Not und der Hunger, um so phantastischer und wunderbarer ihre Geschichten, Geschichten, die sich mit dem Leben vermischten, die das Leben ersetzten, die älter wurden als die Menschen, die noch lebten, als die Menschen längst vergessen waren.

Maria und Joseph, Kreis Lodz, Kreis Krakau, Kreis Lemberg, Erntearbeiter und Kolonisatoren, die im Kreis umherzogen und sich in immer neuen Landecken festsetzten. Siedler aus Böhmen, Hopfenhändler, Tabakpflanzer, mit ihren Priestern in der Familie. Kleine Bauern im Oderbruch, kleine Bauern im Obrabruch, Regierungsbezirk Posen, Kreis Bomst, Deutsche oder Polen, sie wußten es nie.

Und als das Land erneut verteilt wurde, diesmal an Herren, die in Berlin lebten und ihre Felder nie gesehen hatten, Gutsbesitzer ohne Sinn für Geschichten und Lieder und Tänze, da wurden die Felder klein für die, die darauf arbeiteten.

So standen sie den ganzen Tag gebückt auf dem Acker, die Erde vor Augen, den Himmel vergessen, der auch sie vergessen hatte, nicht mal die Sonne spürend, die auf ihrem Rücken brannte, verbissen die ausgetrocknete Erde aufhackend und mit einem zerbrochenen Spaten umgrabend, mit stumpfen Sensen und zersplissenen Rechen die Ernte bergend, auf diesem ausgelaugten Boden, der sich in einem Tag wieder in Sumpf verwandeln konnte und die Ernte verfaulen ließ.

Viele sagten das geheimnisvolle Wort *Amerika,* zeigten mit dem Arm fern über den Horizont in himmlische Weiten und waren eines Tages verschwunden, schickten gelegentlich Briefe, die von Hand zu Hand gingen und kein himmlisches Wunder versprachen.

Viele gaben auf und gingen aufs Gut, nahmen das, was sich ihnen bot, nahmen es zu jeder Bedingung, widersprachen nicht und fügten sich in das, was sie Schicksal nannten, ebenso unabänderlich wie Sommer und Winter, Sonne und Schnee.

Aber er wollte sich nicht in die Schlange stellen, die sich alljährlich im Frühjahr vor den Gutsherren und ihren Inspektoren bildete, die lange, zu lange, wie jeder empfand, vor den sich verbeugenden Menschen auf und ab gingen, um sich dann endlich, nach Stunden endlich, zu entscheiden, wer für das beginnende Jahr als Magd und als Knecht ausgesucht wurde, erhoben wurde in den Stand der Dienstbarkeit auf einem Gutshof, und die dann ihre Lippen dankbar auf die hingestreckte Hand drückten, bereit, sich zu schinden, zu verausgaben, ihr Leben zu geben für diesen einen Herrn des Jahres.

Sein Vater war in den Berg gegangen, nach Dabrowa, nicht des Geldes wegen, das er dort bekam, er war aus Stolz gegangen, aus nicht zu zähmendem, in keiner Armut, in keinem Hunger untergehenden Stolz. Es war ein Stolz, auf dem seine ganze Existenz beruhte, ein Stolz auf seine Arbeit, der Stolz darauf, so viel arbeiten zu können, um sich und seine Familie auf dieser Erde zu ernähren, komme was da wolle, wenn es sein mußte, Tag und Nacht ohne Schlaf zu arbeiten, unbeugbar zu sein in seiner Arbeit, mit der er sein Schicksal besiegte, dem er seinen Stolz, seine Kraft und Ausdauer entgegensetzte. Er wußte, daß nur der Tod ihn zwingen konnte, solange er lebte, stand er aufrecht.

Joseph Lukacz, Hauer auf Königshütte, stand im letzten Abteil des Zuges und sah aus einem schmalen Fenster auf die zwischen Fabriken, Schornsteinen, Häusern verschwindenden Gleise, auf die unaufhaltsam und schnell zwischen Signalanlagen entgleitenden Schienen, die in die Richtung verliefen, aus der er kam, und die sich immer rascher entfernten über

Gleise, über Schwellen, Weichen, die unter dem Zug wegrasten. Ein Band aus Schotter und Holzschwellen und blanken Eisenschienen, die das Auge in ihrer Geschwindigkeit mitzogen, über die ganze Strecke zurück in eine Ferne, wo die Gleise auf dem Fahrdamm starr und ruhig lagen, als wären sie nicht gerade noch unter dem Zug hervorgerast, als wäre hinter dem Horizont, wo die Schienen ein festes, unbewegliches Gleis bildeten, die Vergangenheit greifbar nahe, ewig vorhanden, unvergeßlich, die Vergangenheit, aus der er kam.

Der durchsichtige blaue Himmel über dem weiten schimmernden Bruch, der ruhige Flug eines Adlers, das Geschrei einer Kornweihe, die sich in der Luft mit einer Rohrweihe stritt, die einander verfolgten, rasch miteinander aufstiegen und sich wieder in die Tiefe stürzten. Die balzenden Doppelschnepfen, die mit den Schnäbeln klappernd auf ihrem kleinen Hügel saßen, Jahr um Jahr auf demselben Hügel inmitten der hohen Gräser des Bruchs, das warm und feucht in der Mittagssonne lag.

Als der Zug mit einem harten Ruck hielt, zog Joseph Lukacz die schwarze Bergmannsbluse mit den silbernen Knöpfen gerade, setzte die Bergmannskappe mit den silbernen Litzen, dem eingelassenen Zeichen von Schlegel und Eisen und dem weißen Federbusch auf, denn er wollte den neuen Ort in der Standestracht eines preußischen Bergmanns betreten, er wollte die Zukunft mit dem gleichen Stolz angehen wie sein Vater. Er schaute aus dem Zugfenster und buchstabierte den Namen der Stadt *Gelsenkirchen*.

5

Das Signal sprang auf *Freie Fahrt,* der Stationsvorsteher schwenkte seine Fahne, Gustav Friedrich Fontana legte die Steuerung voll auf Vorwärtsfahrt, löste die Bremsen und öffnete langsam den Regler der Dampfzufuhr, der Dampf schoß in die Zylinder, und mit einem Aufschnaufen setzte sich seine Lokomotive mit dem anhängenden Zug in Bewegung, glitt zischend und ihren Dampf ausstoßend aus dem Bahnhof, kroch aus der weißschwarzen Dampfwolke, die sie wie ein Kokon umgab, hervor, ihre Dampfpfeife schrie kurz auf, bejubelte die Freiheit, die endlich beginnende Fahrt.

Er öffnete den Dampfregler weiter, regulierte die Steuerung auf Normalfüllung, und die Maschine, heiß, kochend, zitternd vor Begierde, hastete nach vorne, rollte und schlingerte, rumpelte über Weichen, schob sich auf ein freies, in die Ferne weisendes Gleis, zog davon, explodierte fast, schleuderte ihre Kraft heraus, wurde immer schneller, zog die Gleise magnetisch an, die unter ihr verschwanden, in Sekundenschnelle hinter ihr lagen.

Fontana genoß diesen Augenblick des Anfahrens, diesen Moment bis zur vollen freien Fahrt, danach war die Maschine nur noch zu kontrollieren, die Signale zu beobachten, die Gleisstrecke, die sich so rasend schnell auf ihn zubewegte, die Anschlußgleise, die wie ein Peitschenhieb unter der Lok verschwanden, die Weichen, die unter ihm durchrumpelten. Er fühlte, wie das Eisenblech unter seinen Füßen tanzte, das schlingernde Ausholen in den Kurven, die den Körper anspringende Hitze, wenn der Heizer die

Ofentür öffnete und die nasse schwarze Steinkohle in das rotglühende Loch schaufelte, das mit stiebenden Funken die neue Kraft aufnahm. Er öffnete den Regler ein wenig, aus den Zylindern entwichen kleine weiße Dampfwolken, die Kolbenstange schob sich wuchtig hin und her, und die Treibstange stieß auf die Räder nieder, die auf den glänzenden Schienen kreisten, sich um sich selbst drehten, sich nicht von der Stelle bewegten und doch die Maschine nach vorne drückten, sicher durch das Schienengewirr führten, die Kraft der Maschine bändigten, eine feste Bahn einschlugen auf die freien Schienen, die sich wie Kettfäden über das Land zogen, bald die Erde umspannen würden, die in die Zukunft führten, denen man sich anvertrauen konnte, die Städte und Länder verbanden, von einem großen Kettbaum gehalten, straff gespannt, und wie früher das Weberschiffchen mit seinem *Klack Klack* durch die Fäden sauste, so schlugen im gleichmäßigen Rhythmus die Schienenenden gegen die Maschine, die über sie hinwegglitt, sich je nach Weichenstellung immer wieder auf ein neues Schienenpaar einfädelte.

Das Rollen der Räder, das Zischen des entweichenden Dampfes zog die Menschen in ihren Bann, transportierte sie durch die Länder, löste ganze Völkerwanderungen aus. Fontana sah sie auf den Bahnhöfen ein- und aussteigen, sie trieben von Osten nach Westen, von Süden nach Norden, und die Maschine führte sie weit, führte sie durch die Welt, die sich vor ihren staunenden Gesichtern entfaltete, sich vor ihren Augen in ihrer ganzen Vielfalt ausbreitete. Menschen, die bisher nur ihre angestammte Heimat kannten, die die Welt nur auf die kleine Umgegend ihrer Häuser und ihres Lebens bezogen, fuhren durch die Heimat anderer Menschen, ließen sich dort nieder, fanden oft keine Wurzeln, blieben fremd, zogen heimatlos weiter, in andere Teile dieser Erde, Heimat suchend, eine neue Heimat sich schaffend in immer ferneren, fremderen Landschaften.

Der Zug rollte vorbei an all diesen Dörfern und Städtchen, die nun irgendwo lagen, die nicht mehr den jeweiligen Mittelpunkt der Erde bildeten, die nur noch an irgendeiner Eisenbahnstrecke lagen, bestenfalls kleine Haltepunkte waren, kleine Farbtupfer, kleine Muster in einer langen Kette, die sich zwischen zwei Endpunkten spannte, ein Muster über die Welt webte aus Stahl und Kohle und Bewegung und den Hoffnungen der Menschen.

Fontana liebte diese immerwährende Bewegung, dieses kleine Weberschiffchen, das auf den vorgegebenen Bahnen hin und her pendelte, die Abfahrt und die Freiheit der Fahrt, die doch so streng eingebunden war in Zeit und Ort, denn das scheinbar freie Dahinrasen, die schiere Freude an der unendlichen Kraft, endete auf die Sekunde genau in einem vorherbestimmten Bahnhof auf einem vorherbestimmten Gleis an einer vorherbestimmten Stelle, wie Kettfäden in ihren Litzen. All das war exakt einzuhalten, die genau berechnete Bewegung war nach Vorschrift auszuführen, wenn er dann auf seine Eisenbahneruhr schaute, die Zeit verglich, den tickenden Sekundenzeiger, der die Minute zur vollen Stunde führte, sehnte er sich schon wieder nach der nächsten Abfahrt, nach dem Gefühl von Aufbruch und Freiheit.

6

Das Labyrinth unter Tage, undurchschaubar auch für den, der nachtblind, wie die Grubenpferde, sein Leben zwischen Förderschächten, Wetterschächten und Blindschächten, zwischen Sohlen, Flözen, Strebgängen, Querschlägen, Wettertüren und Füllorten verbrachte, schweißüberströmt und mit keuchendem Atem sich kriechend, liegend in den Berg vorarbeitete, ein Leben, schwach erhellt vom Sternenhimmel der Grubenlampen unter Tage, die sich mit den arbeitenden Menschen bewegten, vor Ort kleine Milchstraßen bildeten, sich gegeneinander verschoben im langsamen Ablauf einer Schicht unter Tage, die hier und dort aufblinkten, ihre vorgeschriebene Bahn zogen, unauffällig im Dunkel des Berges verlöschend, ein Ablauf, der sich durch nichts vom Sternenhimmel über Tage unterschied, wo Sterne wie Grubenlampen ihrer Bahn folgten, das Dunkel nicht erhellten, den blinzelnden Augen nur andeuteten, daß da noch Menschen waren in der Dunkelheit unter Tage, über Tage, zu einer Nacht verschmolz, zu einer Finsternis, in. der das Leben in Gleichförmigkeit verging, eine andauernde Bewegung von Arbeit und Schlaf, eine in sich selbst verlaufende, durch ihre Gleichmäßigkeit kaum wahrnehmbare Bewegung in einem Labyrinth ohne Ausgang, das Leben, aus dem es kein Entrinnen gab, das nun einmal das Leben war, in dem man gefangen war, aus dessen vorgeschriebener Bahn es keinen Ausbruch gab; vollzählig und ewig wie die Grubenlampen unter Tage an ihrem Ort, so standen vollzählig und ewig die Sterne am Nachthimmel.

Joseph Lukacz, der sein Licht, seinen Platz hatte

am Sternenhimmel unter Tage, zählte nachts, wenn er schweratmend in seinem Bett lag und nicht schlafen konnte, nicht die Sterne an Gottes Himmel, er zählte die Tage, an denen er die Sonne gesehen hatte, und er kam, so oft er auch zählte, auf keine große Zahl. So wie Gott die Sterne nicht für den Tag schuf, so schuf er Joseph Lukacz nicht für die Sonne, er setzte ihn ein in das Firmament unter Tage, wo er ernsthaft und genau, Schritt um Schritt, Jahr um Jahr im Schein seiner Lampe, mit Hammer und Schlegel, mit Keilhaue und Schrämeisen seine Arbeit tat. Wenn er nach der Schicht ausfuhr, war es wieder Nacht, und er saß, grüblerisch, wie er war, oft noch stundenlang am Fenster seiner kleinen Stube, sah in die vom Sternenhimmel schwach erhellte Landschaft, sah auf die Berghalde, die täglich auch durch seine Arbeit wuchs und schon höher war als das kleine Haus, in dem er wohnte. Wie ein großer, schwerer Damm schob sich die Berghalde in die Felder hinein, trennte Flüsse und Seen, die sich durch die Absenkung der Erde gebildet hatten, die Erde, die oft ruckartig in die leeren Stollen einbrach, absank in die Aushöhlungen unter ihr, veränderte den Lauf von Flüssen und Bächen, schuf Seen, in denen sich der Sternenhimmel spiegelte, und manchmal glaubte Joseph, er säße im Obrabruch zwischen dem Deich und dem sich ständig ändernden Lauf des Wassers.

Joseph Lukacz, Hauer auf Dahlbusch, Ortsältester seiner Kameradschaft, sie hatten ihn dazu gewählt, obwohl er ein Westfalczyk war, wie sie die aus dem Osten nannten, die hier arbeiteten, weil keiner so zäh und selbstbewußt mit dem Steiger über das Gedinge verhandeln konnte, weil auch keiner so wie er abschätzen konnte, wieviel Kohle der Berg hergab, wieviel Gestein vor der Kohle lag, wie fest oder locker der Berg war, wieviel Zeit man für den Ausbau brauchte, und wenn der Steiger ihren Lohn drücken wollte, schwieg er und sah den Steiger geduldig und ohne sich zu rühren, ohne noch ein Wort zu sagen, an, bis der Steiger, der mit einem solchen steingewordenen, selber zum Berg gewordenen Mann nicht viel streiten konnte, das geforderte Gedinge zugestand.

Er war der Schweigsamste und Geduldigste unter ihnen, der tagelang, ohne ein Wort zu verlieren, vor der Kohle warten konnte, bis die Wetter unter Tage seiner Meinung nach gut genug waren, um mit Schlegel und Eisen zu hantieren oder mit Sprengstoff zu schießen.

Er war ein Leben lang Hauer auf Dahlbusch und starb in seinem Bett, das man ihm ans offene Fenster geschoben hatte, damit seine verrußten Lungen bessere Wetter hatten, wie er sagte, die Augen auf die Grubenlampen am Firmament gerichtet, die im Morgengrauen langsam verblaßten, starb in einem endlosen Hustenanfall, bei dem er sein ganzes Lebensblut ausspuckte.

7

Gustav Friedrich Fontana, Königlich-Preußischer Lokomotivführer, geboren 1840 in Iserlohn, sollte seine Lebensbahn wie sein Vater bei *Kissing & Möllmann* beginnen und vollenden. *Kissing & Möllmann* exportierte die berühmten Kaffeemühlen mit dem Dromedar als Markenzeichen bis nach Südamerika und hatte Filialen und Musterlager in Paris, rue de Paradis 21, Amsterdam, Binnenkant 8, Berlin, Ritterstraße 37, Hamburg, Große Reichenstraße 43, Bremen, Kaiserstraße 10 und 12 Parterre, Leipzig, Petersstraße Neue 11 Alte 43, 1. Etage, war also eine Weltfirma, an der sein Vater mit einem kleinen Kapital beteiligt war. Die Reisen der Vertreter und Berichte davon, die sein Vater auszuwerten hatte, schufen in dem jungen Fontana ein Bild von der Welt, das sich in einer immerwährenden Sehnsucht vergoldete. Obwohl die Adressen erste Adressen waren, war es doch nicht der Wunsch Fontanas, eines dieser Musterlager zu übernehmen, er stellte sich die Welt exotischer, bewegter, überraschender vor. Das stolze und mit Fleiß erbaute Imperium von *Kissing & Möllmann* schien ihm eher eine Festung zu sein. Er erlernte den Beruf des Graveurs, seinem Vater zuliebe, *Kissing & Möllmann* zuliebe, und weil man für die Laufbahn eines Lokomotivführers eine abgeschlossene Lehre in der Metallverarbeitung brauchte. Sein Vater stimmte später diesem Berufswunsch zu, zumal sich in diesem neuen und zugegebenermaßen recht aufregenden Beruf des Lokomotivführers Abenteuer und Ordnung so verbanden, daß eine bürgerliche Existenz gesichert war.

So verwandelte sich die Freiheitslust in ein streng dienstliches, pflichtbewußtes Beamtenleben mit dreihundert Taler Jahreseinkommen – einmal im Jahr ausbezahlt. Er heiratete Henriette Wilhelmine Eichelberg, Tochter von C. Eichelberg, Metallwarenfabrik in Iserlohn, kaufte sich in späteren Jahren ein Haus in Berlin, wurde dort formell Mitglied der Hugenottischen Gemeinde, und wenn er vor dem Spiegel stehend die Uniformjacke zuknöpfte, mit den Händen prüfend über die Knopfreihe fuhr, die Mütze mit exaktem Schwung aufsetzte, war er, aufrecht stehend, die personifizierte Zuverlässigkeit.

Seine ersten Dienstjahre verbrachte er in Düsseldorf, wo er auf seiner geliebten 1 A 1 die Köln-Mindener Strecke befuhr, eine Bahnlinie, die von Düsseldorf über Duisburg, Oberhausen, Gelsenkirchen, Dortmund das gesamte Ruhrgebiet durchquerte, vorbei an den Zechen und den rasch größer werdenden Ruhrstädten, vorbei an den Kohlebergen, für deren Abtransport diese Linie hauptsächlich eingerichtet wurde.

Im Deutsch-Französischen Krieg der Jahre 70/71 steuerte er die Züge mit den Soldaten an die Front nach Frankreich, über die gerade rechtzeitig fertiggestellte neue Düsseldorfer Eisenbahnbrücke. Er brachte auch die Toten und Verletzten von der Front zurück nach Düsseldorf und sah von seiner Lokomotive aus, wie die zuvor jubelnden und fahnenschwenkenden Soldaten nun in der Nacht still auf Bahren und in einfachen Särgen liegend, wieder ausgeladen wurden.

Später fuhr er dann auf der größeren und schnelleren 1 B der Preußischen Staatsbahnen von Berlin bis nach Posen, sah auf den Bahnhöfen die Gruppen hoffnungsvoller Menschen, die in den Westen wollten, und die vielen Einzelnen und Enttäuschten, die aus dem Westen kamen. Er sah das Land, das auch nach langen Stunden gleichmäßiger Fahrt unverändert vor ihm lag, nicht aufhörte, sich weiter zum Horizont hindehnte, unendlich war, so daß auch die Schienen irgendwann einmal ins Leere liefen.

Er glaubte an die Zukunft dieser Welt, fühlte sich

als ein Teil der neu in Bewegung geratenen Zeit und freute sich an dem exakten fehlerlosen Mechanismus der Technik.

Als sein ältester Sohn, ebenfalls Lokomotivführer, durch eine versehentlich falsch gestellte Weiche auf einen Prellbock fuhr und dabei ums Leben kam, ließ er sich vorzeitig pensionieren, ging nur noch selten aus, versteckte sich hinter einem langen weißen Bart und einer Lesebrille und las in den Abendstunden regelmäßig und ganz genau eine Stunde in der Bibel, dann zog er seine Eisenbahneruhr auf, ging, seiner Frau kurz zunickend, in sein Schlafzimmer, entkleidete sich, hängte alles gewissenhaft auf die dunklen schweren Holzstühle mit dem roten Polster und legte sich in sein Bett, wo er oft die ganze Nacht die vertrauten Geräusche vom nahen Bahnhof, gedämpft durch die schweren Portieren und die dunklen mächtigen Eichenmöbel, mit seinen Gedanken auffüllte; Abfahrt des Zuges, Ankunft des Zuges, Steuerung voll auslegen, Regler öffnen, spürte das leichte Beben der Räder im Klirren der Kristallstäbe der Nachttischlampe, sah die Lichtreflexe der vorbeifahrenden Züge an der Zimmerdecke, auf der geblümten Tapete, hörte das klagende, jammernde Pfeifen der Lokomotiven.

Er lag eines Morgens tot in seinem Bett und sah sehr friedlich aus.

8

Maria war sanft und still, sie war ihrem Joseph aus dem tiefsten Polen gefolgt, wo er sie auf einer Wallfahrt, zu der er von Gelsenkirchen nach Tschenstochau gefahren war, kennengelernt hatte. Sie sprach wenig deutsch, ein melodisches Polnisch, schwarzhaarig, mit braunen Augen, sah sie immer traurig in die Welt, selbst wenn sie lächelte, sahen ihre Augen verträumt und wehmütig durch die Menschen hindurch, in eine andere Welt, die hier in der Zechenkolonie nicht zu finden war.

Sie versorgte ihren Mann, ihre Söhne, ohne daß dies weiter auffiel, sie arbeitete vom Morgen bis in die Nacht mit der Gleichmäßigkeit eines Uhrwerks, mit einer Ruhe und Geduld und einer stillen inneren Ausdauer, die sie ein Leben lang nicht verlor. Mit einer Genauigkeit und Gewissenhaftigkeit erfüllte sie ihre täglich sich wiederholenden Pflichten, immer vertieft in die Arbeit, die sie gerade tat, die sie mit der immer gleichen Aufmerksamkeit verrichtete, als würde jeder Handgriff, tausendmal getan, zum erstenmal ausgeübt und die volle Konzentration erfordern, ja, sie gab dieser eintönigen Arbeit durch ihre tägliche Freude an dieser Arbeit eine Bedeutung, eine Würde, die sie nur durch ihre Tätigkeit bekam, die wohl nur sie empfand.

Wenn sie ihr polnisches Brot backte, knetete sie den Teig eine Stunde lang ohne aufzusehen mit einer Intensität, als läge darin eine religiöse Handlung, ein demütiger Stolz, eine Hingabe an alle, die sie täglich zu versorgen hatte, und in dieser Hingabe ließ sie sich von keinem übertreffen.

Wenn sie an ihrem Kochherd stand und mit den heißen Töpfen hantierte, die sie vom Feuer nahm oder aufs Feuer schob, um das Essen pünktlich auf blanken Tellern auf den Tisch zu bringen, wenn sie die kohlenschwarzen und vom Schweiß steifen Hosen und Hemden ihres Mannes und ihrer Söhne auf einem Waschbrett durchwalkte, die nasse Wäsche mit der ungeheuren Kraft ihrer Arme auswrang und die einzelnen Stücke in genauer Reihenfolge und ganz gleichmäßigen Abständen auf die Leine im Garten hängte, die getrocknete Wäsche mit einem schweren Bügeleisen glättete, zerrissene Wäsche mit feinen Stichen zusammennähte, wenn sie die wenigen Wäscheteile, die sie besaß, die sie ihre Aussteuer nannte, und in die sie ihr Monogramm gestickt hatte, einige Laken, einige Bettbezüge, einige Handtücher, mit großer Sorgfalt auf den Zentimeter genau zusammenlegte, mit den harten Händen darüberfuhr und sie glattstrich und dann in das dafür vorgesehene Schrankfach legte und noch einmal darüberstrich, daß Kante auf Kante lag, waren das Glücksmomente für sie, die sie ganz alleine genoß und die sie jeden Tag aufs neue mit Zufriedenheit erfüllten.

Die Zechenkolonie, die auf einem freien Feld einheitlich und in Blickweite der Zeche gebaut war, war ihre Welt. Sie verließ sie nie. Sie verbrachte ihr ganzes Leben lang in diesem aus rotbraunen Ziegeln erbauten Ghetto, in dem überwiegend polnisch gesprochen wurde. Die Wohnungen waren sehr begehrt und wurden nur an langjährige Hauer der Zeche abgegeben, die alle deutsch konnten, aber ihr Polnisch war ihnen näher, und zu Hause war zu Hause, und da wurde eben polnisch gesprochen, und wenn man aus einem Grunde mal nach Gelsenkirchen mußte, dann ging man auch dort in die polnischen Läden mit den polnischen Verkäufern oder auf die polnische Bank, um dort sein Geld für die Heimat einzuzahlen. Aber Maria ging nicht mal nach Gelsenkirchen; wenn auf der Behörde etwas zu regeln war, überließ sie das Joseph, sie blieb in der Zechenkolonie, sie kaufte im Zechenkonsum ein, sie kannte jedes Haus, jede Person und jedes Schicksal in dieser kleinen Welt. Wenn sie ihr Haus verließ, ging sie höchstens in ihren Garten, um die schnurgeradehängende Wäsche zu begutachten, um nach dem Schwein zu sehen, das vor sich hin grunzte, oder um die Hühner zu füttern, die unruhig gackernd in ihrem Stall hin und her rannten. Sie sah zu, wenn Joseph abends den Garten umgrub, um Kartoffeln und Kohl anzupflanzen. Am Sonntag ging sie mit den herausgeputzten Kindern und in ihrem besten Kleid durch die Kolonie, bei sehr schönem Wetter auch einmal um die Kolonie herum, sehr weit konnte man sich nicht verlieren, auf der einen Seite lag die Zeche, auf der anderen Seite die Stadt, und beides wollte Maria nicht sehen. Sie blieb in der Kolonie, weil sie nichts vermißte, die Welt jenseits der Kolonie und der Grube existierte für sie nicht, für sie gab es nur ihre Familie, die Kinder, den Mann, das Haus, in dem sie alle lebten. Daß es Großstädte gab, Eisenbahnen gab, Schiffe gab, andere Länder und Kontinente gab, war für sie absolut unwichtig, sie nahm es nicht zur Kenntnis. Sie las auch keine Zeitung. Sie war der Meinung, daß sie alles wisse, was man für dieses Leben brauche, und daß sie alles, was in der Welt geschehe und auch auf sie Auswirkungen hatte, rechtzeitig am eigenen Leibe spüre. Gab es eine Krise und viele Feierschichten und wenig Lohn, so brachte sie dennoch die Familie durch, da hatte sie keine Angst, waren die Löhne hoch, wurde gespart, nie wurde ein Pfennig für etwas Unnützes ausgegeben, selbst wenn unter der Macht der Umstände alles zusammenbräche, sie würde aushalten in Verhältnissen, die allen den Mut nähmen, sie würde morgens aufstehen, sich mit dem Nächstliegenden, mit dem Gegenwärtigen des Tages, beschäftigen und niemals an den übernächsten Tag denken, sie würde den ganzen Tag arbeiten und abends fast schon schlafend ins Bett sinken.

Mit dieser Einstellung ertrug sie alles, ob nun Leben oder Tod, die Arbeit veränderte sich nicht und ihre Art zu arbeiten auch nicht. Sie betreute ihren Mann und ihre Söhne, die tot oder sterbenskrank aus dem Berg zurückkamen, betreute sie, bis sie starben, und betreute sie auf dem Friedhof, sie arbeitete für ihre Enkel, alt werdend, mit weißem Haar immer noch aufrecht gehend, aus ihren alt gewordenen Augen immer noch traurig und wehmütig in die Welt sehend, und als sie eines Tages merkte, daß ihre Kräfte sie verließen, daß die Arbeit stärker war als sie und daß sie, die ihr Leben lang die Arbeit besiegt hatte, nun von der Arbeit besiegt wurde, da setzte sie sich in eine Ecke das Schlafzimmers und schlug so lange den Kopf gegen die Wand, bis sie tot war.

9

Von der Eisenbahnbrücke aus gesehen lag die Stadt seltsam gekrümmt um den Rhein, der sie in einem großen Bogen ins Land drückte, mächtiger als die Stadt war, sie einschnürte, so daß sie sich etwas untertänig an den Fluß schmiegte, gebeugt wie der Turm der Stadtkirche St. Lambertus, der zum Rhein hin leicht einknickte mit der ständigen Bitte, das nächste Hochwasser möge doch den Niederrhein überfluten und Düsseldorf verschonen.

Ins Land gebaut, rheinabgewandt, so daß man den übermächtigen Fluß vergessen konnte, lagen die kleinen Häuser, deren Bewohner mit dem Rücken zum Wasser und seinen Deichen wohnten, lebten, arbeiteten, feierten, vor allem feierten. Da die Zeiten selten zum Lachen einluden und es auch innerhalb der Stadtmauer wenig zu bestaunen gab, große Ereignisse so gut wie nie stattfanden, hatte man die schöne Fähigkeit entwickelt, sich zunächst beständig über sich selbst und danach über die kleinen Alltäglichkeiten des Lebens anhaltend zu freuen. So war ein vergnüglich besoffener Nachbar immer wieder ein schönes Ereignis, das man nicht missen wollte, über das man jahrelang noch lachen konnte, und um ihn nicht zu enttäuschen, ihm auch einen Grund zu einem breiten Lachen zu geben, besoff man sich selber und ließ sich am liebsten laut singend von der Ehefrau in einer Schubkarre nach Hause fahren, was dem Nachbarn über Jahre hinweg ein ständig neues Lachen entlockte. Das waren bescheidene Vergnügungen, aber da sie so zeremoniell und mit großer Bedachtsamkeit ausgeführt wurden, konnte sich in der Stadt ein allzu strenges Arbeitsethos nicht ausbreiten, fand einfach keine Wurzeln.

Kaum hatte man etwas in die Hand genommen, um es gewissenhaft, das heißt nicht zu schnell, zu erledigen, war Karneval oder Kirmes oder Schützenfest, dazu gab es noch die Namenstage aller möglichen Heiligen und Unheiligen, christliche und unchristliche Feiertage, Vereinsgründungen und Jubiläen, bei denen schon die gewissenhafte Planung eines Festes zu einem Fest geriet, und die Familie hatte natürlich auch ihre Feste, zu denen die Verwandtschaft vom umliegenden Land kam, um Geburtstag, Namenstag, Taufe und Beerdigung mit einem ausgiebigen Besuch von Düsseldorf zu verbinden. Kaum hatte man am Stadttor von einem Abschied genommen, kam der nächste mit Speck und Schinken, Kartoffeln und Kappes in die Stadt, und wenn einmal gar nichts los war, stach der Wirt der Stammkneipe ein neues Fäßchen an, und den konnte man nun auch nicht enttäuschen.

So manch einer wunderte sich, wenn ihn der Schlag traf, daß das Leben schon vorbei war, aber starb doch gefaßt, denn es gab tief verankerte Einsichten, die man in den Rang einer Philosophie erhoben hatte und eine lautete: »So is nun mal dat Leve. Mach wat dran.« Dagegen war nichts einzuwenden, es war die allgemein anerkannte Wahrheit, keiner hätte das Gegenteil behauptet. So ließ man die guten wie die schlechten Zeiten mit einer tiefsitzenden Gleichmütigkeit über sich ergehen, denn erstens konnte man sowieso nichts ändern, zweitens kam alles, wie es kam, und drittens, was man auch machte, es war falsch. Mit solchen Lebensweisheiten versehen, die von Generation zu Generation weiterempfohlen wurden, ließ sich das meiste, was einem im Leben so zustoßen konnte – sei es privates Schicksal oder Auswirkungen der Politik – auf gutmütige Weise ertragen. Waren die Zeiten gut, war man der Meinung, es könnte eigentlich alles besser sein, aber man müsse eben zufrieden sein mit dem, was man habe. Waren die Zeiten schlecht, war man der Meinung, es könne ja alles noch viel schlimmer sein, man solle daher zufrieden sein mit dem, was man habe. So pendelte man sich auf eine Lebensmitte ein, die alles gleich skeptisch und alles gleich humorvoll nahm. »Pitter lot da Mot nit sinke, lommer uns noch ene drinke«, mit diesen hausgemachten Sprüchen, die alle Gemüter tief befriedigten und Schwermut nie aufkommen ließen, liefen all diese Pitters und ihre Frauen durch die Stadt und verkündeten sich gegenseitig: »Wat man nit kann ändere, muß man loße schlendere.«

So konnte es der Stadt geschehen, daß sie innerhalb von zehn Tagen die Erhebung ihres Kurfürsten zum König von Bayern feierte, seine Absetzung feierte, danach den neuen Großherzog feierte, den Napoleon einsetzte, da blieb kaum Zeit, nüchtern zu werden und sich Gedanken darüber zu machen, ob man nun zum Großherzogtum Berg oder zu Bayern oder zu Frankreich gehörte. Was einem einfachen Bürger auffiel, waren die immer neuen Geldsorten, die er nur abschätzen konnte, indem er sie schnell in Bierfäßchen umrechnete, woraus sich sofort ergab, daß man für jede neue Münze, die einem die Obrigkeit in die Hand drückte, immer weniger erhielt, was im Handumdrehen einen guten Grund ergab, das neue Geld sofort in Genever und Bier zu tauschen. Denn das gute Leben war ihnen heilig, da konnte der Pfarrer mit dem Himmel locken oder mit der Hölle drohen, die fromme Lebensregel »Wat kann dat schlechte Leben nützen« stand für einen Bürger dieser Haupt- und Residenzstadt mit ständig wechselnden Herrschern nicht im Widerspruch zu den himmlischen Gesetzen. Und hätte ein Fremder während dieser Feiertage einen Bürger der Stadt befragt, was er zu diesen politischen Vorgängen zu sagen habe, ob es ihn nicht störe, daß die Stadt bei jeder Gelegenheit einen neuen Herrscher erhalte, so hätte der treuherzig geantwortet: »Och, darum muß man sich nit groß bekümmere.«

Es war diese Lebensart, die Friedrich Fontana, der zweite Sohn des Gustav Friedrich, veranlaßte, sich hier niederzulassen und als erstes einen Strohhut zu kaufen, ihn sehr schräg auf seinen *Deez* zu setzen, wie er immer sagte, voller Entschlossenheit, das vor ihm liegende Leben nicht mit Arbeit, Sorgen und schlechter Laune zu verbringen.

10

Auf den Tag genau nach der Beerdigung seines Vaters kam Joseph Lukacz vor Ort unter einen Sargdeckel, wie sie die nur lose im Hangenden haftenden Berge nannten, die ganz überraschend, selbst bei bestem Ausbau, niederstürzen konnten. Das herabstürzende Gestein zerschmetterte ihm beide Beine, und als man ihn über Tage brachte, sah man in seinem schwarzen Gesicht nur die aufgerissenen weißen Augäpfel und den blutroten Mund, der so laut schrie, daß die Arbeit für einen Moment ruhte. Seine Beine baumelten nutzlos wie bei einer weggelegten Puppe, sein Oberkörper krümmte sich, nur sein Schrei, der in den Ohren gellend für Sekunden über dem Förderturm stand, zeugte von Leben.

Als man ihn nach einigen Monaten ohne seine Beine nach Hause brachte, saß er lange stumm in einer Ecke, er sprach weder mit seiner Frau noch mit seinen Kindern, murmelte nur gelegentlich: »Bergmannshemd Totenhemd« oder sang in der Nacht, wenn alle schliefen:

> *»Still leg ich dann am sel'gen Ende*
> *das schwarze Kleid der Grube ab,*
> *man legt die ausgelöschte Blende*
> *und mein Gezähe mir aufs Grab.*
> *Mir reicht, mir reicht der Herr das weiße Kleid*
> *der himmlischen Gerechtigkeit.«*

Eines Morgens verlangte er, daß die Vorhänge am Fenster geschlossen blieben, er ließ sich Kohlenstaub geben, rieb sich sein Gesicht damit ein, Fragen beantwortete er nicht, es blieb dabei, daß er von nun an im Dunkeln saß, sein Gesicht mit Kohlenstaub schwärzte, sich einen Bart wachsen ließ und die Welt nicht mehr sehen wollte. Sein Ältester mußte ihm einen Thron aus rohem Holz zimmern, von dem er nicht mehr herabstieg, auf dem er nicht nur am Tag saß, auch in der Nacht hockte er darauf und schlief nur einige Stunden im Sitzen. Er verlangte noch eine Krone aus Goldpapier, die ihm ein Enkel zurechtschnitt, ließ sich von seiner Frau einen roten Gardinenumhang geben, den er sich über die Schulter legte und nannte sich nur noch *König Kohle*.

Besuchten ihn seine Kumpel von der Zeche oder vom Barbara-Verein, erging er sich in dunklen Prophezeiungen, daß Gott die Erde umdrehen werde, das Hangende werde nach unten und das Liegende nach oben gekehrt, der Schacht werde in die Erde aufsteigen, so daß die glühende Erde in die Kohle rutscht und ein Feuer entfacht und über Tage eine höllische Hitze ausbricht. Dabei bleckte er mit den Zähnen, schaute mit wilden Augen aus seinem geschwärzten Gesicht auf die Anwesenden und streckte ihnen die rote Zunge heraus.

Später behauptete er, die Stimme seines Vorfahren aus Dabrowa zu hören, der dort noch im Berg liege und mit klarer Stimme die Wahrheit verkünde, die er aufschreiben müsse. Er verlangte Packpapier und schrieb, immer wieder auf die innere Stimme hörend

Die geheime Wahrheit.
Gott schuf die Welt in sechs Tagen.
Gott ruhte nicht am siebten Tag.
Die geheime Wahrheit.
Gott versteckte am siebten Tag die Kohle.
Gott drückte die Kohle tief und unerreichbar in die Erde.
Die geheime Wahrheit.
Wenn die Menschen die Kohle ausgraben, ist das Paradies verloren.
Wenn die Kohle ans Tageslicht kommt, verwandelt sie sich in Feuer.
Alles was durch dieses Feuer entsteht, wird die Menschheit vernichten.
Eisen und Stahl werden sich wieder in Feuer verwandeln, und die Menschen werden darin umkommen.
Das ist die geheime Wahrheit.

Er nagelte dieses Urgebot Gottes, ihm geweissagt von seinem Vorfahr aus Dabrowa, der dort immer noch im Berg liege, an seinen Thron, und jeder, der sich verpflichtete, diese Offenbarung zu verkünden, durfte sie lesen.

Als eines Tages ein Arzt von der Zeche erschien und nach den Offenbarungen Josephs fragte, schwor seine Frau heldenhaft jeden Eid, daß Joseph niemals etwas geschrieben habe. Der Arzt gab sich damit zufrieden, aber von nun an warf sie das Papier, das Joseph in der Nacht beschrieben hatte, jeden Morgen ins Feuer ihres Herdes. Als Joseph das durch einen Zufall bemerkte, er verlangte die ihm neu offenbarte Geschichte der Heiligen Drei Könige zurück, um sie zu ergänzen, sagte er nur »Es ist gut so. Die Weissagung hat sich erfüllt. Wir werden alle im Feuer enden.« Da er nicht mehr schreiben durfte, schwieg er ganz, und kurz danach fand man ihn an einem Morgen tot auf seinem Thron. In der Hand hielt er ein kleines Stück Papier, auf dem einige Worte standen, die man nicht entziffern konnte.

11

Die *Promenade* Friedrich Fontanas begann täglich mit einem Ritual, das er vor der Haustüre zelebrierte und ihm sofort Zuschauer sicherte. Mit einem Blick nach oben prüfte er das Wetter, setzte den Strohhut mit exaktem Schwung schräg auf seinen *Deez,* entnahm einem silbernen Etui eine Zigarre, die er, mit einem entschiedenen Druck seines an der Uhrkette hängenden perlmuttbelegten Zigarrenschneiders um ihre Spitze brachte, führte die Zigarre mit Elan zum Mund, zündete mit einem Streichholz einen Fidibus an, durch den er die Zigarre aufleuchten ließ, indem er sorgfältig einige kurze, aber ruhige Züge tat. Brannte die Zigarre, zirkelte er seinen Rohrstock in einer äußerst kunstvollen Art durch die Luft und marschierte los.

Der Vorgang, im Lauf der Jahre perfektioniert, wirkte in seinem Ablauf wie eine artistische Nummer, alle Bewegungen waren gekonnt einstudiert, der Ablauf harmonisch, fünfundvierzig Sekunden nach Beginn des Auftritts tat er den ersten Schritt, registrierte dabei aus listigen Augenwinkeln das Schmunzeln der Zuschauer, für die er diese Nummer so vollendet ausgebaut hatte. In einem hellen, leichten Überrock, beigen Hosen, weißen Schuhen und einer in allen Farben schillernden seidenen Fliege, in der eine Diamantnadel steckte, segelte er durch die Stadt, mit seinem Rohrstock Figuren in die Luft zeichnend.

Das Promenieren war seine Lieblingsbeschäftigung. Nichts tat er lieber, als im Sonnenschein durch belebte Straßen zu bummeln, alte Bekannte zu grüßen, neue Bekanntschaften zu machen, sie auf ein Gläschen in einen kühlen Wirtshausgarten einzuladen, um da, die Hände so auf seinen Rohrstock gelegt, daß der goldene Ring mit dem roten Achat obenauflag, mit anderen Gästen zu plaudern, die Vorbeigehenden anzusehen, sich ansehen zu lassen und alle und jeden zu grüßen, indem er mit seinem Strohhut jonglierte. Stundenlang hätte er so sitzen können, wenn er nicht gelegentlich wieder *promenieren* mußte, um den Wirtshausgarten zu wechseln, was vom Sonnenstand und von den vorbeigehenden Bekannten abhing. Sein glückseliges, vor innerer Freude leuchtendes und Freude ausstrahlendes Gesicht erblühte im Laufe des Tages durch diverse Pokale Rhein und Mosel, worin er ein Kenner war. Lange Spaziergänge haßte er, der Hofgarten genügte ihm als Ausflugsziel, die Gärten des Malkastens und der Tonhalle, von der Altstadt her gesehen schon an den Stadtgrenzen gelegen, waren die äußeren Meilensteine seiner Promenade und wurden nur deshalb erwandert, weil man dort unter alten Bäumen im Kreise von Künstlern und kunstinteressierten Bürgern angenehm plaudern konnte.

Friedrich Fontana, 1866 in Berlin geboren, zufälligerweise am Tag der Schlacht von Königgrätz, sollte wie sein Vater Lokomotivführer werden, entzog sich der Aufgabe aber elegant, indem er bei der Fahrprüfung geistesgegenwärtig rot und grün verwechselte, von da an als farbenblind galt und deshalb für den Beruf untauglich war. Er erledigte noch seinen Dienst beim Preußischen Garde-Artillerie-Regiment, *das sich mit Recht das Erste nennt,* und verließ danach Berlin endgültig, weil ihm preußische Dienst- und Pflichtauffassung ein Greuel war. Er liebte es heiterer.

Er landete auf der Suche nach entfernten Verwandten in Düsseldorf, nicht ohne vorher in Iserlohn in einer kurzen und heftig aufflammenden Liebesaffäre Helene Becker, von *Becker jun.,* Metallwarenfabrik in Iserlohn, zu heiraten. Die schöne Helena, wie sie genannt wurde, hatte eine Gesangsausbildung und gedachte, in Düsseldorf berühmt zu werden, so daß nicht nur die Liebe und die Neigung zur Kunst sie zusammenführte, sondern auch das gemeinsame Ziel Düsseldorf.

Helene Becker-Fontana erreichte ein Engagement am Düsseldorfer Theater, ihre Koloraturen führten sie aber nie zu nennenswerten Hauptrollen, was selbstverständlich die Schuld des Intendanten war. Friedrich Fontana, ein großer Liebhaber italienischer Opernarien, verbrachte die Abende im Theater, um seine Frau zu bewundern, die Nächte mit den Sängern und Malern in Künstlerlokalen und seine Tage mit Promenieren.

Mit der Zeit ergab sich leider die Notwendigkeit, Geld zu verdienen, denn die Mitgift der schönen Helena, von Haus aus gut angelegt, brachte nur magere

Zinsen. Fontana begann, sich mit dem Ausgleich von Dingen zwischen Leuten, die etwas haben, und Leuten, die etwas brauchen, zu beschäftigen, in Düsseldorf abschätzig *Kröskes* genannt, und da er die Künste und die Künstler über alles liebte und die Bürger Düsseldorfs ein gewisses Kunstbedürfnis hatten, sah er sich als geborener Vermittler. Er begann mit dem Weiterverkauf gebrauchter Noten aus dem Theater, dehnte den Handel nach und nach auf die Bilder seiner Malerfreunde aus, denn in der *Düsseldorfer Schule,* der in der Kunstakademie der Stadt vorherrschenden Malrichtung, hatte er durchaus ein profundes Urteil entwickelt, wobei er allerdings die Freundschaft zu den Malern über die Qualität der Bilder setzte, wer *ne nette Kääl* war, konnte im Prinzip keine schlechten Bilder malen. Er interpretierte der Kundschaft dann das Bild über den Charakter des Künstlers, was das Kunstverständnis der Bürger menschlicher machte. War die Kundschaft unentschlossen, führte er Bürger und Maler auf eine gute Flasche zusammen, was regelmäßig dazu führte, daß der kunstinteressierte Bürger mit zwei Bildern des Malers etwas schwankend, aber zufrieden nach Hause zog.

Er handelte gern mit den Gebrüdern Achenbach, Professoren an der Kunstakademie; da Andreas ihm zu nordisch war, spezialisierte er sich auf Oswald und seine Schüler mit ihren südlichen Landschaften, Stilleben und Genrebilder der heiteren Art, also auf Bilder, vor denen ein kauflustiger Bürger spontan ausrufen konnte: »Das ist Kunst. Das ist ein Bild.«

Das eine zog immer das andere nach, als begeisterter Leser von Reiseberichten, Sittenschilderungen und Abenteuerbüchern ferner Länder ergab sich ein Handel mit Erstausgaben, so daß sich seine Wohnung in eine Kunsthalle verwandelte. Schon in der Diele fiel man über zahllose gerahmte und ungerahmte Ansichten südlicher Landschaften in kaum merkbaren, aber für das geübte Auge doch erkennbaren Variationen, das Wohnzimmer war bestückt mit Fischerköpfen, Blumengrüßen, Gassen im Abendlicht, die nach Motiven sortiert an den Wänden hingen, im Schlafzimmer, in Reichweite des Bettes, standen die prachtvoll gebundenen und mit Goldschnitt versehenen Reise- und Abenteuerberichte aus aller Welt. In der Mitte der Wohnung das Klavier, an dem Madame Becker-Fontana, eine stets lebenslustige Helena, Gesangsunterricht gab, wobei sie bei fortgeschrittenen Schülern auf Kostüm und Maske bestand, damit der Schüler die Rolle *fühle,* und bei Meisterschülern selbst ein Bühnenkostüm anlegte, so daß die Duette zwischen Schüler und Lehrerin die Verkaufsgespräche Fontanas dramatisch untermalten und manchem Bilderkäufer Hören und Sehen verging und er erst wieder auf der Straße, mit einem Bild unter dem Arm, zu Verstand kam.

Den Winter, diese trübe und Fontana zutiefst verhaßte Zeit, die ihm seine Promenade mißgönnte und damit auf elende Art und Weise schikanierte, verbrachte Fontana fast nur im Bett, wo er pro Tag zwei bis drei Reiseberichte aus Afrika und Asien las, durch seine Phantasie in gewisser Weise sein Leben in wärmeren Gegenden verbrachte. Seine Kenntnisse auf diesem Gebiet waren nach der Lektüre einiger hundert Bücher so brillant, daß er sich abends oft in einen dicken Pelz und einen warmen Schal, die Kälte verfluchend, einwickelte, und im Casino, wo die Afrikagesellschaft und der Chinaverein ihren wechselnden Stammtisch hatten, ausführlich, detailliert und dramatisch mit ansteigender Stimme und großen Gesten von seinen Reisen berichtete. Die Erzählungen über seine abenteuerliche Weltreise, die er als junger Mann unternommen hatte, waren so farbig und spannend, wurden von ihm selbst durch seine Schilderungen so tief wieder durchlebt, daß kein Mitglied diese Abende missen wollte. Seine Löwenjagden in den Savannen Afrikas, seine Karawanenreise durch die glühende Sonne der Sahara, seine Fahrt auf dem Jangtsekiang, die Nächte auf den Dschunken im gelben Licht des aufgehenden Mondes, im Nachtschatten der Segel, mit den fernen Klängen eines Tempelgongs waren so intensiv, daß die Zuhörer ihm atemlos und angespannt folgten, sie trieben mit ihm auf breiten, lehmgelben Flüssen, zogen über endlose Karawanenwege von Oase zu Oase, ruhten mit ihm in der Sänfte und hörten von weitem die seltsamen Gesänge der Eingeborenen.

Beide Vereine ernannten ihn zum Ehrenmitglied, spazierte er nach seinen Vorträgen durch die dunklen, kalten Straßen und Plätze der Stadt, spürte er den leichten Abendwind der Savanne, und am Rheinufer sah er den Jangtsekiang, der die Dschunken der Rheinschiffer mit seinen Wellen umspielte. Er brachte Leben und Arbeit und Phantasie zu einer immer umfassenderen Symbiose, in der er sich gelegentlich selber nicht mehr auskannte, galt als weitgereister und kunstverständiger Mann und schwebte in beständiger Glückseligkeit durch diese Welt.

Als kurz nach seinem dreißigsten Geburtstag im Oktober 1896 in Düsseldorf das Denkmal Kaiser Wilhelms I., des Heldenkaisers, das sein Freund Professor Jansen geschaffen hatte, wie üblich feierlich und festlich eingeweiht wurde, wies er als Vertreter der Afrikagesellschaft und des Chinavereins ausdrücklich auf die zu beiden Seiten des Denkmalsockels angebrachten Reliefs hin, die als Allegorie den Untergang des Heiligen Römischen Reiches Deutscher Nation und das Wiederauferstehen im jetzigen Deutschen Reich unter dem Zepter der Hohenzollern verbanden, und alle waren der Meinung, daß der Kaiser in Berlin die gleichen träumerischverwegenen Gedanken hatte und abends Abenteuerbücher las.

12

Joseph Lukacz, Enkel des aus dem unendlich fernen Osten zugewanderten Joseph Lukacz, der an seiner schwarzen, erstarrten, zu Stein gewordenen Lunge starb, Sohn des Joseph Lukacz, der ohne seine Beine in den Himmel auffahren mußte, saß auf den Treppenstufen des Hauses, die zum Garten führten, und starrte in den Abendhimmel.

Er saß abends oft hier, träumerisch, nachdenklich, sah in die langsam über der Berghalde verfließende Abendsonne, die ihr mattes Rot, das sich mit den Feuern der Hochöfen zu einer glühenden Masse verband, wie Lava über den schwarzen Hang ausbreitete, rasch versickerte in dem rauhen Berggestein, nur eine leichte Helligkeit zurückließ. Die weißen Schwaden der Kokerei zogen träge und sich auflösend von einem schwachen Wind getrieben über die immer dunkler werdende Berghalde, die wie ein Urgestein, wie ein

Monolith, in der Landschaft lag. Der Abendhimmel, der nicht eindunkelte, der sich in ein dunstiges Rot aus schalem Sonnenlicht und abrupt aufleuchtenden, in den Himmel jagenden Feuern der Hochöfen verwandelte, flackerte stumm wie fernes Wetterleuchten, verteilte sein rostiges metallenes Rot über die Landschaft und die Fördertürme mit den sich ruhig drehenden Rädern, überzog das Gesicht des Joseph Lukacz mit dunklem Rot, die ernsthaften, weichen Gesichtszüge, die von der Kohle noch nicht gegerbt waren, die verträumten Augen unter dem schweren, dunklen Haar.

Joseph liebte die Natur, und das war die Natur der Landschaft, in der er lebte. Eine Landschaft, in der es keine Jahreszeiten gab, in der Sommer und Winter nur durch unterschiedliche Temperaturen bemerkt wurden, den etwas längeren Tagen oder Nächten, einigen Grünpflanzen im Garten oder dem grauen Matsch auf der Straße. Darüber hinaus gab es keinen Unterschied, keinen heißen blauen Sommerhimmel, keine Weizenfelder und warme Seen, keine Schneestürme vor gefrorenen weißen Feldern und dem in der Kälte krachenden Holz der verschneiten Wälder. Waren Sommer und Winter noch zu unterscheiden, so waren Frühjahr und Herbst ganz unbekannte Jahreszeiten, sie gingen unbemerkt vorbei. Wo hätte hier etwas blühen sollen, wo etwas vergehen sollen, auf den kohleschwarzen Wiesen zwischen den Zechen wuchs ein strohiges blasses Gras, für Blumen hatte der Boden keine Kraft mehr, auf den Sträuchern saßen keine Knospen, es gab keine Bäume, von denen im Herbst das Laub fiel, kein im Laub raschelndes Kastaniensuchen, keine goldgefärbten Blätter, keine Ernte auf dem Feld.

Das Wetter über Tage hatte sich dem Wetter unter Tage angepaßt, es war genauso künstlich und gleichmäßig, und so wie das Jahr unter Tage ablief, so lief es über Tage ab, stumpf, gleichförmig, ohne einen Kalender ununterscheidbar, und viele hatten nicht mal einen Kalender. Feierschichten bestimmte die Zeche, dann war Sonntag oder irgendein Feiertag, aber es konnte sein, daß man trotzdem einfahren mußte, und im Sommer trug man das dünne Unterzeug und im Winter das dicke mit der festen Jacke.

Trotzdem, hätte man Joseph nach seiner Heimat gefragt, er hätte auf dieses Fleckchen Erde gedeutet, vor dem er saß, auf den Sonnenuntergang, den er nicht oft genug ansehen konnte, auf die Berghalde, auf die Wiese davor, die sich in einen sumpfigen See verwandelte, weil die Erde da nachgab, still in sich zusammensank, erschöpft von der Arbeit der Menschen über und unter Tage. Manch einer behauptete, das hier werde alles wieder zu Wasser, und zum Schluß würden sie alle auf der Berghalde sitzen und die versoffenen Förderschächte zählen.

Heimat, das war auch Zeche Dahlbusch, wo er zu Hause war, unter der Erde lebte, die Hälfte seines Lebens in den Gängen und Schächten des Berges. Einmal hatte ihn der Berg schon festgehalten, einen Tag lang war er verschüttet, durch einen Strebbruch eingeklemmt in einen schmalen Spalt, Brust an Brust mit seinem Kumpel, so wie sie Kohle gehauen hatten, so lagen sie da, aneinandergepreßt, der Atem des einen wurde zum Atem des anderen, wenn ein Brustkorb sich hob, senkte sich der andere, beide Herzen hämmerten gemeinsam in der Stille der gelegentlich nachrutschenden Kohle. Nach Stunden des Schweigens hatte der andere gesagt: »Ausgerechnet mit einem Pollack.« Und er, der von Polen nur noch aus Erzählungen wußte, sprach leise vor sich hin:

> *»Der Mond ist aufgegangen,*
> *Die goldnen Sternlein prangen*
> *Am Himmel hell und klar.*
> *Der Wald steht schwarz und schweiget,*
> *Und aus den Wiesen steiget*
> *Der weiße Nebel wunderbar.«*

Joseph stand auf, ging langsam durch den Garten, sein weiches Gesicht und seine schmale Gestalt verschwanden fast in der Schwärze, die von der Halde herabsank und sich auf die Erde legte, er musterte jedes Beet, stand versunken vor den sorgsam gesetzten Pflanzen. Der Wind war kaum zu spüren, wie immer um diese Zeit. Im Stall schnüffelten die Schweine, zwei wurden aufgezogen, eins verkauft, eins geschlachtet, ein Huhn stand unentschlossen auf der Hühnerstiege, er trieb es mit einer Handbewegung in den Stall, im Stall flatterte es noch, dann wurde es still.

Die langgestreckten Gärten hinter den Häusern der Zechenkolonie grenzten sich nur durch die ebenso langen Wäscheleinen ab, auf denen die Wäsche einer ganzen Schicht hing, die in der hereinbrechenden Nacht geduldig hin und her pendelte, kaum wahrnehmbare Schatten warf, sich aufbauschte, wenn eine Brise von der Halde her wehte. Aus einem der Häuser hörte man leise »Serdeczna matko – Herzlich geliebte Mutter Gottes«, der Rosenkranzverein, der mit halblauter Stimme das von der Polizei verbotene Lied einübte, das sie jetzt besonders gut singen wollten, weil die deutschen Behörden es offenbar nicht so recht verstanden. Zwischen zwei Wäscheleinen unterhielten sich Männer, müde, ruhige Stimmen, die über einen Steiger sprachen, über ein neues Flöz, das man aufhauen wolle, sie nannten es Sternlicht und lachten dabei.

Am Ende der Zechenkolonie stand ein Baum, den alle nur den Baum nannten, er war beim Bau der Häuser dort stehengeblieben, man hatte einfach vergessen, ihn umzuhauen, er stand einsam auf einem freien Feld, der letzte seiner Gattung, der letzte, der nicht zu Grubenholz zersägt worden war. Keiner wußte, was es für ein Baum war, er hatte nie Blätter, er wuchs nicht, er ging auch nicht ein, er stand mit seinen starren Ästen nackt und unbeweglich und versteinerte langsam. Joseph ging an den Wäscheleinen vorbei in Richtung des Baumes, er wußte, daß Maria dort auf ihn wartete.

13

Im Sommer des Jahres 1902 befand sich Friedrich Fontana auf einer ausgedehnten Reise durch den Orient, durch Ägypten und den Nil hinauf bis nach Nubien. Viele Wochen verbrachte er in Kairo in einem arabischen Café, das durch seine aus Marmorbecken emporsteigenden Wasserfontänen angenehme Kühle in der Hitze bot. Gegenüber leuchtete die Marmorfassade einer Moschee in der unerbittlich brennenden Sonne, vergoldete Kuppeln glühten auf, und das Minarett mit seinem durchbrochenen Mauerwerk, seinen kühnen Bögen und der verschachtelten Blendfassade, stieg für das Auge unaufhaltsam in den tiefblauen Himmel.

Auf dem Platz vor der Moschee, direkt neben einer lärmenden Koranschule, drängten sich Araber und Neger, Beduinen und Inder, schnurrbärtige, braungebrannte, hakennasige Männer mit einem Fez, Turbanträger in der langwallenden Wüstenkleidung der Beduinen, ein feilschendes, schreiendes, handelndes Knäuel von Menschen aus allen Ländern, durch die sich Kamele und Esel, hochbeladen mit Waren und behangen mit bunten Teppichen, unbeteiligt hindurchschoben und gelassen das Gewimmel des Marktes hinter sich ließen, auf dem sich neben den Händlern Schlangenbeschwörer, Bauchtänzerinnen, Derwische, Feuerschlucker, Wasserträger, Bettler zur Schau stellten.

Am Rande des Marktes standen ruhige Bürger im Zylinder mit ihren Frauen und schüttelten die Köpfe über das Treiben der Eingeborenen, gelegentlich erschien auch eine Gruppe preußischer Offiziere, um sich über diese fremden Völker zu amüsieren.

Friedrich fühlte sich hinter dem mächtigen Stadttor mit seinen Marmorzinnen und Gittertoren durchaus heimisch, die Welt seiner Bücher war Wirklichkeit geworden, das Geschiebe und das Geschrei in den engen, für sein Auge so malerischen Gassen, das Handeln der Araber im Bazar, wo er zwischen den kleinen Werkstätten und Läden der Eingeborenen seine *Düsseldorfer Schule* anbot.

Seine Frau, die schöne Helena, saß als Odaliske verlockend hinter den Gitterfenstern eines Harems, abends trat sie mit ihren italienischen Bravourarien im Theater der Orientstraße auf und feierte Triumphe.

Friedrich sah dann der abendlichen Seeschlacht einer Armada von Kriegsschiffen unter Führung des Schlachtschiffes S.M.S. *Kaiser Wilhelm II.* zu, wobei sogar täuschend echte Torpedos abgeschossen wurden, die zur Freude des Publikums fünfzig Meter hohe Wassersäulen aufwarfen, anschließend Blockade eines Hafens durch die Flotte, Zerstörung des Hafens und Vernichtung der feindlichen Kriegsschiffe, wobei der Ausbruchsversuch eines Kreuzers durch Explosion einer Seemine gestoppt wurde. An freien Tagen promenierten beide an griechischen, romanischen und gotischen Pavillons vorbei, an dorischen Tempeln mit vorgesetzten Giebelportalen, von Globen, Laternen oder einer vergoldeten Viktoria gekrönt, durch ionische Säulengänge, von kantigen Obelisken bewacht, die in einer Renaissance-Loggia endeten. Mit der Drahtseilbahn schwebten sie über das Zillertal, ein elektrischer Aufzug beförderte sie scheinbar tausend Meter höher zu einer Wanderung über Gebirgsketten und Talschluchten mit dem Ausblick auf das Massiv der Ortlergruppe, der Abstieg erfolgte bequem über eine Rutschbahn wie in den Salzbergwerken von Berchtesgaden, vorbei an aufleuchtenden Salzseen, und endete in einer echt holländischen Mühle, wo man sich am Meeresrauschen erfreuen konnte.

Für Fontana war dies die schönste Zeit in seinem Leben, das Jahr auf der großen *Industrie- und Gewerbe-Ausstellung Düsseldorf,* und er bedauerte, daß das Leben nicht als Ausstellung, als gut gelungene, allseits mit Beifall begrüßte Inszenierung weitergeführt werden konnte. Die Hallen mit den stummen Geschützen und Panzertürmen, die von Geschossen durchbohrten

Panzerplatten am Haupteingang, beachtete er nicht, dabei war es dieser Teil der Ausstellung, der das Leben in eine große, zunächst ebenfalls mit Beifall begleitete Inszenierung, verwandelte.

Fontana wurde auf kuriose Weise von dieser Inszenierung wieder eingeholt. Das Leben in Düsseldorf erschien ihm jetzt zu eintönig, zu bieder, da auch die *Düsseldorfer Schule* aus der Mode kam, liquidierte er in einem tollkühnen Entschluß seine private Kunsthalle, ließ sich die Seeschlacht en miniature nachbauen und reiste mit dieser Installation und einem eigenen Zelt, nebst der schönen Helena als Ansagerin, durch Europa, wo er in allen großen Städten Seeschlachten vorführte und niemals vergaß, die Fahnen der siegreichen Flotte und der untergehenden Schiffe dem jeweiligen Gastland und seinem Erbfeind anzupassen.

Im Jahre 1914 überraschte ihn die von den Kanonen inszenierte Wirklichkeit in Paris. Seine Familie hörte lange nichts mehr von ihm, war aber der Meinung, daß er schon irgendwie durchkäme. Anfang der zwanziger Jahre erhielten seine Tochter und sein Sohn, die in Düsseldorf zurückgeblieben waren, ein Foto. Es zeigte einen Mann mit einer Frau vor zwei Schaufenstern, in denen mannequinähnliche Puppen elegant drapierte Stoffe darboten, über den Fenstern stand in großen geschwungenen Buchstaben *Hel. Fontana Paris London Mailand*. Die Frau vor dem Geschäft war ganz offenbar die schöne Helena mit einem überdimensionierten Hut, eng eingewickelt in ein zu stark geblümtes Kleid, und der Herr neben ihr in einem hellen leichten Anzug, einer geblümten Weste, mit einem Strohhut und einem Spazierstock und einer ausladenden Seidenkrawatte unter einem strahlenden Lächeln, dem Augenschein nach mal wieder ein ganz und gar glückseliger Friedrich Fontana.

Seine Tochter Wilhelmine sah sich sofort als Erbin eines Pariser Modesalons, während sein Sohn Gustav nur sagte: »Der Alte hat sich einfach vor ein Geschäft mit dem gleichen Namen gestellt.« Da die Adresse unleserlich war, schrieb man an Fontana Paris, der Brief kam zurück mit dem Vermerk, Empfänger unbekannt verzogen. So blieb es für immer ein unauflösbares Geheimnis, ob es ein Geschäft gab oder ob es kein Geschäft gab, ob der Brief an eine andere Firma gelangt war, an eine andere Familie gleichen Namens, das Ganze entwickelte sich zu einer Familien-Fata-Morgana, die zu immer neuen Interpretationen verlockte, denn das Foto war ja vorhanden, die Personen eindeutig erkannt, aber leider ließ sich die Wirklichkeit nicht mit dem Abbild vereinen.

14

Maria lachte und tanzte gern. Sie war grazil, beweglich, liebte Späße, die sie sich ausdachte und verspielt wie eine Katze in Szene setzte. In den Theateraufführungen des St. Barbara-Vereins war sie die jugendliche Hauptdarstellerin, am liebsten spielte sie den Engel, der den seit einhundertzwanzig Jahren im Stollen verschütteten Bergmann zum Leben erweckte, der griff dann gleich zur Trompete und spielte *Der Steiger kommt,* und der Engel Maria tanzte dazu an der Rampe mit wippenden Engelsflügeln, die fast so groß waren wie sie, das Publikum klatschte, und der totgeglaubte Bergmann und der himmlische Engel gaben dann regelmäßig eine Zugabe, so daß die Menschen auf den Stühlen standen, und wenn dann zum Schluß die Papsthymne gesungen wurde mit einem »dreifachen Hoch auf Seine Heiligkeit den Papst in Rom«, dann war die Stimmung durch nichts mehr zu übertreffen.

Zu Hause probte sie ihre Auftritte unter den Augen der verwundert dreinschauenden Maria Mutter Gottes von Tschenstochau. Das Gnadenbild hatte ihr Mann in die Ehe gebracht und ihr am Hochzeitstag feierlich überreicht und so die Familien nach altem Brauch für immer miteinander verbunden, die Maria Nowack, Tochter des Hauers Nowack auf Dahlbusch, Schacht VI, Flöz Victoria, mit dem Joseph Lukacz, genannt der Träumer, Hauer auf Dahlbusch, Schacht I, ehemals König Leopold, Flöz Abendstern.

Maria haßte Dahlbusch. Nicht nur ihr Vater und ihr Mann arbeiteten auf Dahlbusch, ihre Brüder arbeiteten auf Dahlbusch, alle, die sie kannte, arbeiteten auf Dahlbusch, die Geschichte Dahlbuschs war Hausgeschichte. Die erste Abteufung des Schachtes mit Faßdauben aus Eiche als Holzzimmerung, die die Schachtwände abdichten sollten, aber in 55 Meter Tiefe unter dem Druck des Wassers zusammenbrachen, so daß der Schacht versoff. Die Geschichte von dem berühmten Bergingenieur Chaudron, der zum erstenmal das von ihm erfundene Abteufen mit Gußeisen durchführte und damit immerhin schon auf 110 Meter Tiefe kam. Später mußte man auf 200 Meter gehen, weil erst da zwei anständige Flöze lagen. Danach ging es aber ganz schön los. Zuerst der Wetterschacht an der Brunostraße, im Jahr darauf der zweite Förderschacht direkt an der Köln-Mindener Eisenbahn. 1874 dann Schacht III und IV. 1892 Schacht V auf 530 Meter Tiefe, 1895 Schacht vi auf 545 Meter Tiefe. Schacht ii und Schacht iv wurden als ausziehende Wetterschächte umgebaut. Und jetzt sollte neben Schacht i ein neuer Schacht bis auf 735 Meter Tiefe abgeteuft werden. Das waren zwar noch Pläne, man hatte etwas aus dem Betriebsbüro gehört, aber jeder Bergmann war Fachmann und diskutierte Standort und Teufe des Schachtes, auf dem er vielleicht einmal einfahren würde. Im nächsten Jahr sollte die Arbeit beginnen, zwei Jahre mußte man rechnen, dann noch der Ausbau, also konnte der neue Schacht bestenfalls 1914 in Betrieb genommen werden.

Joseph, der daran dachte, Steiger zu werden, beschäftigte sich stundenlang mit diesen Details und mit seinen Fachbüchern, studierte, las sich fest, bis ihm die Augen zufielen und der Kopf mit einem Ruck auf die Brust sank. Maria sah nicht gern, wenn Joseph über diesen Büchern mit Grubenprofilen und Streckenprofilen, Schachtführung und Flözdicke saß, sie neckte ihn dann so lange, bis die Lesestille durch eine halb ernste, halb gespielte Eheszene ihr Ende fand. Sie kannte eher die offiziellen Feiertage der Zeche Dahlbusch: Neujahr, Maria Lichtmeß, Hl. Dreikönige, Fastnachtmontag, Fastnachtdienstag, Fastnachtmittwoch, Maria Verkündigung, Karfreitag, Ostermontag, Osterdienstag, Christi Himmelfahrt, Pfingstmontag, Pfingstdienstag, Fronleichnam, Peter und Paul, Maria Himmelfahrt, Bettag, Maria Empfängnis, erster Weihnachtstag, zweiter Weihnachtstag und außerdem noch die Essener Herbstkirmes.

Die Höhepunkte ihres Lebens bestanden aus diesen Feiertagen der Bergarbeiter mit den ausdauernden Festen, ebenso ausdauernd wie die Arbeit, intensiv gefeiert, mit heftigen Stimmungsumschwüngen, wiederholten Verbrüderungen, wilden Tänzen, schwermütigen Liedern, mit jauchzender Lebensfreude und Trauer über die Welt. Feste, die nur deshalb so hingebungsvoll gefeiert wurden, nach altem Brauch zelebriert, weil die gleichförmig dahinziehende, ewig sich wiederholende Plackerei nicht zu vergessen, aber in der Gemeinschaft für ein paar Stunden zu ertragen war. Sie gaben dem kargen, harten Dasein eine hochherzige Krönung, eine gegenseitige Bestätigung, daß man in aufrechter Haltung mit Stolz und persönlicher Würde durch dieses Leben gehe, voreinander hintreten könne, um sich in die Augen zu schauen und sich die gegenseitige Ehrbarkeit zu bestätigen und jedem zu beweisen, daß man niemals zu demütigen war. Diese Feste erhoben ihr Arbeitsleben in einen ehrenhaften Rang, dienten der Aussöhnung mit dem Schicksal, das ihnen zugeteilt war, und mit dickschädeligem Trotz nahmen sie es an, sie konnten sich umsehen und sahen keinen, der mit ihnen tauschen wollte, und ihre Mienen drückten das aus.

Vielleicht waren diese Begegnungen zu Anfang deshalb immer so steif, so ehrpusselig, so kragenhaft, weil man beweisen wollte, daß zwischen hergelaufenem und faulem Lumpenpack und einem Bergmann ein Unterschied bestehe wie zwischen Gott und Teufel. Unbeholfen und breit saßen sie da zwischen ihren feingemachten Frauen, ihren Familien, sprachen über Schächte, Flöze und Gebirge, als hätten sich Fürsten, Herzöge und Grafen einer Landschaft zu einem Königstreffen eingefunden, und es ist wahrscheinlich, daß ein mittelalterlicher Reichstag besoffener und ausgekotzter ausfiel als diese Treffen, denn alle, die da in ihrer Weste und mit ihren Ehefrauen in einer langen Reihe stramm an Holztischen saßen, taten einander Bescheid mit gedrechselten Sprüchen und allerlei Hochprozentigem, aber es wollte doch keiner zuerst unter den Tisch fallen, und selbst wenn man, weil man einen Letzten auf den Weg nicht ablehnen konnte, langsam und gravitätisch von der Bank rutschte und auf der Erde saß, saß man da mit einem bedächtigen »Hoppla« und wußte immer noch, was sich gehörte.

Maria verbrachte diese Feste ausschließlich auf dem Tanzboden, und zwischen den Festen tanzte und sang sie zu Hause, dachte an das nächste Fest und überredete ihren Vater immer wieder mal, auch abends noch, nach der Arbeit, das Akkordeon herauszuholen, aufzuspielen, damit sie mit ihrem Joseph einen Tanz in ihrer Wohnstube aufführen konnte.

Bei Schichtende stand sie am Tor Eins der Zeche, um ihre Männer abzuholen, stand da wartend, immer ein wenig hübsch gemacht, immer ein wenig überflüssig, angelehnt an den vier Meter hohen Granitsockel, auf dem Kaiser Wilhelm 1. stand, den ein Düsseldorfer Bildhauer in Bronze gegossen hatte und den irgendwelche Leute, die keiner kannte, hier auf seinen Sockel hoben, genau vor Tor Eins, damit den Bergarbeitern bei der Ein- und Ausfahrt »recht eindrücklich das Bild des Heldenkaisers zur Erinnerung an seine gewaltigen Taten immer wieder vor Augen stand«, so hatte es der Bürgermeister bei der Einweihung verkündet, und der Kaiser unter seiner Pickelhaube sah mit gestrengem Blick aus toten Bronzeaugen alle an, die an ihm vorbeikamen, und forderte beständige Arbeit in der Grube.

Am Tag saß sie oft sinnierend am Fenster oder im Garten; wenn sie nicht Theaterspielen konnte, langweilte sie sich, wenn keiner im Haus war, langweilte sie sich, und ihre Schönheit, die auf der Bühne so aufleuchtete, verging langsam im Alltag, der sie zermürbte, nicht, weil sie diese Arbeit nicht tun wollte, sie kannte sie von klein auf, sondern weil diese Arbeit so ohne jede Überraschung war. Die Wäsche war immer schmutzig und nie wie durch ein Wunder einmal sauber, das Kochen dauerte immer gleich lang, und nie stand das Essen wie durch ein Wunder einmal fertig auf dem Tisch, es fehlten ihr die Wunder im Leben.

Ihr Horizont wurde begrenzt vom Förderturm der Zeche, dem Zentrum dieser Welt, den die Augen, wohin sie auch schauten, nie aus dem Blickfeld verloren, sie sah ihn vom Schlafzimmerfenster, vom Küchenfenster, vom Garten, von der Straße. Die sich Tag und Nacht gleichmäßig hin und her drehenden Räder, die großen Radspeichen, die stumm vor einem steingrauen Himmel phantasielos hin und her glitten, wie ein Perpetuum mobile in nie ermüdender stummer Eintönigkeit, Räder, die sich nicht entfernten und nicht näher kamen, die sich nie wirklich bewegten, die an Stahlseilen gefesselt nie ihren Ort verließen, nur ununterbrochen Kohle und Menschen aus der Erde holten oder in die Erde hinabließen, Räder, die langsam anliefen, schneller wurden, bis die Speichen sich so schnell bewegten, daß sie für das Auge stillstanden, so daß der Höhepunkt der Bewegung und der Ruhepunkt eins waren, ein Stillstand, unterbrochen von einem Drehen nach rechts, einem Drehen nach links. Eine Bewegung, die in sich selbst gefangen war, zur stillstehenden Zeit wurde, zum Pendelschlag des stillstehenden Lebens, das sich so wenig veränderte wie die Bewegungen der Räder, zum Leben selber wurde in Arbeit und Ruhe, Geburt und Tod, das sich nur veränderte, schlagartig veränderte, wenn die Zeit sich explosionsartig ausdehnte und unkontrolliert und unverstanden nach vorne schoß, weil die Räder in ihrem ewigen Hin und Her erschrocken und ruckartig anhielten und eine Dampfsirene heulende, jammernde, wimmernde Töne ausstieß.

Maria brauchte diese Sirene nicht. Sie spürte den Stillstand der Räder. Sie war schon aus der Haustüre, ehe die Sirene heiser aufschrie, keuchend, mit suchenden Augen, stand sie am Grubentor, wo sie Tage und Nächte ihres Lebens verbringen sollte, wartend auf Leben oder Tod.

15

Wilhelmine Fontana, energischer Kopf, blondgefärbte Hochfrisur über den kühlen grauen Augen, das Gesicht gepudert, anstelle der Augenbrauen zwei strenge schwarze Striche, verbrachte ihr Leben auf einem kleinen Hocker hinter der Theke ihres Ladens. Mit ihrem spitzen Kinn gerade die Höhe der Ladentheke erreichend, inspizierten ihre ruhelosen Augen beständig das Warenlager, suchten Lücken im Angebot, ruhten nachdenklich auf Ladenhütern, wanderten durch die bunte Warenwelt, erforschten die überfüllten Regale.

Von der Straße her, durch das immer überdekorierte kleine Schaufenster, sah man ihren Kopf zwischen der metallgrauen Ladenkasse und der messingfarbenen Waage wie ein Ausstellungsstück, das gut plaziert auf dem Ladentisch lag, ein Puppenkopf mit einer sich nie verändernden Frisur.

Wenn ein Passant sich anschickte, den Laden zu betreten, bewegte sich der Puppenkopf ruckartig, öffnete der Passant die Ladentür, erhob sich mit dem Klingelzeichen der Tür Wilhelmine zu voller Größe. Da sie etwas klein geraten war und hinter einer für sie viel zu hohen Theke stand, sah man auch jetzt nicht viel mehr als eine hochgeschlossene weiße gestärkte Bluse, deren zahlreiche Zierfalten sich über ein starkes Korsett spannten, in dem ein voll entwickelter Busen den Tag über eingeschlossen war. Pummelig und kurzatmig erwartete sie mit ihrem höflichen Geschäftslächeln den Wunsch des Kunden, griff ruhig und automatisch die richtige Stelle findend in ein Regalfach, zauberte das Gewünschte hervor; lag es in einem höheren Fach der für sie sehr hohen Regale, nahm sie einen Stock mit einer Metallklammer am Ende und angelte die Waren ebenso sicher aus der Höhe herab. Dann war nur noch der Schwengel der Ladenkasse zu bedienen, was sie mit vollendetem Schwung und freudiger Energie tat, die schwarzen Zahlen auf weißem Grund schossen in dem kleinen Kassenfenster in die Höhe, zeigten den Preis mit einem angenehmen Klingeln, die Kassenschublade sprang auf, wurde abgefedert vom hartnäckig dagegenhaltenden Busen der Wilhelmine, die das eingenommene Geld mit flinken Händen in verschiedene Fächer verteilte, mit dem Ellbogen drückte sie die Lade wieder in die Kasse zurück, die Zahlen verschwanden, klangvoll erschien ein *Danke,* und mit dem Klingeln der Ladentür, ausgelöst durch den Abgang des Kunden, nahm Wilhelmine wieder ihren Platz hinter der Theke ein, den Kopf ruhig, die Augen das Warenlager musternd.

So bewegte sie sich im Rhythmus der verschiedenen Klingelzeichen, ständig aufgezogen durch das Öffnen und Schließen der Ladentüre und durch das Glockenwerk der Kasse, wie eine Tanzpuppe hinter ihrer Theke, sprang auf, lächelte, grüßte, drehte und wendete sich, schob mit gezirkelten Bewegungen ihren Oberkörper hin und her, drehte und wendete sich erneut, um danach auf ihren Platz zurückzutanzen, in die Ausgangsposition für den nächsten Auftritt. Ein Wunder der Verkaufsmechanik, angetrieben durch den Satz, der Kunde ist König. Nur in der Mittagspause sah man diese Dame ohne Unterleib, wie sie nach dem Essen, das sie im Hinterzimmer des Geschäftes einnahm, durch die Dekoration ihres Schaufensters auf die Straße blickend, eine große und gewiß auch starke Havanna rauchte.

Das Fundament des Ladens war die Bibliothek ihres Vaters, des in ungewisse Fernen entschwundenen Friedrich Fontana, die nun als rege benutzte Leihbibliothek ihr Geld einbrachte, dazu kamen Lotterielose und später in ständiger Erweiterung des Geschäftes Zigarren, Zigaretten, Tabak und Kautabak aller Art, Streichhölzer und als Prunkstück ein Zigarrenanzünder. Nähseide, Zwirn, Stopfgarn, Wolle, Strick- und Häkelnadeln, Nähnadeln, Stecknadeln, Sicherheitsnadeln, Knöpfe in allen nur denkbaren Farben, Formen und Materialien, ergänzt durch die unentbehrlichen Druckknöpfe und Reißverschlüsse, die Gummibänder, Strumpfhalter, Korsettstangen und Strümpfe. Dazu Seidentücher, Seidenbänder, Brüsseler Spitzen, verschiedenfarbige Wollstoffe für Röcke, kleines Sortiment, gute Qualität, ferner die dazugehörigen Schnittmuster. Auf der anderen Seite des Ladens Packpapier, Geschenkpapier, Schreibpapier, kariert, liniert, unliniert, farbig oder schneeweiß, die dazugehörigen Umschläge in allen Größen. Bleistifte und Buntstifte in allen Farben, Tinte zum Nachfüllen, Lineale, Schulhefte, Malfarben, Pinsel breit und schmal in allen Stärken. Spielzeug für kleinere und größere Kinder, Puppen, Brettspiele, Bilderbücher. Daneben die jahreszeitlich wechselnde Ware, zu Ostern Osterhasen, zu Karneval Luftschlangen, Pritschen, Konfetti, Pappnasen, Narrenkappen, zu Weihnachten Glaskugeln, Lametta, gepuderte Tannenzapfen, rote, gelbe und weiße Weihnachtskerzen, Kerzenhalter und Tannenbaumspitzen, in denen sich der ganze Laden spiegelte, zu Silvester Feuerwerk, Zinngießutensilien, Bowlenrezepte und natürlich auch Kalender, Abreißkalender, Bildkalender, Steckkalender.

Die Jahre vergingen, das Geschäft blühte, alles, was ein Mensch im Leben hier und da einmal brauchte, war vorhanden oder innerhalb eines Tages zu besorgen, Wilhelmine verstaute all das, wozu man in Paris ein ganzes Kaufhaus erbaute, in ihren tiefen Regalen, und deshalb leuchtete mit Recht über ihrem Geschäft in Goldbuchstaben auf schwarzem Email der Name *Galerie Fontana*.

Gustav Fontana, untersetzt, breitschultrig, mit einem mächtigen Schädel, je nach Laune kahlrasiert oder mit einer ungekämmten Mähne, schmalen Lippen, einer scharfgeschnittenen Nase und ironisch funkelnden kühlen Augen, lebte vorwiegend in seiner Studierstube im Dachgeschoß und galt im Freundeskreis als philosophischer Kopf und verkanntes Genie, ausgestattet mit einem geradezu lexikalischen Wissen. Er hatte einige Semester an den Universitäten von Berlin, Bonn und Freiburg verbracht, dort anscheinend auch einiges studiert, in der Hauptsache wohl Philosophie, was ihn veranlaßte, seine Universitäten immer rascher zu wechseln, weil er dort statt Philosophen nur »Quatschköpfe, Gebetsmühlen, lallende Idioten, Hohlköpfe ersten Grades« vorfand.

Sein endgültiger Abschied von der Alma mater fiel etwas plötzlich aus, obwohl seine Arbeit bei Freunden als summa cum laude galt – er hatte sich das dreibändige philosophische Werk des Ordinarius seiner Fakultät vorgenommen und Seite um Seite kommentiert, indem er mit einem Tintenstift die gedruckten Gewißheiten des Professors kontrapunktisch mit Frage- und Ausrufungszeichen versah, sich von Band zu Band steigerte zu einem *soso,* oder einem *tatsächlich?* oder einem *wirklich?,* sich aufschwang zu Urteilen wie *unlogisch!, unbegründet!, falsch zitiert!,* bis er im Schlußband ein Furioso hinlegte mit *Banalitäten, göttliche Glaubenssätze, Weisheiten aus zweiter Hand, vernunftwidrige Absurditäten, groteske und selbstgefällige Klitterei,* die Ausrufungs- und Fragezeichen steigerten sich zu einem höhnischen Wirbel, zertrommelten die gesammelten Weisheiten des ahnungslosen Ordinarius zu einem lächerlichen Machwerk, das nun mit dem nüchternen Schlußsatz endete: *Mißratene Seminararbeit. Empfehle gründliches Studium der Philosophiegeschichte.*

Er sandte die Arbeit dem Ordinarius und bat um eine kollegiale Disputation. Das war das Ende der akademischen Laufbahn des Gustav Fontana, obwohl es Professoren gab, die diesen Werkkommentar gerne als Dissertation angenommen hätten, aber das sagten sie nur hinter vorgehaltener Hand. Für seine studentischen Freunde war er von nun an nur der Professor, der Titel verband sich mit seinem Namen, er wandelte ihn ins Italienische ab, und so konnte man in den Gaststätten, in denen er verkehrte, oft die Frage hören: »Ist Professore Fontana schon anwesend?«

In seinem Studierzimmer, wo Kant, Schopenhauer und Hegel immer griffbereit lagen, philosophische Werke und Lexika in den Regalen mit Notizzetteln und Lesezeichen bestückt auf ihre Benützung warteten, arbeitete Gustav Fontana an einem nur ihm bekannten philosophischen Hauptwerk, dessen Abschluß sich leider durch ständige Zeitungslektüre Jahr um Jahr hinausschob. Auf viele Zeitungen und Zeitschriften abonniert, die ihm ein Wechselbad der Gefühle bescherten, war er ständig damit beschäftigt, lobenswerte oder verachtenswerte Artikel auszuschneiden, die lobenswerten je nach Thema in verschiedenen Kartons zu sammeln, die verachtenswerten, die leider in der Mehrzahl waren, durch einen scharfen, aber fundierten, vor allem sarkastisch funkelnden Gegenartikel zu entlarven. Den Redakteuren hatten einige dieser Artikel nach ihrer Veröffentlichung mehr Ärger als Gehalt eingebracht, so daß sie die zugegebenermaßen immer länger werdenden Essays Fontanas aus Platzmangel zurückschickten oder einfach in den Papierkorb warfen, was ihn veranlaßte, neue, noch schärfere Attacken zu reiten, die aber leider in dem gleichen Papierkorb landeten, damit war dann der immer wiederkehrende Siedepunkt erreicht, der ihn veranlaßte, die Abonnements sämtlicher Zeitungen und Zeitschriften fristlos zu kündigen, sie als Elaborate zu bezeichnen, die nur die Lebenszeit auffraßen, die eigene Arbeit verhinderten – danach langweilte er sich einen Monat lang, schaute aus seinem Dachfenster und abonnierte dann kurzentschlossen aufs neue, um wieder Artikel auszuschneiden, zu sammeln oder sie mit einem Gegenartikel zu beantworten.

Stieg er von seinem Arbeitszimmer herab, um sich bei Wilhelmine mit Tabak einzudecken, erschreckte er die Kunden gerne mit der beiläufigen Erklärung, daß wir gar keine Erkenntnis von der Welt haben könnten, weil unser Gehirn so gebaut sei, daß wir nur das sehen würden, was wir sehen könnten. Dann machte er eine Kunstpause, die er genoß, um gleich darauf der verblüfften Kundschaft zu bedeuten, daß man jetzt die Welt vom Kopf auf die Füße stellen müsse, anders wäre es nicht zu machen.

Seine Einsichten, die er dezidiert vortrug, lösten je nach Temperament blankes Entsetzen oder dumpfes Erstaunen aus, waren aber nicht unbedingt geschäftsschädigend, denn so mancher, der es schätzte, sich mit einem solchen Kopf zu unterhalten, kaufte immer noch dieses und jenes dazu, und Wilhelmine schwang ungerührt die Kurbel der Kasse. Als sich dann aber allmählich ein sozialistischer Debattierklub entwickelte und die Sätze und Gedanken von Babeuf, Weitling, Moses Hess, Blanqui, Bakunin, Kropotkin die Zirkulation der Waren behinderten, verwies Wilhelmine die Herren in die Studierstube Gustavs unter dem Dach, wo alsbald unter dem Einfluß einer Feuerzangenbowle die Ideen von Marx und Engels sich mit flotten Studentenliedern und traurigen Balladen vermischten, die Gustavs Bariton durch das Haus trug und die im wesentlichen darin bestanden, daß in

Mainz im Kreise seiner Prälaten ein Bischof Hatto saß, der in Deo gratias sprach, daß der Wein gut geraten sei – und das in vielen vielen Versen, stundenlang, die Nacht hindurch, bis zum frühen Morgen.

Mittelpunkt dieser kleinen Welt war allerdings »Dat Schmuckstück vom Gustav«, wie sie überall genannt wurde, Yvonne Fontana. Die Frau Gustavs war von so irritierender Schönheit, daß sie sich oft wünschte, ein wenig – nicht allzuviel –, aber doch etwas häßlicher zu sein, weil sie der Ansicht war, daß ihr das manches im Leben erspart hätte.

Sie stammte aus dem badischen Wiesental, war die Tochter eines Uhrmachers und hatte in Basel Goldpoliererin gelernt, das heißt, sie gab dem noch unfertigen Goldschmuck durch ihre Arbeit erst die vollendete Form und den schmeichelnden Glanz. Als sie ein Kind vom Chef des Hauses bekam und die Sache zu einer großen Peinlichkeit hochstilisiert wurde, nahm Yvonne das Angebot eines älteren Juweliers aus Genf an, mit dem sie bald gemeinsam das Geschäft führte, denn es gab keine bessere Verkäuferin als sie, die bezahlenden Männer sahen mehr in ihre Augen als auf den Preis, und der Juwelier liebte seine Kasseneinnahmen mehr als alles auf der Welt, war ein distinguierter Geschäftsmann, dinierte abends mit seiner Mutter, deren Haus Yvonne mit ihrem Sohn nicht betreten durfte.

Gustav, der nach Lausanne und Genf gereist war, um die Wirkungsstätten seines Gottes Voltaire und seines Nebengottes Rousseau zu besichtigen, und der mitten in einer Seminararbeit über den unterschiedlichen Begriff der Vernunft bei Voltaire und Rousseau steckte, sah bei einem Spaziergang in Genf Yvonne, die das Schaufenster des Juweliers dekorierte. Was danach geschah, haben beide nie erzählt. Tatsache war, daß Yvonne ihren Juwelierladen verließ, Gustav seine Seminararbeit vergaß und beide noch in der Nacht mit einem jetzt gemeinsamen Sohn die Schweiz verließen und am anderen Tag in Wilhelmines Laden standen.

Yvonne war schön wie Goldlack auf einem alten Schmuckkästchen, ihre braune, ins Bernsteinfarbene schimmernde Haut, ihr brünettes lockiges Haar, ihre tiefgrünen, wie in einen Edelstein eingeschmolzenen opalisierenden Augen zogen einen so in ihren Bann, daß sie oft ihren Kopf rasch zur Seite drehte, wenn sie mit ihrem leichten Körper, ihren schmalen Gliedern über die Straße huschte. Aber nicht immer blickte sie zur Seite, gelegentlich nutzte sie es auch aus, fixierte einen Mann, der nach einigen Sekunden nicht mehr aus noch ein wußte, bis sie lachte und damit den Zauber aufhob. Es war herrlich, dieses Lachen zu beobachten, wie es entstand, wie ihre Mundwinkel zuckten, der Mund sich öffnete, ihre weißen Zähne, makellos wie eine Perlenkette, zwischen ihren dunklen weichen Lippen aufleuchteten.

Ihr melodisches Alemannisch, vermischt mit französischen Redewendungen, behielt sie immer bei, sie sprach ihre eigene Sprache, trug gerne auffallenden Schmuck, farbige Seidenkleider und wirkte stets elegant, wie eine Prinzessin aus dem Morgenland, wie ein exotischer Schmetterling aus einer sonnigen Ferne, unnahbar schön, fremd und bestaunenswert zwischen den grauen Häusern. Gustav liebte sie und sie liebte ihn.

16

Der Luftdruck, der die Augen und das Trommelfell schmerzhaft in den Kopf drückte, war das erste, was man spürte, die Sekunde, in der man wußte, daß es um Leben und Tod ging, die Sekunde, in der man sich im Reflex des Überlebenwollens in ein ausgehöhltes Steinloch rollen konnte, während diejenigen, die nur eine Armlänge daneben freistanden, schon tot zusammenbrachen, begraben unter dem einstürzenden Hangenden.

Die Stille danach war erstaunlich und so total, daß man jede Orientierung verlor, kein Arbeitsgeräusch, kein Ruf, nach dem man sich richten konnte, sie war schlimmer als die Dunkelheit, an die man sich gewöhnt hatte.

Der Kohlenstaub zog langsam mit dem Wetterstrom ab, Joseph sah seine Lampe, die in Griffnähe neben ihm lag, aber er konnte sie nicht erreichen, er war eingeklemmt und konnte sich nicht so weit drehen, um mit einer Hand die Lampe heranzuziehen. Ob er Schmerzen hatte, wußte er nicht, sein Körper war taub, nur sein Kopf dröhnte und arbeitete in einem chaotischen Durcheinander, aus dem heraus er klare eingeübte Befehle erteilte: »Ruhig liegen, flach atmen, kein Gestein ins Rutschen bringen, versuchen, die Lampe zu erreichen, versuchen, ein Wetterrohr zu finden, um mit einem Stein Signale zu geben, versuchen zu überleben.«

Er entdeckte mit der freien Hand die Wasserflasche, sie war noch gut gefüllt, und er dankte Gott, daß er ihm die Wasserflasche erhalten hatte. Aber an die Lampe kam er nicht, und er verfluchte Gott, daß er das Licht so unerreichbar weit von ihm entfernt hatte. Er horchte. Eine solche Stille war noch nie um ihn. Grabesstille. Er zuckte zusammen.

Dann sah er Maria, sie stand zwischen zwei Stempeln, die eingeknickt waren, aber das Gestein noch hielten, er wollte rufen, aber seine Stimmbänder waren gelähmt, kein Ton kam heraus, doch Maria stand vor ihm.

Maria wußte nicht genau, wo sie sich befand, sie war durch ein Nebentor geschlüpft, an rufenden, verdreckten Männern vorbeigelaufen, am Schachthaus vorbei zum Wetterschacht gelaufen, die eisige Luft aus der Tiefe zerrte an ihren Haaren, verfing sich in ihren Kleidern, Männer kamen, sie kroch in eine Verstrebung, der Wind ließ nach, sie kroch auf allen vieren weiter, eine Stahltreppe führte nach unten, verlor sich im Schacht, sie stieg hinab, die Treppe nahm kein Ende. Ein Quergang tat sich auf, sie ging vorsichtig und gebückt, der konnte auch in einen Blindschacht fuhren, sie kam an einen Bremsberg, der ziemlich steil nach unten abfiel, sie hangelte sich an den umgestürzten Kohlewagen in die Tiefe, landete auf einer Sohle, lief den Schienen nach, und da sah sie Joseph zwischen zwei eingeknickten Stempeln liegend, sie rief ihm etwas zu, aber er antwortete nicht. Sie rief seinen Namen, sie schrie, er starrte sie nur an. Die Stille, diese schwere nasse Filzdecke, war nicht auszuhalten, dröhnte in den Ohren, ein Rauschen, ein Pfeifen, unterbrochen von unregelmäßig fallenden Wassertropfen, dann ein Flüstern: »Erzähl.« Sie horchte. Sie wußte nicht, woher es kam. Aber es war wieder ganz deutlich: »Erzähl.«

Sie überlegte in rasend vorbeiziehenden Sekunden,

die ihr wie Stunden vorkamen, das Blut schoß aus dem hämmernden Herz ins Gehirn, aus dem kein Echo kam, sie schloß die Augen vor Anstrengung, und dann schrie sie, hastig, überstürzt: »Der Pferdejunge, die Geschichte vom Pferdejungen, nannten ihn Pollack, riefen über die ganze Sohle Pollack, er, zornig, ließ Pferd und Wagen mitten auf der Strecke stehen, ging zum Blindschacht, kletterte in der Zimmerung nach oben und warf die Leiter in den Schacht hinunter. Standen alle ganz dumm herum, keiner wußte, was passierte, plötzlich saß der da oben, hoch oben im Blindschacht, konnte nicht mehr herunter, und keiner konnte zu ihm hinauf.«

Sie erzählte langsamer, öffnete die Augen, ließ die Augen nicht mehr von Joseph, der sich ab und zu bewegte. »Dann mußte ein ganzer Trupp zu ihm hochklettern, sich mit ihm abseilen, eine ganze Schicht ging dabei verloren, weil alle dabei sein wollten. Als sie ihn endlich unten hatten, sich bei ihm entschuldigten für den Pollack, da sagte der: ›Ich Staroprusacy, Altpreuße, ich Masuren, evangelisch‹, alle wälzten sich vor Lachen in der Kohle, der Steiger wurde so fuchsteufelswild, daß er nur noch herumschrie und der ganzen Schicht hundert Strafpunkte aufbrummte und dem Pferdejungen zehn Strafpunkte extra.«

Lächelte Joseph? Sie wußte es nicht, er lächelte oft, wenn er so verträumt vor sich hin sah wie jetzt. Die Stille war nicht mehr so ohrenbetäubend, man hörte, wie Gestein und Kohle wegrutschte, Stempel knackten, weit weg stürzte Wasser aus dem Berg, der Wetterstrom wurde stärker und zog Stimmen mit sich. Sie hörte Josephs Atem, oder war es ihr Atem? Ohne zu Bewußtsein zu kommen, fing sie eine zweite Geschichte an, von der sie nicht wußte, wie sie enden würde. Die Geschichte von dem verschütteten Bergmann, davon gab es viele Geschichten, sie mußte eine neue erfinden, aber die Geschichte mußte wahr sein, sie mußte geschehen sein, Joseph mußte glauben, daß es eine wahre Geschichte war, er mußte daran glauben können, wie man an sein Leben glaubt, sonst hätte die Geschichte keinen Sinn, wie das Leben keinen Sinn hätte. Und sie fing konzentriert und ruhig an, in der gläubigen Hoffnung, daß sie ein gutes Ende finden werde: »Der Koslowski, der eine Woche verschüttet in der Grube lag, fünf Mann waren um ihn gestorben, und als sie die fünf hatten, dachten sie, der Koslowski wäre auch tot und bereiteten die Beerdigung vor, und als der Trauerzug auf dem Weg zum Friedhof war, und die Kinder trugen die sechs Namensschilder der Toten voran, obwohl sie nur fünf Särge hatten, und die Bergmannskapelle spielte ihre Trauermelodie, die so schön langsam und schwermütig ist, und alle gingen ganz langsam hinter den Schildern und hinter der Kapelle her, da fanden sie den Koslowski quicklebendig hinter einer Wettertüre, und als der erfuhr, daß er gerade beerdigt werden sollte, da ließ er sich eine Mettwurst geben und lief auf seinen Dackelbeinen, die Mettwurst kauend, wie ein alter lahmer Hund hinter dem Trauerzug her, ließ sich eine Trompete geben, reihte sich an seinen Platz in der Kapelle ein, dicht hinter seinem Namensschild mit dem großen schwarzen Kreuz und blies *Der Jäger aus Kurpfalz* und das bis zum Friedhof.«

Sie schaute auf Joseph, er lächelte, sie bekreuzigte sich und dachte, Gott steh mir bei, daß ich ein gutes Ende finde, und ihre Stimme erzählte jetzt ganz wie von selbst: »Der Koslowski ist dann gar nicht mehr nach Hause gegangen, er ist mit seiner Trompete zum Bahnhof, ist in den nächsten Zug gestiegen, der fuhr nach Hamburg, da fand er ein polnisches Zirkusorchester, das gerade mit einem großen Schiff abfahren wollte, und sie konnten noch einen Trompeter gebrauchen, und jetzt ist er schon lange in Amerika in einem großen Zirkus und spielt bei den Pferdedressuren *Der Jäger aus Kurpfalz,* das hat er alles auf einer ganz bunten Karte geschrieben, die er aus Amerika geschickt hat.«

Sie hörte sehr laute Geräusche, ein Hämmern und Schlagen, eine Richtung war nicht auszumachen, sie kamen von überall her, Joseph war verschwunden, ihre Hände umklammerten zwei Eisenstangen am Zechentor, sie hörte Josephs Stimme, sie kam tief aus dem Berg, aber sie hörte ihn ganz klar, als wäre sein Mund direkt neben ihrem Ohr, und sie hörte, wie er sagte: »Die Kohlen rutschen immer noch, sie kommen aus Dabrowa, der Joseph in Dabrowa schaufelt sie auf die Rutsche, über die Rutsche kommen sie hierher, so geht uns die Kohle nie aus, wir können schaufeln, so lange wir wollen, die Kohle geht nie aus.« Er lachte, lachte über alles, über all die Geschichten, über dieses Leben, über diese Welt, so fanden sie ihn, lachend, Joseph, der Träumer, der nicht wußte, daß er drei Tage und Nächte in einer winzigen Höhlung lag, nur knapp vom Tod zum Leben zurückfand, auch später immer behauptete, es wäre nur eine Stunde gewesen, man hätte ihn ja direkt gefunden, und dabei immer versuchte, sich an Geschichten zu erinnern, die ihm nicht mehr einfielen, oft sah er dann mit seinen verträumten

Augen Maria an. Maria aber hatte die drei Tage und Nächte ununterbrochen am Zechentor gestanden, eine Ewigkeit, wie sie sagte.

17

Es war die Zeit, die später von allen, die sich daran erinnerten und die davon erzählten, als eine sehr schöne Zeit bezeichnet wurde – als die schönste Zeit in Düsseldorf.

Mit Wilhelmine in einer seriösen Liaison verbunden, lebte im zweiten Stock des Hauses Kannichhelfen, sein richtiger Name war unbekannt, alle nannten ihn nur Kannichhelfen, weil sein Erscheinen in jeder Situation von diesem einen Satz begleitet und eingeleitet wurde. Kannichhelfen stand mit seinen ängstlichen, mitleidsvollen Augen, seinem eingefallenen, bekümmerten Gesicht, dessen besorgte Falten sich unterhalb eines engen, weißen, gestärkten Kragens in den zahlreichen Falten seines für seinen dürren Körper viel zu großen Anzugs fortsetzten und in den gefalteten Händen ihren würdigen Abschluß fanden, immer zur Hilfe und zum Beileid bereit.

Der Anzug war seine Berufskleidung, die er nie ablegte, denn er war *Commissionär und Agent für Begräbnisunternehmen und Beerdigungsinstitute,* so seine schwarzgerandete Visitenkarte, und erhielt für jede Leiche, die er einem dieser Sargverkäufer brachte, einige Prozente, besorgte auch Blumen, Kränze, Beileidskarten, Trauerkleidung, erhielt für alles Prozente, war daher stets auf dem Sprung, immer in der Angst lebend, eine Leiche zu verpassen. Er hielt auch, wenn durch mangelnden Kirchenglauben zu Lebzeiten kein Priester zuständig war, die Leichenrede mit Intelligenz und Leidenschaft, denn es war seine Überzeugung, daß der, der dieses Tal der Tränen verlassen durfte, sich nur verbessern konnte. Er zeigte dabei eine erstaunliche rhetorische Begabung, die sich oft zu erheblicher Lautstärke steigern konnte, so daß sein schmaler Körper hinterher vollkommen ausgelaugt dastand und die Trauergemeinde den Erschöpften vom Grab nach Hause geleiten mußte.

Er war Freidenker, Naturfreund, verehrte die Sonne, badete im Sommer nackt im Rhein, den schwarzen Anzug in Griffnähe, lebte aber hauptsächlich von den Erkältungen und Lungenentzündungen des Winters. Es war der Widerspruch seines Lebens, daß er zur Hilfe neigte, aber vom Tod lebte. Sobald sich einer ernsthaft zu Bett legte, erschien Kannichhelfen, fragte: »Kann ich helfen?« und flatterte, gegen die Interessen seiner Profession, in seinem schwarzen Anzug durch die Gassen, holte Medizin, kaufte ein, besuchte die Alten und Kranken zu tröstenden Gesprächen, überholte den Pfarrer auf dem Gang zur Letzten Ölung, regelte nach einem Todesfall alle finanziellen Fragen mit Krankenkasse und Sterbeversicherung, deren Kassierer und Vertreter er gleichzeitig war, und besorgte auch bei einer Wohnungsräumung den Abtransport des Mobiliars. Dafür hatte er eine große Stechkarre, die er kaum bändigen konnte, die ihn vom Boden hob, wenn ein Schrank nach hinten verrutschte, und so hing er oft gewichtslos wie ein zerzauster Vogel im Ziehgurt, sich an den Stangen festklammernd, jämmerlich schreiend, hilflos zwischen Himmel und Erde pendelnd.

Glücklich war er wohl nur in Wilhelmines Laden, wo er regelmäßig das Lager auffüllte, auf der Leiter jonglierend wie eine schwarze Krähe reagierte er prompt und gehorsam auf Wilhelmines unwirsche Kommandos, kletterte die Leiter unermüdlich hinauf und hinab mit dankbarem Lächeln, mit der Befriedigung, helfen zu können.

Im dritten Stock des Hauses wohnte Vater Abraham, wie ihn alle nannten, Wachmann einer privaten Wachgesellschaft. Jeden Abend Schlag sieben zog er seine Uniform an, inspizierte die Nacht hindurch die Läden und Lager der Kaufleute, an seinem großen Schlüsselbund hingen die Schlüssel fast aller Geschäfte des Viertels, jeder vertraute ihm, er hatte die nächtliche unbeschränkte Schlüsselgewalt, morgens um sieben stieg er wieder mit festen Schritten, beschwert von seinem Schlüsselbund, die Treppe hinauf, um den Schlaf der Gerechten anzutreten, wie er sagte, denn Gerechtigkeit bedeutete ihm alles. Er war Diskussionspartner Gustavs in Sachen Gerechtigkeit, die er juristisch, Gustav dagegen philosophisch definierte, was sie nie zusammenführte, höchstens in der Negation, daß es keine Gerechtigkeit geben könne – und hier wieder positiv einig werden –, aber müsse, und fingen wieder von vorne an in ihrem unendlichen Disput, wobei Vater Abraham als natürliche Autorität galt, quasi per Existenz, denn er war anständig, gewissenhaft, bescheiden, gerecht und »ehrlich bis in die Schuhsohlen«, wie es allgemein hieß. Während Gustav der Welt und den Menschen prinzipiell alles Böse zutraute, war Vater Abraham so geschaffen, daß er sich prinzipiell nichts Böses vorstellen konnte, da fehlte ihm einfach die Phantasie, erfuhr er von Diebstählen und Überfällen, sinnierte er lange schweigend vor sich hin und fragte dann nur: »Aber warum denn?«

Er hätte sich auch niemals vorstellen können, und war daher von jedem Argwohn frei und über jeden Verdacht erhaben, daß seine Uniform auch schon einmal am Tag unterwegs war, wenn er schlief, und in Gestalt eines seiner Söhne, die gemeinsam eine Schrotthandlung betrieben, unter den wohlwollenden Augen der Geschäftsinhaber die Waren *amtlich* beschlagnahmte und abtransportierte, die Vater Abraham nachts *amtlich* so sorgfältig bewachte. Die Geschäftsinhaber holten sich dann nach Kassieren der Versicherungssumme ihre Waren wieder auf dem Schrottplatz ab, wo sie sicher gelagert waren, denn auch auf die Söhne war Verlaß, aber in anderer Richtung. So wie gelegentlich die Uniform fehlte, fehlte auch schon einmal einer der Söhne, kleine Reise, wie die Brüder sagten, alle wußten, daß diese Reise in Wirklichkeit sehr stationär war, alle außer Vater Abraham – aber keiner brachte es je übers Herz, ihm die Wahrheit zu sagen. So ging er aufrecht und rechtschaffen seine nächtlichen Wege, jedermann vertraute ihm Geld und Wertsachen ohne Quittung zur Aufbewahrung an und kaufte bei seinen Söhnen gewisse Wertgegenstände auch schon einmal zum halben Preis, schöne Dinge, die man dann wieder Vater Abraham zur Aufbewahrung gab. Die Familie galt weiterum als honorig und der Alte mit seinem weißen Haar und in seiner Uniform als Leuchtturm des Rechts.

An einem Sonntag im Juni 1914, einem heißen Sommertag, spazierten Yvonne und Gustav zur Pferderennbahn in Grafenberg, wo man unter den dichtstehenden Bäumen bei kleinen Wetteinsätzen und einem anstrengungslosen Schlendern zwischen Sattelplatz, Führring und Tribüne den Hitzetag verbrachte. Yvonne liebte die Atmosphäre, und Gustav pflegte seine Sottisen über die Herren mit Zylinder. Wenn die Pferde die Zielgerade entlangdonnerten, schweißglänzend, schnaubend, mit ihren Hufen auf der harten Grasnarbe trommelnd, angefeuert vom Publikum und den Peitschen der Jockeys, bebte jedesmal die Erde, vibrierte unter den Füßen.

Wilhelmine und Kannichhelfen hatten ihren Spaß in der Badeanstalt an dem der Altstadt gegenüberliegenden Oberkasseler Ufer des Rheins, plätscherten im lauwarmen, träge dahingleitenden Fluß, ließen sich treiben, übten sich in Schwerelosigkeit. Wilhelmine, die nicht schwimmen konnte, klammerte sich an die glitschigen, grünlich schmierigen Holzplanken der Absperrung, die doch keinen Halt boten. Kannichhelfen tauchte unter ihr hindurch, man kreischte, lachte, schrie, einfach so, nur weil man lebte.

Vater Abraham war mit seinem Schachbrett in den Hofgarten gewandert, um dort mit einem Freund seine übliche Sonntagnachmittagspartie zu spielen, war aber, da der Freund ausblieb, über den schwarzen und weißen Feldern, den vielen Figuren darauf und den verwirrenden Möglichkeiten, die sie boten, eingeschlafen und hing etwas schräg auf seiner Bank unter einer alten Eiche.

Das Vergnügen war allseits ungetrübt. Irgend jemand erzählte auf einer Wiese liegend, daß irgendwo im Balkan irgendein Thronfolger erschossen worden sei. Die etwas verworrene Geschichte interessierte keinen. Man bereitete sich auf das Ende Juli stattfindende Schützenfest und die dazugehörende Kirmes auf der Rheinwiese vor, das Hauptereignis eines Düsseldorfer Sommers, das Kraft und Ausdauer verlangte – marschieren, schießen, den Sieger feiern, in der Hitze, in der Uniform, mit dem schweren Gewehr, und immer wieder das Glas leeren, auf die Freunde, die Heimat, den Schützenverein, alle sollen leben, alle hoch.

18

Am letzten Julitag des Jahres 1914 erhielt Maria ein amtliches Schreiben mit dem in schroffen Buchstaben fettgedruckten Staatswort »Gestellungsbefehl«. Sie brachte das Schreiben zur Zeche, Joseph fuhr aus, duschte, zog sich um, ging mit Maria zur Kirche, stellte sich geduldig in die lange Reihe stiller Männer, die vor den Beichtstühlen standen, hörte dabei, wie ein Pater den Kirchenraum mit tönenden Worten füllte und in Deutsch und Polnisch verkündete, wie gerecht dieser Krieg sei, und daß sie darum mit Ergebung und Gottes Willen das Opfer des Krieges bringen sollen, viele von den Anwesenden erhielten heute zum letztenmal den Segen und das Heilige Sakrament. Während der Beichte hörte Joseph das Jammern und das Schreien der Frauen in der hallenden Kirche, es klang, als wäre in der Waschkaue einer verunglückt. Zu Hause holten sie den kleinen Koffer ab, den Maria gepackt hatte, sie gingen gemeinsam zum Bahnhof, und Joseph verschwand mit anderen Männern in einem Zug. Er winkte noch einmal aus dem Fenster, konnte Maria in der Gruppe der Frauen, die auf dem Bahnsteig Abschied nahmen, nicht mehr erkennen, auch für Maria verschwand sein Arm in der Menge winkender Arme, die da in den Zugfenstern wie schwebende Teile eines Körpers auf und ab ruderten.

Er schickte bald darauf ein Foto, das ihn in einer schlechtsitzenden Armeeuniform zeigte, ungewiß lächelnd, mit wehmütigen Augen und mit einem lieben Gruß auf der Rückseite. Dann kamen nur noch Postkarten, seltsam verschlüsselt, so daß Maria nicht wußte, wo Joseph war. An einem Frühlingstag des Jahres 1916 erhielt Maria erneut ein amtliches Schreiben, verziert mit dem schwarzen Aufdruck des Eisernen Kreuzes, in dem ihr das Deutsche Reich mitteilte, daß Joseph in Verdun gefallen sei, für Volk und Vaterland. Die gleiche Mitteilung erhielt sie einen Tag später für ihren Bruder.

Im Herbst desselben Jahres schrieb der Kompaniechef Josephs, ein Hauptmann, Maria einen persönlichen Brief, in dem er mitteilte, daß er, der Hauptmann, das Ende der Welt miterlebt habe und nie mehr glauben werde, daß die Welt noch bestehe. Denn es sei kein Krieg gewesen, den er miterlebt habe, es sei ein Aufstand der Erde gegen die Menschen gewesen. Er hätte mit eigenen Augen gesehen, wie die Erde sich, bebend vor Schmerz, steil aufrichtete, sich für eine winzige Ewigkeit den Millionen Granaten, die auf sie niederschlugen, entgegengestellt hätte, sich erhoben hätte über die Menschen, eine schwarze Wand, die noch einmal einen Augenblick gezögert hätte, sich dann über die Kompanie geworfen hätte, über den Menschen zusammengeschlagen wäre, dort in Verdun, wo ihr Joseph noch heute mit seinen Kameraden stumm und aufrecht in einem Graben stehe, nur die Bajonette sähen noch aus der Erde. Sein Körper sei jetzt ein Teil von siebenhunderttausend anderen Körpern, die dort in der Erde lägen und zusammen einen Leib bildeten, für die man dermaleinst sicher ein großes Denkmal schaffen werde, das dann ebenso sicher jeden neuen Krieg verhindern werde. Im übrigen sei er, der Hauptmann, blind geworden und diktiere diesen Brief an alle Frauen der Männer, denen er befohlen habe, in diesem Graben auszuharren.

Maria stand zu dieser Zeit schon lange mit anderen Frauen an einer der vielen Drehbänke der Granatenfabrik neben der Zeche Dahlbusch, drehte mechanisch die Geschoßhülsen, die für die Soldaten in Verdun gebraucht wurden, und hatte gelernt, daß Geschichten und Wunder nicht mehr helfen.

Lachen und Tanzen waren nicht mal mehr in der Erinnerung vorhanden. Das Leben bestand im Akkord an der Drehbank, jeden Tag wurden mehr Granaten gebraucht, und abends stand Maria noch freiwillig in der Volksküche der Zeche Dahlbusch, wo einige Frauen ohne Kartoffeln, Fett, Fleisch und Gemüse eine von allen gehaßte Wassersuppe für die hungernden Alten und Kinder und für die verbliebenen Grubenarbeiter, meistens Gefangene, in großen Kesseln zubereiteten. Und da es immer öfter nur noch Wasser gab, fielen die Menschen auf der Straße ganz einfach tot um, still und lautlos, schweigend und ergeben, oder sie brachen vor Ort zusammen, fielen tot in die Keilhaue, das Sterben war rundum und überall.

Sie selbst hatte zwei Töchter zu versorgen, 1908 war Maria geboren, 1909 Joseph, 1910 Gertrud. Joseph, der nur ein Jahr alt wurde, der an den Krämpfen starb, vor seinem Tod noch einmal hastig zu einem Fotografen geschleppt, wo man ihn in einem Kinderstühlchen hängend mit aufgedunsenem Gesicht fotografierte. Das Foto stand auf der Kommode und wurde von allen abgöttisch verehrt. Gertrud hatte mehr das Lachen und die Leichtigkeit der Mutter geerbt, Maria die versteckte Schwermut und Nachdenklichkeit ihres Vaters. Sie wuchsen alleine auf, denn ihre Mutter hetzte sich zwischen Granatenfabrik und Volksküche.

Täglich kam sie an dem Granitsockel vorbei, der jetzt ohne Kaiser kalt und nackt dastand. Der Heldenkaiser hatte sich in eine Granate verwandelt, um neue Heldentaten zu vollbringen, und während sie an dem stumpfen Granitblock vorbeiging, der jetzt in seiner unsinnigen Höhe noch größer wirkte als früher, starrte sie auf die weiche dunkelrote, warm schimmernde Erde, und tröstete sich mit dem Gedanken, diesen Kaiser auf ihrer Drehbank in die ihm gemäße Form gebracht zu haben.

Sie überschlug die täglichen Meldungen in der Zeitung, die Reportagen und Erklärungen, die tiefen Gedanken und hohen Begründungen, in denen Politiker, Generäle und die Geistesgrößen der Nation jeden Tag erklärten, welchen Sinn das Geschehen habe, wie unabdingbar alles sei, warum alles so unausweichlich sein müsse, warum all das nicht zu vermeiden sei, Maria hatte das einfache Gefühl, daß das große, starke Deutsche Reich beschlossen hatte, sich selbst zu vernichten, da es sich nicht mehr ertragen konnte, und daß es dabei möglichst viele Menschen mit vernichten wollte, eine selbstmörderische Raserei, die am liebsten den Erdball auch noch vernichtet hätte. 1918 empfand sie daher als Sieg des Überlebens, jeder der noch lebte, hatte gesiegt und dem Selbstmordaufruf des Vaterlandes widerstanden.

Sie häkelte die Karten, die sie von Joseph erhalten hatte, zu einem kleinen Häuschen zusammen, das ihr die Welt ersetzte, und stellte sein Bild neben das Bild ihres toten Bruders und des kleinen ebenfalls toten Josephs. Sie arbeitete für ihre Kinder, indem sie am Kohlenband auf Dahlbusch das Gestein aus der Kohle sortierte. Sie war hart geworden, selber ein Stein mit schroffen Ecken, der verletzen konnte, hart, um das Leben zu bestehen, gab sie dem Leben in sich keinen Raum mehr, hatte den Tod besiegt, aber auch das Leben getötet.

Als man sie überredete, es noch einmal mit dem Leben zu versuchen, heiratete sie mit halbem Herzen und wohl mehr der Kinder wegen einen anderen Joseph, Hauer auf Dahlbusch, Arbeitskollege ihres Mannes, die Hochzeit glich einer Trauerfeier, obwohl sich alle Mühe gaben, noch einmal einen schönen Tag zustande zu bringen, waren doch alle zu erschöpft, zu verbittert, um über irgend etwas noch lächeln zu können.

Vielleicht fehlte Maria auch die Kraft, sich noch einmal dem Leben zu stellen, sie starb am Heiligen Abend im Wochenbett, nachdem sie sich von ihren Töchtern Maria und Gertrud verabschiedet hatte. Der Weihnachtsbaum wurde weggeräumt, das Leben meldete sich ohne große Worte bei Maria und Gertrud mit seiner Realität.

19

Am Tag nach der Mobilmachung erschien Gustav mit sämtlichen Düsseldorfer Zeitungen unter dem Arm im Treppenhaus, ließ sich dort nieder und versuchte, einen Überblick über die Lage zu gewinnen. Der *General-Anzeiger* meldete, daß es kein Zurück mehr, sondern nur noch ein Vorwärts gäbe für Deutschland, das Verhalten des Feindes trage den Stempel der beabsichtigten Beleidigung an der Stirn, unser Volk werde die schimmernde Wehr anlegen und die Siegesgöttin ihre Rosse vor den Wagen unseres obersten Kriegsherrn schirren, da Gott die Heerscharen lenke und noch immer uns den Sieg gegeben habe, wären alle deutschen Männer bereit, ihr Blut zu verspritzen für den Ruhm und die Größe Deutschlands.

Die *Volkszeitung* berichtete, die Geschäftsleute nähmen kein Papiergeld mehr an, da aber die Bevölkerung mit Gold und Silber knapp versorgt sei, gäbe es für das deutsche Volk zur Zeit nur das Problem, wo man Brot, Kartoffeln, Speck und andere kriegsunwichtige Dinge erhalten könne. Der große kommandierende General in Berlin habe daraufhin vernehmlich geknurrt, worauf die patriotischen Geschäftsleute noch in der Nacht einen Kompromiß fanden, indem sie die Preise mit sofortiger Wirkung um das Drei- bis Vierfache erhöhten, das abgewertete Papiergeld mit spitzen Fingern und grämlichem Gesicht entgegennahmen, der verehrten Kundschaft aber leider mitteilen mußten, daß die gewünschte Ware nicht auf Lager und auch sonst nicht zu besorgen sei.

Obwohl der Düsseldorfer Oberbürgermeister verkünden ließ, daß genug Nahrungsmittel vorhanden wären, Deutschland noch nie so viel Geld besessen hätte, war beides, ehe überhaupt ein Schuß fiel, verschwunden, weg, nicht vorhanden, nie dagewesen, hatte nie existiert, keiner konnte sich daran erinnern, keiner hatte je davon gehört. Legte man einem Geschäftsmann einen Geldschein auf die Ladentheke, schaute er einen verwundert an und fragte, was diese Zeremonie bedeuten solle.

Gustav hätte gerne ausgiebig darüber diskutiert, wie ein Krieg, der für den Ruhm und für die Größe des Landes und seiner Menschen geführt werde, noch vor seinem Ausbruch das Land und die Menschen so ruiniere, daß Armut, Verzweiflung und Hunger herrsche, daß nur die Ankündigung des Krieges das ganze Land ins Elend stürze, etwas, was kein Feind besser besorgen könne, man sei ja schon so gut wie besiegt. Aber zum Nachdenken blieb keine Zeit mehr, jeder hatte seinen staatlichen Schicksalsbrief schon in der Tasche.

Kannichhelfen begab sich auf seinen Posten in einem Sarglager, mit dem er sich vor kurzem selbständig gemacht hatte.

Vater Abraham übernahm die Schrotthandlung seiner in den Krieg ziehenden Söhne und wunderte sich, daß das alte Eisen, das auf dem Hof vor sich hin rostete, vom Deutschen Reich als Rohstoffquelle fast geadelt wurde.

Wilhelmines Laden war rasch ausverkauft; da sie keine Lieferungen mehr erhielt, saß sie vor ihren leeren Regalen, ließ ihre Augen wandern und behielt die Anordnung der Waren im Kopf, sollte es jemals wieder etwas geben, der Platz dafür war vorgesehen.

Gustav, der schon bei der Musterung durch die

phantasievolle Verbindung einer Herzschwäche und eines kurzen Medizinstudiums vorgesorgt hatte, blieb als Sanitäter in Düsseldorf. Das war nur in der ersten Woche ein angenehmer Posten. Danach begann der Krieg seinen Müll, seinen Abfall, seinen ganzen Unrat in blutigen, eitrigen Klumpen wiederkäuend auszustoßen, auszukotzen, der Heimat auf den heiligen Boden zu speien. Die Züge, die die Soldaten zur Front fuhren, kamen als Lazarettzüge mit denselben Soldaten zurück, nach einigen Wochen hatte man den Eindruck, daß mehr Soldaten verletzt zurückkamen, als vorher singend hinausgefahren waren.

In Düsseldorf wurden Straßenbahnwagen zu Lazarettwagen umgebaut, um die Lazarettzüge rascher entladen zu können, die auf den Güterbahnhöfen in Bilk und Derendorf zwischen Güterwagen standen, in die man mit »Hauruck« und »Faß an« schwere Geschütze hievte, während die auszuladenden Bahren stiller davongetragen wurden. Gustav fuhr täglich mit diesen Lazarettstraßenbahnwagen durch die Stadt, mit dieser stöhnenden, schreienden, in jeder kreischenden Kurve, bei jeder holprigen Weiche schmerzvoll sich krümmenden, ständig mit dem Tod kämpfenden Fracht, vorbei an stumpf vor sich hin stierenden langen Menschenschlangen, die sich vor Kartoffelverkaufsstellen, Suppenküchen, Steckrübenlagern und Lebensmittelmarkenausgabestellen bildeten, Frauen, Kinder, alte Männer, die in ihrer grauen Einheitskleidung wie unter einem Tarnnetz ununterscheidbar zu einem Körper wurden, der sich ständig ausdehnte, wucherte, in wulstigen Ausdehnungen ganze Häuserblocks umschloß.

Vater Abraham, der für das Deutsche Reich nun Kartoffeln bewachte, was er als Degradierung empfand, immerhin hatte er einmal Teppichlager, Juwelierläden, Feinkostgeschäfte unter seinen Augen gehabt, saß oft mit Wilhelmine, Gustav und Kannichhelfen, der durch den Einheitssarg und durch die Einheitsbeerdigungen, durch die Standardpredigten und den frei Haus gelieferten Toten in seinem Beruf keine Befriedigung mehr fand, in der Hinterstube des Ladens beim Schein einer Kerze mit ihren an den Wänden flackernden Schatten. Sie starrten in das Licht, aber das Licht versank in der Schwärze, die sie umgab, es durchdrang nicht mehr die Nacht. Waren zufällig Kartoffeln ins Haus geraten, gab es auf einer Herdplatte ohne Fett gebratene Reibekuchen, die die Erinnerung und die Erzählungen aus den vergangenen schönen Zeiten verklärten.

Yvonne saß nicht mehr dabei. Der schöne Schmetterling verfiel mit Beginn des Krieges, er war für eine solche Zeit nicht geschaffen. Sie hatte bei einem Goldschmied auf der Königsallee gearbeitet; als der Laden schloß, arbeitete sie wie viele Frauen auf der Kleiderverwertungsstelle, wo Knöpfe und Schnallen von blutigen Uniformen abgeschnitten und wieder an neue Uniformen genäht wurden. Yvonne begann zu husten, hatte Tuberkulose, wie der Arzt feststellte, und starb so schnell, daß alle wie betäubt waren. Kein Lachen mehr, keine verführerischen Augen, kein Seidenkleid und kein Schmuck, kein Huschen durchs Treppenhaus, der bunte Schmetterling wurde mit einem kalten weißen Leichentuch umhüllt, verwandelte sich zurück in einen starren leblosen Kokon.

Bei der Beerdigung auf dem Stoffeler Friedhof, in der gefrorenen Erde, die so hart wie Fels war, kaum aufzuschlagen, als wolle sie keine Leichen mehr aufnehmen, stellte Kannichhelfen seine Predigt unter das Motto »Für die Oberen ist das Volk wie Gras, es wächst nach.« Er sprach verbittert, leidenschaftlich und in schönen Bildern, als wäre es seine letzte Predigt. Danach zog Vater Abraham seine Dienstpistole und gab sechs Schüsse in die Luft ab, »Ehrensalut«, wie er schrie. Gustav legte eine von einem Fahnenmast herabgeholte Reichskriegsflagge auf den hinunterrumpelnden Sarg, und Wilhelmine weigerte sich, Erde auf den Sarg zu werfen.

Elisabeth und Friedrich, die zwei Kinder aus der Ehe zwischen Gustav und Yvonne, standen zusammen mit Jeannot, ihrem Halbbruder aus Yvonnes Basler Zeit, am offenen Grab und wußten, daß an diesem Grab nun ihr eigenes Leben begann.

20

Ein schwarzgekleideter Zug, der mit vielen »Jesus Maria Joseph«, mit vielen »Heilige Maria Mutter Gottes bitt für uns«, mit »Gesegnet sei der Herr« und »Amen« und wieder von vorne mit »Jesus Maria Joseph« vor sich hin schluchzte, sich zum Friedhof schleppte, mühsam seine Pflicht erfüllte, den Sarg mit der Maria zum Grab zu tragen, obwohl es allen schwerfiel, denn es war kalt an diesen Tagen zwischen dem alten und dem neuen Jahr. Der Schneeregen trieb seitlich, bedeckte den Sarg mit einer glitzernden, durchsichtigen, hauchdünnen Eisdecke, krönte ihn mit einer jungfräulichen Haube aus weißen Flocken, und das herabtropfende Wasser bildete zarte, zerbrechliche Eiszapfen, Ausläufer eines filigranen Musters, das den Sarg umhüllte, ihn vor aller Augen in einen silbrigschimmernden Kristallschrein verwandelte.

Maria und Gertrud führten hinter dem Sarg ihrer Mutter einen still weinenden Joseph, einen Mann, den sie kaum kannten, der vor sich hin stolperte, hinter dem Sarg her, über den kohlenbestäubten Weg zum Friedhof, wo das Loch in der sumpfigen, wassergurgelnden, schwarzgeäderten Erde auf die tote Maria wartete, die unter dem lebenslang eingeübten zum Himmel gellenden Aufschrei aller Trauernden und einem nachfolgenden letzten verzweifelten »Jesus Maria« hinabgelassen wurde, während eine Litanei von polnisch-deutschen Stoßgebeten zu den Fördertürmen aufstieg.

Der Rückweg war noch schwieriger zu bewältigen, denn nun waren alle bis aufs Knochenmark durchgefroren, träumten dem eben versenkten Holz nach, das ein schönes Feuerchen ergeben hätte, wußten, daß kein Leichenschmaus auf ihre leeren Bäuche wartete, und so zog der und jener verschämt und sich mit einem Achselzucken entschuldigend, einen Flachmann mit selbstgebranntem Wodka aus der Tasche, nahm einen Schluck, reichte die schmale Flasche weiter, die von Hand zu Hand, von Mund zu Mund wanderte, leer in die Tasche zurückglitt, der Trauerzug stocherte nicht mehr so unbeholfen und steif an den Kohlenhalden vorbei, wurde menschenähnlicher, beweglicher, ging leichter, die Jüngeren schalteten schon mal einen Wechselschritt ein, aus dem verhärmten Schluchzen wurde da und dort ein Kichern, ein offenes Lachen, einer raffte sich zu einer Pirouette auf, andere machten es ihm nach, nicht aus Übermut, es wärmte die Glieder, und so kam dieses Häuflein Menschen sich drehend, springend, hüpfend, tanzend, lachend zum *Ohdewie,* wie sie die Gaststätte nannten, über deren Eingang ein übermütiger Wirt einmal ein Schild *Eau de Vie* angebracht hatte, setzten sich an die langen, gutgehobelten Bretter, die auf Holzböcken lagen und aus einer Zimmerung unter Tage stammten, der Wirt stellte gewaschene Rüben auf diesen Tisch, die Taschenmesser wurden aufgeklappt, die Rüben in Teile zerlegt, mit dem selbstgebrannten Wodka beträufelt und verspeist, wobei man vergangener Leichenfeiern gedachte, an denen man ein ganzes Schwein verzehrt hatte, und da es in dem unbeheizten Raum fast kälter als draußen war, schob man die Brettertische und die langen Holzbänke beiseite, einer hatte eine Mundharmonika, Polka und Mazurka steigerten sich zu einer Polonaise, die sich in dem engen Raum rasch ineinanderdrehte, die Leiber aneinanderdrückte, sie aneinanderpreßte zu einem sich gegenseitig wärmenden Menschenknäuel, und das Donnern der Holzschuhe auf dem Boden beschrieb für einen Moment das Glück zu leben.

Maria und Gertrud verließen den Raum, einmal, weil es sich für sie als engste Angehörige der Toten so schickte, zum anderen, weil es dem ihnen fremden Joseph, der nun ihr Vater war, von Wodka, Steckrüben und heruntergeschluckten Tränen schlecht wurde, zu dritt zockelten sie nach Hause, in eine leise Nacht.

21

Nachts waren da schon lemurenhafte Wesen unterwegs, nicht erkennbar in der Schwärze, ohne Konturen, sich zu Klumpen zusammendrückend, sich auflösend in einzelne schwache Schatten, Schaufenster klirrten, Lagertüren krachten aus den Angeln, und sich zusammenballend stieß die dunkle Masse zu, stob wieder auseinander, treidelte jetzt auch schon am Tag in kleinen Gruppen um Geschäfte und Lagerhallen, lachte über die Zeitungen, die verteilt wurden, und die den Belagerungszustand ausriefen, vergrößerte sich rasch und überfallartig, bewegte sich leichtfüßig und lärmend durch die Straßen, wechselte schnell die Richtungen, teilte sich, verschwand und tauchte an einem anderen Platz wieder auf, vereinigte sich wieder, schwoll rasch an, stand minutenlang bewegungslos, lautlos, auf einen einzigen Punkt starrend, raste dann mit einem Aufschrei los, stürzte sich durch Tore, Türen, Fenster, Kellerluken, besetzte sekundenlang ganze Gebäude wie ein Zug Stare, der sich kurz niederläßt und von einem Schuß aufgescheucht wieder davonflattert, verschwand nach einem kurzen wirbelnden Durcheinander vom Erdboden, eine Spur aus Mehl, Erbsen, Linsen, Bohnen, Kartoffeln hinterlassend, die von einigen alten, auf allen vieren kriechenden Männern und Frauen aufgelesen wurde, von weinenden Kindern, die die Mehlreste mit nassen Fingern vom Boden auftupften und in den Mund steckten, wobei sie mehr Dreck als Mehl verschluckten.

Gustav stand hilflos in der langen Postenkette, die sich wie eine abgenutzte Girlande um die Läden und Lager zog, das letzte Aufgebot der vielen Uniformen, die das Brot vor den Hungernden schützen mußte, die in einem stummen Totentanz in immer enger werdenden Kreisen um die bewachten Gebäude zogen, sich Tag und Nacht vermehrten, immer fiebriger und haßerfüllter ihre Kreise drehten, bis das schwindelnde

Treiben aus Hunger und Ohnmacht in Gewalt umschlug, sich nichts mehr aus Postenketten und ihren Warnrufen machte, aus Soldaten mit dem Gewehr im Anschlag, sie stürmten darauf los, und wenn es einige auch mit dem Leben bezahlten, weil die Soldaten schossen, die anderen hatten für einen weiteren Tag das Leben, und ein Tag Leben war den Tod wert, und sie warfen sich fast auf die Soldaten, sprangen vor die Gewehrmündungen, aus Fenstern wurden Büchsen, Säcke, Kanister geworfen, die aufplatzten, vor den Gewehrläufen von Menschen hastig aufgesammelt und weggeschleppt.

Gustav, das Gewehr im Anschlag, sah über den Lauf den sich drehenden Kreis, der sich plötzlich auf ihn zubewegte, über Kimme und Korn taumelte einer mit einem Kessel Rübenkraut auf ihn zu, sah auf, blickte ihm ins Gesicht, Gustav sah über Kimme und Korn in dieses Gesicht, das Gesicht war ganz nah, das Gesicht war Hänschen Alvermann aus der Ritterstraße, das Gesicht wurde immer größer, die Augäpfel schwammen entsetzt in vor Anstrengung blutigen Ringen, der Mund öffnete sich weit, schrie etwas, kein Ton kam über die Zunge, kein Laut aus den aufgerissenen Lippen, Gustav riß das Gewehr hoch und feuerte in die Luft, der Offizier hinter ihm schlug ihm seine Pistole in den Nacken, Hänschen Alvermann stolperte über den Eimer mit Rübenkraut, Gustav fiel nach vorne, hielt sich an Hänschen fest, der sich an Gustav festhielt, und beide, sich umklammernd, sich aneinander festhakend, stürzten aufs Pflaster, schlugen sich den Kopf auf am Rübenkrauteimer und wußten danach nichts mehr.

Während der angeheiratete Joseph, den eigentlich keiner kannte, in Zwölf-Stunden-Schichten unter Tage die Familie ernährte, lebten Maria und Gertrud, nun Vollwaisen, bei einem Bruder ihres in Verdun gefallenen Vaters, bei Polka-Paul, wie man ihn weiterum nannte, denn er war mit seiner Klarinette vor dem Krieg von Zeche zu Zeche gezogen, hieß Polka-Paul, weil er wußte, wie man ein Fest zelebriert. Er dirigierte souverän einen ganzen Abend, flotter Beginn, ruhige Passage, lüpfige Tänze, Lieder aus der Heimat, furioser Höhepunkt mit einem Potpourri der beliebtesten Melodien, er kannte alle Tänze und die richtige Reihenfolge dazu und die Nationalhymnen Deutschlands, Polens und des Papstes.

Doch die Melodien waren ihm durcheinandergeraten, der Lebensablauf zerstört, kaum konnte er Tag und Nacht auseinanderhalten, im Krieg mehrere Tage in einem Bunker verschüttet, spielte er auf seiner Klarinette eine Musik, die ein menschliches Ohr nicht lange ertragen konnte. Schrille, wehmütige, klagende Töne ohne Rhythmus, ohne Harmonie, Klänge, die ihn verfolgten, nachdem man ihn schon fast tot aus dem Bunker geholt hatte, die er mit seiner Klarinette loswerden wollte, an denen er fast erstickte, wenn man ihm die Klarinette wegnahm, und so spielte er ununterbrochen vor sich hin, auch in den Nächten, und Maria und Gertrud vergaßen diese hohen Triller und tiefen Baßtöne nie, die wahre Melodie dieser Welt, laut, grell, unzusammenhängend, sich gefühllos überschlagend, eine barbarische, grausame Komposition.

In einer Nacht war es dann stiller als sonst, man hörte nur gelegentlich einen klagenden Laut, obwohl das dazwischenliegende Schweigen belastender war als Polka-Pauls Klarinette. Das Dämmerlicht war an diesem Morgen seltsam hell, Maria schaute aus dem Fenster und sah eine veränderte Landschaft. Es war Schnee gefallen, das ärmliche Licht einer unscheinbaren Sonne hob die Konturen auf, die weiß gefrorenen Kohlenhalden verbanden sich mit den weißen Berghalden und dem weißgrauen Himmel zu einer Einheit, die Entfernung aufhebend. Weiß auf weiß war alles gleich weit entfernt, alles gleich nah. Stiller als sonst liefen die Menschen durch den Schnee, stumm drehten sich die Räder auf dem Förderturm, das Gestänge, die Abstützung, das Dach der Waschkaue, das Zechenbüro, alles verschmolz unterschiedslos in ein die Augen blendendes Weiß, die Welt erblindete zu einem ununterscheidbaren zusammengeschobenen Bild, das die alten gewohnten Anhaltspunkte aufhob und die reale Welt verdeckte. In diesem Bild saß Polka-Paul und schob sich mit den Händen Schnee in den Mund, Maria zog sich hastig an, rannte zu ihm hin, kniete vor ihm nieder, hauchte ihren Atem auf seine halberfrorenen Hände, leise sprach er einige Worte, kam ins Reden, sprach weiter, sprach immer schneller: »Frischer Schnee, Blutstropfen auf dem Weg, vorwärts Kameraden, Fort Douaumont, dem Geschrei nach, den Toten nach, auf der zerwühlten Erde im Schlamm, der Fluß liegt voller Leichen, über den Fluß auf weichen, schwammigen Körpern, der Wald ganz nackt, auf den Ästen hängen Leichen, aufgestiegen von der Erde, hängengeblieben in den Bäumen, in die toten Pferde kriechen, in die Verwesung, hineinkriechen in den Gestank des Kadavers, mit den Händen eingraben in menschliches Gedärm, in warmes Fleisch, in einen Leib, ein Fuß, ein Bein, ein Arm, verbrannte, schwärende Gesichter, ein halber Kopf, Durst, aus dem Kopf trinken, Durst, aus dem Kopf trinken, Durst, das Gehirn trinken, Durst –«

Maria hob ihn langsam auf, führte ihn vorsichtig zu dem versteinerten Baum, der an der Hausecke stand, er umklammerte ihn und ließ ihn nicht mehr los. Der Schnee auf der Kohlenhalde begann zu tauen und legte die schwarzen Konturen der Welt wieder frei.

23

Der dumpfe Schlag gegen sein Bein war nicht so schmerzhaft, wie er sich das immer vorgestellt hatte, wenn er die Verwundeten betreute, aber er wußte, da hatte ihn eine Kugel getroffen. Er legte sich auf den Rücken, zog sich mit den Ellbogen weiter hinter den Sockel des Denkmals zurück und lud das Gewehr durch. Über ihm thronte Kaiser Wilhelm auf dem tonnengroßen Bauch seines Schlachtrosses, und während Gustav den Himmel dunkelrot sah, die Welt um ihn her zu kreisen begann, erhob sich der Kaiser mit einem gewaltigen Sprung seines ungebärdig in die Zügel beißenden Pferdes, die Mähne des Pferdes und sein Schweif flogen auf, der Helmbusch des Kaisers flatterte, das Pferd schlug seine Hufe in die frostige Luft, die breitgeflügelten Kriegs- und Friedensengel rechts und links vom Kaiser hoben mit ab, schwebten mit Kanonenkugeln, Palmwedeln und sämtlichen

Füllhörnern in den Lüften, und mit gewaltigem Flügelrauschen und klirrendem Hufschlag stieg die ganze Gruppe in den Himmel auf.

Aus dem Himmel senkte sich dann das Gesicht von Kannichhelfen über ihn, seltsam auf dem Kopf stehend, packte ihn von hinten unter die Arme und zog ihn stöhnend und fluchend aus der Schußlinie. »Mach dich nit so schwer, Gustav, und laß dat verdammte Gewehr.« Gustav hielt den Riemen des Gewehrs fest in der verkrampften Faust, das Gewehr polterte und schepperte hinter ihm her, das Bein rutschte über blutiges Kopfsteinpflaster, das Gewehr verhakte sich an einem Bürgersteig, das Bein schmerzte, Kannichhelfen zog, und rechts das Gewehr und links das Bein unbrauchbar und leblos, folgten dem Körper Gustavs, der beides nicht losließ, Gewehr und Bein behalten wollte.

An einer Hausecke warteten Wilhelmine und Vater Abraham mit der alten Stechkarre, auf der Kannichhelfen schon manchen Sarg transportiert hatte, gemeinsam wuchteten sie Gustav auf die Karre, und ab ging es im Laufschritt in Wilhelmines Laden, wo sie Gustav auf dem Ladentisch ausstreckten, den Kopf an die Kasse gelehnt, die mit dem eingedrückten Schild *Danke* ihren Platz in dieser Kaufmannswelt verteidigte. Das Bein tat jetzt höllisch weh, das Gerumpel der Karre, der hastige Transport in den Laden, Gustav wurde es schlecht.

Wilhelmine riß ihm das Gewehr aus der Hand, rannte in den Keller und warf den »verdammten Schießprügel« in die seit langem leere Kartoffelkiste. Es gab ein helles Geräusch, wie wenn Metall auf Metall schlägt, und unten aus der Kartoffelkiste fielen vier Gewehre, zwei Pistolen und einige Handgranaten, die langsam durch den Keller rollten. Wilhelmine sagte »Och« und fiel in Ohnmacht.

Oben im Laden war inzwischen Medizinalrat Dr. Levi eingetroffen, ein Mann, der mit einiger Leibesfülle der Devise huldigte, »Wer langsam geht, geht gut«, bei eiligen Fällen daher immer heftig schnaufend in der Tür erschien, die Medizintasche wie Trödel auf den Boden fallen ließ, seinen Paletot im hohen Bogen auf den Stuhl warf, den Zwicker aufsetzte, sich vorbeugte und das sagte, was er seinen Patienten immer sagte: »Da haben wir die Bescherung« und diesmal hinzufügte: »Die Kugel muß raus.«

In einer Art Notoperation – »Krankenhaus kommt aus juristischen Gründen wohl nicht in Frage?« – schnitt er an Gustav herum, ihn mit seinen Lebensweisheiten betäubend, bis er mit seinem Werk einigermaßen zufrieden war. »Medizinisch nicht optimal, wir werden sehen, aber im Zeichen der Weltrevolution erspart es dem Angeklagten einige noch existierende bürgerliche Paragraphen. Wo kein Kläger, da kein Richter. Vor Gott sind wir allzumal Sünder, Altes Testament, und Jesus kennt keine Sünder, nur Reuige, Neues Testament. Suchen Sie sich das Passende aus.«

Er schnappte seinen Paletot und seine Medizintasche und verließ den Laden, das immer noch funktionierende Klingelspiel bewundernd, mit einem ironischen »Schalom«.

Gegen Abend erschien Big Ben mit zwei jungen Genossen, überblickte mit einer ruhigen Geste die Situation und entschied: »Festung Oberbilk.« Gustav wurde wieder auf die Stechkarre geladen, dazu noch einige Stühle, ein Tisch, ein Kleiderschrank, ein altes

Bettgestell, Matratze und Bettzeug – ein notwendiger und dringender Umzug. Die zwei jungen Genossen zogen die Karre, Big Ben setzte sich in Bewegung und schob sich voran wie eine mechanische Figur, die das Gehen übt. Er ruderte mit Armen und Beinen und drückte die Füße bedachtsam nach vorne. Big Ben war ein Mann mit einem Körper wie aus geschmiedetem Eisen, die beweglichen Einzelteile waren ungeformt und grob angepaßt, irgendwie zusammengenietet. Mit bis zum Bauchnabel offenem Hemd, mit gewölbter Brust, mit aufgerollten Hemdsärmeln, die Hände zu Fäusten geballt, mit felsbrockengroßen Schuhen, schob er sich aus der Hüfte heraus wie auf Rollen dem Klassenfeind entgegen, bot ihm Stirn, und Brust, war Hammer und Amboß in einem, war die tönende Glocke der Revolution, schlug zu und steckte ein, lebte für den Generalstreik und kämpfte gegen die Reaktion.

Big Ben geleitete den Zug sicher wie ein Schlachtschiff durch die Minenfelder des Klassenfeindes, wußte ein Schlupfloch, das von Genossen gesichert war, denn alle Bahnunterführungen nach Oberbilk wurden bewacht, und brachte Gustav so in die *uneinnehmbare Festung Oberbilk,* an einen absolut sicheren Ort, in das Zimmer seines Onkels.

Dieser Onkel war in seiner Jugend zweimal hintereinander von der Polizei verhaftet worden, einmal irrtümlich wegen einer Denkmalsschändung, er hatte nur dabeigestanden, das zweite Mal, weil er beim ersten Verhör vor Angst einen falschen Namen angegeben hatte. Bei dieser Doppelverhaftung mußte er sein Gehirn verloren und für den Rest seines Lebens nicht mehr wiedergefunden haben, so wie andere Leute ihren Regenschirm vergessen und nicht mehr wiederfinden.

Der Onkel saß in einem alten Ledersessel, zugedeckt mit einer schmuddeligen Decke, schaute verständnislos durch ein Fenster auf die Straße und sagte alle Viertelstunde wie eine Kuckucksuhr »So ist das Leben«. Diesen Satz hatte er bis zur Tonlosigkeit perfektioniert, es war seine allumfassende Philosophie, ob Sonne oder Regen, Geburt und Tod, Krieg oder Frieden, »So ist das Leben«. Das Interesse an den Menschen, an den Dingen, an der Welt war ihm vollkommen verlorengegangen, in eiserner Selbstdisziplin war ihm nichts mehr in den Kopf gedrungen, »So ist das Leben«. Sein Zimmer war daher der perfekte Unterschlupf für Leute, die man vergessen sollte.

Gustav lag auf einer harten Kapokmatratze in einer Ecke des Zimmers auf dem Boden, eine Pferdedecke unter dem Kopf, und sah über dem im Sessel eingesunkenen Rücken des Onkels, der ständig mit dem Kopf pendelte, das Viereck des Fensters mit einem Stern im nachtschwarzen Himmel. Das Bein pochte, die Schmerzen breiteten sich langsam aus, die Wunde schien immer größer zu werden, den ganzen Körper zu erfassen, der zu fiebern begann, im glühenden Kopf jagten sich die Bilder in wilden Farben, schoben sich ineinander, lösten sich auf, bildeten sich neu, glutrot, giftgrün, tiefviolett, sonnengelb – »So ist das Leben« – Er sah sich im grauen Armeemantel mit der roten Binde am Arm, das Gewehr über der Schulter mit dem Lauf nach unten, auf Wache hinter dem Maschinengewehr am Hauptbahnhof – »So ist das Leben« – der sich in das Apollo-Theater verwandelte, in diesen byzantinischen Bau aus geschwungenen Bögen, verzierten Erkern, glänzenden Kuppeln und Türmchen himmelwärts ineinandergeschachtelt, übereinandergestülpt, Erker an Erker, Kuppel auf Kuppel, Turm auf Turm – »So ist das Leben« – in dem der Arbeiter- und Soldatenrat zwischen Jongleuren, Equilibristen, Zauberkünstlern, Hochseilartisten, Todesverächtern am Trapez, Pantomimen und rheinischen Humoristen, zwischen Wasserballett, Conférencier und Nummerngirl den 3500 Plätzen im Parterre und auf den Rängen, im bombastischen Innenraum dieser Hagia Sophia der leichten Unterhaltung im Rampenlicht stehend – »So ist das Leben« – verkündete, daß er und damit das Volk die Macht übernommen habe, »Eine neue Zeit ist für Deutschland angebrochen. Hoch der Friede, hoch die Freiheit! Hoch die Verbrüderung der Völker auf dem Boden der demokratischen und sozialen Republik« – »So ist das Leben« – und die mit der roten Fahne prügelten sich mit denen, die immer noch schwarz-weiß-rot schwenkten und schossen aufeinander, und im Tonhallengarten unter den alten verträumten Bäumen, unter den erloschenen weißen Kugellampen, die wie frierende Möwen in gleichmäßigen Abständen bewegungslos auf den geschwungenen Eisenbögen hockten, wurden zwölf Punkte verkündet und mit Beifall angenommen – »So ist das Leben« – und die hohen Magistraten der Stadt flohen über die Dächer der Stadt, schwebten über dem Apollo-Theater, während die aus dem Gefängnis befreiten Gefangenen auf der Straße tanzten, ein blinder Drehorgelspieler leierte auf seinem Kasten einen krächzenden Walzer – »So ist das Leben« – und das Volk lief durch die Karl-Liebknecht-Straße, die früher Königsallee hieß, durch die Rosa-Luxemburg-Straße, die früher Kaiser-Wilhelm-Straße hieß, durch den Spartakuswall, der früher Hindenburgwall hieß – »So ist das Leben« – und Gustav hielt sein Gewehr dem Redakteur der *Düsseldorfer Nachrichten* unter die Nase, die sich von nun an *Rote Fahne vom Niederrhein* nannte und auf der Titelseite das Programm des Spartakusbundes, entworfen von der kleinen wilden Rosa aus Polen, abdruckte, und das *Düsseldorfer Tagblatt* nannte sich *Der Volkswille* – »So ist das Leben« –

Revolution! Rote Fahnen flatterten über der Stadt, auf den großen Gebäuden, auf der Rheinbrücke. Revolution! Kein Mensch konnte sich unter diesem Wort etwas vorstellen. Revolution! Das hieß, alles wird anders, aber wie, aber wie, wer wußte es schon, Geld war nicht vorhanden und ohne Geld kein Leben, aber mit Geld war es ja keine echte Revolution – »So ist das Leben« –

Die Matrosen aus Kiel kamen angesegelt, Gesang und Ahoi in allen Straßen, und träumten von den großen Segelschiffen der Freiheit, den stolzen Fünfmastern der Meere, und die Menschen von den Suppenausgabestellen, den Kartoffelverkaufsstellen, den Steckrübenlagerhallen, den Lebensmittelmarkenausgabestellen, träumten von einem Ende der irdischen Plackerei, der lausigen Not, des obdachlosgewordenen Hungers – »So ist das Leben« – und folgten willig und voller Hoffnung dem labyrinthischen Reigen, der ohne Ende und ohne Ziel durch die Straßen zog, ein Totentanz von Tag und Nacht lärmte durch die Tonhalle mit ihrem schlafenden Garten, taumelte durchs Rathaus der erschreckten Bürger, geriet auf die Bühne des Apollo-Theaters, *Europas größtes Varieté,* zur Nummernrevue im Scheinwerferlicht, zum pantomimischen Staatsreigen – »So ist das Leben« – und Kaiser Wilhelm donnerte auf seinem Roß, begleitet vom flügelrauschenden Kriegs- und Friedensengel hinauf in den Schnürboden der Geschichte, wo er für immer verschwand, während das Volk sich in der Orchesterversenkung verirrte, vielstimmig in allen Tonlagen um Hilfe schrie, ein grausiges Getöse der Disharmonie, das in ein tobendes Gelächter überging, vom Totentanz in den Karneval fiel, als die Revolution den neuen Bürgermeister präsentierte, und der stellte sich vor und nannte sich »Schmidtchen« – »So ist das Leben« – und während der General, der keinen Namen brauchte, der nur General hieß und immer wußte, was er zu tun hatte, und immer seine Pflicht tat und mit den Befehlen von Berlin und seinem Freikorps den Karneval in einen dunklen Aschermittwoch verwandelte, indem er unter dem Einsatz von schwerem Geschütz Oberbilk eroberte, Straße um Straße, Haus um Haus, so wie 1848 die preußische Armee mit ihren Kanonen die Düsseldorfer Altstadt eroberte, eindrang in diese von einem hohen und breiten Eisenbahnwall fast vollständig umgebene und geschützte Festung Oberbilk, in der Rot die Farbe des Lebens war und die Menschen sich Genossen nannten – »So ist das Leben« –

Gustav lag halb ohnmächtig von seinen Schmerzen und vom berstenden Geräusch der explodierenden Granaten, sich verkrampfend vor Wut, hilflos in einem Winkel vor einer abblätternden Tapete, die sich vor seinen Augen ständig verfärbte und sich in immer neue Muster auflöste. Als er wieder zu sich kam, an einem vergessenen Morgen, war das alte stille gemütliche harmlose selbstgenügsame Düsseldorf untergegangen, er lag allein im Zimmer, hielt in der Hand die Eisenbahneruhr seines Großvaters, die still in sich ruhend tickte, und bemerkte mit einem leichten Schmerz an seinem Bein eine offene rote Wunde.

24

»Ein schweres Blutopfer hatte die Gemeinde dem langen Kriege zu bringen, dem größten und furchtbarsten der Weltgeschichte. Nach Hunderten zählen die Männer und Jünglinge aus Rotthausen, die auf blutiger Walstatt ihr höchstes und kostbarstes Gut, ihr Leben, für Heimat und Vaterland in die Schanze schlugen. Mögen die vielen Namen der teuren Toten für alle Zeiten mit goldenen Lettern in der Geschichte unserer Gemeinde fortleben.«

Das hatte der Lehrer Tobien geschrieben, in einem Buch, das Maria in einer Feierstunde überreicht wurde, mit Widmung des Bürgermeisters. Das rotbraungebundene Geschichtsbuch der Gemeinde Rotthausen bei Gelsenkirchen, rotbraun wie die Erde, auf der sie alle lebten, das Geschichtsbuch einer Gemeinde, die keine Geschichte hatte, bis man unter ihrem Brachland Kohle fand und in der Gemarkung Dahlbusch den ersten Schacht abteufte und bald darauf weitere Schächte und zwischen den verstreutliegenden Kotten der Bauern eine polnische Bergarbeitersiedlung entstand, verbunden durch die rasch querfeldeinverlegten Schienen der neuen Eisenbahn, rundum die Schächte immer weiter wachsend, wie eine Goldgräberstadt um einen Goldclaim im sagenhaften Amerika, so auch in dem sagenhaften Westen des Deutschen Reiches an der Ruhr, dessen Städte um Kohle und Eisen zusammenwuchsen zu einer einzigen Stadt. Die Geschichte einer Hausansammlung um die Zeche Dahlbusch, endend mit dem großen Krieg und in einem schöngedruckten und mit einem eisernen Kreuz versehenen Anhang, »die Heldentafel der gefallenen Krieger, die das vorliegende Werk als Schlußstein krönt«, wie der Lehrer Tobien schrieb, in der der Name von Marias Vater Joseph Lukacz und der Name des Bruders ihrer Mutter Franz Nowak nicht in goldenen Lettern, aber doch in schweren schwarzen Buchstaben für alle Zeiten eingeprägt waren. »Den Helden in ewigem Gedenken und in steter Dankbarkeit. Ehre ihrem Andenken. Mögen die Bürger dem Beispiel grenzenloser Hingabe nacheifern in treuester Pflichterfüllung der Gesamtheit gegenüber, dann wird die Saat der neuen Zeit, durch den Heldentod dieser Edlen mitgesät, unvergängliche Früchte tragen zum Heil und Wohl unserer Gemeinde und unseres Vaterlandes.«

Viele sagten, diese Worte hätte der Lehrer Tobien schon bei der Einweihung des Denkmals für den Heldenkaiser vor dem Haupttor der Zeche verwendet. Der Heldenkaiser war eingeschmolzen, die Helden tot, die Lebenden saßen bei der Gedenkstunde im Rathaus alle in einer Reihe wie in einer Kirchenbank, all die nahen und entfernten und ganz nahen und weit entfernten Verwandten, zu denen man Onkel oder Tante sagen mußte, die Cousin oder Cousine waren, manchmal zweiten oder dritten Grades, nur die Alten kannten sich da aus, die meisten wohnten in und um Gelsenkirchen, bildeten einen weit verbreiteten Clan, der trotz aller Kräche zusammenhielt wie Fensterkitt.

Neben Maria saß Tante Josephine, Mutters Schwester, die ihr einmal die kleinen Ohrringe schenkte, für die sie extra in einen Schmuckladen gingen, wo das Ohrläppchen durchstochen wurde, aufregende Erinnerung, Tante Josephine mit dem Porzellangesicht, wie alle sagten, weil sie so schön war, verheiratet mit einem Tanzlehrer, einem Deutschen, »keine glückliche Ehe«, hieß es rundherum, das Porzellangesicht hatte jetzt schon feine Risse bekommen, wie Maria sah, Falten in Mundwinkel und Augen, und die Augenlider zuckten unaufhörlich wie bei einer Puppe, die man zu schnell hin und her dreht. Ihr Mann kam nicht zu der Gedenkstunde, »Der hat etwas gegen die Familie«, hieß es rundherum, außerdem war er wohl auch evangelisch, er betrieb zusammen mit Tante Josephine eine Tanzschule, das wußte Maria, die meiste Zeit saßen sie alleine in dem großen gemieteten Saal und warteten darauf, daß irgendein verlegener Jüngling hereinschaute und nach Walzer und Foxtrott fragte.

Tante Seraphine, auch eine Schwester von Mutter, war unverheiratet, »Es gibt ja keine anständigen Männer mehr«, hieß es rundherum, sie fand ihr Heil im täglichen Kirchgang, zu dem sie sich immer herausputzte, als warte Jesus ganz persönlich auf sie. Hilfsbereit, bei allen beliebt, pflegte sie die Kranken der Familie, half im Haushalt aus, legte aber ein Mann ihr den Arm um die Schulter, stand sie auf, ging in die Kirche und beichtete das ihrem Pfarrer.

Neben Polka-Paul saß seine Frau Anna, zu der Maria auch Tante sagte, obwohl sie doch jetzt wie eine Mutter war, »Arbeitet für zwei« hieß es rundherum, »Und redet für vier«, fügte Polka-Paul immer hinzu, denn sie konnte nicht arbeiten, ohne über ihre Arbeit zu reden, Hand und Mund gingen in eins, und da sie eine kräftige Stimme hatte, hörte man im ganzen Haus immer, was sie gerade tat, und im Sommer, bei weit geöffneten Fenstern, hörte es die ganze Straße, »Aber herzensgut«, meinten alle, das war sie wohl auch, sie kümmerte sich um alles und jedes in der Straße, Maria hätte gerne gehabt, daß sie sich mehr um sie und Gertrud kümmerte, aber Anna lag nun mal gerne im offenen Fenster, die Arme auf der Fensterbank aufgestützt, redend und jede Bewegung auf der Straße sofort fixierend, nahm sie Tag und Nacht mit offenem Herzen Anteil an den Sorgen anderer.

Tante Käthe und Onkel Heinrich gehörten eigentlich nicht zur Familie, wurden aber wie enge Verwandte behandelt, hatten Sitz und Stimme im Familienrat, warum wußte Maria nicht. Onkel Heinrich, Zugführer bei der Bahn, galt als welterfahren, und Tante Käthe war für den Kummer aller Kinder der Familie zuständig.

Dann verloren sich die Gesichter der Schwarzgekleideten, die aufrecht mit ernsten und gedankenschweren Mienen in einer Reihe saßen, mehr Frauen als Männer, »Im Krieg gefallen«, wie es rundherum hieß, die Frauen mit dem Taschentuch an der Nase, gerührt schluchzend, die wenigen Männer, einer davon nur mit einem Arm, der andere Arm des Anzugs fiel flach in die Jackentasche, mit gleichgültigen Gesichtern, darauf wartend, daß sie wieder rauchen durften.

Maria konnte sich nicht recht vorstellen, daß ihr Vater nun ein Held war, an den das Vaterland ewig denken würde, es stand wohl nur so im Buch. Sie blätterte abends oft darin, im Bett, die Knie angezogen, beim Schein der Petroleumlampe, sie benutzte die letzten Briefe und Karten ihrer Mutter und ihres Vaters als Lesezeichen, so daß sich die Texte in ihrer Erinnerung verbanden, im Alter hätte sie geschworen, daß der letzte Brief ihres Vaters in diesem Geschichtsbuch abgedruckt war, aber das war nicht so. Sie fand in diesem schönen Buch nichts von ihrer Geschichte, nichts von der Existenz all der Menschen, die sie doch kannte, nichts von ihren Eltern und Großeltern und ihrem Herkommen, nur die Berichte einer wachsenden Gemeinde und einer sich ständig vergrößernden Grube mit immer höheren Fördermengen, aufgelistet nach Tonnen pro Schacht und erzielten Durchschnittspreisen, dazu Danksagungen an Bergwerksdirektoren, die nach verdientem Wirken auf Dahlbusch sich pensionieren ließen und nach Düsseldorf zogen.

So vertiefte sie sich immer mehr in die lange Heldentafel, unter der sie sich etwas vorstellen konnte, mancher Name war ihr noch ganz unheldisch, dafür lebendig in Erinnerung; wenn sie die Augen schloß, lief der tote Held vergnügt mit einem Zigarrenstummel im Mund durch die Hauptstraße, stand singend an einer Wirtshaustheke oder schwadronierte mit anderen Kumpels vor dem Zechentor. Sie zählte gewissenhaft die Namen, denn das hatte der Lehrer Tobien vergessen, und kam auf 759 Tote. So viele Häuser hatte die Gemeinde nicht, vielleicht zweihundert, höchstens vierhundert, so schätzte sie, das waren dann in jedem Haus zwei Tote, dazu die Verletzten, vielleicht vier Verletzte pro Haus, dazu die, die krank zurückkamen, das war ja eine ganze Schicht bei Dahlbusch, wie viele Familien waren das wohl, die jetzt ohne Mann und ohne Sohn weiterleben mußten.

Das Deutsche Kaiserreich existierte nicht mehr, so stand es im Buch, auch die Familie Lukacz war fast ausgelöscht, das war nur der Heldentafel zu entnehmen; daß sich beides verband, obwohl man doch denken sollte, daß es nichts miteinander zu tun hatte, war das Überraschende an dieser Geschichte. Sie kamen zur Gründung des Deutschen Reiches, sie starben mit ihm.

3
Die Zeit steht still

I

Die offene, schwärende Wunde hatte einen blaurotgrüngelben Heiligenschein mit rosavioletten Zwischentönen, ein Regenbogen, in dessen Mitte die Wunde dunkelrot glühte, oft hochgehalten wie eine Reliquie, die zu festgelegten Zeiten ihre dünne Hülle durchbricht und ihr Blut spendet zum Beweis der ewigen Wahrheit und zur fortdauernden Erinnerung.

Gustav zog mit aufgekrempeltem Hosenbein von Kneipe zu Kneipe, denn diese Wunde adelte, sie war in Oberbilk ein Orden fürs Leben, Held der Revolution, Pour le mérite, das brachte lebenslang Freibier, anerkennendes Schulterklopfen, Grüße aus vertraulich mit einem Auge zwinkernden Verschwörermienen, geballte Fäuste zum Abschied und Fragen von denen, die nicht dabei waren. Er beantwortete sie mit weit ausholenden Gesten und rhetorischem Feuer, eine Niederlage, gewiß, aber eine ehrenvolle Niederlage; die anderen hatten Artillerie, Munition, soviel sie wollten, aber immerhin hatte man die Stadt regiert, die Freiheit ausgerufen und dafür auch noch eine Schlacht geschlagen. An dieser Stelle gab es immer Beifall und eine Runde Korn extra, und Gustav wanderte weiter.

An diesem Morgen saß er, das Bein mit der Wunde auf der Holzbank ausgestreckt, im *Roten Kapellchen,* wie die Eckkneipe genannt wurde, die aus einem Bollwerk von Theke und drei kleinen Tischchen entlang einer Bank bestand und in der Tag und Nacht das gleiche dämmrige Licht die Gesichter der Männer hinter den Bier- und Schnapsgläsern in die Milde des Alkohols tauchte, nur das kleine Schiebefenster zur Straße, durch das neugierig hereinschauende Kinder Glas- und Porzellankrüge hereinreichten, die mit Bier gefüllt wieder hinausgeschoben wurden, stellte eine Verbindung zur Außenwelt dar, denn die Türe versteckte sich hinter einem dicken schweren, kaum anzuhebenden Filzvorhang.

»Alle Geschichten ergeben nur eine Geschichte, aber das Leben erzählt viele Geschichten und verwirrt die Menschen, doch die Geschichten kommen von weit her aus Salomons Land und stellen dar die Geschichte der Menschen und der Menschheit, all das, was geschah und was noch geschieht, ist enthalten in den Geschichten. An diese Geschichten muß man glauben wie an eine Wahrheit, denn auch die Wahrheit war immer nur eine Geschichte, aber sie erfüllt das Leben, die Welt und selbst die Götter mit ihrem Licht. Ich habe es aufgeschrieben in kalligraphischen Zeichen und in einem Buch versammelt, in dem alle Geschichten der Welt ruhen, damit die Menschen in Ehrfurcht vor den Geschichten niederknien und das wahre Wissen der Welt sich entfaltet in den Köpfen und Herzen der Gläubigen.«

Diese ehernen Worte, die da an Baas Koslowskis Theke der Menschheit ins Gewissen gehämmert wurden, dienten vornehmlich dem Verkauf eines kleinen weißen Büchleins für fünfundzwanzig Pfennig, das alle schon kannten und in dem viel vom nahe bevorstehenden Ende der Welt die Rede war. Der Verkäufer war der Prediger Kalmeskäu, wie ihn die Leute nannten, einziger Salomonist der Welt, wie er sich selbst bezeichnete. Er wandelte einher in einem schwarzen langen Rock, wie ihn italienische Priester tragen, ohne Socken in offenen ausgetretenen Sandalen und ließ sich nie die Haare schneiden, die sich kräuselig über seine Schultern verteilten. Vor seiner Brust hing an einem roten Gummiband eine große Schiefertafel, auf die er in eckigen Buchstaben jeden Tag einen der Sprüche Salomons mit farbiger Kreide gewissenhaft auftrug, ihn abends mit Spucke und einem Ärmel seines Predigerkleides, der in allen Kreidefarben schimmerte, wieder wegwischte, um am anderen Morgen einen neuen Spruch aufzumalen. So ausgerüstet spazierte er durch die Straßen, blieb stehen, damit die Vorübergehenden den Tagesspruch lesen konnten, und war damit zufrieden. Er wußte, daß er der einzige Salomonist der Welt war, Priester und Gläubiger und Wissender in einer Person, aber er war die Kirche der Zukunft, das war ihm Gewißheit, zumal nun schon fast hunderttausend Menschen, wie er schätzte, seine Tafelsprüche gelesen hatten, und daß Salomons Worte in den nun Erhellten weiterwirken würden, daran war nicht zu zweifeln.

Big Ben, der nur glaubte, was er sah, aber nicht leugnen konnte, daß er im Moment auf der Tafel Salomons Spruch *»Sei nicht allzu gerecht und nicht allzu weise, damit du dich nicht zugrunde richtest«* sah, was für den Prediger der Beweis war, daß das Wort wirke, während Big Ben mehr an die Tat glaubte; Big Ben stand in seiner Prachtuniform wie ein Marschall der Roten Armee an der Theke, nickte ausnahmsweise, denn ihm lag auch an einer guten Geschichte, und bestellte bei Koslowski eine Runde Genever.

Wenn er arbeitete, arbeitete er als Portier für verschiedene Nachtclubs, sah in seiner leuchtendroten mit goldenen Tressen und Schnüren verzierten Uniform aus wie der »Generalquartiermeister aller Messinggriffe und Drehtüren« von Düsseldorf, lebte von den »Trinkgeldern der Bourgeoisie«; waren die Trinkgelder klein, nahm er sich schon mal einen dieser Frackträger zur Brust und schrie ihn an, er solle sich schleunigst eine Arche Noah bauen und einige nüchterne und besoffene Damen und Herren einladen, damit wenigstens einzelne Vertreter seiner Art erhalten blieben, denn die Springflut der proletarischen Revolution rolle heran.

Die Uniform trug er auch tagsüber, einen besseren Anzug hatte er nicht, und die Kinder bewunderten ihn auf der Straße wie den Stallmeister vom Zirkus. Er lebte bei seiner Mutter, die wie eine kleine verhutzelte Rosine den ganzen Tag hinter den Gardinen ihres Fensters saß und für ihren Sohn sparte, es hieß, daß seine Mutter ihm einmal eine Reise nach London finanziert habe, dort habe er sich die Nationalbibliothek angesehen, den Lesesaal, in dem Karl Marx arbeitete, sei zurückgekommen und habe berichtet: »Der Mann hat viel gelesen.«

Seine Lieblingsgeschichte aber, die er jeden Tag erzählte, war die, wie er einmal den Krupp, der aus der Drehtüre des Hotels Breidenbacher Hof kam, ganz kurz, einfach so, auf den Arm genommen habe. Drei Minuten habe der Krupp auf seinem Arm gesessen und sich nicht gerührt. Als er ihn wieder auf den Erdboden stellte, habe Krupp vor ihm den Zylinder gezogen, ihm seine Visitenkarte überreicht und ihm obendrein noch eine Stelle in der Villa Hügel angeboten. Er, Big Ben, habe abgelehnt mit der Begründung, das würde sowieso bald ein Erholungsheim des werktätigen Volkes. Krupp habe gesagt, das käme seinen Wünschen entgegen und daß er froh wäre, auf diese

Weise den alten Kasten loszuwerden, habe ihn aber gebeten, wenn es soweit wäre, ihm, Krupp, eine Stelle in der Villa Hügel zu besorgen. Er, Big Ben, habe es ihm versprochen. Dann seien beide Arm in Arm, Krupp im Frack und er in seiner Uniform, durch die Altstadt gezogen und in all die Lokale gegangen, in die Krupp sich bisher nicht hineingetraut hätte. Zum Schluß wären sie sogar noch in *De sibbe Lüüs* gewesen, und geendet hätte alles bei *Hansens Penn*. *Hansens Penn* war ein Lokal, in dem der Wirt nachts Seile von Wand zu Wand spannte, die Seile seinen schlafwilligen Gästen einmal unter den Armen durchzog, die so für fünf Pfennig sicher im Seil hängend anständig schlafen konnten. Alle stellten sich wonnevoll vor, wie der Krupp morgens, wenn das Seil eingezogen wurde, mit seinem Frack in das bereitgestellte Waschwasser fiel. Natürlich wußte jeder, daß diese Geschichte nicht wahr sein konnte, aber es war eine schöne Geschichte, und es war Big Bens Geschichte, und alle wollten sie immer wieder von ihm hören. Seltsam war nur, daß Big Ben zum Schluß der Geschichte allen Zuhörern die Visitenkarte Krupps zeigte.

An einem Tisch neben Gustav, in Sichtweite der Wunde, saß der Polizist Schmitz, lehnte dankend mit einer Hand die angebotenen Genever ab, kaute versonnen an einem Solei und legte die vier Geschichten, die es über Gustavs Bein gab, wie ein Puzzle immer neu zusammen, denn als Polizist konnte er nur ein Protokoll abliefern.

Wilhelmine hatte auf ihren Eid genommen, daß Gustav schon als Kind diese Wunde hatte. Big Ben hatte den Steinwurf eines Reaktionärs auf seinen Eid genommen. Baas Koslowski war bereit zu schwören, daß Gustav die Treppe zum Bierkeller hinuntergefallen sei. Gustav entschied sich nach einigem Nachdenken, seine drei Finger dafür zu heben, daß er gerade Suppe fassen wollte, und auf dem Weg zur Gulaschkanone müsse ein Querschläger, gottweißwoher –

Der Polizist hatte vier Geschichten, die kriminaltechnisch Widersprüche genannt wurden, aber er hatte gelernt, daß dieser Teil der Welt, in dem er Dienst tat, überhaupt nur aus Widersprüchen bestand. Diese Widersprüche betrafen auch seine eigene Person, denn der Polizist Schmitz hieß eigentlich Grandjean-O'Faolain. Sein Großvater war aus Irland eingewandert, hatte als Ingenieur bei *Mulvany* gearbeitet und sich nach einiger Zeit, weil die Leute seinen Namen nicht aussprechen konnten und ihn zu seinem Ärger immer nur Engländer riefen, Smith genannt, daraus war Schmitz geworden. Auch als seine Tochter einen Belgier namens Grandjean heiratete, der als Ingenieur bei *Piedboeuf* arbeitete, hieß die Familie immer noch Schmitz, denn Grandjean war auch nicht so viel leichter auszusprechen, und der Sohn dieser beiden, der Wert darauf legte, sich nach seinen Großvätern Grandjean-O'Faolain zu schreiben, war nun erst recht der Polizist Schmitz. Seine Protokolle unterschrieb er mit seinem vollen Namen Grandjean-O'Faolain, wenn daraufhin im Polizeipräsidium gelegentlich ein neuer Referendar stutzte und meinte: »Wen haben wir denn da?«, rief ein älterer Kollege beruhigend: »Das ist der Schmitz.«

Polizist Schmitz-Grandjean-O'Faolain war stolz auf seine krausen, roten Haare, nahm deshalb gerne seinen Tschako ab, fuhr mit einer Hand durch seinen *Krüllekopp,* wie das hier so hieß, und beaufsichtigte mit

Nonchalance sein Revier, betrachtete alles mit Gleichmut, weil seine Art, die Dinge dieser Welt vor dem Gesetz zu interpretieren, unerschöpflich war. Schlaksig, mit leicht geneigtem Kopf, stand er oft neben einer der vielen Schlägereien, überlegte, ob das nur ein sportlicher Wettkampf oder eine ernsthafte Körperverletzung sei, denn in diesem Viertel gab es viele Boxer, und wenn ihm Umstehende versicherten, die beiden, die sich da gerade gegenseitig die Fäuste ins Gesicht schlugen, seien eigentlich gute Freunde, beendete er die Keilerei mit einem freundschaftlichen *Break* und ging weiter.

Das war nun einmal so in diesem Viertel. Ein Diebstahl war hier auch nicht immer ein Diebstahl, es kam darauf an. War da einer arbeitslos und hatte Familie, war es keiner, hatte da einer das Vertrauen von Genossen mißbraucht, strafte man ihn jahrelang mit Verachtung, das war schlimm genug, eine Anzeige war da unnötig, war da einer, so ein richtiger Schinder, der seine Arbeiter schlecht bezahlte, galt das als schwerer Diebstahl, und man räumte dann das Büro etwas auf, Streichhölzer schnitzen hieß das, und so sah das Mobiliar hinterher auch aus; das hatte alles seine Ordnung und entsprach dem tiefsitzenden Gefühl für Gerechtigkeit, als Polizist hatte man das zu respektieren, zumal die Uniform hier nicht gern gesehen wurde, Gendarm war hier kein Traumberuf, hier war man lieber Räuber.

Grandjean-O'Faolain war eine Ausnahme, er war hier geboren, das gab ihm Bürgerrecht, man vertraute ihm. Erkundigte er sich nach einer Geschichte, die als rätselhafter Einbruch durch die Düsseldorfer Zeitungen geisterte, erhielt er immer eine ehrliche Antwort, man erzählte ihm haarklein und bis ins Detail, was wirklich passiert war und wer daran beteiligt war. Das durfte natürlich nicht ins Protokoll, was Schmitz-Grandjean-O'Faolain zu orientalischen Interpretationen gewisser Vermögensdelikte zwang. Seine Berichte, die sich durch überraschende Wendungen und eine der Menschenwürde dienende Logik auszeichneten, wurden im Polizeipräsidium mit geradezu philosophischem Interesse verfolgt. Da konnte man schon einmal lesen: »Das Diebesgut wurde vollständig aufgefunden, da der Beschuldigte (vorbestraft) nachweisen konnte, daß der Bestohlene (vorbestraft) das Diebesgut selber gestohlen hatte, da der tatsächlich Bestohlene (vorbestraft) aber behauptete, nicht bestohlen worden zu sein und sich wegen einer solchen Behauptung höheren Ortes beschweren will, wird das Diebesgut behördlicherseits rechtmäßig als Fundsache behandelt, und, sofern sich kein weiterer Eigentümer meldet, nach Ablauf der gesetzlichen Frist unter den obengenannten drei Personen verteilt. Anspruch auf Finderlohn wird von keinem der Beteiligten erhoben.«

Im übrigen war man im Polizeipräsidium mit ihm durchaus zufrieden. Wurde es ernst, daß heißt, waren die Vermögensdelikte nennenswert, hatten die Jungens also bei einem Juwelier auf der Königsallee gearbeitet, oder einer dem anderen bei einem Streit den Schädel eingeschlagen, dann fand sich der Täter sehr schnell in Handschellen wieder, Schmitz wußte schon, welches Vögelchen er sich da holen mußte, und dafür hatte man im Quartier durchaus Verständnis, schließlich war er ja Polizist.

Koslowski, der hinter seiner wuchtigen Eichentheke ungeduldig wurde, meinte, es genüge doch ein kleines Protoköllchen – »dat janze Jedöns immer«. Grandjean-O'Faolain hielt dagegen: »Die Gesetze, die Gesetze, und in diesem Fall auch noch Militärstrafrecht, da muß man aufs hohe Seil, da muß man schwindelfrei sein«, stand auf, nahm aus dem Glas auf der Theke ein neues Solei und setzte sich wieder.

Koslowski, der Pole, dessen Vater Vorarbeiter bei *Dawans* war, hatte mit einer kleinen Erbschaft diese Eckkneipe gepachtet, von allen nur *Das rote Kapellchen* genannt, einerseits eines der Hauptquartiere der Spartakisten, andererseits mit einem sehr schönen Herrgottswinkel ausgestattet, denn Koslowski, der von sich selber sagte, er sei »Pole, Pole und nochmals Pole«, war ein konservativer Mensch, und so fand sich in einer Ecke seiner Wirtschaft der Tradition seiner Heimat gemäß ein Herrgottswinkel. Der gekreuzigte Jesus umgeben von geweihtem Buchsbaum, das Bild der Heiligen Maria Mutter Gottes von Tschenstochau, das Bild Seiner Heiligkeit des Papstes zu Rom, ein polnisches und ein deutsches Fähnchen, alles ein wenig verräuchert, aber Koslowski hatte es von seiner Theke aus im Auge. Darunter hing bis vor kurzem ein blutrotes Plakat mit dem Aufruf, zu einer Kundgebung mit Rosa Luxemburg und Karl Liebknecht zu eilen, das Plakat war, als die Soldaten kamen, eilig abgerissen worden, an den vier steckengebliebenen Reißnägeln hingen noch kleine Fetzen des roten Papiers, so daß jeder Stammgast wußte, was dort im Geiste immer noch hing und immer hängen würde.

Koslowski war kein strenger Katholik, aber den Schoß der großen allumfassenden Mutter Kirche wollte er nicht missen, so wenig wie seine Stammkundschaft, die ausschließlich aus Sozis und Kommune bestand; wenn er ihre Programme durchlas, fand er sie zwar reichlich evangelisch, wie er es nannte, aber immer noch christlich. Die Kirche stand ihm für die Ewigkeit, die Parteien für das alltägliche Leben, so zapfte er sein Bier zwischen Christus und Liebknecht, Maria und Rosa, nur eine Partei war ihm zu wenig, er war für beide.

Die meisten Stammkunden übersahen den Herrgottswinkel, wenn Koslowski all ihre Plakate aufhing, was er tat. Außerdem hatte er einen granatensicheren Bierkeller, leidliche Beziehungen zum neutralen Pfarrer, beides in gewissen Zeiten nicht unwichtig, und schrie schon mal einer bei einer hitzigen Versammlung, man solle den Kerl da oben an seinem Kreuz mit dem Gesicht zur Wand drehen, schrie Koslowski zurück, dem Kerl da oben würde er jederzeit die Partei anvertrauen, im Gegensatz zu diesem Lenin.

Baas Koslowki selbst bestand aus zwei Kugeln, einer oberen kleinen mit dem gutmütigen Ausdruck einer Runkelrübe, einer unteren großen, die hinter der Theke ruhte. Diese zwei Kugeln, durch irgendein Trägheitsgesetz zusammengehalten, konnten sich in Sekundenschnelle in Bewegung setzen, rollten elegant die Ecke der Theke umkurvend heran, und die balancierenden Arme verteilten mit Händen wie Kohleschaufeln im Rundumschlag ihre Ohrfeigen. Da diese Ohrfeigen gelegentlich das Trommelfell aufschlugen, oder die Kinnlade so verrenkten, daß man drei Tage nur Griesbrei schlürfen konnte, war Baas Koslowskis Kneipe eine Oase des Friedens.

Big Ben schloß sich der Ungeduld Koslowskis an und meinte, die Sache müsse man jetzt abschließen. Baas Koslowski half mit der Erkenntnis weiter, daß der Treppensturz ja auch schon im Kindesalter ... Kalmeskäu zitierte Salomon »*Ein Geschlecht vergeht, das andere kommt, die Erde aber bleibt immer bestehen.*« Da griff Grandjean-O'Faolain, der mit seinem zweiten Solei fertig war, zu seinem Füllfederhalter, schraubte ihn auf und trug ein, offiziell, protokollmäßig, amtlich und ordentlich, festgehalten für die Ewigkeit »*Querschläger beim Suppenholen*« und in Klammern »*Alte Wunde durch Treppensturz in der Kindheit*« und unterschrieb.

Eine Geschichte ist eine Geschichte, man kann sie glauben, manchmal muß man sie glauben. Alle glaubten von nun an daran, obwohl jeder die andere Geschichte kannte, von jetzt an waren zwei Geschichten im Umlauf, die eine, die wahr war, und die andere, die auch wahr war. Das war nicht viel, in diesem Viertel der Stadt gab es Menschen, die vier komplette Lebensläufe hatten, in jeder Kneipe mit einem anderen Namen angeredet wurden, ihre vier Schicksale vermischten sich bei jedem behördlichen Kreuzverhör zu einem undurchdringlichen Lebensdschungel, der hundert Verstecke und hundert Auswege bot, so lange, bis so einer selbst nicht mehr wußte, wer er war, glaubwürdig jede Aussage verweigerte, weil ihm sein Leben endgültig durcheinandergeraten war, und er zwischen Geburt und Tod keinen Anhaltspunkt mehr fand, den er beschwören konnte, als Wahrheit auf das Licht seiner Augen nehmen konnte, und so zum Schluß eben alles beschwören oder alles abstreiten mußte.

Der Polizist Schmitz klappte die Akte offiziell zu, und das Gespräch wandte sich wieder der großen Revolution zu, dem unausgeschöpften Thema dieses Jahres und der damit verbundenen Frage, wie es nur möglich war, daß das Freikorps Oberbilk eroberte, die uneinnehmbare Festung. Jeder hatte seine Standardantwort: »Kanonen, die Kanonen«, »Man hätte Stoßtrupps auf die Kanonen ...«, »Statt Plakate aushängen, Granatwerfer kaufen«, »Gebündelte Handgranaten vom Bahndamm«, »Die Maschinengewehre auch auf dem Bahndamm«. Das betraf den Polizist Schmitz, der auf dem Bahndamm zwischen den Gleisen, gewissermaßen im Niemandsland gelegen hatte, um den Hauptbahnhof zu schützen, wie sein Auftrag lautete. Es war der Zwiespalt seines Lebens, hier die Kommune, da das Militär, und er zwischen den Schienen, Gewehr im Anschlag, schießen, aber auf wen?

In dem Moment drängte eine Gruppe Menschen in den Raum und rief: »Et Fin spielt verrückt.« Das wollte sich keiner entgehen lassen, alle setzten sich in Bewegung, und es war ein schönes Bild, wie Gustav mit aufgekrempeltem Hosenbein, Big Ben in seiner Paradeuniform und Kalmeskäu im schwarzen Rock und mit umgehängter Schiefertafel, die Straße heraufkamen. Der Polizist Schmitz-Grandjean-O'Faolain ging zur Wache, das da war Privatangelegenheit.

Von weitem schon sahen sie Jakob, Fins Vater, ein kleines schwaches Männlein, der wie ein zerzauster Rabe aus dem Fenster hing und »Gustav, Gustav« krähte, mit Beinen und Händen strampelnd auf einen Trümmerhaufen auf der Straße deutete und dabei fast aus dem Fenster fiel. Fins Vater war Straßenkehrer und der ehrlichste Mann der Welt, wie er ständig beteuerte, ungefragt erzählte er jedem, was er schon alles gefunden und ehrlich abgeliefert hätte, Perlen und Diamanten, goldene Schmuckstücke und Uhren, vergoldete Zigarettenetuis und silberne Krawattennadeln, Brieftaschen und Portemonnaies voller Geld, Ausweise und Devisen, ein reicher Mann könne er sein, Haus und Hof könne er haben, nein, er habe alles Gefundene ehrlich abgeliefert, er sei der ehrlichste Mann der Welt, und das genüge ihm.

Fin, seine Tochter, bei der Gustav ein Zimmer hatte, und die ihn mit allem versorgte, war »gut dabei«, wie man so sagt, eine große starke Frau, die aus Übermut, wenn sie ihren Tag hatte, zwei Zentner Kohlen aus dem Keller in den ersten Stock trug, ohne zu schnaufen, Fin hatte also mal wieder ihren Tag gehabt, hatte den großen Spiegel von der Frisierkommode abgeschraubt und ihn durch das Fenster auf die Straße geworfen, hatte die Schubladen aus der Frisierkommode gezogen und sie ebenfalls durch das Fenster auf die Straße geworfen, hatte die Frisierkommode mit einem Ruck angehoben, sie vorne auf das Fensterbrett gesetzt, hatte das Hinterteil der Kommode angehoben, geschoben und gedrückt und den Rest der Schwerkraft überlassen.

Nachdem sich die anwachsende Menschenmenge davon überzeugt hatte, daß von Fin vorerst nichts mehr zu erwarten sei, hatten sie Gustav alarmiert. Gustav stieg die Treppe hoch: »Wat is?« Fin lag entspannt in einem Sessel, die Füße auf dem Fensterbrett: »Nix is. Dat Essen is fertig. Ich hatt kein Lust zu rufen. Und dat mit den Kneipen hört nun auch auf.«

Sie aßen schweigend, und am Nachmittag trugen sie die Reste der Frisierkommode wieder die Treppe hinauf in ihre Wohnung. Gustav hämmerte sie so zusammen, daß sie durch kein Fenster und keine Türe mehr paßte und jeder Besuch später erstaunt davor stehenblieb und fragte: »Wat is dat denn für ein Möbel?«

»Dat is so ne Geschichte«, brummte Gustav dann, der diesen Tag nie vergaß, es war das Ende seiner Heldenzeit.

2

Als Kind, so hatte man ihr erzählt, auf der langen Reise zu Verwandten nach Posen, und sie erzählte es selber immer wieder, als Kind habe sie geschrien, als sie mit dem Zug über das endlose Wasser fuhr, weil sie glaubte, die Welt sei untergegangen, die ganze Erde nicht mehr vorhanden, nur diese graublaue, unbewegte Fläche, die bis zu den Wolken am Horizont reichte. Sie schrie, weil sie nicht die Brücke sah, über die der Zug fuhr, die vorbeihuschenden Eisenträger, die Gleise, das Stahlgerüst, das über die Oder und die Obra führte. Noch am Ende ihres Lebens erinnerte sie sich an diese Wasserfläche, über die ein Weg führte, den sie nicht kannte, an den sie glauben mußte.

Maria hatte in ihrem jungen Leben erfahren, daß man die Wahrheit erfinden und an sie glauben muß, daran glauben muß, wie an eine schöne Geschichte, eine gute und wahre Geschichte, die man immer wiederholen mußte, immer weitererzählen mußte, bis aus dem Traum das Leben wurde und das Leben einen Sinn bekam, so wie in jeder richtigen Geschichte, und wenn es nicht gelang, wenn das Leben nur das Leben war, armselig, einfach, so wie immer, so wie bei allen, so blieb doch die Geschichte eines Lebens, so wie ein Traum blieb, der das immerwährende Leiden, die Ausdauer und Ergebenheit, das geduldig zu tragende Schicksal in eine Botschaft verwandelte, die immer weitererzählt wurde, immer weitergetragen wurde, all die Geschichten von Sieg und Niederlage, von Geburt und Tod, von Trauer und Hoffnung, weil die Kraft, die das Leben verlangte, sich nicht mit dem Tode erschöpfte, sich in den Geschichten erneuerte und von Generation zu Generation den Mut zum Leben gab.

Während in Rotthausen zum erstenmal gewählt wurde, Streik und Bürgerkrieg einander abwechselten, die Franzosen das Land besetzten und vor den Zechen auf und ab patrouillierten, die Regierung in Berlin Angst hatte, daß sich das Ruhrgebiet als ein eigener polnischer Staat an Frankreich anschließen werde, förderte man auf Dahlbusch wieder tagtäglich Kohle, es hatte sich also nichts geändert.

Maria wuchs heran, schwarzhaarig, mit dunklen Augen, das verträumte Gesicht ihres Vaters war langsam zu erkennen, das Scheue und Verschlossene war wiederzuerkennen, das sich bei Maria mit einem hartnäckigen Eigensinn verband. Den Kopf hochtragend, stolzierte sie in selbstgenähten Kleidern, die schon früh einen in Rotthausen ungewohnten Chic hatten, durch den Kohlendreck, den sie einfach übersah. Sie nähte gern, fiel auf durch ihre geduldigen Stickereien und lernte Kochen, ohne daß man es ihr beibrachte. Sie besaß ein paar Kochbücher, und wenn man sie an den Herd ließ, brachte sie zur Verwunderung aller Gerichte auf den Tisch, die man vorher überhaupt nicht kannte, sie konnte es selbst nicht erklären. Diese verwunderliche Eigenschaft sprach sich herum, als sie für eine erkrankte Köchin bei der Hochzeit eines Bergassessors einen gespickten Rehbraten zustandebrachte, waren sowohl die Hochzeitsgesellschaft als auch sie selbst hinterher überrascht durch die Tatsache, daß sie das ja noch nie gemacht hatte. Sie half danach öfter bei den Gesellschaften des Bergwerksdirektors aus, hantierte ohne Hemmungen mit Kaviar, Lachs und Champagner, bekam ohne große Mühe die verschiedenen Saucen in den Griff, bald war sie bei den Gesellschaften des Direktors unentbehrlich, was sie nach außen mit bescheidener Freude und in ihrem Inneren mit unbändigem Stolz erfüllte.

Ihr Selbstbewußtsein wuchs, trotzdem behielt sie eine starke Zurückhaltung, eine Verschlossenheit, aus der man nie recht schlau wurde. Daß sich dahinter noch etwas verbarg, stellte sich zum erstenmal heraus, als auf einer Gesellschaft ein betrunkener Gast der servierenden Maria, auch das hatte sie inzwischen gelernt, den Arm um die Schulter legte, um sie in seiner besoffenen Dusseligkeit vor allen Gästen zu küssen. Was dann ausbrach, behielten alle Gäste als »Wissen Sie, da habe ich mal etwas erlebt ...« in Erinnerung. Das Porzellan des Direktors, nicht für den Flug im freien Raum geschaffen, erfuhr an diesem Tag eine vernichtende Niederlage, die Gäste standen beklekkert und ratlos herum, im Salon fielen die Fensterscheiben klirrend aus dem Rahmen, das Silberbesteck erwischte Schuldige und Unschuldige, Töpfe und Tischtücher verwickelten sich in dumpfem Geschepper miteinander, es nahm einfach kein Ende, alle guten Geister des Hauses vermochten diesen Vulkan nicht zu stoppen, denn alle Ruhepunkte, alles Atemholen der Maria war immer nur der Anlauf zu einem erneuten Wutausbruch, mit Mühe konnte man die Kerzenleuchter in Sicherheit bringen, nach einer Stunde hatte man sie endlich so weit, daß sie bereit war, sich auf einen Stuhl zu setzen, und wer da in ihre Augen sah, der wußte, daß in der Maria ein heiliger

Zorn, ein wahnsinniger Jähzorn brannte, der wohl nie erlöschen, der ein Leben lang anhalten würde. Von da an ging man mit Maria behutsam um, ein Blick von ihr genügte, und jede dumme Redensart wurde sofort hinuntergeschluckt.

Maria aber, die Fördertürme, Kohlenhalden und Bergleute satt hatte, beschloß nach Düsseldorf zu gehen. Die Verwandtschaft hatte da ein Wort mitzureden, schwieg aber schnell, wenn Maria den Kopf hob und denjenigen, der grade unbeholfen versuchte, einen Einwand in einem anständigen Satz unterzubringen, mit ihren entschlossenen Augen und ihren schmalen Lippen ansah.

Blieb noch die Frage mit Polen und Deutschland und die Frage der Option. Die Weltmächte hatten das Deutsche Reich etwas verkleinert, es gab einen neuen Staat Polen und das »auf ewig« deutsche Land, in dem Marias Vorfahren als deutsche Polen gelebt hatten, war nun wieder ein polnisches Polen, und ein jeder sollte wählen, so die Weltmächte, ob er nun Pole oder Deutscher sei.

Viele wählten Polen zu ihrem Vaterland und Deutschland zur neuen Heimat, das stürzte die Behörden in Verwirrung, weil es keine rechte Entscheidung war. Die meisten wollten eben nur Polen in Deutschland bleiben, so daß sich da nicht viel geändert hätte, abgesehen von denen, die wirklich zurück nach Polen wollten oder denen, die sich in Deutschland einen deutschen Namen zulegten, weil sie doch Deutsche waren.

Michael, Cousin der Maria, Sohn des klarinettenspielenden Bruders ihres Vaters, hatte für Polen optiert. Darauf hatte ihn die Zeche sofort entlassen, und die deutsche Polizei wollte ihn als Ausländer nach Polen abschieben, wo es für ihn keine Arbeit gab und wo er als ehemaliger Auswanderer nicht sehr beliebt war. Michael, der nicht mehr wußte, ob er ein polnischer Deutscher oder ein deutscher Pole war, hatte beschlossen, als Bergmann nach Frankreich zu gehen, dort gäbe es bereits eine große Kolonie Westfalczyks, die man dort Westphaliens nenne. Vielleicht werde es das einmal in ganz Europa geben, meinte er, daß die Menschen kleine Nationen innerhalb der großen Nationen bildeten. Er stelle sich das wenigstens so vor. Denn die Westfalczyks und die Westphaliens, das seien Verwandte, ob sie nun Deutsche, Polen oder Franzosen wären, das mit den Nationen sei für ihn nicht mehr zu verstehen, immerhin werde er als deutscher Pole wohl bald Franzose sein.

Maria optierte für Deutschland, bestand auf ihrem polnischen Namen, kaufte sich am Bahnhof Rotthausen, ehemals Dahlbusch, eine Fahrkarte nach Düsseldorf, nahm den neuerworbenen Schließkorb, der von nun an ihr Leben begleiten sollte, aber das ahnte sie noch nicht, packte hinein, was ihr gehörte, es war nicht viel, es paßte alles in diesen einen Schließkorb, aber sie war stolz auf jedes Teil. Obenauf legte sie die Heilige Maria Mutter Gottes von Tschenstochau, das Bild ihrer Mutter in der Granatenfabrik und das Bild ihres Vaters in der schlechtsitzenden Uniform.

Ein Brief wurde geschrieben. Es dauerte eine Woche, wie der Schöpfungsakt Gottes, der auch sieben Tage gebraucht hatte, wann wurde schon mal ein Brief geschrieben, dazu noch ein wichtiger, ein Brief, der über das Schicksal eines Menschen entschied, das mußte man vorbereiten wie das Osterfest. Da war viel zu überlegen und zu bedenken und um Rat zu fragen, und jeder gab Rat und legte Wert auf seine Formulierung. Auf Packpapier malten kräftige Fäuste mit großen Zimmermannsbleistiften, unter den ungeordneten Bemerkungen der Frauen am Küchenherd, erste Aufrisse, die mit dem Packpapier anderer Familien zusammengelegt, verglichen, gegenseitig redigiert und kommentiert wurden, danach wieder umgestellt, neu verfaßt, neu aneinandergelegt und zusammengeklebt. Eine Ordnung ergab sich aus gemeinsamer Erinnerung über den Mann im Berg zu Dabrowa, zum Wasser der Obra zwischen den Deichen, in frühe Zeiten. Das Packpapier wurde erneut auseinandergeschnitten, bearbeitet, bekritzelt, richtiggestellt, die Kommentare in den Text eingearbeitet und wieder entfernt, Sprichwörter, Redensarten, Geglaubtes, Halbgewußtes, überlieferte, aber ungeklärte mündliche Reden eliminiert, danach von einem Schreiberfahrenen mit Tintenstift und Zungenarbeit und viel Gestöhn, »Lieber eine Doppelschicht fahren«, in eine Kladde übertragen, die Kladde wanderte zum Reviersteiger, der Komma und Punkte beherrschte, Ausrufezeichen und Fragezeichen, wanderte weiter zu dem Mann mit dem einen Arm, der in einer Kanzlei arbeitete und der mit seiner einen linken Hand schöner schrieb als alle anderen mit beiden Händen und Zimmermannsbleistiften auf Packpapier. Er übertrug es mit einer spitzen stählernen Feder, die ein beruhigendes Geräusch von sich gab, gewissermaßen notariell im Beisein der Familie, letzte Fragen betreffend Inhalt und Stil klärend, in königsblauer Tinte in steilen Buchstaben mit allen dazugehörigen Häkchen, Windungen, Fähnchen und scharfen Ecken in eine zügig fortlaufende Schrift auf das extrafeine und aus gemeinsamer Kasse bezahlte Büttenpapier mit den gezackten Rändern in klare deutsche und polnische Sätze, darauf bestand man, zweisprachig sollte es sein, mit der gehörigen Anrede am Anfang und dem gehörigen Gruß am Ende, an beidem sollte nicht gespart werden, doppelte Anrede, einmal als betitelte Person mit Nachnamen, einmal als Familienmitglied mit genauer familiärer Anrede und Vornamen, und das alles mit herzlichen, aber auch distanziert höflichen Grüßen, denn beides galt es auseinanderzuhalten, legte man doch Wert darauf, daß dies eine offizielle Anfrage und keine Bitte um Hilfe sei, und schon regte sich wieder einer hinten an der Wand auf, man habe es nicht nötig, Maria könne auch in Gelsenkirchen bleiben, dieses ganze Theater, Maria wäre wohl inzwischen etwas Besseres als die anderen, stand auf und fuchtelte mit den Armen in der Luft herum, brachte vor Aufregung seine Sätze nicht zu Ende, wurde laut, das gemeinsame Dokument geriet durch seinen Protest in Gefahr, bis einer schrie: »Setz dich, du Laban«, so daß der Brief seinen beschlossenen Fortgang nehmen konnte, mit Entschiedenheit fertiggestellt wurde, auf dem Umschlag zur Zufriedenheit aller sogar französische Töne anschlug, *Madame et Monsieur* stand da, jeder überzeugte sich davon, nahm Brief und Umschlag einmal in die Hand und begutachtete das gemeinsame Werk.

Am Sonntag unterschrieben ihn alle nacheinander, die Männer links, die Frauen rechts, die Ältesten zuerst, die Jüngsten zuletzt, unterschrieben ihn mit Vornamen, Taufnamen, Rufnamen und Familiennamen, wäre Siegellack im Haus gewesen, hätte man ihn sicher noch gesiegelt, ein Königshaus schrieb an ein anderes Königshaus, die Familie Lukacz schrieb an die Familie Lukacz.

So wie ein Fluß, in einem heißen Sommer erstickend und immer langsamer fließend, im alten Flußbett austrocknend neue Arme bildet, vielarmig einen neuen Weg sucht, versickernde Rinnsale in sich aufnimmt, zu einem neuen Flußbett vereinigt, so öffnete sich auch hier das fast undurchschaubare Geflecht der Familie, das immer, wenn ein Zweig der Familie auszusterben drohte, sich wie ein Fächer aufbog und das, was da auf den Tod zulief, in sich aufnahm und weitertrug, dem Leben zurückgab.

3

Oberbilk war die Welt. »Dieses kleine O«, so rezitierte Gustav Fontana seinen Shakespeare, wenn er in heißen Sommernächten auf dem Dachfirst des Hauses saß, angelehnt am Kamin, mit ausgebreiteten Armen auf diese Tag und Nacht von Feuer, Rauch und Lärm erfüllte Insel herabsah, dieses Fleckchen Erde, das jahrhundertelang als Ödnis unter einem offenen Himmel lag, Sand und Gesträuch, einsames Gehölz und unbekannte Wege, zwischen Morgen- und Abenddämmerung, Sonnen- und Regentagen, bis in einem Schöpfungsakt von wenigen Jahren aus diesem stillen, gottvergessenen Brachland ein vibrierender, feuerspeiender, ohrenbetäubender Ort entstand. Kein gelassener Schöpfungsakt Gottes, der unbeherrschte Wille von Menschen erschuf hier eine eigene Welt, die Gut und Böse, Paradies und Hölle, Sündenfall und Kainsmal in sich trug, wahllos auf die Erde gesetzt, ohne jeden Heilsplan, ohne jede erkennbare Ordnung, eine Explosion, ein Urknall, ein eigenes Sonnensystem, eine sich rasch ausdehnende Sternenwelt, labyrinthisch immer neue Welten schaffend, und doch für die, die darin lebten, dieses umeinandertreibende Menschengewimmel, die winzige Nußschale auf der Erdkugel, an die sie sich klammerten, die sie Heimat nannten.

Industrianten hießen die Erbauer dieser neuen Welt, die wie vulkanisches Urgestein schnell aufschoß, rotglühende Lava, die sich ausdehnte, Einbrüche überstand, neue Verbindungen einging, sich zusammenschloß und verwandelte, ihr dampfendes Gestein über die alte Erde schob, erkaltete, verkrustete, aus kleinen Werkstätten immer größere Fabriken schuf, aus kleinen Wohnhäusern immer größere Ansiedlungen, sie kamen aus Irland, England, Belgien, Frankreich, Holland, brachten Ingenieure und Facharbeiter mit, ganze Kolonien entstanden um die jeweiligen Fabriken, mit eigener Sprache, eigener Religion, eigener Lebensart, eigenen Feiertagen, eigener Küche. Später kamen deutsche Fabrikanten aus der Eifel, aus Aachen, aus dem Bergischen Land, aus Iserlohn, brachten ebenfalls ihre Arbeiter mit, ganze Hundertschaften entstiegen den Planwagen, später den Eisenbahnzügen, alte Hugenottenfirmen verlegten ihren Sitz hierhin, Italiener wanderten zu, zogen die Kamine hoch, bauten die Öfen, brachten Verwandte mit, die Eis oder geröstete Maroni verkauften, siedelten in ganzen Familien mit vielen Kindern neben den Häusern der polnischen Arbeiter, die in geschlossenen Kolonnen ankamen, holländische Spediteure, böhmische Glasbläser, ungarische Schuhmacher, jüdische Kleiderhändler, bayerische Bierbrauer, Agenten Hamburger Reeder, Bankiers aus Basel, Notare aus Bern, russische Popen, deutsche Nonnen, französische Damen, Religionsverkünder, Unternehmer und Fabrikgründer aller Art. Eine vielsprachige, fremdartige, künstlich geschaffene neue Welt aus vielerlei Kulturen, eng zusammenlebend, den Gesetzen der Produktion gehorchend in den Stahl- und Eisenwerken, Walz- und Hammerwerken, Dampfkessel- und Röhrenfabriken von *Mulvany, Piedboeuf, Poensgen, Grillo, Bourdouxhe & Co., Dawans, Orban & Co., Herlitschka & Gobiet, Regnier-Poncelet & Büttgenbach* mit dem Oberbilker Markt als Zentrum, der Kölner Straße als Hauptstraße, der Josephskirche auf dem Josephsplatz als vatikanischem Zentrum.

Die Eisenbahnstrecken verschiedener Gesellschaften, die sich hier verbanden, ursprünglich in engen ausgezirkelten Kurven auf freies Feld verlegt, bildeten rasch die Grenzen des sich ruckartig, in immer neuen Schüben ausdehnenden Quartiers. Die Gleise schnürten das Quartier ein, wanden sich immer enger um Wohnhäuser und Fabriken, ein Gewirr von Schienen, Weichen, Rangierstrecken und Werkanschlüssen, ein stählernes Band, geflochten aus zahlreichen ineinanderlaufenden, auseinanderlaufenden, sich kreuzenden Strängen, ein sich ständig stärker einspinnender Kokon, der hart und unbewegt diese Welt umschloß.

Später, auf Dämme hochgelegt, umgaben die Gleise das Quartier wie ein Oval, schufen einen kleinen Kontinent, umschlossen ihn durch einen hohen Wall wie eine chinesische Mauer, die die Grenze zu anderen Erdteilen bildete. Die Hauptausgänge zur Stadt und auch die Hinterausgänge zum Friedhof und zum Stoffeler Kapellchen, wo die Frauen bei schwermütigen Gesängen vor den Heiligenbildern ihre Kerzen anzündeten, waren langgezogene, unter vielen Gleisen durchführende Höhlengänge, dämmrige, ständig tropfende, vom Kohlenstaub der Lokomotiven verrußte, vom hallenden Donnern der darüberfahrenden Züge erschreckte, von weißen Dampfschwaden durchzogene Vorhöllen. Ausgangstore in eine andere, fremde, oft ganz und gar unbekannte Welt, Eingangstore in das heimatliche Quartier.

Viele Bewohner des Stadtviertels hatten diese schwarzen, ohrenbetäubenden Pforten zu anderen Stadtteilen nie durchschritten, kannten Düsseldorf nicht, hatten nie den Rhein gesehen, hatten ihr Leben ausschließlich hier, hinter diesen Festungswällen aus schmutziggelben Ziegelsteinen verbracht. Für sie war dieses Oval vermessenes Land, eine genau abgesteckte Karte, und so wie auf alten Karten nur das eigene Land verzeichnet war, während rundum feuerspeiende Drachen und schnaubende Seeungeheuer das Nichts darstellten, in das man bodenlos fiel, wenn man die Grenzen überschritt, so war Düsseldorf ein nichtexistierendes Land und umgekehrt Oberbilk für Düsseldorf ein weißer Fleck auf der Stadtkarte, terra incognita, ein unbekanntes Gebiet voller Gefahren, wo man seines Lebens nicht sicher war, hingegen für die, die hier lebten, der einzige Ort der Welt, an dem man sich sicher fühlte, allerdings mußte man die ungeschriebenen Gesetze kennen. Um jedem Fremden klar anzuzeigen, daß hier andere Gesetze herrschten, waren die Straßen und Plätze nicht nach Königen und Fürsten, nicht nach ehemaligen Bürgermeistern oder Nationalhelden benannt, hier hießen sie Industriestraße, Hüttenstraße, Eisenstraße, Schmiedestraße, Schlegelstraße, Stahlwerkstraße, Stahlstraße, Kruppstraße, Siemensstraße, Borsigstraße, Halskestraße, Gustav-Poensgen-Straße, und alle, die in diesen Straßen wohnten, lebten erst recht nach ihren Gesetzen, die sich aus den Gewohnheiten vieler zusammensetzten.

Die Regeln des Zusammenlebens, die außerhalb galten, waren hier nicht gültig, man kannte sie meist gar nicht, man lebte hier nach einem eigenen Recht, das sich ganz natürlich aus der gemeinsamen Arbeit und aus der Gemeinsamkeit des Wohnens entwickelt hatte und das von allen respektiert wurde. Von außen wurde das als Chaos angesehen, als totale Anarchie, als gesetzesfreier Raum, von innen als eine gute menschliche Ordnung, die alle zusammenleben ließ. Eine Republik mit eigenen Gesetzen und einer Art Verfassung, in der sich jede hier lebende Person als durchaus freie Bürgerin und freier Bürger verstand, die keine Obrigkeit über sich anerkannte, die sich in ihrer Lebensart in nichts dreinreden ließ, die sich auch während der Arbeitszeit nicht wortlos und gehorsam dem Patron beugte, eine republikanische Gemeinschaft, deren oberstes Gebot Toleranz war. Das wurde hier natürlich nicht so formuliert, es wurde so gelebt, »Kann doch jeder machen wat er will.« Geriet er darüber mit einem anderen in Streit, weil der andere auch machen wollte, was ihm gerade einfiel, wurde das öffentlich und lautstark unter Beteiligung ganzer Häuserblocks in allen europäischen Sprachen entschieden. Bei Wiederholung des Streitfalls gab es schon mal eine Prügelei, aber dann hatte es sich auch. Galt einer als Randalierer, der sich ständig über die Freiheiten anderer hinwegsetzte, fanden sich in jeder Straße einige

Männer von kräftiger Bauart, die dem Betreffenden klarmachten, daß das hier ein anständiges Viertel sei, und wenn er sich nicht benehmen könne, dann würde man ihn nach Köln verfrachten.

An den verschiedenen Nationalfeiertagen gingen zwar die Iren auf die Engländer los, die Belgier auf die Franzosen, die Italiener auf die Polen, aber das war schon Tradition, das war der krönende Abschluß der Feste, das war nicht weiter erwähnenswert, und wenn da einer von den neuen Gewerkschaften herumstand und predigte, daß sie alle Arbeiter seien und sich lieber gegen Piedboeuf und Poensgen vereinigen sollten, die gerade an einem Tisch säßen und Kartelle schmiedeten und die Preise festlegten, so stieß er nur auf Unverständnis. Der Patron war der Patron, und das Nationalfest war das Nationalfest, was hatte das miteinander zu tun. Außerdem arbeitete man aus freiem Entschluß, oft nur eine Woche, das genügte, um eine Woche nichts zu tun, dann stand man auf der Straße und unterhielt sich, oder man lag auf der Fensterbank und genoß die Sonne, eine Woche später ging man dann vielleicht zu einem anderen Patron. Aber die Gewerkschaften gaben nicht nach, und so wurde die Politik neben der Religion zum Hauptthema. In einem babylonischen Sprachengewirr stritten sich die Glaubensrichtungen und Religionen vieler Nationen, unzählige Sekten, abergläubische Ungläubige, Rechtgläubige, Nichtgläubige, Orthodoxe und Progressive, Atheisten und Agnostiker; wie viele Begründungen und Beweise für und gegen Gott in allen Sprachen, wie viele Schwüre zum Himmel und Verdammungen zur Hölle, so daß man glauben konnte, jeder habe seinen eigenen Gott. In der Politik wimmelte es von sich ständig streitenden Kommunisten, Sozialisten, Spartakisten, Sozialdemokraten, Anarchisten, Radikalsozialen, unabhängigen Sozialdemokraten, Links- und Rechtsabweichlern aller Couleur bis hin zu Humanisten, die für das Zentrum schwärmten, wo sie dann schon mal auf einen kommunistischen Pfarrer trafen, der in einem Zweifrontenkampf zwischen göttlichen und politischen Positionen stand. Überblickte man dieses Durcheinander von Nationalitäten, Sprachen, Glaubensrichtungen, politischen Überzeugungen, so gab es nicht einen, von dem man sagen konnte, er ist wie der andere. Es war die größte Ansammlung von Individualisten in diesem Teil der Welt. Eine florentinische Republik, in der nur noch Latein und Griechisch fehlte, wie Gustav apodiktisch von seinem Dachfirst verkündete.

4

Joseph Lukacz hieß er, weil alle Lukacz Joseph hießen und ihre Frauen Maria, aber es war der mit dem *von* dazwischen, Joseph von Lukacz, und es war das *von,* das diesen Zweig der Familie abspaltete von den anderen. Es schuf eine Distanz, die sich immer mehr auswirkte, nicht, daß man nicht stolz darauf war, daß sich da aus dem Geäst des alten Familienbaumes, aus dem Wurzelwerk des Stammes, das vom Hügel bis an den Fluß reichte, ein starker Stamm entwickelt hatte, der schwer herabhing, fast die Erde berührte, eigene Wurzeln schlug, sich zu einem neuen Baum entwickelte, der dem alten Stamm, der vor Zeiten einmal frei auf einem Hügel wuchs, das Licht nahm, die Erde nahm.

Ursprünglich hatte man in demselben Dorf gewohnt, war auf demselben Boden geboren und auf demselben Friedhof beigesetzt worden, hatte gemeinsam Land urbar gemacht und Deiche gegen das Wasser gebaut, das neue Land besiedelt, bis einer durch diese und jene Umstände einige Felder mehr beisammen hatte, vielleicht systematischer vorging, klarer dachte, mehr die Zukunft vor Augen, während die anderen mit dem Leben schwammen, in Sonne und Mond vernarrt nicht über den nächsten Tag und die nächste Nacht hinausdachten. Die Felder wuchsen in Jahrzehnten immer mehr zusammen, umschlossen kleine Äcker, die bald dazugehörten, zogen mit ihrer größeren Masse brachliegende Wiesen, leere Häuser an, überstanden Mißernten, vergrößerten sich weiter, kannten nur den Deich als Grenze.

Da sprach man schon vom Gut, wenn man das Gebiet bezeichnen wollte, und viele aus der Verwandtschaft arbeiteten gegen Geld und Naturalien auf dem Gut, einige neidisch, weil eine Mißernte sie um ihren kleinen Hof gebracht hatte, andere mit einem Achselzucken, weil sie ihre Kate mit dem Hausgarten und dem kleinen Acker versoffen hatten und das Leben, so wie es jetzt war, einfacher fanden, mit dem festen Lohn, mit der angeordneten Arbeit, mit dem Dach über dem Kopf und dem Deputatgärtlein. So wurde es selbstverständlich, daß man auf dem Gut arbeitete, man kannte es nicht mehr anders, es wurde Gewohnheit, die Zeit verwischte die Erinnerung, es war so, als ob das Gut schon immer und von Anfang an dagelegen hätte.

Es gab Ausnahmen, da waren einige, die an der ursprünglichen Aufteilung des Bodens festhielten,

Haus und Hof nicht aus der Hand gaben, schwer arbeiteten, um ihr Recht zu erhalten und nicht durch Mißernten zu verlieren, die immer wiederkamen und nur durch Mehrarbeit auszugleichen waren. Kleine Inseln bildeten sich so an den Rändern des Gutes, winzige Flecken neben einem großen Territorium, mit Einsprengseln im Gut, alten Wegerechten, Weiderechten, Holzrechten und Wasserrechten, zäh verteidigt, vergessen, aus eigenhändig bemalten, sorgsam verwahrten Truhen wieder hervorgekramt, nachgewiesen, angefochten, neubeansprucht, ein kleines Inselreich eigenständiger hartnäckiger Landfamilien, starke Äste am Familienbaum, die lieber auswanderten, als Handwerker und Arbeiter in andere Länder zogen, ihr Land eher der Kirche vermachten, als dem Gut auch nur ein Recht zuzugestehen.

Das wurde vom Gut respektiert, es gab keine Prozesse in der Familie, da war das alte Recht der gemeinsamen Herkunft, das über den Streitigkeiten stand und Gemeinsamkeit verlangte. Auch wenn man nicht mehr beisammensaß, sich vielleicht sogar mied, erwies man einander zu den Feiertagen in aller Würde die gegenseitige Ehre, um die Verwandtschaft zu bestätigen und zu bekräftigen, erwies sich in aller Ehrerbietung die gegenseitige Reputation, um auf Treu und Glauben ehrlich und aufrecht zu erklären, daß man seinen gehörigen Platz in dieser Welt einnähme. So kamen nach den Regeln des Kirchenjahres zu den kirchlichen Feiertagen der Jahreszeit entsprechende Geschenke, Eier, Butter, Hühner, Enten, Gänse, Fische, geräucherte Würste und Schinken vom Schwein. Die Eier wurden bemalt, wobei man auf traditionelle Muster Wert legte, die Butterballen schön geformt, mit phantasievollen Ornamenten und den Initialen der Familie versehen, die Hühner kamen lebend, die Enten und Gänse pfannenfertig, damit man das Gewicht sah, das feste Fleisch und das Fett, verziert mit bunten Papierkrausen an den Beinen und am Hals und aufgebahrt in einem Weidenkorb, den die Frau auf dem Gut überreichte, während der Verwalter vom Gut mit den gleichen Angebereien, denn natürlich hatte jeder das beste Tier aus seinem Stall gewählt, seinerseits auf dem Weg zu den Höfen war. So aß man gegenseitig die feierlich überreichten Naturalien, verglich sie mit den eigenen, die natürlich besser waren, und erhielt durch diese symbolische Kette des Nahrungsaustausches die Verwandtschaft bis zum jüngsten Tag.

Als vom Gut dann irgendwann einmal zusammen mit den Eßwaren eine Visitenkarte überreicht wurde, auf der Joseph Lukacz ein *von* zwischen Vor- und Nachnamen eingefügt hatte, war man allgemein sehr verwundert und ratlos, einige sahen es als hoffärtiges Verhalten und Gotteslästerung an, einige verstanden es überhaupt nicht, sagten von wo und fragten wohin, andere legten es als Dünkel aus, als Überheblichkeit, das viele Land genüge wohl nicht mehr. Weshalb und woher nun ein *von,* das wußte jedenfalls keiner, man nahm es als Namenszusatz, gewöhnte sich auch daran, wie man sich an die vielen Felder gewöhnt hatte.

Joseph von Lukacz lebte schon früh nicht mehr auf dem Gut, studierte, wurde Professor, kam nur noch an den hohen Feiertagen zu Besuch, lebte in der Stadt Posen, wo er eine polnische Buchhandlung, ja sogar eine Buchdruckerei eröffnete, literarische Zeitschriften gründete und herausgab, die *Oredownik* und die *Przyjaciel ludu,* auf polnisch und deutsch die Geschichte der Stadt Posen schrieb, die Geschichte aller Kirchen und viele Artikel und Bücher über die Dissidenten, also über alle, die nicht der Polnischen Katholischen Kirche angehörten, das waren die Lutheraner und die Reformierten, die Griechen und Armenier, die Böhmischen Brüder und die vom Helvetischen Glaubensbekenntnis.

Seine Bücher füllten die Schränke auf dem Gut, alle wunderten sich, was so ein Gut alles ermöglichte, und der Verwalter sagte auf Nachfrage, der Joseph von wäre Historiker und Bibliothekar der Gräflich Raczynskischen Bibliothek in Posen. Das war nun wieder ein Begriff, Graf Raczynski, uralter polnischer Adel, und die katholische, Posener Linie war allen bekannt, zwei Brüder, der eine schrieb und sammelte Bücher, der andere reiste und sammelte Gemälde. Der mit den Büchern hatte die Goldene Kapelle auf der Dominsel erbaut, mit den Statuen der beiden ersten polnischen Könige Mieszko und Boleslaw Chrobry, das hatte jeder schon einmal gesehen, darin hatte jeder schon einmal gebetet. Und die Bibliothek kannte auch jeder, von außen natürlich, zigtausend Bücher sollten darin stehen, der Stolz von Posen, das wußte man und war natürlich auch stolz. Kam man vom Obrabruch, fuhr man mit dem Pferdewagen über die Kaiserin-Viktoria-Straße und die Tiergartenstraße, dann durch das Berliner Tor, da war man schon in Posen, links am polnischen Theater und am Stadttheater der Deutschen vorbei zum Wilhelm-Platz, diesem großen schönen Platz mit seinen alten Bäumen und den prächtigen Gebäuden, und da stand mit ihren mächtigen Säulen unübersehbar die Raczynskische Bibliothek, die hatte der Graf der Stadt vermacht und sich bald darauf auf seinem Gut erschossen, aus Kummer über Polen, wie es hieß, denn er war ein polnischer Patriot. Gegenüber der Bibliothek wurde das Museum für die Bilder seines Bruders gebaut, der war preußischer Gesandter gewesen, also kein polnischer Patriot, hatte seine Bilder dem preußischen Staat vermacht, weswegen das Museum, das da gebaut wurde, den Namen Kaiser-Friedrich-Museum bekommen sollte, da lagen sie sich also gegenüber, die beiden Brüder, verewigt als deutsches Museum und polnische Bibliothek.

Und da war nun der Joseph von Bibliothekar, auch einer von diesen Patrioten, das konnte man wenigstens seinen Zeitschriften entnehmen, die nach einem der vielen polnischen Aufstände von den preußischen Behörden verboten wurden, und man wandte sich wieder der Frage zu, mit wieviel Doppelzentner Getreide oder Kartoffeln man in diesem Jahr rechnen könne. Später, als es mit dem Polnischen immer schwieriger wurde und die Preußen sehr darauf pochten, Herr im Hause zu sein, verwaltete der Joseph von wieder das Gut der Familie, war auch mal wieder auf den Feldern zu sehen, grüßte, gab jedem die Hand, war aber schweigsam, saß oft auf der Bank unter der uralten Eiche auf dem Hügel, die immer noch wuchs, deren Äste sich immer noch ausbreiteten, und schaute nachdenklich auf die rotuntergehende Abendsonne, die sich im Wasser des Obrabruchs noch einmal aufglühend schwarz verfärbte, ihr Licht mitnahm, den dunklen Obrabruch still zurückließ, nur noch eine schwache Helligkeit am Himmel erahnen ließ, die von den heraufziehenden Wolken ausgelöscht wurde.

5

Gustav stieg vom Dach herab, auf dem er saß, wenn er frei denken wollte, kletterte durch die Dachluke auf den Speicher, auf dem allerlei Gips- und Holzmodelle standen, dazu kleine messingfarbene Maschinen, die vor sich hin klapperten, wenn man einen Knopf drückte. Er ging in seine Wohnung im ersten Stock und schaltete über eine Batterie auf der Fensterbank die kleine Lampe an, die ein emailliertes Schild neben der Haustüre *Gustav Fontana Projecteur* nachts beleuchtete, denn er wollte Tag und Nacht erreichbar sein wie eine Hebamme, immer bereit, einer guten Idee zur Geburt zu verhelfen und augenblicklich das Schreiben an das Patentamt aufzusetzen.

Vom Erfindergeist des Quartiers angesteckt, hatte er sich auf das Projektieren von mechanischen Dingen aller Art bis hin zu ganzen Fabriken geworfen. Anarchistisch in seinem Denken, zielbewußt in seinem Handeln, gesellig, witzig, gescheit, ironisch, im Prinzip an nichts glaubend, gab er durchaus einen Weltmann ab, dem auf Erden nichts fremd war, der die meisten Menschen beim besten Willen nicht als Geschöpfe Gottes ansehen konnte, sondern als eine verdammte Bande von Hornochsen, die niemals etwas kapieren würden, die immer im gleichen Geschirr den Wagen irgendeines Herrn zögen, auf daß die Erde sich drehe, und da das nun einmal nicht zu ändern sei, müsse man sehen, wie man sich herauswinde. Seine Lebensart, seine Manieren, sein Wissen ermöglichten ihm mühelos, zwischen den unteren und oberen Klassen zu wechseln, in einer Eckkneipe mit Arbeitern seinen Schnaps zu trinken, in einer Weinstube mit Kommerzienräten einen spritzigen Mosel oder einen blumigen Rheingau kennerhaft zu genießen.

Er lebte inzwischen in einer für Oberbilk schon bürgerlichen Wohnung, den Schädel mal wieder kahlgeschoren saß er meistens auf einem Ledersofa neben seiner beachtlichen Bibliothek, die, sich ins Naturwissenschaftliche ausweitend, fast die ganze Wand beanspruchte, wobei die Frühsozialisten und Shakespeare immer griffbereit neben seinem Sitz plaziert waren. Die Wand gegenüber war mit einem Bild der Stadt Düsseldorf bespannt, das er von einem befreundeten Bühnenmaler erhalten hatte. Da es für eine Entfernung von dreißig Metern zum Zuschauerraum gemalt war, konnte man von Gustavs Ledersofa aus nur ein Gemisch leuchtender Farben erkennen, in denen sich die Konturen der Stadt verbargen. Oft kamen Kinder von der Straße in seine Wohnung, um zu raten, wo da die Düssel und der Rhein und der Lambertusturm sein könne, begannen mit eigenen Farben darauf herumzumalen, um die Stadt erkennen zu können, so daß sich die Stadtumrisse verdoppelten, ohne daß man dem Bild der Stadt Düsseldorf näherkam. Ein Traumbild, in dem sich Nähe und Ferne verloren, ideal für Gustavs Gedankengänge, die, ohne allzusehr von der Realität behindert, darin ihre eigene Wirklichkeit entdecken konnten.

Sah man vom Ledersofa aus durch das Fenster, hatte man einen prächtigen Ausblick auf das Haus gegenüber, das einmal einen Fabrikbesitzer, später den Betriebsleiter, dann den Werkmeister, dann einige Meister und Vorarbeiter und jetzt nur noch Arbeiter beherbergte. Die Fassade war geblieben, und der Fabrikbesitzer, der das Haus einmal nach seinen Wünschen erbauen ließ, mußte in seiner Phantasie ein urgewaltiger Jäger gewesen sein, denn die Fassade war nicht verziert, sie war überladen mit dumm dreinschauenden in Stein gehauenen Köpfen von Füchsen, Hasen, Wildschweinen, Gemsen, Rehböcken, Achtendern, ja sogar mit Bärenköpfen und -tatzen, deren Anordnung und Ausstattung mit Jagdhunden, Gewehren, Hirschfängern und Fangnetzen beim ersten Hinschauen den Verdacht auslösten, daß weder der Bauherr noch der Steinmetz jemals einen Hochwald betreten hatten. Putten durchzogen in einem anmutigen Reigen, blumenstreuend, kränzewindend, die wilde Jagd des Fabrikherrn, tanzten durch die gedachten Auen der Fassade, hielten gemeinsam das Wappen des Hauses hoch, ein breites Schild, das der Architekt hoffnungsvoll gleich mit anbringen ließ, das aber, da es dem Fabrikherrn anscheinend nicht zu Titel und Adel gereicht hatte, inzwischen durch die in der Fassade nistenden Tauben leicht verdreckt, immer noch jungfräulich blank und unbearbeitet einen ungestalteten Fleck der Fassade darstellte, der das Auge mit seiner nackten Unbedeutsamkeit anzog. »Johann ohne Land« nannte Gustav dieses Wappen, wie immer Shakespeare zitierend, und hatte vor, das Haus eines Tages zu kaufen und das Wappen der Fontana, eine Fontäne in einer Mandorla, eigenhändig in das vorbereitete Schild zu meißeln und ebenso eigenhändig allen Tieren und Putten die Köpfe abzuschlagen und an deren Stelle eine schlichte Renaissancefassade zu errichten.

Er träumte auf seinem Ledersofa von einer kleinen Fabrik, in der sich alle aus Interesse und Vergnügen mit seinen Erfindungen beschäftigen, die dadurch, ohne Anstrengung aller Beteiligten verkaufbar gemacht, allen das Brot und ihm ein kleines Einkommen als stiller Teilhaber garantierten, Zeit um zu lesen, zu denken und gelegentlich etwas zu erfinden, womit die anderen sich wieder beschäftigen konnten, und das immer so weiter bis zu seinem Lebensende, nützliche Dinge mittels Ausnutzung mechanischer Gesetze in sozialer Gemeinschaft verwirklichen, so nannte er das. Als Mann, der jede Einschränkung seiner Gedanken durch vorformulierte Weisheiten anderer ablehnte, war er der Meinung, die Sache mit dem Perpetuum mobile sei noch nicht zu Ende gedacht, wenn die Lösung einstweilen vielleicht auch noch undenkbar wäre, auf dem Weg dorthin sei doch noch manches zu entdecken. So nahm er jeden Abend seine »ideale geistige Haltung« ein, das heißt, er streckte sich bequem auf dem Ledersofa aus, nahm eine Taschenlampe in die Hand, richtete sie auf die Zimmerdecke, wo er seine Pläne, Entwürfe, Skizzen und Blaupausen mit Reißnägeln befestigt hatte, und wanderte in Gedanken im Lichtschein der Taschenlampe durch diese Kathedrale des Geistes, durch das Firmament seiner Erfindungen. Neue Entwürfe zeichnete er auf dem Boden, brachte sie über die alten Zeichnungen an der Decke an, legte sich wieder, grübelte im Licht der Taschenlampe, die ihn durch ganze Idealfabriken führte. Alle Vierteljahr stürzte die Kathedrale ein, schlug das Firmament, in eine Staubwolke gehüllt und mit einigen Teilen des Deckenputzes beschwert, auf den Fußboden auf, brachte Gustavs Ideen wieder auf die Erde zurück und verschaffte nur dem Altpapierhändler einen Gewinn.

Aus dem Küchenfenster der Wohnung sah man in den Hinterhof einer Fabrik, in dem Arbeiter mit Rohren umherschmissen, um sich am Krach zu erfreuen, ein kleiner Schornstein beständig seinen Rauch dem Wind anvertraute, der ihn mal auf die eine oder andere Seite in die Küchen und Schlafstuben wehte. Die Häuser waren um die Fabriken und die Fabriken um die Häuser gebaut, man schaute den Arbeitern zu, und die Arbeiter schauten aus den Fabrikfenstern in die Wohnungen. Das Haus war Anbau um Anbau ein vielgestaltiges Höhlenerlebnis, für Uneingeweihte ein Irrgarten mit zahlreichen Ein- und Ausgängen, schwer zu sagen, wie viele Menschen hier lebten. Ein Labyrinth aus Korridoren ermöglichte immer neue Kombinationen von Einzelzimmern und Wohnungen, eine Mauer war schnell gezogen und ebenso schnell wieder eingerissen, eine Tür gekonnt durch eine Mauer gebrochen und ebenso schnell wieder zugemauert, aus großen Wohnungen wurden so kleine Wohnungen oder Einzelzimmer, die wiederum je nach Bedarf zu größeren Wohnungen verbunden werden konnten. Wer da Mieter war oder Untermieter, das war schwer auseinanderzuhalten, mal teilten sich zwei Familien eine Wohnung, mal besaß ein Einzelner eine Vierzimmerwohnung und hatte drei Räume untervermietet, mal mauerte sich eine junge Familie in einer größeren Wohnung eine eigene kleinere. Gustav und Fin hatten sich durch die Verbindung mehrerer Einzelzimmer eine verschachtelte Mehrzimmerwohnung geschaffen, Fins Vater hatte auch ein Zimmer bekommen, Gustavs Kinder Friedrich, Elisabeth und Jeannot wohnten in kleinen Zimmern im Dachgeschoß, alle lebten irgendwie zusammen in diesem Bienenstock, der durch Frühschicht, Tagschicht, Nachtschicht ständig voller Leben war.

Direkt unter Gustavs Wohnzimmerfenster hing ein Blechschild, auf dem in verschieden großen, zirkushaft tanzenden, abwechselnd rot und grün gestrichenen Buchstaben *Obronski & Beaulieu Colonialwaren* stand. Dieses Schild gab einem Laden den Namen, der Gemüse und Obst je nach Jahreszeit führte, dazu Linsen, Erbsen, Bohnen, Graupen, Mehl, Grieß, Zucker, Salz, Öl, Essig, eingelegte Heringe und Kartoffeln verkaufte. Die Kartoffeln waren das Hauptgeschäft, und bis auf die Kaffeebohnen war unklar, was da aus den Kolonien kam. Fin half hier oft aus, wenn sie nicht aushalf, war sie auch hier, weil hier eben immer so viele Leute waren. Wenn Gustav Fin sprechen wollte, brauchte er nur mit einem Stock an das Schild zu schlagen, schon steckte Fin den Kopf aus dem Ladeneingang, sah nach oben und fragte mit volltönenden Vokalen: »Wat is?« Meist entspann sich dann ein Disput über den angemessenen Zeitpunkt eines Mittagessens, den Fin regelmäßig mit ihrer satten Stimme beendete: »Bei mir is noch keiner verhungert.«

Der Laden war nicht nur beliebt, weil er eine Art Salon war, in dem sich alle Anwohner der Straße mindestens einmal am Tag einfanden, er war geradezu lebensnotwendig, weil er grundsätzlich immer anschrieb und denen, die nicht anschreiben lassen konnten, weil sie arbeitslos waren und ihre Seite in dem dicken Buch der unbezahlten Waren schon bis an den Rand bekritzelt war, die offiziell geduldete Möglichkeit bot, das nötigste an Lebensmitteln zu klauen. Obronski & Beaulieu sahen dann geflissentlich auf ihre Waage oder aus dem Fenster oder prüften ihre Essig- und Ölvorräte, denn das wußten sie, hatte der Betreffende wieder Arbeit, wurden die gestohlenen

Waren zuerst bezahlt, noch vor den angeschriebenen, und weil sie dann ganz und gar überraschte Verkäufer spielten und im besten Bühnendeutsch, denn beide waren einmal Hofschauspieler gewesen, mit fragenden Gesichtern ihr Duett anstimmten: »Wieso? War denn da noch etwas? Das haben wir ja ganz vergessen aufzuschreiben. Wir bitten das Versehen zu entschuldigen«, erhielten sie den Stolz von Frauen und Männern, die ein oder zwei Monate zuvor sich vor allen anderen schämend und mit stummer Wut über ihren Zustand ein paar Kartoffeln und Möhren in die Einkaufstasche oder in die Hosentasche gesteckt hatten, Abstand hielten zur Verkaufstheke und der Kasse, den Laden mit schmalen Lippen wieder verließen. Die beiderseitige Freude am ersten Zahltag war daher echt und ungekünstelt, der so lange auf der Schuldenseite stehende Kunde betrat schon mit dem Portemonnaie in der Hand den Laden, damit alle sehen konnten, das heute bezahlt wird, Obronski & Beaulieu tanzten wie zwei Bären hinter ihrer Ladentheke, strahlten und gratulierten: »Wieder Arbeit? Wie schön! Ach, das freut uns«, und sahen aus den Augenwinkeln, daß in diesem Moment schon wieder einer ein paar Kartoffeln in das offene Hemd steckte.

So hatten Obronski & Beaulieu eine treue Stammkundschaft, die in schlechten und in guten Zeiten erschien und den Laden über Wasser hielt, der ohne Kalkulation und Buchführung existierte, davon verstanden die beiden nichts, und das war gut so, solange Geld in der Kasse war, glaubten sie an ihren täglichen Gewinn, Ende des Jahres dachten sie sich eine Summe aus, die sie dem Finanzamt als Gewinn angaben, ihre Altersversorgung, wie sie den Laden nannten, blühte und gedieh, mit Kalkulation und Buchführung wäre er bankrott gewesen. Obronski & Beaulieu standen glücklich, rundlich und unbeweglich hinter ihrer Ladentheke, tänzelten, wenn einer unbedingt auf die andere Seite mußte, mit gekonntem Hüftschwung umeinander, sahen sich ähnlich wie zwei alte ausgediente Tanzbären, waren auf Anhieb nur dadurch zu unterscheiden, daß der eine ein Glasauge hatte, Bühnenunfall, Fechtszene, wie er sagte, und der andere eine Barockperücke trug, aus Eitelkeit, wie er zugab. Da die Kundschaft wußte, wo die Ware lag, nahm sich jeder, was er wollte, legte es auf die Waage, Obronski wog es mit den Gewichtssteinen aus, Beaulieu notierte den Preis, und je nach Arrivée oder Départ, wie sie die Auf- und Abtritte der Kundschaft bezeichneten, riefen sie im Duett »Guten Tag« oder »Auf Wiedersehen«. Sie lebten zusammen, das wußten alle, es störte keinen. Auf einem Lagerplatz hinter dem Haus stand ihr Wohnwagen, den sie einem Zirkus abgekauft hatten. Hier wohnten sie inmitten eines geschlossenen Kreises von Zigeunerwagen, bevölkert von mehreren Zigeunerfamilien, die hier von Anfang an waren, vor allen anderen schon hier ihre Heimat gefunden hatten.

Stand die Sonne so steil, daß sie über die Hausdächer direkt auf die Wohnwagen schien, die in den übrigen Monaten im Schatten lagen, putzten Obronski & Beaulieu gewissenhaft ihren Wagen, strichen ihn neu an und begaben sich auf die Reise. Die Schauspielerkarriere der beiden fand ihre Vollendung in einem mit Hingabe und Grazie betriebenen Kasperlespiel, sie traten damit auf den Jahrmärkten der kleinen Dörfer rund um Düsseldorf auf, waren dort sehr beliebt, wurden jedes Jahr sehnlichst erwartet, reisten wie zwei spielende Kinder mit eigenen Stücken, selbstgefertigten Puppen und Kostümen, vielstimmig durch diese kleine Welt. Fielen die Sonnenstrahlen wieder schräger in das Fenster ihres Wohnwagens, kehrten sie mit dem Realismus erfahrener Bühnenkünstler in ihren Kolonialwarenladen zurück, wo Fin, die den Sommer über für sie ausgeharrt hatte, bei großer Hitze gelegentlich auch, zum Ärger Gustavs, im Badeanzug bediente, ihnen das dicke Anschreibebuch überreichte, das in seinen unbezahlten Verkäufen identisch war mit der Lagerliste, was bedeutete, daß das, was eigentlich im Laden hätte sein müssen, außerhalb des Ladens war und die Kasse noch leerer als sonst, weil Fin von Natur aus zum Verschenken neigte.

Die Zigeuner, die auf dem Lagerplatz hinter dem Haus lebten, erfreuten das ganze Jahr über das Quartier durch ihre Künste. Säbel- und Feuerschlucker, tanzende Derwische und Entfesselungskünstler verwandelten sich hastdunichtgesehen in Dreimannpyramiden, die, kaum auseinandergefallen, mit allem jonglierten, was man ihnen zuwarf, die Frauen stimmten fremdartige Gesänge an, drehten sich zu den Tamburins, die sie an ihren Körper schlugen, wirbelten bunte Bänder durch die Luft, steigerten sich in einen orientalischen Tanz hinein. Die Frauen kamen ins Haus, um aus der Hand zu lesen, die Männer schliffen Messer und Scheren, und fehlte danach schon mal etwas im Haushalt, dann hieß es, im Dialekt des Quartiers, »Ich geh mal zu die Zigeuner fragen«. Oft hatten sie das Vermißte, oft nicht; hatten sie es, gaben sie es strahlend wieder heraus und bedankten sich. Wenn sie etwas brauchten, nahmen sie es, wo sie es fanden, sie dachten sich nichts dabei. Wer etwas vermißte, holte es sich wieder zurück, damit war bewiesen, daß auch er es brauchte, die Sache war erledigt. Manchmal, wenn sich der Besitzer nicht bei ihnen meldete und damit offenlegte, daß er die Sache überhaupt nicht benötigte, denn sonst hätte er sie schon längst vermissen müssen, gaben sie die verschiedenen Gegenstände an Obronski & Beaulieu, die für so etwas eine große Ecke *Gebrauchtes* hatten. Stand dann da einer und rief: »Dat is aber doch mein Dampfkessel«, bekam er ihn sofort auch ohne Geld. Manch einer kaufte hingegen Dinge, die einmal ihm gehörten, preiswert wieder zurück, weil er nicht mehr wußte, daß er sie besessen hatte, das nannte man ausgleichende Gerechtigkeit. Stellte sich aber einer dumm und behauptete, der Blumentopf gehöre eigentlich ihm, nur um ihn umsonst zu bekommen, durchschauten das Obronski & Beaulieu, da war dann nichts zu machen, so ein unmögliches Verhalten galt als finnig, das bedeutete soviel wie tückisch. So einen wies man sofort aus dem Laden.

Der gute Hermann, wie ihn alle nannten, war das, was man in Düsseldorf ein Pröppken Chic nannte. Eigentlich war er Briefträger, aber die schwere Ledertasche mit der auszutragenden Post stellte er, wenn er vom Postamt kam, sofort in den Hausflur, erledigte rasch die eingeschriebenen Briefe, während die restlichen Briefe von Post spielenden Kindern und Nachbarn ausgetragen wurden, jeder aus dem Haus sah in die Posttasche und nahm das mit, was auf dem Weg lag.
    Der gute Hermann zog sich da schon schnell um, hängte die Postuniform penibel auf einen Bügel, stieg in seinen Stresemann und »ging auf Tour«, wie er

sagte, denn nebenbei war er Handelsvertreter für alles, was man Tag für Tag gebrauchen konnte, Weißzeug, Nähnadeln, Sicherheitsnadeln, Kämme, Schürzen, Hosenträger, Gürtel, größere Bestellungen ab Katalog. So kannte er in seinem Quartier jeden als Briefträger und Handelsvertreter, und ihn kannten alle in Postuniform und im Stresemann, den er kombiniert trug, entweder die gestreifte Hose und eine geblümte Strickweste, oder die schwarze Jacke über einer Drillichhose, aber immer weiße Gamaschen über den Schuhen und ausgiebig Pomade im Haar. Abends häutete er sich zum drittenmal, zog seinen Frack an, um den ihn das ganze Quartier beneidete, und trat als Stehgeiger in den Lokalen der Stadt auf, am Klavier begleitet von seinem älteren Bruder, neben dem Klavier die Briefträgertasche, prall gefüllt mit Notenpapier. Er fidelte gekonnt sein Potpourri für Alt und Jung, je nach Lokalität sich dem Publikum anpassend war er der gepflegte Hintergrund einer bürgerlichen Küche, begleitete einfühlsam die Gespräche seriöser Damen und Herren, wurde ein wenig lauter bei leicht alkoholisierten Geschäftsleuten und ganz leise bei verträumten Liebespaaren.

In Oberbilk galt er als Vertrauensperson, er beriet die Leute bei allen behördlichen Eingaben, vermittelte Versicherungen gegen eine kleine Provision, war Kassierer und Geschäftsführer von einem guten Dutzend Vereinen. Da er so viele Kassen in seinem kleinen Zimmer, das schon von Noten, Weißwaren, Behördeneingaben, Versicherungspolicen, unausgetragenen Briefen eingeengt wurde, nicht aufbewahren konnte, war er dazu übergegangen, die ihm anvertrauten Gelder in einer einzigen Kasse zu führen, die Fin für ihn in ihrem Kleiderschrank aufbewahrte; als langjähriger Untermieter gehörte er fast zur Familie. Diese Kasse schleppte er dann zum Jahresabschluß von Verein zu Verein, von den Briefmarkenfreunden zum Schachklub, vom Karnevalsverein zum Sparverein, vom Kegelklub zur Sterbegenossenschaft, er stellte die volle Kasse auf den Vorstandstisch und sagte: »Dat Geld is insjesamt hier drin.« Da er das Jahr über kleine Darlehen gegen geringe Zinsen an Vereinsmitglieder verteilte, die eine kurze Überbrückung brauchten, war am Stichtag schwer festzustellen, welches Vereinsmitglied von welchem Verein schon sein Darlehen zurückgezahlt hatte und welches Vereinsmitglied bei der Entlastung des Kassierers und Geschäftsführers das Darlehen noch in der Tasche hatte, auch war nicht mehr zu klären, welche Vereinsmitglieder Beiträge gezahlt hatten und welche nicht, noch weniger war zu klären, welcher Verein zum Ende des Jahres welche Summe besaß. »Dat müßt ihr euch selber notieren. Dazu hab ich kein Zeit«, sagte der Kassierer und Geschäftsführer, zeigte allen Vereinen die volle Kasse aller Vereine, man gab sich damit zufrieden, denn das Geld war ja da. So zirkulierte das Geld im Quartier und war doch in der Kasse, das System verstand selbst der gute Hermann nicht, der sich als ehrlicher Treuhänder sah, aber solange nicht alle Vereine eine gemeinsame Jahresversammlung durchführten, was undenkbar und unmöglich war, funktionierte es zur Zufriedenheit aller.

Wenn man den guten Hermann fragte, warum er da so herumsause wie eine Fliege, immer emsig in Geschäften, antwortete er: »Weil ich mal bürgerlich werden will.« Was er darunter verstand, war nicht so recht herauszubekommen, er träumte wohl von einem kleinen Häuschen und einem Dasein als Rentier mit der Reputation eines Schützenkönigs, vor dem alle Leute ihre Mütze zogen. Vorher wollte er nicht heiraten, erst die Geschäfte, aber all seine Geschäfte deckten nie seine Unkosten. Die bürgerliche Haltung, die er abends als Stehgeiger zeigte, wenn er an einem Tisch einen besonderen Musikwunsch erfüllte, endete doch immer nur in einem Trinkgeld, verkaufte er als Handelsvertreter drei Sicherheitsnadeln für einen Pfennig und besiegelte den erfolgreichen Geschäftsabschluß bei der Hausfrau mit einem Handkuß, war das zwar formvollendet, aber eben am falschen Platz, er hatte kein Gefühl dafür, was wohin gehört. Zur Beerdigung seines Vaters legte er den Stresemann endlich einmal so an, wie er gedacht war, hängte sich aber auch noch zur Erhöhung seiner Reputation seine sämtlichen Karnevalsorden um den Hals, das waren nicht wenige, denn als Stehgeiger hatte er Damen- und Herrenabende zu begleiten; als er so von der Beerdigung kommend das Haus betrat, in der Briefträgertasche die Urne seines Vaters, um den Hals die scheppernden Karnevalsorden, war er das personifizierte Mißgeschick, ein Pröppken Chic.

Der gute Hermann war es auch, der Gustav mit dem großen Aktienpaket beglückte, das die neunzigprozentige Mehrheit an einer nicht existierenden Fabrik darstellte. Zehn Prozent beanspruchte der gute Hermann, denn er hatte das Aktienpaket bei seinen vielen Gängen im Quartier durch die Erzählung einer alten Frau entdeckt, die endlich ihren Keller wiederhaben wollte. Gustav stellte sich das Aktienpaket als eine handliche Sache vor, die der gute Hermann irgendwann in seiner schwarzledernen Briefträgertasche vorbeibringen würde, statt dessen fuhr ein Lieferwagen vor und stellte Gustav einen goldbedruckten Papierberg vor die Tür, zwei Meter lang, zwei Meter breit, zwei Meter hoch, den Gustav unter den erstaunten Blicken der ganzen Straße in seinen Keller schleppte. So wanderte das Aktienpaket der *Rheinischen Industrie* AG von einem Keller in einen anderen, dem Umfang nach war die nicht existierende Fabrik als Weltfirma geplant. Die Geschichte war die, daß ein belgischer Ingenieur und ein Schweizer Bankier auf das vorläufig angemeldete Patent eines englischen Vorarbeiters eine Aktiengesellschaft gegründet hatten zur Herstellung einer Ware, die längst preiswert in allen Läden lag. Als sie das feststellten, waren die Aktien schon gedruckt und blieben in der Druckerei liegen, die sie später an eine Altpapierhandlung verkaufte, die der Meinung war, mit dem schönen Papier könne man vielleicht doch noch etwas anfangen. So waren die Aktien schon durch manchen Lagerraum gewandert und ruhten nun in Gustavs Keller. Der gute Hermann stand oft neben dem Papierberg, der mit seinem Golddruck auch seine Gedanken vergoldete, und sah seine bürgerliche Existenz in greifbarer Nähe, er fuhr mit der Hand ehrfürchtig über die angenehm bedruckten Aktien, die so viel versprachen, und sah im Geiste schon, wie die Coupons sich in Geld verwandelten. Abends trat er mit der Geige in der Hand und einem interessanten Vorschlag, betreffend raschen Gewinn, an diverse Geschäftsleute heran, und empfahl Gustav als verkanntes Erfindergenie.

So erschienen nun immer öfter kurz entschlossene Herren bei Gustav, mißtrauische Gesichter, deren Augen suchend umherwanderten, wortkarge Herren, die kurz andeuteten, daß man sie nicht übers Ohr hauen könne. Wunderten sich die Herren über den Geschäftssitz der Firma, antwortete Gustav: »Mein Vermögen, meine Herren, werde ich auf der Königsallee ausgeben, aber hier, meine Herren, werde ich es verdienen. Ein Erfinder hat bei den Fabriken zu wohnen, dort, wo die Ideen entstehen und schnell fabriziert werden können.« Nach dieser beruhigenden Erklärung führte Gustav die Herren in seinen Keller, wo mannshoch der Aktienberg im Golddruck verführerisch schimmerte, die gierigen Augen der Herren anzog, Gustav steigerte das Verlangen, indem er gewichtig seine Hand auf das Papiergold legte, »Mein persönlicher Goldschatz, meine Herren, sicher wie die Bank von England«, dann hielt er eine Aktie unter das dämmrige Licht der Kellerlampe, den Daumen auf dem Ausgabedatum, »Wenn die Inflation vorbei ist, gehe ich damit an die Börse. Aber jetzt – verramschen gegen wertloses Papiergeld, nein, meine Herren, ich kann warten, ich habe Kredit.«

Er holte aus einem Verschlag, den er Weinkeller nannte, einen alten Madeira, den er am Vortag eigenhändig abgefüllt hatte, denn seinen Madeira machte er selbst, da ließ er sich nicht dreinreden. Auf dem hinteren Teil von Fins Küchenherd stand immer eine große abgedeckte Korbflasche, aus der Glasröhren herausragten, in denen es gelegentlich blubberte. Jeden Tag probierte er dieses Gebräu, das er unter Verwendung von Hagebutten, Früchten, Kräutern und Zucker ansetzte, war es nach einigen Wochen soweit, hatte der Zaubertrank die richtige Farbe und den richtigen Alkoholgehalt, füllte er ihn in leere Originalflaschen, versiegelte sie, um sie dann bei seinen Geschäftsbesuchen aus dem Verschlag zu holen: »Aufbewahrt für besondere Gelegenheiten.« In seiner Studierstube, vor dem rätselhaften Wandbild Düsseldorfs, öffnete er dann die Flasche, füllte mit gespitztem Mund die Gläser, hielt sein Glas sachverständig gegen ein Kerzenlicht, nickte, forderte die Herren auf, ihrerseits die Farbe zu würdigen, sagte: »A votre santé«, nahm mit vor Wonne strahlendem Gesicht einen kleinen Schluck aus seinem Glas, nickte, die Herren tranken auch, Gustav füllte sofort nach und sagte: »So einen Madeira bekommen Sie nicht einmal auf Madeira.«

Anschließend begann er mit einer wortreichen Führung durch die gegenüberliegende kunsthistorisch wertvolle Fassade: »Jugendstil, meine Herren, reinster Jugendstil«, und schloß mit augenzwinkernden Andeutungen über das leere Wappenschild, »Nebenlinie der Hohenzollern – Prinz inkognito – junger Kerl – verliebt in eine Arbeiterin, der Skandal damals – Sie wissen ja Bescheid«, keiner wußte, was gemeint war, aber jeder nickte und sagte: »Ach ja, diese Geschichte, jaja.«

Nach diesem Programmteil füllte Gustav erneut die Gläser und war dann auch bereit, durch sein Zögern die Erwartungen der Herren weiter steigernd, mit großen Gesten die Pläne an seiner Zimmerdecke zu erläutern, tiefsinnig plauderte er dabei über die Gesetze der Mechanik, die leider alle noch nicht richtig ausgenützt seien, sagte den Herren in aller Offenheit, Vertrauen gegen Vertrauen, daß die Pläne da oben nur ein Teil dessen wären, was er noch im Kopf hätte. Nach einer Stunde waren die Herren beeindruckt,

Gustavs Aktienberg im Keller, die echte Etikette des Madeira, der sehr schnell in den Kopf stieg, die geheimnisvolle Fassade gegenüber, das originelle Bild von Düsseldorf, das immer unschärfer wurde, das wunderbare Firmament der unentwirrbaren Pläne an der Zimmerdecke – es ging keiner, ohne nicht mindestens einen Vorvertrag abgeschlossen zu haben, an den sich am nächsten Tag allerdings auch keiner mehr erinnerte, eher blieb noch das Ambiente in Erinnerung und die verteufelten Kopfschmerzen, die man nach diesem Besuch hatte.

Bis dann einige Herren eines Tages wiederkamen und Gustav damit verwirrten, daß sie sich weniger für sein Altpapier an der Zimmerdecke als für das goldene Altpapier im Keller interessierten. Sie boten Gustav fünftausend Mark bar auf die Hand, Gustav schlug ein und war froh, daß die Herren ihm diesen Aktienberg abnahmen, mit dem man nun wirklich nichts anfangen konnte. Einen Monat später las er in der Zeitung unter Vermischtes, daß einige Börsenmakler an einige hundert Kunden innerhalb weniger Tage für mehrere Millionen Mark die Aktie einer nichtexistierenden Fabrik verkauft hatten. Da die Börsenmakler glaubhaft versichern konnten, die Aktien außerbörslich im Auftrag seriöser, aber leider unbekannter Finanziers, die kurz vor der tatsächlichen Gründung der Fabrik standen, verkauft zu haben, da viele Erstzeichner ihre Aktien wieder mit Gewinn verkauft hatten, andererseits viele Aktionäre fest an die Gründung der Fabrik glaubten und Betrug bei den Behörden witterten, sei das Verfahren vorerst eingestellt worden. Der Millionenerlös aus dem Aktienverkauf sei aber ebenso verschwunden wie die Finanziers. Im übrigen warne man vor einem Ankauf dieser Aktien der *Rheinischen Industrie* AG. Der Bericht las sich wie ein Protokoll des Polizisten Schmitz, und Gustav erkannte, daß das Perpetuum mobile, nach dem er vergebens suchte, in seinem Keller gelegen hatte und ein goldbedrucktes Stück Papier war.

Er zerriß noch am gleichen Tag alle Pläne und Vorverträge, suchte in seiner Bibliothek den umfangreichen Band *Das Weltall,* las die ganze Nacht darin, bewarb sich am nächsten Tag als sternenkundiger Vorführer im Planetarium, breitete beiläufig einige Kostproben seines umfassenden Wissens aus, so daß man ihn sofort nahm. Von nun an befaßte sich Gustav ausschließlich mit der Mechanik der Sterne, des Firmaments, des Weltalls.

6

Als Maria mit der Gräfin durch Posen spazierte, hatte nur die Raczynskische Bibliothek ihren Namen behalten, die deutschen Namen der Straßen und Plätze hatten sich in polnische verwandelt. Der Gräfin waren die Namen egal. »Die Freiheit der Bürger«, nannte sie das, sie sprach französisch, wenigstens solange sie in Polen war; in Paris, wo sie zur Hauptsache lebte, sprach sie polnisch, sie liebte es, sich von ihrer Umgebung abzuheben. »Man muß sich eine Farbe geben«, sagte sie. Sie zeigte Maria Posen, als wäre es ihr Eigentum, sprach von Mieszko und Boleslaw, die hier einmal residierten und Polen gründeten, wie von nahen Verwandten, zeigte mit einer Handbewegung auf den Proserpinabrunnen vor dem Rathaus. Maria, die aufmerksam hinter ihr herlief, ihrer Stimme folgte wie ein Küken der Henne, fragte, wer das sei, die Gräfin sagte: »Die Persephone«, zeigte mit der anderen Hand auf das Rathaus, »Renaissance, erbaut von Giovanni Battista di Quadro aus Lucca.« Maria wußte nicht, wo Lucca lag, dachte, es wäre eine Stadt in Polen, die Gräfin schüttelte den Kopf, sagte: »Es ist nicht so wichtig, daß du weißt, wo Lucca liegt. Es ist wichtig zu wissen, daß es im ersten Satz von *Krieg und Frieden* vorkommt. Eh bien, mon prince, Genua und Lucca ne sont plus que des apanages, ein Familienbesitz der Bonaparte.« Maria wußte nicht, was mit *Krieg und Frieden* gemeint war, und so ging dieses sinnlose Frage- und Antwortspiel weiter.

Noch am Abend ließ sich die Gräfin auf ihre Güter kutschieren, sie kamen in der Nacht an, Maria wurde in ein dunkles Zimmer geführt, spärlich von einer Kerze erleuchtet, sie war nun zu Hause, sie war da, wovon alle immer sprachen, wenn sie von der Heimat redeten. Maria sah aus dem Fenster, die Schwärze war undurchdringlich, kein Förderturm mit seinen Scheinwerfern und seinen Fahrkörben, keine Fabrik, hinter deren erleuchteten Milchglasscheiben Schatten hin und her glitten, keine Kohlenhalden, über die weiße Dampfschwaden aus der Kokerei zogen, Nacht, wirkliche Nacht, wie sie Maria nicht kannte, am Himmel Sterne und eine Stille, die in den Ohren sauste, kein Fauchen aus der Drahtzieherei, kein dumpfer Schlag vom Hammerwerk, Stille, die weh tat. Sie verkroch sich in ihrem Bett, schreckte in der Nacht oft auf durch fremde Geräusche, Laute aus einer unbekannten Natur, Tiere, wie sie vermutete, vielleicht aus einem Wald oder von einem See, seltsame, nie gehörte

Töne, die sich mit der Dunkelheit zu einem grenzenlosen Raum verbanden, in dem sie jede Orientierung verlor.

Der Brief, den die Lukacz' an die Lukacz' schrieben, war über einige Stationen bei der Gräfin gelandet, die keine Gräfin war, aber da sie zu den von Lukacz gehörte, ihr Bruder Gesandter, später Botschafter Polens in Paris war, nannte man sie auf dem Familiengut, an dem sie einen kleinen Anteil besaß, Gräfin, sie hörte das gern. Sie pendelte zwischen Paris und dem Gut, schwärmte in Paris von ihrem Gut, schwärmte auf dem Gut von Paris, meinte, man müsse eigentlich in Wien leben, kaufte sich auf einer Durchreise aus einer Laune heraus ein Stadthaus in Brüssel, dessen vergoldete Fassade ihr gefiel, fand Brüssel schrecklich, verkaufte das Haus nach einem Jahr, hielt sich während des Krieges in London auf, erschien danach wieder auf dem Kontinent, reiste, lebte standesgemäß bis zu dem Tag, an dem der Verwalter des Gutes ihrem Bruder die Rechnungen vorlegte, aus denen schon auf den ersten Blick hervorging, daß sie ihr Erbteil weit überzogen hatte. Der Bruder strich ihr die jährliche Apanage zu einem kläglichen Rest zusammen, kaufte ihr ein kleines, efeuverhangenes Häuschen in Kaiserswerth, einem Vorort von Düsseldorf, ganz in der Nähe des Diakonissenhauses, zu dem traditionelle Beziehungen bestanden, seitdem der Historiker und Bibliothekar Joseph von Lukacz sein halbes Leben der Erforschung nichtkatholischer Kirchen und ihrer Diakonie in Polen, Litauen und anderen Gebieten gewidmet hatte, und erlaubte ihr nur noch eine jährliche Reise zu den Gütern.

Die Gräfin empfand das als Verbannung, empfahl ihren Bruder der Hölle, zog sich unstandesgemäß in dieses Haus zurück und demonstrierte angesichts der deutschen Diakonissen Katholizismus und Polentum. Nur einmal im Jahr, auf ihrer Reise zum Gut, war sie noch die alte Gräfin, promenierte und parlierte durch Posen, ließ sich auf dem Gut die Hand küssen, denn die Zeiten hatten sich auch hier geändert, ihre frühere verschwenderische Herrschaft war bei den Dienstboten und den Bauern nur noch eine gottselige Erinnerung.

Der Brief hatte die Gräfin kurz vor ihrer jährlichen Abreise erreicht. Das Mädchen, das nach dem Brief ankam, war schmal und blaß, schien Landluft nötig zu haben, und so entschied die Gräfin, daß dieses Kind sie erst einmal auf der Reise begleiten solle, später würde man dann sehen, sie brauche eine gute Haushälterin, könne aber leider nur einen sparsamen Haushalt führen. Und so fuhr Maria, kaum in Düsseldorf angekommen, zurück nach Polen. Der Schließkorb, mit der Bahn aufgegeben, kam an, als Maria gerade abreiste, er stand bis zu ihrer Rückkehr ungeöffnet in einer Dachstube des Hauses.

Die Zeit auf dem Gut wurde für Maria ein Alptraum. Zusammen mit dem Verwalter und einigen altgedienten Knechten und Mägden saß sie morgensfrüh an einem Tisch um eine Schüssel fetter Milch, jeder stippte sein Brot hinein, alle aßen aus dieser Schüssel, fischten sich den Rahm heraus, Maria wurde es schlecht von der fetten Milch und dem schweigenden, sabbernden Schmatzen der sie neugierig anstarrenden Gutsleute. Sie übergab sich und schloß sich in ihr

Zimmer ein. Mittags wurde das Essen aufs Feld getragen, Maria konnte ohne Aufsehen in ihrem Zimmer bleiben. Abends saßen alle um eine heiße Pfanne, stachen mit ihren Gabeln nach den in Schmalzgrieben gebratenen Kartoffeln und dem Stück Wellfleisch, das jedem zustand, und spuckten die Borsten vom Fleisch und die verbrannten Grieben auf den Fußboden. Maria übergab sich die ganze Nacht und aß in den nächsten Tagen gar nichts mehr.

Der Verwalter besprach das mit der Gräfin, von da an aß Maria im Gutshaus am Tisch der Gräfin an einer weißen, wunderbar schimmernden Damastdecke mit gestärkten Servietten, die beim Entfalten leise knisterten, mit einem schweren Silberbesteck, das angenehm kühl in der Hand lag, geblümtem Porzellan, jeder Teller noch auf einem Untertellen, von einem Diener mit weißen Handschuhen leise hingestellt und ebenso leise wieder weggenommen. Die Gräfin hatte einen französischen Koch, Marias Magen beruhigte sich wieder, sie konzentrierte sich auf das Essen, denn sobald sie auch nur an Schmalzgrieben und frische Kuhmilch dachte, stürzte sie aus dem Zimmer.

Sie verließ nur selten das Gutshaus, das ständig von penetranten Düften umweht wurde, Schweineställe, Kuhställe, Schafställe, Ziegenställe, Pferdeställe, Misthaufen und Jauchewagen, für Maria vermischte sich das zu einem bestialischen Gestank, unausstehlich, und sie weigerte sich, auch nur einen einzigen Stall zu betreten.

Noch schlimmer war es an Schlachttagen, wenn das quiekende Geschrei, das röhrende Geröchel der von den Metzgern mit entsetzlich langen Messern abgestochenen Schweine selbst durch die geschlossenen

Fenster drang. Der den Magen umdrehende, im Hals würgende fette Schwaden der kochenden Wasserkessel auf dem Hof, der dumpfe Geruch des Blutes, das in kleinen schäumenden Bächen über den Hof floß, Pfützen bildete, die sich noch am selben Abend als Blutsuppe auf dem Teller wiederfanden, jauchzend begrüßt von denen, die den ganzen Tag durch die dunkelroten Pfützen gelaufen waren, deren Schuhe mit dem Blutrand vor dem Gesindehaus standen.

An solchen Tagen versuchte Maria gegen den Wind durch die Felder zu gehen. Während die Kinder der Gutsleute barfuß über die Stoppeln der abgeernteten Felder liefen, hielt sie sich an die Feldwege, ging in der Mitte zwischen den zwei Fahrspuren der Räder und dem in die Erde eingedrückten Kot der Tiere, ekelte sich, als sie trotz aller Vorsichtsmaßnahmen plötzlich mit ihren Schuhen in einem frischen Kuhfladen stand, rannte dann wie besessen durch frischen Dung und aufspritzende Jauche zum Gut zurück, warf die Schuhe auf den Misthaufen, von wo sie ein alter Instmann, dem das »Madamche« leid tat, wieder herunterholte und sie schön geputzt auf die Treppe des Herrenhauses stellte.

Die Drescharbeiten waren zu ertragen. Die großen Dreschmaschinen im Hof, wahre Wunderkästen, höher als das Gesindehaus, beschäftigten, angetrieben von einer wuchtigfauchenden Dampfmaschine, Dutzende von Menschen, die das Getreide büschelweise vorne hineinwarfen, hinten gepreßt und gebündelt herausnahmen und in der Scheune stapelten, während andere an der Seite die Säcke, in die die Maschine die Getreidekörner spuckte, zubanden und wegtrugen.

Maria beobachtete das durch ein geschlossenes Fenster, denn die Luft war voll von kleinen Strohresten, vom Spelz der Körner, von der Maschine hochgewirbelt schwebte die Spreu über den Hof, senkte sich langsam, von der Sonne vergoldet, auf die Frauen und Männer an der Maschine, so daß sie in ihrem Schweiß aussahen wie Bronzefiguren. Am Abend sprangen sie alle zusammen in große Bottiche, retteten sich aus der trockenen verstaubten Luft in ein anderes Element, aßen anschließend an langen Tischen im Freien unglaubliche Mengen von Fleisch, Brot und Kartoffeln, lagen danach wie tot unter dem Vordach des Gesindehauses, bedienten am nächsten Tag wieder die Maschinen und zogen nach vier Tagen mit ihrer Dampfmaschine, an die sie die schwer manövrierbaren Kästen gehängt hatten, zum nächsten Hof.

Schön waren die Tage der Heuernte, schön war es, auf einem hochbeladenen Wagen zwischen Himmel und Erde zu schaukeln, vom Feld nach Hause zu schweben, in den Kurven in eine kreischende Frauenangst zu fallen, wenn der Wagen sich gefährlich neigte und die Männer nur grinsten. Auch der Duft war angenehm, das warme ausgetrocknete Heu, in das man so tief einsank.

Nach der Ernte fuhr die Gräfin mit Maria wieder nach Düsseldorf, und Maria erholte sich langsam in der Umgebung von Stadt und Industrie.

Die Dachstube in Kaiserswerth wurde für die nächsten Jahre der persönliche Winkel Marias, ihr kleines Reich in der neuen Heimat, das sie auch gegen die Gräfin verteidigte, in das sie sich zurückzog, wenn sie ihren Dickkopf hatte, das sie ganz nach ihren Wünschen und Träumen und Erinnerungen ausstattete und in dem sie ihre wenigen Schätze hütete. Das hier war ihre Ecke in der Welt, wenn jemand etwas wollte, hatte er anzuklopfen, auch die Herrschaft, wie sie die Gräfin nannte.

Eine Holztreppe führte aus der Dachstube hinab auf eine gemauerte Empore im ersten Stock, die einen offenen Blick in den Salon im Erdgeschoß bot, der den Eindruck eines etwas eingeengten polnischen Heimatmuseums in einer Kleinstadt machte. Er war wohl auch deshalb so überladen, weil die Gräfin unbedingt demonstrieren wollte, daß sie größere Gemächer gewöhnt sei, die Schränke, Truhen, Tische und Sessel waren für die kleinen Räume des Efeuhauses eindeutig zu groß, gehörten in ein Gutsgebäude. Eng aneinandergerückte Glasschränke zwischen roten Samtportieren vor Türen und Fenstern enthielten Gläser und Porzellan aus Polen, an den wenigen freien Stellen der holzgetäfelten dunkelbraunlackierten Wände hingen Gemälde und Stiche polnischer Städte und Landschaften in viel zu großen und schweren Goldrahmen, der Parkettboden war mit einer doppelten Lage Teppiche bedeckt, so daß die Stimmen der Gäste, die um den gewaltigen runden Eichentisch in kaum verrückbaren Gobelinsesseln hingen, nur gedämpft zur Empore aufstiegen.

Eine Schiebetür verband den Salon mit dem Eßzimmer, ein Tisch für vierundzwanzig Personen füllte den Raum so aus, daß bestenfalls zwölf Personen an der vorderen Hälfte Platz fanden. Eine Anrichte, die ihre säulenartige Vorderfront nur wenige Zentimeter unter der Decke auslaufen ließ, auch nur zersägt und wieder zusammengeleimt diesen Raum erreicht hatte, erdrückte den Rest des Eßzimmers, dessen einziger Schmuck und Trost der Augen, Fluchtpunkt und Halt in dieser zusammenstürzenden Perspektive, ein Mosaik mit dem polnischen Adler aus Ostseemuscheln und Felsbrocken der Hohen Tatra war.

Vor den Fenstern wehte Efeu im Wind und dunkelte die Räume ab, so bildete sich zwischen diesen Erinnerungsstücken aus einem anderen Land eine weihevolle sakrale Stimmung aus, der letzte polnische Tempel auf fremdem Boden. Die Gräfin unterstützte diese Stimmung durch ihre würdige Haltung, die sie in diesen Räumen zelebrierte, durch das Anlegen polnischer Gewänder mit alten polnischen Mustern, durch die müden Augenlider über einer elegischen Stimme, die wie von weither den Raum erfüllte und um Behutsamkeit und ewiges Gedenken bat.

Sonntags fand vor einem kleinen Kreis Getreuer eine Art Geschichtsgottesdienst statt. Ein polnischer Friseur übernahm diese Aufgabe, ein kleines Männlein, das man entmündigt hatte, weil es sich für seinen Lebenstraum, einen Warschauer Friseurpalast aus Marmor, Spiegelwänden, vergoldeten Armaturen, Goldfischaquarien und farbigen Lichteffekten, in dem die Kunden bei Zigeunermusik rasiert und frisiert werden sollten, maßlos verschuldet hatte, jetzt bei der Gräfin als Gärtner und Hausfaktotum herumgeisterte. Er trat jeden Sonntagmorgen um elf Uhr in der ihm viel zu großen Uniform eines polnischen Lanzenreiters vor ein in rotweißes Leder gebundenes Prachtwerk von Buch, das von einem Stehpult herunter den Raum beherrschte, und las jedes Jahr aufs neue den anwesenden Gästen die Geschichte Polens vor, an der Joseph von Lukacz so fleißig mitgeschrieben hatte. Auf Dreikönige begann er mit den Piasten in der masowischen und kujawischen Linie und den Jagellonen, um am vierten Advent mit der letzten Teilung Polens zu enden. Anschließend diskutierten die Gäste die Ereignisse, die Fehlentscheidungen und bedauerlichen Unglücksschläge, so daß es trotz der dunklen Stimme der Gräfin, die Ruhe und stille Andacht forderte, oft sehr laut wurde, weil es eben auch hier zuging wie im berühmten polnischen Reichstag, jeder hatte sein liberum veto, machte ständig Gebrauch davon, verhinderte damit jede Übereinstimmung über die Geschichte Polens, demonstrierte, daß er eine eigene Meinung besaß, war unumschränkter Herrscher seiner volltönenden Worte, setzte gegen alles und jedes sein unüberstimmbares Veto. Maria servierte dann auf einen Wink der Gräfin den beliebten polnischen Tee, Warmbier mit Weißwein und Maraschino, der spätestens nach dem dritten Glas jedes Veto in einen Dämmerschlaf verwandelte.

Maria hatte an diesen Tagen nicht allzuviel zu tun, denn der entmündigte Friseur in der Uniform eines Lanzenreiters stand in Habachtstellung neben dem Lesepult, übernahm mit der dienenden Höflichkeit seines Berufes auch die Butlerrolle und schnitt am Nachmittag, wenn die Gesellschaft in ihren Sesseln schnarchte, einigen treuen Stammkunden in der Küche die Haare. Maria saß um diese Zeit in ihrer Dachstube und studierte *Krieg und Frieden,* das hatte die Gräfin verordnet, und sie kontrollierte es auch, sie übersetzte ihr die französischen Texte, erklärte ihr die Fremdworte, gemeinsam schaffte man so Seite um Seite. Das Unternehmen dauerte zwei Jahre, dann hatte es Maria geschafft, als sie danach ein neues

Buch verlangte, sagte die Gräfin: »Tolstoi genügt. Du brauchst nichts anderes zu lesen. Fang noch einmal von vorne an.«

Medizinalrat Dr. Levi, Leibarzt der Gräfin und gelegentlicher Gast ihrer Séancen, wie er diese Sonntagsandachten nannte, erfuhr durch dieses Gespräch von dem seltsamen überaus konzentrierten Bildungsweg der Maria und meinte, zwei, drei Besuche der *Zauberflöte* könnten ebenfalls nicht schaden, Musik sei bei einer so auserlesenen Erziehung nicht zu vernachlässigen, Mozart sei in diesem Fall unbedingt zu empfehlen. So erlebte Maria, versehen mit ausführlichen Erläuterungen Dr. Levis zu Himmel und Hölle, Feuer und Wasser, Schönheit und Weisheit, Licht und Finsternis, dreimal hintereinander die *Zauberflöte* und entdeckte dabei ihre große Liebe zur Musik.

Bei der Malerei gab es Streit. Die Gräfin ließ nur das *Abendmahl* von Leonardo da Vinci gelten, während Dr. Levi vehement für den *Mont Sainte-Victoire* von Cézanne stritt. Die Gräfin ging von ihrem Kanon nicht ab, Dr. Levi insistierte, Leonardo sei nur ein Perspektivist, Malerei sei primär Farbe, die größere Leistung liege darin, ein einziges Motiv in ständig veränderten Nuancen zu zeigen, ein einziges Thema in unzähligen Variationen aufzuschlüsseln, die tausend Farben des Lebens als offene Komposition zu vereinigen, in der dann jeder Betrachter seine eigene Welt wiederfinde. Der Streit war nicht zu schlichten, er ging über Stunden, Tage, Monate, schließlich bekam Maria von jedem der beiden Maler einen Bildband. Maria hätte gerne die Originale gesehen, aber davor standen Reisekosten, und Dr. Levi fand, daß Maria Tolstoi ja auch nur in einer Übersetzung kenne, und die *Zauberflöte* in der Düsseldorfer Oper sei auch nicht von Mozart inszeniert und dirigiert worden, sie solle daher das Abbild für das Original nehmen, auch das sei eine gute Einführung in das Leben, denn das Leben, das man führe, sei selten das Original, meistens eben auch nur das Abbild des wahren Lebens.

Das waren die Aperçus des Dr. Levi, der sich mit solchen Sätzen gerne selbst eine kleine Freude bereitete, nachdenklich lächelnd musterte er dann die Gesellschaft, die durch seine laute Stimme aus ihrem dösenden Halbschlaf hochgeschreckt nicht so rasch erkennen konnte, ob er mal wieder sie gemeint hatte und was er überhaupt sagen wolle. So entstand immer eine künstliche Pause mit einer unangenehmen Stille, die vom Klappern der Friseurschere im Hintergrund begleitet wurde.

Medizinalrat Dr. Levi war Jude, kam aus Kazimiers, dem Ghetto Krakaus, war in der Miodowa geboren, direkt an der Ecke von Podbrzezie, da, wo die große Synagoge steht, wie er immer hinzufügte, hatte in Berlin und Wien Medizin studiert, in Heidelberg einige Semester Philosophie und Germanistik, eine fatale Neigung, auch das vergaß er nie hinzuzufügen, galt als hervorragender Mediziner, der die Wissenschaft der Medizin aus der Distanz sehen konnte, und vor allem als Kenner und Liebhaber deutscher Literatur.

Auf die Frage, warum er sich ausgerechnet in Düsseldorf als Arzt niedergelassen habe, pflegte er zu antworten: »Weil es hier nie ein Ghetto gab und nie ein Pogrom«, und fügte hinzu, der kleine Heinrich Heine sei hier in die normale Stadtschule gegangen, und darum beneide er ihn.

Der Gräfin stießen solche Äußerungen sauer auf, sie machte dann ein Gesicht, als hätte sie Essig getrunken, murmelte etwas von »Fauxpas« und hegte im übrigen den nagenden Verdacht, daß Dr. Levi ein Freimaurer sei, zumal der Arzt die sonntäglichen frommen Geschichtsdarstellungen gelegentlich mit erläuternden Anmerkungen unterbrach, »Meine Fußnoten«, wie er sagte. Denn immer dann, wenn die Gesellschaft mal wieder mit leuchtenden Augen der erhabenen Geschichte der Jagellonen folgte, erzählte er beiläufig, in das Gemurmel des Friseurs hinein, der wie ein in seinem Gebet unterbrochener Vorbeter überrascht von seinem Buch aufblickte, daß unter den Jagellonen im 16. Jahrhundert in Krakau in der Breiten Gasse die kleine Synagoge – er verbeugte sich leicht – erbaut wurde und daß dort um diese Zeit der berühmte Rabbi Mosche Isserles, der Remu – er verbeugte sich leicht – seine *Darkej Mosche* verfaßte, nur wenige hundert Meter entfernt von der Universität, wo ein gewisser Kopernikus an einer Abhandlung mit dem Titel *De revolutionibus orbium coelestium* arbeitete.
Während die Gesellschaft noch über die Hintersinnigkeit dieser Geschichtsdarstellung nachdachte und dabei langsam in Erregung geriet, führte Dr. Levi seine Gedanken zu Ende, indem er mit ruhiger Stimme mitteilte, daß Rabbi Mosche Isserles, der Remu – er verbeugte sich leicht – im Jahre 1572 friedlich verschieden sei, weil in diesem Jahr ausnahmsweise und in Abweichung des üblichen Geschichtsablaufes der Erhabene, gelobt sei sein Name – er verbeugte sich leicht – in seiner Weisheit geduldet habe, daß Christen Christen erschlagen hätten, in der Bartholomäusnacht seien die Hugenotten die Auser-

wählten gewesen, die für ihren Glauben ermordet wurden. Ob das geschehen sei, um Rabbi Mosche Isserles, der Remu – er verbeugte sich leicht – in Frieden sterben zu lassen, entziehe sich seiner Kenntnis, es liege beschlossen bei dem Erhabenen, gelobt sei sein Name – er verbeugte sich leicht, diesmal nicht ohne Ironie – und schaute, genußvoll seinen Formulierungen nachhängend, an die Zimmerdecke.

Die Gräfin ertrug diese Invektiven mit unbewegtem Gesicht, gab danach dem Friseur mit einem kleinen Spitzentuch ein Zeichen, woraufhin die Geschichte für den Rest des Tages ohne Fußnoten zelebriert wurde. Am Nachmittag ließ sich dann auch Dr. Levi in der Küche die Haare von dem kleinen Geschichtsvorleser schneiden, der dabei auf seinen Wunsch immer das Lied *Die letzten Zehn vom vierten Regiment* singen mußte, darauf schon wartete und loslegte:

»Zu Warschau schwuren tausend auf den Knien:
Kein Schuß im heilgen Kampfe sei getan,
Tambour schlag an, zum Blachfeld laßt uns ziehen,
Wir greifen nur mit Bajonetten an!
Und ewig kennt das Vaterland und nennt
Mit stillem Schmerz sein viertes Regiment.

Ade, ihr Brüder, die zu Tod getroffen
An unsrer Seite dort wir stürzen sahn,
Wir leben noch, die Wunden stehen offen
Und um die Heimat ewig ist's getan;
Herr Gott im Himmel, schenk ein gnädig End
Uns letzten Zehn vom vierten Regiment.«

»Vor dem Zuzug nach Düsseldorf wird gewarnt«, schrieben die Zeitungen, und wenn Fin sich an diese Zeit erinnerte und davon erzählte, meinte sie immer, so stelle sie sich einen Schiffsuntergang vor, das Deck schräg, der Boden rutsche unter den Füßen weg, das Wasser schlage über einem zusammen, man klammere sich an die nächstbeste Planke, ohne zu wissen, wo man sei, und das alles gleichzeitig, in einem Augenblick, nichts sei nach und nach geschehen, so wie man es eben nur erzählen könne, erst das und dann das, nein, alles sei gleichzeitig geschehen, nicht heute das und morgen das, jeder Tag ein totaler Untergang, jeder Tag der Verlust der alten Orientierung, als hätte man Norden, Süden, Westen, Osten mit Gewalt verdreht, und keiner hätte eine Ahnung davon gehabt, kein Kompaß der alten Ordnung half, weil anscheinend Nordpol und Südpol auch verdreht waren.

Düsseldorf war in dieser Zeit wohl die internationalste Stadt Europas und die Stadt mit der größten Garnison Europas. Franzosen, Belgier, Engländer besetzten die Stadt, teilten sie auf, zogen Grenzen, verstärkten sie mit Stacheldrahtrollen, Erdwällen, Grenzpfählen, Schlagbäumen, Wachposten, ließen ihre Fahnen über ihrem Territorium wehen, führten Pässe, Visa und Passierscheine ein, Stempel und Hoheitsabzeichen, erließen unterschiedliche Ausgangssperren und täglich sich ändernde Anordnungen, um die Ordnung aufrechtzuerhalten, die nicht mehr vorhanden war in dieser von nationalen Grenzen durchzogenen Stadt. In den südlichen Stadtteilen regierten die Engländer, in den westlichen Stadtteilen links des Rheins die Belgier, denen auch die beiden Rheinbrücken gehörten, der Rest der Stadt fiel irgendwie an die Franzosen, aber auch das nur für eine gewisse Zeit, dann besetzten Franzosen, Belgier, Engländer die Innenstadt, bildeten eine neue gemeinsame Besatzungszone mit eigenem Recht und eigenem Ausnahmezustand, legten in ihren Befehlen Wert auf den Unterschied zwischen den neubesetzten und den altbesetzten Stadtteilen, so daß es für jeden Bürger lebenswichtig war zu wissen, welche Straße der Stadt zu welcher Zone gehörte. Dazu kam, daß die östlichen Stadtteile jetzt die Grenze nach Deutschland bildeten, denn Deutschland war für Düsseldorf nun Ausland, und Düsseldorf war für Deutschland nicht mehr Inland, die Fernzüge nach Berlin, Hamburg, München standen stundenlang auf kleinen Vorortbahnhöfen und warteten auf die Personen- und Zollkontrolle deutschfranzösischer Patrouillen, »Was tun Sie in Deutschland? Was wollen Sie in Düsseldorf?«, denn Ausland ist nicht Inland und Ordnung ist Ordnung.

Auch innerhalb Düsseldorfs gab es In- und Ausland, denn die alten und die neuen Zonen entwickelten ihr Eigenleben. Die Engländer führten in ihrer alten Zone die englische Zeit ein, so daß man, wenn man nach Benrath kam, die Uhr eine Stunde zurückstellen mußte. Sie sprachen gerne von Demokratie, liebten ordentliche Passierscheine mit vielen Stempeln, die man im Benrather Rathaus bekam, falls man plausibel und möglichst auf englisch erklären konnte, daß man seine Tante beerdigen wolle, denn ein kurzer Aufenthalt in diesem Neu-England war nur durch einen wichtigen und ernsthaften Grund zu erreichen, keinesfalls konnte man sagen, man wolle im Schloßpark spazierengehen, denn im Schloß saßen die Engländer und bewunderten die Lyoner Seidentapeten.

Die Belgier links des Rheins legten Wert auf Kultur und führten erst einmal ihr Schulsystem ein. Sie bestanden darauf, daß alle Lehrer dieser Schüler in ihrer alten Zone wohnen mußten, denn die Erziehung sollte einheitlich sein. Da sie auch sonst Wert darauf legten, all ihre Schäflein beisammen zu haben, mußten nun viele Einwohner, die in irgendeiner Weise in diesem Belgien zu tun hatten, ihren Wohnsitz vom Rechtsrheinischen ins Linksrheinische verlegen. Dafür waren die Posten an den Rheinbrücken lässiger als die der anderen Nationen, wenn man ein bißchen französisch sprach, sahen sie sich den Passierschein nicht so genau an, winkten durch, »C'est ça«.

Die Franzosen konzentrierten sich mehr auf ihre neue Zone, obwohl Engländer und Belgier hier das gleiche Recht hatten, schickten Kolonialregimenter, Algerier, Marokkaner, Senegalesen, die Düsseldorf schon im Straßenbild, zusammen mit englischen und belgischen Uniformen, ein internationales Flair gaben. Sie versuchten vor allem die klare, vernünftige französische Verwaltung einzuführen, der kommandierende General traf sich deshalb mit dem hilflosen Bürgermeister gelegentlich in der Kunstakademie, das war ein stilvoller, würdiger und gewissermaßen neutraler Ort, der einzige Ort, an dem in Düsseldorf absolute Ruhe herrschte, und besprachen dort bei einer Zigarette den Belagerungszustand zur Aufrechterhaltung der Ordnung.

Fin meinte später, das Wichtigste sei gewesen, daß man immer wußte, wer einen in welcher Zone verhaften durfte. Es gab jetzt eine grüne und eine blaue deutsche Polizei mit unterschiedlichen Befugnissen, dazu die französische, englische, belgische Militärpolizei in den jeweiligen Zonen und gemischte deutsch-französische Polizeistreifen an den Grenzübergängen. »Auf daß Ordnung herrsche.«

Die andere Ordnung schuf das Geld, und Fin sagte, damals hätte sie rechnen gelernt wie dieser Medici, den Satz hatte sie von Gustav. Es gab die Banknoten des Deutschen Reiches, die Geldscheine der Stadt Düsseldorf und das Notgeld der Fabriken, allen gemeinsam war eine wuchernde Ornamentik, die die Menschen als Nullen entzifferten und die mit jedem neuen Schein immer üppiger wurde. Da Tag und Nacht Geld gedruckt wurde und die Nullen damit den fruchtbarsten Grund ihrer Vermehrung gefunden hatten, verwandelte sich die Ornamentik über eine Scheinblüte in Schlingpflanzen einer undurchdringlichen Zivilisation. Die Menschen zählten von morgens bis abends, zählten, bis ihre Finger in allen Farben der Geldscheine schimmerten, und wußten doch nicht, wieviel Geld sie hatten, denn über Nacht hatten sich die Nullen schon wieder vermehrt, und der neue Tag begann mit Zählen. Später gab es die Deutsche Rentenmark, die weniger Nullen hatte, aber nur in den neubesetzten Zonen als rechtmäßiges Geld anerkannt wurde, in den altbesetzten Zonen breiteten sich weiterhin die Nullen des alten Geldes aus. Neben diesen verschiedenen deutschen Währungen existierte auch noch ganz offiziell der französische Franc, der belgische Franc und das englische Pfund, wobei die Engländer gerne in französischen Franc zahlten, dessen Kurs zum deutschen Geld sie selber festlegten, so daß es neben dem amtlichen auch einen englischen Franc-Kurs gab, dafür tauchten bei den Belgiern öfter Schweizer Franken und amerikanische Dollars auf, die wiederum von den Franzosen sehr begehrt waren, die offenbar kein rechtes Vertrauen in ihre eigene Währung hatten. Auf diese Weise erlernte fast jeder Bürger der Stadt den Beruf des Geldwechslers, lebte auf traumhafte Weise wie ein Krösus in einer ganz unrealen Wirklichkeit, eine normale alltägliche Zeitung, in der nichts Besonderes stand, kostete zweihundert Milliarden, ein einfacher Mensch, dem man seinen Reichtum nicht ansah, gab täglich Billionen aus, und die Stadt Düsseldorf druckte Trillionen, was immerhin eine Zahl mit achtzehn Nullen ist. Diese selbstfabrizierten Trillionen fuhr man in Möbelwagen, Krankenwagen und Särgen durch die Stadt, massenhaft, todkrank, am liebsten hätte man sie still beerdigt in all diesen Särgen, und doch erreichte das mit jedem Kilometer Fahrt wertloser werdende, nach billigen Farben und schlechtem Druck stinkende Papier nie seinen Friedhof, die Menschen plünderten die Särge wie Leichenfledderer, um das Papier im nächsten Geschäft ganz und gar unheilig in irgend etwas Eßbares zu verwandeln, wenn es denn etwas Eßbares gegeben hätte.

Die Kehrseite dieser Notgeldordnung hieß Milchnot, Kartoffelnot, Mehlnot, Bekleidungsnot, Kohlennot, so die Litanei der täglichen Zeitungsberichte. Säuglinge starben, weil es keine Milch gab, die Kinder wuchsen nicht mehr und verloren an Gewicht, klein und leicht starben sie an Tuberkulose, die Alten verhungerten oder erfroren in ihren Wohnungen. Kuchen- und Brötchenbacken war überflüssigerweise verboten, man ernährte sich nur von Notbrot, Krankenbrot und Kriegsbrot, verschiedene Namen für eine einzige Mischung, die nach Ansicht von Kennern aus Stroh, Baumrinde, Bohnen und Sauerampfer bestand und darüber hinaus noch Zutaten enthielt, über die man besser nicht sprach. Allgemein bedauerte man, daß die Stadt nicht in Afrika lag, da hätte man nackt herumlaufen können, so plagte man sich mit den Überresten von Schuhen, Anzügen, Hemden, Mänteln. Man war sich einig, daß dies das Chaos sei, und hütete sich vor dem Satz, schlimmer könne es ja nicht mehr werden, denn alle hatten erlebt, daß es immer noch schlimmer werden kann. Nicht nur die menschliche Ordnung, der Mensch lag bloß bis auf die Knochen und war bereit, im Antlitz Gottes zu verrecken.

»Sei Mensch« schrieben die Zeitungen jeden Tag, »Sei Mensch« stand von Hand gekritzelt an den Plakatsäulen, Volksspeisung, Schulspeisung, Kleiderspenden, Heizungsspenden, »Sei Mensch«. Die Stadt rettete sich in die letzte Ehrbarkeit, und die hieß Suppenküchen an allen Straßenecken, aber auch für sie benötigte man Bezugsscheine, die einem überhaupt erst das Recht verliehen, sich in eine Menschenschlange zu stellen, an deren Ende ein halber Liter Suppe in einer Schöpfkelle auf einen wartete. Es gab Menschen von Treu und Glauben, Ehre und Anstand, Recht und Gesetz, die mit dem Verdienstorden ihres Staates um den Hals nicht stehlen konnten, die es nicht fertigbrachten, am Ende ihres Lebens um die Vergünstigung dieses Bezugsscheines zu betteln, die damit ihren Totenschein ausstellten, weil sie sich das Leben so nicht mehr vorstellen konnten. Als auch die Suppenküchen leer waren und die Stadt Düsseldorf keinen Pfennig und keine Billion mehr hatte für Arbeitslose und Wohlfahrtsempfänger und Sozialhilfe, da gab es auch offiziell keine

Ordnung mehr, da gab es nur noch den Ruf »Sei Mensch«, und die Menschen, die nun gar nichts mehr zu essen hatten, gingen in die Läden und holten sich, was sie brauchten, »Sei Mensch«, brachen die Lager auf, holten sich Kartoffeln, Mehl, Bohnen, Zucker, Salz, Heringe und Apfelkraut, »Sei Mensch«, trugen es in Unterröcken und Jacken fort und schufen sich ihre Ordnung, die von ihren eigenen Ordnern mit der Pistole in der Hand bewacht wurde, »Sei Mensch«, als die Polizei trotzdem Ordnung schaffen wollte, für wen war überhaupt nicht mehr zu erfahren, da hatte man schon lange die Angst vor der Polizei verloren, man setzte ihr die Pistole auf die Brust, sie zog sich zurück, und als sie mit Gewehren und französischen Panzern wiederkam, wurde sie in Oberbilk mit Gewehrfeuer und Handgranaten empfangen, und wieder wurde geschossen um etwas Brot und Apfelkraut, und auf beiden Seiten gab es Tote, »Sei Mensch«, und »Im Namen der Ordnung«.

Fin jonglierte gekonnt mit Passierscheinen und Aufenthaltsgenehmigungen, mit Notgeld und Devisen, rechnete Mark in Franc und Pfund um, hatte ihr Portemonnaie längst weggeworfen, schob sich die Geldpakete zwischen Kleid und Unterwäsche, wechselte so ausgestopft und auswattiert zwei- bis dreimal am Tag, vorbei an grüner, blauer und französischer Polizei, die verschiedenen Besatzungszonen, zog wie viele andere einen handfesten Schmuggel zwischen den Nationen auf, die die Stadt auf engem Raum regierten, verwandelte bei den Belgiern, Engländern und Franzosen Eiserne Kreuze, Preußische Verdienstmedaillen und adlergekrönte Stahlhelme in Cognac, Zigaretten und Corned beef, wofür sie jenseits der

Grenze nach Deutschland bei den Bauern Speck, weiße Bohnen und Kartoffeln bekam, durch diesen Kreuz- und Querhandel erhielt sie in einer ungeheuren Anstrengung ihrer Familie das Leben, eine Heldentat, für die die Regierung, die so viele Orden für getötetes Leben auf Lager hatte, niemals eine Anerkennung aussprechen würde, denn das Bajonett im Bauche des Gegners war rechtmäßig und lobenswert und im Sinne höherer Werte wie Gott und Vaterland, eine Scheibe Speck auf indirekte Art, dazu noch über Grenzen geschmuggelt, war. bestenfalls ein Verstoß gegen mehrere Paragraphen des Bürgerlichen Gesetzbuches, diente nur dem Schutz vor dem Hungertod, lag daher in keinem höheren Interesse, war unbedingt strafwürdig. So ungefähr lautete der Kommentar Gustavs, den er dreimal am Tag in verschiedenen Variationen von sich gab.

Gustav saß um diese Zeit mal wieder fest, die gerade verheilte Wunde an seinem Bein hatte sich erneut geöffnet, daran war der Kapp-Putsch schuld, die verdammte Reichswehr, die ihren Kaiser wiederhaben wollte. Bei dem anschließenden Generalstreik, bei den Schießereien mit den Soldaten, die in Oberbilk erneut Tote hinterließen, bei den Diskussionen in der Einwohnerwehr, die aus den alten Arbeiterräten bestand und nach ihrem Sieg und dem Abzug des Militärs Düsseldorf mal wieder für kurze Zeit regierte, mußte Gustav einen Schlag oder einen Tritt gegen das Bein bekommen haben, er merkte es zu spät, die Wunde glühte wieder dunkelrot, das Bein lag aufgebahrt auf einem Küchenhocker, und Gustav polierte mit sarkastischen Bemerkungen die Armeepistole, die er einem Offizier abgenommen hatte.

Fin hatte den Kapp-Putsch nur dadurch in Erinnerung, daß von einem vorbeifahrenden Lastwagen voller Soldaten auf die vor einer Suppenküche stehende Schlange von Frauen geschossen wurde, alle Frauen sich sofort auf den Boden warfen, Fin, die gerade an der Reihe war, ihren Zuschlag bereits erhalten hatte und sich daher mit dem vollen Suppentopf auf die Erde werfen mußte, hatte hinterher einen langen Streit, ob sie ihren Suppentopf nun noch einmal gefüllt bekäme oder ob sie ihre Ration schon erhalten habe.

Fin merkte anfangs auch nicht, daß der gute Hermann und Baas Koslowski auf einmal mit einer grün-weiß-roten Schärpe herumliefen, in Oberbilk hatte jeder so seine Farbe, mit der er herumwedelte, manchmal war es nur der Schützenverein, manchmal eine neue Republik, wer kannte sich da schon aus. Aber dem guten Hermann war es ernst, er schilderte mit Engelszungen und in freundlichsten Farben die Zukunft der heraufdämmernden neuen Menschheitsschöpfung, genannt die *Rheinische Republik*. Eine neutrale Republik, auf der anderen Seite Deutschland und dazwischen ein kleines Paradies, die Rheinische Republik. Der gute Hermann sah sich bereits als stolzer Citoyen, schmückte seine Sätze mit französischen Sprachbrocken, kam mit »Bonjour« ins Zimmer, sagte »Merci«, fragte »Comment allez-vous?« und sagte nach jedem Satz Gustavs »C'est ça«. Baas Koslowski, der die Wünsche seiner Gäste auch schon mit einem »Avec plaisir« entgegennahm, erhoffte sich paradoxerweise auch als Pole eine neue Heimat. Viele Polen taten das; die, die sich inzwischen als Deutsche fühlten, von den Deutschen aber als Ausländer behandelt wurden, die, die nach dem Krieg nach Frankreich gegangen waren, inzwischen aber wieder Heimweh nach Deutschland hatten, so daß sich ein rheinisch-polnischer Staat zwischen Frankreich und Deutschland abzeichnete, eine Mischung aus polnischem Tanz und rheinischem Laisser-faire, polnischer Verrücktheit und rheinischer Lebenslust, in dem es sich in Freiheit leben ließ.

Als der stolze Tag der Gründung der Rheinischen Republik gekommen war, fühlten sich auch der gute Hermann und Baas Koslowski aufgerufen. Sie marschierten mit ihrer Fahne los. Gustav sah ihnen wehmütig aus dem Fenster nach, und Fin meinte: »Dat tut dir aber leid, dat du da nich mitkloppen kannst.« Gustav humpelte beleidigt zu seinem Küchenhocker zurück, legte das Bein hoch und polierte die Pistole.

Die Rheinlandwehr, die Schutztruppe der neuen Republik, zweitausend schwerbewaffnete Männer, war schon am Morgen auf die noch nicht existierende Republik vereidigt worden. Sie übernahm die Ordnung in Düsseldorf, der Hauptstadt der Rheinischen Republik, und geleitete die aus dem Rheinland und aus dem Ruhrgebiet anrückenden Marschkolonnen mit entschlossener Miene zum Stadttheater, auf dessen Stufen die neue Republik ausgerufen werden sollte.

Vor dem Stadttheater bildete sich ein Heerhaufen von zwanzigtausend Menschen, die dem Intendanten des Hauses die schönste Freilichtinszenierung seines Lebens bescherten. Fahnen in allen Farben wehten über den Köpfen, grün-weiß-rot, schwarz-rot-gold, schwarz-weiß-rot, der alte preußische Adler der Kaiserlichen, die rote der Kommunisten, die Kriegsfahnen der Veteranen und die weiß-gelbe einer polnischen Pfarrei, von allen Seiten kommend stießen sie in einem shakespeareschen Getümmel aufeinander, blaue und grüne Polizei bildete einen Riegel gegen den Wall der Rheinlandwehr, französische Truppen schoben sich in Stoßkeilen zwischen Polizei und Rheinlandwehr, entwaffneten die Polizei, und während die Verteidiger des Deutschen Reiches in einer Umgehungsbewegung gegen die französischen Truppen vorrückten, preschten aus den Seitenstraßen die Kommunisten, und Kommunisten und Rheinlandwehr begannen, sich gegenseitig zu entwaffnen. Die Masse schob, drängte, drückte, kreißte in den Geburtswehen eines neuen Staates, der auf den Stufen des Stadttheaters von einem Mann hinter einem Mikrofon über große Lautsprecher ausgerufen wurde. Das Volksgemenge drehte sich im Kreis, verschlang sich labyrinthisch, ganze Chöre schrien: »Es lebe die Republik!«, wobei die einen die Rheinische, die anderen die Weimarer meinten, auch die Fahnen boten keine Orientierung mehr, sie wechselten unbeabsichtigt die Fronten, hüben war plötzlich drüben, Fahnenträger fanden sich im falschen Haufen wieder, es erwies sich einmal mehr, daß mit Fahnen überhaupt nichts anzufangen war, eher schon mit den Fahnenstangen, und als die vereinigten Republikchöre von Nebenchören aus dem Takt gebracht wurden, sich vermischten mit Nationalhymne, Kaiserhymne, Internationale, wurde die Drängelei lebensgefährlich, man verschaffte sich Luft, indem man aufeinander losging, geballte Fäuste, Polizeiknüppel, französische Helme, hochgehende Pferde, blinkende Säbel, gefährlich dröhnende Panzer, ein Schuß fiel, mehrere Schüsse antworteten, dann knatterte es von allen Seiten, nun war keiner mehr in der Lage, die fehlgeschlagene Inszenierung zu stoppen, der Stadttheaterintendant warf sich in seinem Büro auf den Boden, das geplante Freudenfeuerwerk spielte sich nicht am Himmel, sondern auf Erden ab, die Kugeln pfiffen ihre schrägen Töne, klatschten gegen die Hauswände, spritzten zurück, schlugen dumpf in vorbeihastende Menschen, und auf den Straßen der Stadt spielte sich das ab, was später der Blutsonntag genannt wurde und vielen Menschen, die ihr Vaterland retten wollten, das Leben kostete.

Baas Koslowski hatte den Säbelhieb eines Berittenen abbekommen, Koslowski machte das nichts aus, auf seinem Schädel konnte man viele Säbel zerhauen. Der gute Hermann kam in Unterwäsche nach Hause, weil er in dem Gedränge die Fahne hochhalten mußte, sich heldenhaft auf die Fahne konzentrierte und gar nicht bemerkt hatte, daß man ihm, weil man nicht an die Fahne herankam, den Anzug vom Leibe riß. Jetzt saß er mit den Resten seiner Fahne auf dem Ledersofa und weinte.

»Dat wär et doch jewesen. Wat haben wir mit Berlin zu tun?«

Gustav konnte nicht leugnen, daß das Rheinland immer zwischen Berlin und Paris lag und wie das Elsaß alles auszubaden hatte, was in den beiden Hauptstädten ausgeheckt wurde, aber jetzt müsse man die Weimarer Republik verteidigen, das sei seine Meinung.

Koslowski gab zu Protokoll, daß man die Hauptstadt zur Abwechslung dann auch mal ins Rheinland verlegen solle, dahin, wo der Schlamassel jedesmal am größten sei, Berlin sei ja wohl noch nie von drei Nationen besetzt worden, das gönne er denen aber mal von

Herzen, vielleicht würden die dann in Berlin ihre Reichsreden mal auf anderem Papier schreiben.

Das Gespräch kreiste wie üblich um Reichswehr, Einwohnerwehr, Rheinlandwehr, um Räterepublik, Rheinische Republik, Weimarer Republik, bis Fin, die strümpfestopfend dabeisaß, in ihrer impertinenten Art fragte: »In welchem Land liegt denn die Weimarer Republik?« Gustav, der aufspringen wollte, dann aber sein Bein festhielt, schrie rot vor Jähzorn: »Hier!« Da legte Fin den Strumpf weg, alle erinnerten sich später daran, hob feierlich die Hand zum Schwur und sagte mit fester Stimme: »In Düsseldorf hat et bis jetzt noch nie 'ne Weimarer Republik jejeben. Dat hätte ich jemerkt.«

Diesmal hatte Fin sogar den Bürgermeister auf ihrer Seite, denn auch er kannte Düsseldorf nur als »Stadt des ständigen Aufruhrs, der Spartakisten, der Separatisten, der Franzosen, des Belagerungszustandes und der Kriegsgerichte, als sterbende Stadt.«

8

Maria wuchs heran zu einer sanften melancholischen Schönheit. An manchen Tagen saß sie stundenlang bewegungslos in einem Sessel, sah vor sich hin, sprach man sie dann an, reagierte sie unwillig und mit Verzögerung, fragte man sie vorsichtig, ob sie etwas habe, einen Schmerz, ein Problem, verneinte sie abweisend, schüttelte den Kopf, starrte wieder in ihre imaginäre Welt, die jenseits der Gedanken und Gefühle der sie umgebenden Menschen lag. Ob sie an etwas denke, fragte Dr. Levi einmal, sie verneinte, schüttelte den Kopf, saß da, blickte unbewegt ins Leere, rührte sich nicht, schien hypnotisiert, hatte etwas Somnambules, ihre weichen Gesichtszüge waren dann entspannt, die dunklen Augen noch dunkler, das schwarze glatte Haar lag auf den Kissen des Sessels, die schlanken Arme waren wie zum Schutz über ihrem Körper gekreuzt. Diese träumende Abwesenheit endete meist in einem ruckartigen Aufstehen, Maria stürzte dann in die Küche und konnte von einer Sekunde zur anderen mit der Zubereitung des Essens beginnen.

Sehr schlank, sehr zart, trug sie die aus der Mode gekommenen Kleider der Gräfin, teure Stoffe, die sie sich auf ihre Figur abänderte, sie wieder der Mode annäherte, mit neuen Accessoires versah. Da sie mit Vorliebe die Ballkleider der Gräfin verwandte, schimmernde Seidenstoffe in Rubinrot, Türkis und Königsblau, seltene ausgewählte Muster, Brokat mit Gold- und Silberstickerei, Atlasseide mit eingearbeiteten Perlen, sah sie aus wie die Königin von Saba, wie die Gräfin einmal vor der Gesellschaft mißbilligend bemerkte, denn Maria trug nur in der Küche eine Schürze, betrat sie den Salon, legte sie die Schürze ab, darüber war nicht zu diskutieren, und die Gräfin hatte es aufgegeben, ihrer Maria, wie sie sagte, Vorschriften zu machen.

Maria tat nur das, was sie wollte, da war nichts zu machen, daran war nicht zu rütteln. Maria nahm keine Anweisungen entgegen, sie wisse selber, was sie zu tun habe, so ihre stereotype Antwort. Als die Gräfin am Anfang wünschte, auf den Gesellschaften, die sie gab, in der dritten Person angeredet zu werden, gab es einen so handfesten Krach, daß die Gräfin noch lange danach bereute, einen solchen Wunsch überhaupt ausgesprochen zu haben.

Maria führte den Haushalt, das hatte sie inzwischen gelernt, und sie führte ihn selbständig, so wie sie es für richtig hielt. Sie entschied über die Einkäufe und das tägliche Essen, sie legte die Reihenfolge der Gänge bei einem Diner fest, dirigierte die Hilfsköchin, servierte und überwachte den korrekten Ablauf bis hin zu Café und Cognac, sie bestimmte auch, wann die Zeit des Großreinemachens war und wann die Waschfrau kommen mußte. Da Maria, obwohl sie so grazil und zerbrechlich war, mit ihrem unerschöpflichen Willen zwölf Stunden am Tag »wie der Teufel«, so die Gräfin, arbeiten konnte, ohne Murren jede Arbeit verrichtete, das Haus in Ordnung hielt, als wäre es ihr eigenes, gab es schon lange keinen mehr, der ihr irgend etwas zu sagen hatte. Dies war ihr Haus, hier bestimmte sie.

Anerkennung war bei Maria nur über vorsichtiges Lob ihrer Kochkünste zu gewinnen, zu dick aufgetragen, lehnte sie das Lob ab, sie wußte selber, daß sie kochen konnte, dezent und genießerisch vorgetragen, nickte sie kurz, war das Lob beständig und immer noch zurückhaltend, konnte man sich mit Maria anfreunden. Sie legte Wert auf Manieren und haßte die Protzigkeit vollgefressener Serviettenbäuche, die mit dunkelrotem Kopf Nachschlag forderten.

Ein Könner auf dem Gebiet der vorsichtigen Annäherung war Dr. Levi, eindeutig ein Gourmet, ein Mann, für den Essen zur Kultur gehörte und der von Maria daher bevorzugt wurde, sich auch gelegentlich Sätze erlauben durfte, bei denen andere in Ungnade gefallen wären. Als Maria einmal in Goldlamé und mit einem unerhört strengen Bubikopf in den Salon kam, entschlüpfte ihm ein verblüffendes: »Auftritt, der Prinz von Alexandria.« Die Gräfin hielt vor Schreck einen Moment die Luft an, wagte nicht, das Sandgebäck zu zerbeißen, das sie gerade in den Mund gesteckt hatte, Maria glitt mit abwesendem Blick durch den Salon, huschte leise an den Sesseln vorbei, registrierte, ob jede Tasse und Untertasse, jeder Untersetzer, jede Kanne, jede Zuckerdose, jedes Milchkännchen, jede Rumkaraffe, jede Likörkaraffe, jede Gebäckschale, jede Obstschale, jeder Aschenbecher, jede Vase und in der Vase jede Blume ihren ordnungsgemäßen Platz hatten. Als sie den Raum verließ, drehte sie sich kurz um und lachte. Dr. Levi fiel erleichtert mit seinem berühmten schallenden Gelächter ein, gab auch etwas mehr Stimme als sonst, die Gräfin lachte etwas geniert mit dem Sandgebäck im Mund, endlich lachten auch die Gäste, die Gräfin war froh, daß Maria gelacht hatte, denn wenn sie nicht gelacht hätte, wäre es besser gewesen, auf der Stelle auszuziehen, und sie strafte Dr. Levi, der auf so leichtfertige Weise den Hausfrieden gefährdet hatte, mit einem ernsten Blick.

Aber auch die in dieser Gesellschaft immer etwas forciert unbekümmerte Art Dr. Levis, der diese Geisterwelt, wie er sie nannte, nicht gerade liebte, fand ihre Grenze in Marias unerbittlichen Grundsätzen. Als er vorschlug, das polnische Weihnachtsessen, diese aus vielen Gängen bestehende Reihenfolge von Köstlichkeiten, die rotleuchtende Barszcz-Suppe, die Pierogi mit Sauerrahm und Schnittlauch, die Golabki mit Speck und Majoran und natürlich der Karpfen und als unverrückbarer Abschluß die selbstgebackenen Honigkuchen, auch an weniger hohen Feiertagen zu wiederholen, da es allzu schade sei, daß man derlei nur zu Christi Geburt auftische, antwortete Maria kühl, dieses Essen sei eine Tradition, und Traditionen habe man einzuhalten, da könne man ja gleich jeden Tag Weihnachten feiern.

Die Gräfin hakte hastig ein, winkte mit ihrem Spitzentuch und bat Dr. Levi, mit Maria kein Gespräch über Traditionen zu führen, man würde dabei nur den kürzeren ziehen. Dr. Levi gab nach und bemerkte nachdenklich, die polnische Nation sei ein Gebilde, das in den Köpfen und Herzen der Menschen stecke, weniger in festen Grenzen, je mehr man dieses Gebilde auf der Landkarte hin und her schiebe, desto unverrückbarer sei es im Inneren der Menschen.

Einmal im Monat erschienen die Gelsenkirchener, eine Gruppe schwarzgekleideter Männer und Frauen, die wie ein Vogelschwarm einfielen, sie fragten nach dem Befinden allerseits, schielten in der Küche auf Schinken und Würste, die vom Gut kamen, saßen schwarz und feierlich nebeneinander auf den Stühlen an der Wand, aufgereiht wie Papageien auf einer Stange, sprach einer, redeten alle, und da alle immer dasselbe sagen wollten, alle immer denselben Satz vollenden wollten, ergab sich je nach Einsatz ein mehr oder weniger verständlicher Chor. Mißtrauisch beäugten sie die rasche Entwicklung Marias und fanden, daß Maria doch etwas aus der Reihe tanze, sich zu einem Paradiesvogel entwickelt habe, der keinesfalls mehr in ihre schwarze Vogelstangenreihe passe. Der alte Unterschied zwischen den Lukacz' unter Tage, die im Dunkel arbeiteten, und den von Lukacz' über Tage, die im Licht lebten, schwelte sichtbar.

Polka-Paul, der seine Gedanken wieder etwas beisammen hatte, allerdings nur mit dem schwarzen Klarinettenkasten unter dem Arm, den er daher auch den ganzen Tag mit sich herumschleppte, egal, wohin er ging und was er tat, ob er im Garten hinter dem Haus saß, vor der Zeche spazierenging, abends bei seinem Taubenvater sein Schnäpschen und sein Bier trank, »Immer die Klarinette unter dem Arm«, wie alle Gelsenkirchener im Chor bestätigten, »und nachts griffbereit am Bett«, so der Chor im Nachsatz, wenn die Träume kamen, aus dem verschütteten Bunker aufstiegen, sofort die Beine aus dem Bett, die Klarinette angesetzt und ein paar Takte gespielt, »Dann schläft er wieder«, rief der Chor der Gelsenkirchener.

Polka-Paul, der immer sagte, Maria habe die verträumten weichen Gesichtszüge ihres Vaters, seine schwarzen Haare, hoffentlich nicht auch seine Schwermut, aber ein wenig tanzende und singende Fröhlichkeit der Mutter stecke wohl auch in ihr, Polka-Paul erhob in dem allgemeinen mißmutigen Gemurmel seine Stimme zu einem eindeutigen Solo und meinte, was die Maria betreffe, so wolle er nur sagen, man könne eine Melodie auch auf verschiedene Weise spielen, man dürfe nur nicht aus dem Takt kommen. Der Chor der Gelsenkirchener einigte sich dann zum Schluß immer auf den Anfangssatz, mit dem sie eingetreten waren, und der besagte, Maria sei ihrem Vater »wie aus dem Gesicht geschnitten«, was Anlaß zu der Hoffnung gab, daß sie doch nicht so ganz aus der Art schlage.

Polka-Paul packte dann seine Klarinette aus, spielte zum Abschied, nach einer artigen Verbeugung, *Noch ist Polen nicht verloren,* das war die gehörige Reverenz an die *von,* wurde auch entsprechend gnädig angenommen, dann entfernte sich die ganze Gruppe flatternd und redend, schnatterte immer dieselben Sätze, »aus der Reihe tanzen«, »aus dem Gesicht geschnitten«, schleppte Schinken und Würste ab, verschwand gegen den Horizont, Maria hinter dem Efeufenster immer noch einmal zuwinkend, bis sich ihre Stimmen unter dem weiten Himmel des Niederrheins verloren.

Über Marias Ahnungen, die ihr und ihren Kindern später mehrmals das Leben retten sollten, hatten anfangs alle nur gelacht. »Heute kommen die Gelsenkirchener«, das wußte sie, warum, das wußte sie nicht, aber es stimmte immer, die Gelsenkirchener kamen. Auch andere Ereignisse kamen, und Maria hatte sie vorhergesagt, beiläufig, ganz ohne Bewußtsein, aus dem Gefühl heraus. Maria wollte nicht darüber reden, die Sache war ihr eher unangenehm, zumal die anderen ihre Späße damit trieben. Das aber nur bis zu dem Tag, an dem sich die Gräfin das Bein brach, Maria hatte sie vorher beschworen, das Haus nicht zu verlassen, hatte geweint vor Wut, nicht weil die Gräfin sie eine dumme polnische Gans nannte, sondern weil sie trotz aller Warnungen die Kutsche bestieg, mit den Pferden, denen man das ganze Unglück doch schon ansah. Als man die Gräfin mit gebrochenem Bein unter der umgestürzten Kutsche herauszog, schwor sie, Marias Warnungen von nun an zu beachten, hielt sich aber nicht daran, als sie im Sommer den Zug nach Berlin zur Fahrt nach Posen bestieg. Als Maria plötzlich von ihrem Platz hochschoß, ihre Sachen an sich riß, mit beiden Beinen zugleich aus dem Zug sprang und die Gräfin schreiend aufforderte, herauszukommen aus diesem Unglückszug, nahm die Gräfin ihren Schirm, schlug auf Maria ein, sich weit aus dem Fenster legend, aber Maria stand wie ein erzgegossener

Esel auf dem Bahnsteig, rührte sich nicht, und die Gräfin verrenkte sich bei ihrem wütenden Zuschlagen den Arm so sehr, daß man sie unter Stöhnen und Schmerzen aus dem Zug führen mußte. Der Fall blieb als Vorhersage umstritten bis zum nächsten Tag, da las man in der Zeitung, daß im Märkischen ein Zug entgleist sei, Dr. Levi konsultierte den Fahrplan, es stellte sich heraus, daß die Gräfin und Maria in diesem Zug gesessen hätten, und Dr. Levi attestierte nachträglich ein Wunder.

Das sprach sich herum. Aber es war schwer für Maria, die Vorhersagen im voraus exakt zu bestimmen. Sie war keine Hellseherin, sie hatte nur unbestimmte Gefühle, die sie auch nicht erklären konnte. Entweder ein wochenlanges Unbehagen, das bei ihr Depressionen auslöste, sich erst nach Eintritt eines Unglücks auflöste, so daß man erst im nachhinein wußte, was Marias Unwohlsein bedeutete, obwohl sich ihr Zustand in den Stunden davor verschlechterte, so daß man sich zeitlich doch einigermaßen vorsehen konnte, oder die Eingebungen kamen so blitzschnell wie im Zug, da mußte man dann einfach dahin rennen, wohin auch Maria rannte, rasch auf die andere Straßenseite, und Sekunden später krachte ein Bierfuhrwerk in den Marktstand, vor dem man gerade noch gestanden hatte.

Maria erklärte ihre nicht näher deutbaren Gefühle so, daß sie spüre, wenn das allgemeine Unglück, das die Welt beherrsche, sich in ihrem Umkreis verdichte. Denn die Welt war für sie sowieso nur eine einzige sich täglich und stündlich wiederholende Katastrophe, die Verkörperung des Chaos, die ungeordneten Reste eines unvollendeten Schöpfungsaktes, Unglück und Zerstörung, Krankheit und Elend, Leid und Tod. Glück kannte sie nicht. Für Glück hatte sie kein Gespür, deswegen fehlten alle Vorahnungen, die auf freudige und angenehme Ereignisse hinausliefen. Freude und Glück fand nur vor dem Hintergrund schwärzester Schicksalsschläge statt, war daher immer fragwürdig, wurde argwöhnisch betrachtet, galt als täuschender Vorhang vor dem Unglück, und tanzte sie einmal im Überschwang schon am frühen Morgen lachend und singend durch das Haus, vergaß sie nie hinzuzufügen: »Der Vogel, der am Morgen singt, den holt die Katze am Abend.«

Mit solchen Merksätzen, deren Vorrat unerschöpflich war, von Generationen angesammelt und überliefert, begleitete sie alle Ereignisse des Tages und der Nacht, denn kaum war der Tag vorbei, kam die Nacht, von der im Prinzip außer Schlaf nichts Gutes zu erwarten war, war die Nacht vorbei, dann kam der Tag, und was der brachte, war sowieso unvorhersehbar, nur zu erahnen, außer schrecklichen Ereignissen war für Maria da nichts in Sicht. Gegen diese Ereignisse halfen nur alte Weisheiten und Vorsichtsmaßnahmen. Lief einem eine Katze über den Weg, mußte man sofort umkehren, zurück ins Haus und den Weg noch einmal unter die Füße nehmen. Ein Schornsteinfeger brachte Unglück, wenn er einem entgegenkam, wenn er aber von hinten kam, dann mußte man im gleichen Schritt mitgehen, und in einem Jahr hatte man einen Schatz, allerdings dürfe man dabei nicht über die Schulter zurückschauen, das bringe dann gleich wieder Unglück. Und wenn das Ohr klingle, linkes was Flinkes, rechtes was Schlechtes, dann müsse man ganz schnell an einen geliebten Menschen denken, sonst sei man bald alleine auf der Welt. Über einen Friedhof dürfe man nur links herum gehen, nie rechts herum, und das nur zu ungeraden Stunden, nie zu geraden, dann könnten einem die Toten nichts anhaben. Und sei der Teufel im Haus, was man daran merke, daß viel Geschirr zerbreche oder die Wäsche nicht recht trockne, dann solle man um Mitternacht auf das Dach klettern, Weihwasser in den Kamin spritzen, und die Sache sei erledigt, der Teufel würde es sich lange überlegen, dieses Haus noch einmal aufzusuchen. Im übrigen bleibe der Teufel in jederlei Gestalt ein Teufel, wenn man im Dunkeln durch einen Wald gehe, »solle man den Mund halten und machen, daß man nach Hause komme«, fuhr die Gräfin gelegentlich dazwischen. Ging ein Tag ohne größere Zwischenfälle vorbei, was für Maria ein Wunder war, war das nur dem wohltätigen Schutz und der segensreichen Wirkung dieser uralten Weisheiten zu verdanken, die man mit Kreuzeszeichen durch Anrufung der zuständigen Heiligen oder der Heiligen Maria Mutter Gottes verstärken konnte, auch durch stündliche Wiederholung des Satzes, der aber fehlerlos und ganz genau so wie der erste ausgesprochen werden mußte, sprach man den Satz aus Versehen falsch aus, war die ganze Wirkung dahin.

Die Litanei war unendlich variierbar, angelegt für ein langes Leben, versehen mit diesem Rüstzeug hätte Maria eigentlich zufrieden sein müssen, aber kaum war der Tag halbwegs glücklich überstanden, kam ja wieder die Nacht und nach der Nacht der Tag, und man könne ja nie wissen, die Schrecken lauerten auf Maria rund um die Uhr, machten sie aber nicht unglücklich, denn sie war fest entschlossen, alle Schrekken zu besiegen und hatte darum auch wieder ein standhaftes, gefestigtes, ganz und gar nicht unfrohes Gemüt, tanzte leidenschaftlich gern, sang, war immer in Bewegung.

Sie glich das alles, für Normaldenkende völlig unverständlich und deshalb auch rätselhaft, auf einer höheren Ebene aus, fand die Balance zwischen den Alltagsdingen, die für sie nicht so wichtig waren, und ihrem Lebenskern in einer schon fast mythischen Gelassenheit. Das Schicksal würde noch Prüfungen für sie bereithalten, die ihre Existenz, ihr Leben betrafen. Das wußte sie. Das ahnte sie. Sie hätte es nicht formulieren können, aber sie fühlte es. Da kam noch etwas, was sich keiner ausmalen konnte, da den meisten Menschen dafür die Phantasie fehlte, und keiner sich so recht Gedanken darüber machte, was den Menschen alles zuzutrauen ist; selbst wenn sie sich Gedanken gemacht hätten, wären sie wohl nie so weit gegangen, wie diese Träumerin in ihren Schreckensträumen. Maria erwartete von dieser Welt nur das Schlimmste, ein anderer mit diesen Gedanken hätte sich das Leben genommen, Maria brachte das für sich ins Gleichgewicht; da sie das Schlimmste befürchtete, konnte es ruhig eintreten, wann es kam, war egal, sie wußte, es kam, und sie wußte, daß sie damit fertig werden würde, daß sie mit allem fertig werden würde.

Wenn die Zaubersprüche nicht mehr ausreichten, ging sie mit einer Kerze zum Stoffeler Kapellchen neben dem Stoffeler Friedhof, dem unteren Ende Oberbilks, das hier zwischen Kapelle und Friedhof, zwischen Kindstaufe und Begräbnis den Wundern und dem Glauben, den Wallfahrten und Pilgerzügen, den Besprechungen und Tuscheleien der Frauen gehörte, im Gegensatz zum oberen Teil des Quartiers, das der Vernunft und der Ratio, der Produktion und der Arbeit, dem Lärm und dem Feuer und den Männern in ihren Fabriken gehörte.

Das war von Kaiserswerth ein weiter Weg, aber das Stoffeler Kapellchen war den Vierzehn Nothelfern geweiht. Früher wurde hier einmal ein Holzsplitter vom Kreuz Christi verehrt, das war auch nicht zu verachten, aber die Vierzehn Nothelfer, die brauchte man nun wirklich zum Leben, Maria wußte genau, wer für welche Notlage zuständig war, und kannte sich aus mit Achatius, Ägidius, Barbara, Blasius, Christophorus, Cyriacus, Dionysius, Erasmus, Eustachius, Georg, Katharina, Margareta, Pantaleon, Vitus.

Das war aber auch das Äußerste, darüber hinaus ging sie nicht zur Kirche, ging nicht zur Messe, übersah Beichte und Kommunion. Maria hatte ihren eigenen Glauben, der der alten Eiche in Polen näherstand als irgendein Kirchturm aus Stein, und war er noch so alt, ehrwürdig und furchteinflößend. Der Griff zum Weihwasserbecken war Respektsbeweis, mußte sein, während Priester für sie eine eher unangenehme Erscheinung waren, sie war unter Bergleuten großgeworden, die sich zu Hause im Zuber nackt wuschen, denen man den Rücken schrubbte, und der Versuch eines Mannes, engelsgleich mit gesalbten Worten sich vor einem Altar in Szene zu setzen, war ihr so scheinheilig, daß sie sich, wenn sie schon einmal in eine Kirche ging, regelmäßig in die letzte Reihe setzte und durch keine Überredungskünste umzustimmen war, nach vorne zu kommen. Alle, die sie kannten, hatten sie immer nur in der letzten Bank gesehen. Auf diese Weise entging sie auch dem Klingelbeutel, näherte sich doch mal einer dieser Engel, Geld für die Kirche fordernd, genügte ein Blick Marias, und er zog weiter.

Maria hatte ihren eigenen Gott, mit dem sie die wichtigen Dinge alleine ausmachte, hatte auch ihre eigene Sündenqualifikation, wußte, wann ein stilles Gebet notwendig war und wann der Herrgott ihr eine Notlüge mit ihrer Arbeit verrechnete. Da hatte sie nie Schwierigkeiten, da war sie souverän, keiner verstand je diese ganz persönliche Glaubenskathedrale, erkannte das System, nach dem Maria ihr Leben ausrichtete, das nach ihrer Ansicht aus Arbeit, Ehrlichkeit, Bescheidenheit, Anstand und Wahrheit bestand, und dem kein Mensch und kein Priester je etwas nachsagen konnte.

Aber die Kerze im Stoffeler Kapellchen mußte sein, das war die erlaubte Hilfe in schwierigen Situationen und Notzeiten und vor allem die Anrufung der Vierzehn Nothelfer. »Beruhigungstee aus vierzehn Kräutern«, nannte Dr. Levi das einmal, Maria antwortete nebenbei, daß intelligenten Menschen oft die entscheidende Welteinsicht fehle.

An den Tagen, an denen sich Maria zum Stoffeler Kapellchen aufmachte, mußte sich die Gräfin mit einer kalten Küche zufriedengeben, denn so ein Gang dauerte vom Morgen bis zum Abend, Maria ließ sich Zeit und machte auch gerne Umwege. Sie ließ vor allem nie die Mariensäule neben der St. Maximilianskirche aus, wo die Heilige Maria einsam auf einer mächtigen, hohen Säule stand, die Hände über der Brust zusammengelegt, als ob sie friere, viel zu hoch und unerreichbar für die Bittenden, das lange Haar fiel ihr auf den Rücken, und ein Sternenkranz umgab schützend ihr Haupt. Sie sah hinab auf die Erde, von der die Menschen sie entfernt hatten, fast senkrecht hinunter, so daß man, wenn man sich ganz dicht an die Säule stellte, anfing zu träumen, denn das Gesicht der Heiligen Maria sah dann genau auf einen herab, und bei rasch ziehenden Wolken begann die Gestalt sich zu bewegen, schwebte über einem, zog mit den Wolken davon, bis man schwindlig wurde und, den Kopf im Nacken, fast auf den Rücken fiel. Maria starrte immer so lange nach oben, bis sie sich gerade noch vor dem Sturz auffangen konnte, das fand sie schön.

9

Wilhelmines Ladengeschäft in der Düsseldorfer Altstadt verdämmerte in der Erinnerung an eine glanzvolle Warenwelt. Die leeren Regale rochen nach Staub, die Kasse hatte ihren schwungvollen Klang verloren und verrostete in einer Ecke, das Klingelspiel der Ladentüre war bei einem Alteisenhändler gelandet. Das, was die Menschen jetzt dringend zum Leben brauchten, besaß auch Wilhelmine nicht, die angebotenen Waren wurden hier allgemein als Tinnef bezeichnet und waren unverkäuflich.

Wilhelmine machte daher aus der nächtlichen Heimlichkeit des Krieges ein offizielles Nachkriegsgeschäft, sie verkaufte Reibekuchen. Eine Hilfe schälte und rieb die Kartoffeln, Wilhelmine warf die Teigfladen in die fast fettlose Pfanne und verkaufte die Reibekuchen frisch aus der heißen Bratpfanne. Das geschah alles im Hinterzimmer, der Laden war nur noch Durchgang zum warmen Herd. Um den Umsatz zu heben, hing Wilhelmine die Ladentüre aus, damit der

Duft der Reibekuchen auf die Straße zog und Hungrige hereinlockte. Der Duft lockte zwar, vermehrte aber nicht das Geld in den Taschen der Hungrigen, so daß der Umsatz gleichblieb.

Wilhelmine war nicht sentimental, und sie konnte rechnen. Sie gab den Laden auf und heiratete kurzerhand den Wirt einer respektablen Gaststätte in der Altstadt, der schon lange nicht nur das sprichwörtliche eine Auge, sondern beide Augen auf ihre Figur geworfen hatte. So stand Wilhelmine über Nacht hinter einer anderen Theke, bediente mit ihren abgezirkelten Bewegungen die blanken, vernickelten Hähne des Zapfhahns, füllte gekonnt und mit routinierten Griffen täglich viele Gläser Altbier, schob sie elegant über die Theke, griff mit kreisenden, gleitenden Bewegungen hinter sich, wo die Schnapsflaschen standen, und füllte mit geeichtem Blick und kurzer angemessener Handbewegung die kleinen Schnapsgläser einfach, doppelt, dreifach. Sie beherrschte von der Theke aus die Gastwirtschaft wie einst ihren Laden, wurde bald zur »Mutti« vieler Studenten und Maler, denn sie nahm auch Bilder gegen Flönz, Oelk und Röggelchen, wie hier Blutwurst, Zwiebeln und Brötchen genannt wurden.

Kannichhelfen war hier ebenso Stammgast wie Vater Abraham. Kannichhelfen, der inzwischen mit einem Holzbein herumstolzierte, weil er nach der Beerdigung einer Witwe, die ihre drei Söhne im Krieg verloren hatte und aus Verzweiflung aus dem Fenster gesprungen war, die Augen voller Tränen unter den Leichenwagen geriet, predigte jetzt weniger als früher und trank dafür mehr. Eine gute anständige Beerdigung war nicht mehr gefragt, die Leute neigten jetzt mehr zum

Zeremoniellen, zum Aufwendigen, je schlechter das Leben, desto pompöser die Beerdigungen, und verlangten, auch wenn sie ihr ganzes Leben ohne Gott und Kirche verbracht hatten, einen Pfarrer am Grab. Kannichhelfen mochte diese *pompe funèbres* nicht, und verlogene Grabreden waren ihm zuwider.

Vater Abraham war nun Nachtwächter in einem großen Kaufhaus, hatte viel Zeit in diesen Nächten zwischen all den toten Waren, die für andere das Leben bedeuteten, grübelte weiterhin über die fehlende Gerechtigkeit, die er seiner Meinung nach handfest vor Augen hatte, auf der einen Seite die Preisschilder, die an allem hingen, was um ihn war, auf der anderen Seite die Obdachlosen, die in der Nacht vor den beleuchteten Schaufenstern auf den Rosten schliefen, die warme Luft aus dem Heizungskeller genießend. Er vertiefte sein Interesse am Bürgerlichen Gesetzbuch und am Strafgesetzbuch, Bücher, die er nur unter ständigem Kopfschütteln las, und so ergab es sich, daß sich bei ihm immer öfter Mandanten einfanden, deren Sache vor Gericht aussichtslos schien, die so gut wie verurteilt, doch unschuldig vor ihm saßen, ihnen fehlte nur ein Alibi. Für Vater Abraham, der sich nicht vorstellen konnte, daß es Leute gibt, die lügen, war dies der Beweis, daß das geschriebene Recht nur Unrecht in die Welt setze, daß es nicht an den Menschen, sondern an den Gesetzen liege, wenn immer wieder Unschuldige verurteilt würden. Er prüfte eingehend den Fall seines Mandanten, und kam er zu dem Urteil, daß sein Mandant nach den Gesetzen des Lebens unschuldig war, ging er nach reiflicher Prüfung oft so weit, daß er einen Zeugen für einen Meineid besorgte, notfalls auch selber die Unschuld irgendeiner armen

Kreatur beschwor, denn Gerechtigkeit ging ihm über alles, das hatte sich nicht geändert, und unter einem Eid verstand er etwas, was den Menschen im äußersten Notfall vor den Gesetzen schützte.

Gustav und Wilhelmine sahen sich jetzt seltener. Gustav war bei Fin gut aufgehoben, Gespräche über seine Phantastereien scheiterten an ihrem Realitätssinn, Gustav akzeptierte das, weil Fin auf ihre Weise recht hatte. Sie war in Oberbilk aufgewachsen, in einer Welt, in der das tägliche Leben der Maßstab des Denkens war. Was sich nicht auf die vorhandene Realität beziehen ließ, existierte nicht, das änderte kein Lehrer, kein Pfarrer, kein Zeitungsartikel und Gustav auch nicht. »Wat is is und wat nit is is nit.« Es war eine Denkschule, der man die Anerkennung nicht verweigern konnte, weil sie analytisch präzise in einem Satz festhielt, daß es einen Unterschied gab zwischen den Worten und dem Leben. Jeden Morgen registrierte man mit der aufgehenden Sonne, wie die Welt wirklich aussah, wie die Menschen wirklich lebten und was sie tatsächlich dachten, sah mit nüchternem Sinn, was die Handlungen der Menschen bestimmte. Las man bei Sonnenuntergang die Zeitung oder hörte man die Stimmen im Radio, die über das Geschehen des Tages berichteten, war jedermann der Meinung, das könne wohl alles nur vom Mond kommen, so fern der Realität waren die Worte. Gustav, in bezug auf die Welt und die Menschen bestimmt kein Träumer, war dagegen geradezu ein romantischer Idealist und nannte die Oberbilker Philosophie einen unbarmherzigen gnadenlosen Realismus, eine illusionslose sarkastische Nüchternheit, die nicht einmal daran glaube, daß die Erde sich drehe, und die die Menschen nur nackt sehe. Fin antwortete dann lapidar, das sei das Leben, und das andere seien eben die Worte, und wer an die Worte glaube, der mache sich etwas vor.

Nach einem solchen Satz sah Fin Gustav lange an, und wenn Gustav signalisierte, keine Antwort darauf zu haben, zog sie ihren Rohrstuhl an das Fenster, legte ihre langen Beine auf das Fensterbrett und ließ sich die Sonne ins Gesicht scheinen. Fin sah aus wie Carmen auf der Zigarettenpackung Carmen, ihre schwarzen festen Haare hingen in einem Zopf über den Rücken, ihr ruhiger Blick, ihr starkknochiges Gesicht, ihre großen Hände hätten jeden Düsseldorfer Maler zu einem Bild *Andalusische Bäuerin* inspiriert. Einmal hatten Obronski & Beaulieu sie überredet, im Düsseldorfer Schauspielhaus in einer ungarischen Operette als pfeiferauchende Zigeunerin aufzutreten, weil die echten Zigeuner vom Lagerplatz sich weigerten, auf einer Bühne Zigeuner zu spielen; die Karriere scheiterte, weil Fin, die nur Düsseldorfer Dialekt in der Oberbilker Variation sprach und das für deutsch hielt, bei der Premiere an einem Strohballen hängenblieb und dieses Mißgeschick mit einem lauten Satz kommentierte, der so noch niemals in einer ungarischen Operette das Ohr des Publikums erreichte. Sie war die Tochter eines Sizilianers und einer Slowenin, die sie beide nie kennengelernt hatte, Jakob, der Straßenkehrer, hatte sie adoptiert, aufgewachsen war sie bei Oma Tines.

Oma Tines wohnte im Dachstock, war mindestens hundert Jahre alt, wie sie versicherte, und gehörte zur Familie, nicht nur weil sie Fin angenommen und großgezogen hatte, sondern weil sie immer für alle da war, bereit zu helfen und zu raten, Tränen zu trocknen und wider besseres Wissen glaubhaft zu versichern, daß die Welt doch nicht so schlimm sei, wie sie sich jeden Tag gebärde. Sie lebte mit ihrem gütigen Verstand, ihrem liebevollen Herzen und der Weisheit, daß sie in ihrem Leben das meiste schon hinter sich habe, unter ihrem schrägen Dach, umgeben von herumstolpernden Hühnerküken, kleine gelbe Wattebäuschchen, die sie neben dem warmen Küchenherd aufpäppelte, denn sie hatte aus einem Verschlag neben ihrem Zimmer einen Hühnerstall gemacht, der ihr täglich frische Eier bescherte und wöchentlich für ein Huhn im Topf sorgte. Sie aß die Eier in Honig getunkt, weil man durch Honigeier, wie man ja an ihr sehen könne, mindestens hundert Jahre alt wird, und verfügte für alle Beschwernisse über ein sofortwirkendes Gegenmittel. Bei Ohrenschmerzen half warmes Olivenöl an Wattestäbchen, bei Halsschmerzen eine warme Kartoffel in einem Tuch um den Hals, bei Krämpfen der Rauch einer angezündeten Gänsefeder, den man einatmen mußte, waren die Schuhe zu eng, sollte man in sie hineinpinkeln und eine Nacht stehenlassen. Sie war die geheime Ratgeberin vieler Frauen des Quartiers, stellte durch Abhorchen fest, ob ein Junge oder ein Mädchen in die Welt wollte, konnte aus den Karten ersehen, ob aus dem Verlobten ein anständiger Ehemann würde, ließ im Krieg die Eheringe an einem ausgerissenen Haar der Ehefrau über das Bild des fernen Mannes kreisen, schwang der Ring im Kreis, lebte er, pendelte er hin und her, war er tot, manchmal behauptete sie das auch umgekehrt, denn die Frauen, die mit ängstlichen Augen neben ihr saßen und auf den pendelnden Ehering und das Foto ihres Mannes sahen, taten ihr leid, schließlich war die Wahrheit nicht dazu da, den Menschen Schmerz zuzufügen.

Jeannot, Elisabeth und Friedrich wuchsen zwischen Gustav und Fin, Jakob und Oma Tines, dem guten Hermann und Wilhelmine auf, ohne daß sie irgendeine besondere Erziehung erhielten, jeder kümmerte sich um sie, wie es gerade kam. Fin sorgte für Essen und Kleidung, Gustav für philosophische Ausblicke und anarchistische Grundsätze, Oma Tines war eine gute alte Mutter für die Sorgen und Kümmernisse in diesem Alter, Wilhelmine steckte ihnen jede gewünschte Summe zu, Jakob erzählte Märchen von den Reichtümern der Welt, die sich als Fundsache vor seinem Reisigbesen angesammelt hatten, und der gute Hermann half bei Schularbeiten, wobei er ständig selber dazulernte.

Eltern im gewohnten Sinn hatten sie nicht, keiner sah darauf, ob sie sich anständig benahmen, richtig angezogen waren, keiner fragte, was sie taten, was sie vorhatten, woher sie Geld bekamen. Da in diesem Familienverband jeder machte, was er wollte und was ihm gerade einfiel, wuchsen alle drei in der denkbar größten Freiheit auf.

Keiner bemerkte, daß Jeannot nach Basel fuhr, um sich seinen leiblichen Vater einmal anzusehen. Die Idee kam ihm am Hauptbahnhof, er wollte eigentlich nur nach Köln. Daß Jeannot fehlte, fiel der Familie erst auf, als nach vier Tagen ein Brief aus Basel eintraf. Schon immer still und zurückgezogen, feinfühlig und verschlossen, sonderte er sich gerne ab, führte sein eigenes Leben. Über seinem Bett hingen alle Fotografien seiner Mutter, die er bei der Familie eingesammelt hatte und als sein Eigentum ansah. Ein Hochaltar passend gerahmter Bilder, schwarze, goldene, silberne Rahmen, aus denen Yvonne herablächelte, daneben pendelten die Schmuckstücke, die sie getragen hatte. Gustav, der bei Elisabeth und Friedrich schon einmal grob dreinfahren konnte, war gegenüber Jeannot seltsam zurückhaltend. Wenn er ihn ansah, sah er Yvonnes Augen und schwieg. Hätte er Yvonne in Genf nicht gesehen, könnte sie heute noch leben, das waren so seine Gedanken, aber darüber sprach er nicht, darüber konnte man mit ihm nicht reden. Jeannot war daher ein Tabu. Jeannot durfte machen, was er wollte, und er lebte verschwiegen in seiner eigenen Welt.

Ein weiterer Brief aus Basel teilte mit, daß Jeannot im Geschäft seines leiblichen Vaters Goldschmied lernen möchte. Gustav war der Meinung, daß er kein Recht habe, diesen Wunsch abzulehnen, verdrückte zum Erstaunen aller eine Träne und murmelte etwas von Yvonnes Gesicht, so kannten sie ihn gar nicht, aber schließlich rettete er sich in den Satz, »Handwerk hat goldenen Boden«. Angesichts seiner gescheiterten Pläne wurde das für ihn zur Lebenserkenntnis, die auch Elisabeth und Friedrich noch zu spüren bekamen.

Elisabeth, blauäugig, blondlockig, lieblich, rundlich, war ein Aas, wie Gustav sagte. Immer lächelnd, immer strahlend, konnte sie ohne jede Anstrengung große Kullertränen produzieren, die über ihr lächelndes Gesicht liefen und den Eindruck erweckten, daß sie bittere Tränen vergieße, und so, strahlend und weinend zugleich, erreichte sie alles. Wurde sie von einem *Kavalöres,* so Fin, mit Lackschuhen und Nappahandschuhen zum Tanzen abgeholt, brüllte Gustav aus dem Fenster: »Wenn du dich nicht benimmst, rasier ich dir die Rübe.« Elisabeth strahlte, lächelte, weinte, wand sich aus allen Schwierigkeiten heraus; kam man ihr auf die Schliche, behauptete sie, das kleine Els'chen zu sein, die Unschuld vom Lande. Das kleine Els'chen spielte das süße Engelchen, entwickelte einen hartnäckigen Zug zum Höheren und Gepflegten, wollte Dame sein, das Rüstzeug dazu entnahm sie den Illustrierten, Friedrich bekam es zu spüren. »Benimm dich«, zischte sie, wenn Friedrich nur schon mit einer Hand in der Hosentasche dastand. »Benimm dich«, zischte sie bei Tisch, wenn er sich den Teller vollhaute. Fingernägel lackiert, Haare onduliert, saß sie gerade und graziös vor ihrem Teller und übte zum Entsetzen Fins, die so etwas noch nie gesehen hatte, wie man Austern aß. Als Els'chens Kavaliere weißhaarig mit einer Orchidee vor dem Haus standen, dessen Fenster gut besetzt waren, dekretierte Gustav sein Allheilmittel gegen Flausen, »Handwerk hat goldenen Boden«, Elisabeth sollte Schneiderin lernen. Da sie, Glückskind, das sie war, in einem renommierten Modehaus unweit der Königsallee landete, wurde die Schneiderlehre nach wenigen Monaten abgebrochen, sie fühlte sich zwischen Stoffen, Kleidern, Modeentwürfen so angeregt wohl, daß sie selber Entwürfe vorlegte, die dazu passenden Stoffe heraussuchte, das machte ihr Spaß, das kam ihrem Talent entgegen, und da auch der Juniorchef des Hauses ihr entgegenkam, entwarf sie bald mit ihm nach Feierabend die Kollektion der nächsten Saison.

Friedrich, krausköpfig, mit einem geradezu römischen Profil, wie Gustav meinte, Nase und Kinn wie auf einer alten Medaille, intelligente Augen, rascher Verstand, spöttischer Blick, freundliches Grinsen, fürchtete sich vor nichts in diesem Leben, dafür hatte er als Kind schon zuviel erlebt. Untersetzt, wendig, kräftig, ein wüster Draufgänger und ein Schlitzohr zugleich, jede Situation sofort erfassend, rasch auf Veränderungen reagierend, hinter den Worten immer schnell den Kern der Dinge entdeckend, war Friedrich wie geschaffen für diese Zeit, in der einer mit einem regelmäßigen Leben und einer festen Arbeit angestaunt wurde wie ein König. Friedrich fand sich überall zurecht, fand überall das rettende Schlupfloch, entdeckte immer etwas, das nach Arbeit aussah und Geld einbrachte, half hier aus, half da aus und führte immer einen kleinen Nebenhandel, die Leute fragten einfach Friedrich, wenn sie dringend etwas brauchten, und Friedrich konnte es fast immer besorgen. Er war schon als Kind mit Fin unterwegs, hatte gelernt, wie es im Leben wirklich zugeht, wozu Menschen fähig sind, wenn sie überleben wollen; was er da sah, förderte früh seine leichtsinnige Lebenseinstellung, »Morgen ist morgen und heut ist heut.« Morgen, das konnte er sich nicht vorstellen, das war so weit weg wie der Orient, märchenhaft fern. Wer wußte schon, was morgen war, kein Mensch konnte das sagen, morgen, das war eine abschätzige Handbewegung. Leben, das war immer nur heute, »Wat man hat, dat hat man«, die Taube in der Hand, den Spatz sollen die anderen jagen.

Schnell denkend und rechnend blieb bei jedem kleinen Geschäft, das er betrieb, immer etwas mehr als üblich für ihn übrig. Wenn er wollte, konnte er jeden mit dem freundlichsten Gesicht übers Ohr hauen, niemand nahm ihm das ernsthaft übel, es steigerte sogar seine Beliebtheit, weil es eine schöne Geschichte war, die man weitererzählen konnte, wie er da mit treuen Augen einem den Leuchter andrehte, der nicht echt war, als man ihn dann zur Rede stellte, hätte er nur höflich geantwortet: »Ja, haben Sie das denn nicht bemerkt?« Die Geschichten endeten immer mit der Redewendung, »Man kann ihm nichts übelnehmen«, und so hatte er trotz all seiner Windigkeit viele Freunde. Er kannte jeden, er wußte, wo etwas zu holen war, wo etwas abzusetzen war, er war ein glänzender Verkäufer, und da er schnell begriff, dachte jeder, der in seinem Geschäft eine Aushilfe suchte, sofort und zuerst an Friedrich. Der übersah an einem Tag das Geschäft, eine Woche später hätte er es übernehmen und ausbauen können. Diese phänomenale Auffassungsgabe wirkte sich leider so aus, daß er nach zwei Wochen wieder eine andere Tätigkeit suchte, sich für etwas anderes interessierte, denn das, was er gerade gemacht hatte, kannte er nun, es langweilte ihn, am liebsten hätte er jeden Tag etwas anderes ausprobiert. So war er überall zu finden, überall beliebt, überall gern gesehen, auf seine Art allen behilflich, immer großzügig, Geld gab er aus, wie er es verdiente, leichthändig und mit Freunden.

Er besaß die wunderbare Fähigkeit, sich auf jeden Menschen einzulassen, ihm zuzuhören, ihm recht zu geben, ihn in seinem Glauben zu lassen, seiner Weltanschauung zuzustimmen, so daß jeder dankbar war, endlich einmal einen verständnisvollen Menschen getroffen zu haben, der ihn und seine Ansichten ernst nahm. Für Friedrich, der seinen unerbittlichen Realitätssinn, diese absolute Nüchternheit der Welt und den Menschen gegenüber, in Oberbilk mit auf den Lebensweg bekommen hatte, waren das alles harmlose Spinner, nette Verrückte, die nichts dafür konnten, daß man ihnen die Welt nicht richtig erklärt hatte, die man daher mit der Fürsorglichkeit eines Krankenpflegers behandeln mußte, ihnen geduldig zuhören mußte, sie behüten mußte vor allzu klaren Gedanken, sie schützen mußte vor der Realität, denn sie waren ja glücklich in ihren Lebensansichten, manchmal auch unglücklich, aber das wollten sie ja auch nicht missen. Wer hatte das Recht, ihnen ihre Ansichten auszureden? Und was sollte man ihnen dann einreden? Was war denn die Wahrheit? Friedrich erkannte früh, daß die meisten Menschen irgendeine Vorstellung vom Leben haben müssen, und sei sie noch so falsch. Wenn sie auch noch fest daran glaubten, um so besser. Er selber konnte sich mühelos in jede Wirklichkeit hineindenken, sich jede Wirklichkeit nach Belieben vorstellen, denn er wußte jederzeit, daß es nur eine gedankliche Vorstellung war, die mit dem Leben nichts zu tun hatte, er war da immun, konnte sich daher auch gefahrlos den kuriosen Gedankengängen anderer Menschen aussetzen, obwohl er schon erstaunt war, was sich da alles unentwirrbar in den Köpfen festgesetzt hatte, welcher Nebel da herrschte, der die Menschen daran hinderte, ganz einfach und klar die Welt vor ihren Augen und Ohren zu sehen und zu hören, aber die Welt war offenbar sehr vielschichtig zu deuten, jeder hatte so seine Interpretation, die er mit dem Satz abschloß: »Hab ich nicht recht?« Und Friedrich antwortete: »Du hast recht«, und nickte dabei vertrauensvoll einem anderen zu, der danebenstand, was bedeutete, daß natürlich er recht habe.

Gustav sah sich das alles eine Weile an, dann kam

sein bekanntes Machtwort, »Handwerk hat goldenen Boden«. Friedrich lernte Dreher. Der Beruf interessierte ihn nicht, war ihm gleichgültig, er hielt es ein Jahr aus, dann formte er aus einem kantigen Stück Eisen eine kleine, gutgebaute Neandertalerin und präsentierte sie dem Meister, der ihn noch am selben Tag hinauswarf. Friedrich tat so, als ob er weiterhin zu seiner Drehbank ginge, marschierte morgens los, kam abends zurück, lag tagsüber im Volksgarten in der Sonne und machte sich keinerlei Sorgen über seine Zukunft.

An einem Sommernachmittag beobachtete er, neben seinem Fahrrad liegend, auf einer Wiese im Volksgarten eine Menschenansammlung, die um einen großen braunen Kasten auf Stelzen herumsprang. Auf der einen Seite des Kastens agierten starkgeschminkte Menschen in Perücken und Kostümen früherer Jahrhunderte, stritten sich, umarmten sich, küßten sich und wiederholten das alle Viertelstunde. Auf der anderen Seite des Kastens standen aufgeregte Männer, die durch Blechröhren schrien, mit den Armen fuchtelten, gelegentlich aufeinander losgingen. Der einzige Unterschied zu der anderen Gruppe war der, daß sie keine Kostüme anhatten, aber auch sie umarmten sich alle Viertelstunde, beglückwünschten sich, die ganze Sache schien sehr wichtig zu sein, ohne daß man als Außenstehender erkennen konnte, worin die Bedeutsamkeit der verschiedenen Handlungen lag.

Friedrichs Ausblick wurde plötzlich verdeckt durch einen massigen Mann im Frack, der einen rotseidenen Umhang trug, ihm eine schwere Blechbüchse und eine Adresse in die Hand drückte und mit überschriener Stimme flüsterte: »Bring das mit deinem

Fahrrad sofort dahin. Dann kommst du umgehend wieder zurück und meldest dich bei mir. Ich bin Filmproduzent. Du bist ab sofort Produktionsassistent.«

»Ab sofort«, so das Lieblingswort des Produzenten, gehörte er »zur Truppe«, wie alle sagten. Der Produzent, dem von seinem früheren Beruf, er war einmal Todesspringer und sprang durch einen Flammenring aus jeder Höhe in ein Faß Wasser, nur der rotseidene Umhang geblieben war, gab auch als Produzent sein Bestes, auf jede Frage nach Gage, Honorar, Lohn antwortete er stereotyp: »Phantasie Phantasie Phantasie«, und vergaß nie hinzuzufügen, daß er stolz auf seine Truppe sei. Er produzierte nach dem Motto »Dat machst du«, holte sich die Leute, die er brauchte, kurzerhand von der Straße mit der Bemerkung, »Sie wollen doch sicher zum Film«, machte sie abwechselnd zu Hauptdarstellern und Nebendarstellern, entsprachen sie nicht seinen Vorstellungen, fanden sie sich als Beleuchter und Requisiteure wieder, nur den Kameramann konnte er nicht abwechselnd erhöhen und verstoßen, der braune Kasten war ihm unheimlich, er kannte sich mit dem Ding nicht aus, ihm war rätselhaft, wie darin der Film entstand. Als Produzent wußte er nur soviel, daß alles, was er veranstaltete, immer genau vor diesem Ding passieren mußte, ging man im Eifer des Spiels zu weit nach rechts oder links, war man aus dem Bild, was Film, also Geld kostete und daher zu vermeiden war. So stand er bei allen Aktionen vor der Kamera ständig hinter der Kamera und schrie pausenlos: »Im Bild bleiben!« Später nannte er das »die Regie« und ließ sich nach jeder Aufnahme dafür beglückwünschen. Das Wort hielt sich in der

Truppe und galt als Bezeichnung für einen ganz und gar unnützen Menschen.

Atemberaubender Höhepunkt all seiner Filme war der Treppenfall, den er niemals ausließ und den er höchstpersönlich ausführte. Mitten auf der Wiese stand ein Gerüst, das ein Treppenhaus darstellte, der Produzent erstieg die Treppe, oben angelangt konzentrierte er sich, gab dem Kameramann ein Zeichen, der Kameramann drehte seine Kurbel, und der Produzent fiel in Frack und rotseidenem Umhang die Treppe hinunter, rollte sich dabei in den Treppenläufer ein und behielt, das war seine Spezialität, bei all dem den Zylinder auf dem Kopf. Die Szene war eindrucksvoll und in jedem seiner Filme zu sehen. Als ein Kameramann, dem er schon seit Monaten den Lohn schuldete, ihn dreimal hintereinander die Treppe herabfallen ließ und immer wieder bedauerte, »Leider nicht im Kasten, Chef«, gab es zwischen dem nun doch angeschlagenen Produzenten und dem Kameramann eine Prügelei, die die Truppe geistesgegenwärtig aufnahm, bis der Film riß. Es war einer der Höhepunkte der Filmgeschichte, wie später auch der Produzent zugab. Einen anderen Höhepunkt bildete der Tag, an dem mitten im Happy-End, genau in dem Moment, in dem der Held die gerettete Braut in seine Arme schloß, der Gerichtsvollzieher erschien und auf die Kamera und alles, was sonst noch herumstand, eine kleine Marke klebte und damit nicht nur diesen Film um sein Happy-End betrog.

Friedrich, der über die »Dat machst du«-Beförderungsleiter vom Fahrradboten, der die Filmrollen in die Entwicklungsanstalt fuhr, über Beleuchtung und Regieassistenz zum Aufnahmeleiter avancierte, und das in nur fünf Tagen, also innerhalb zweier Filme, nun schon als stellvertretender Produzent und Vertriebsleiter in einem Büro über dem Kino *Asta Nielsen* saß, dessen Ausstattung im wesentlichen aus einem Plakat *Düsseldorf wird Filmstadt* bestand, war damit um einen Traum gebracht. Er saß den ganzen Tag im Kino, sah sich jeden Film an, der in der Stadt lief, war fasziniert von der Vorstellung, Wirklichkeit in Film zu verwandeln. Er hätte gerne die tausend Welten in den Köpfen der Menschen auf die Leinwand gebracht, für alle sichtbar gemacht, doch der Traum blieb Traum, und die Wirklichkeit blieb Wirklichkeit.

Als Gustav herausbekam, daß die Lehre schon längst beendet war, sah er Friedrich lange an und sagte: »Dann schau dich mal um, was es alles Schönes auf dieser Welt gibt.« Friedrich sah sich um, half bei einer Brauerei aus, saß als Beifahrer mit einer weißen Schürze bekleidet auf einem schweren Bierwagen, der von zwei Kaltblütern gezogen wurde, Belgier, die man kaum dirigieren konnte, trug die kleinen Fässer in die Wirtschaften, ließ die großen auf ein Kissen fallen und durch eine Luke in den Bierkeller rollen, war bald mit allen Wirten per du, bekam überall sein Bier und seinen Schnaps, versuchte es auf eigene Faust mit einem von der Brauerei gemieteten Pferdegespann, fuhr Mehlsäcke von der Mehlmühle zu den Bäckern, schleppte die Doppelzentner in die Backstuben, hatte aber übersehen, was das Futter für zwei Gäule am Tag kostete, gab das Geschäft wieder auf, lebte ein paar Wochen als Möbelträger, wuchtete das Mobiliar umziehender Familien vom vierten Stock eines Hauses in den vierten Stock eines anderen Hauses, bekam dabei das Angebot als Geschäftsführer in einem Nachtlokal zu arbeiten, kündigte auch da nach zwei Wochen, weil ihn die nächtliche Addition von Kassenbons anödete, wandte sich wieder dem Handel zu, stellte Kräutermischungen für Drogerien zusammen, spielte mit dem Gedanken, Lavendelfelder in Frankreich zu kaufen und damit die Parfümindustrie zu beliefern, verkaufte dann doch wieder gebrannte Mandeln auf der Kirmes, lernte einen Lampenhersteller kennen, für dessen Kunstlampenschirme er die verschiedenen Drähte bog, warf diese stupide Arbeit nach einer Woche wieder hin und arbeitete in einer Kaffeerösterei, das machte ihm Spaß, er hatte bald für jeden Kunden die gewünschte Mischung im Kopf, dachte ernsthaft daran, das Geschäft zu übernehmen, bis ihm der Inhaber mitteilte, daß der Laden überschuldet sei. Er arbeitete dann auf dem Karlplatz, dem Markt der Stadt, an einem Stand für Gänse, Enten, Hühner, Eier, Butter, verdoppelte rasch den Umsatz, verkaufte mit Überzeugung auch das älteste Geflügel, war mit den Hausfrauen in einem unaufhörlichen Gespräch, das den Verkauf begleitete und förderte, verdiente Geld, gab es rasch aus, weil es in der Stadt inzwischen keinen Menschen gab, der ihn nicht kannte, mit dem er nicht per du war, und die Wirtschaften lagen rund um den Marktplatz Haus an Haus.

10

Die Gräfin lag aufgebahrt in einem Bronzesarg, Maria saß daneben, gerade, aufgerichtet, ohne jede Bewegung. Sie hatte die Gräfin gewaschen, ihr das dafür vorgesehene Leinenhemd angezogen und sie mit Hilfe des Friseurs in den Sarg gelegt.

Jetzt saß sie am offenen Sarg, neben dem Kopfende, auf einem Hocker ohne Lehne und beantwortete den ganzen Tag das Gemurmel der zu den Füßen der Gräfin vorbeiziehenden Freunde und Bekannten mit einem höflichen Kopfnicken, so als wäre sie die Tochter und Alleinerbin und neue Herrin des Hauses.

Sie verbrachte auch die Nacht am offenen Sarg, hielt die Totenwache, erneuerte die abgebrannten Kerzen, die in vier großen Silberleuchtern um den Sarg standen und den Sarg und das Zimmer in wechselnde Schatten tauchten, saß im übrigen schweigend auf ihrem Hocker, betrachtete die vierfachen Schatten an den Wänden, die sich trennten und wieder vereinigten, ihren flackernden Tanz aufführten, in ihrer Bewegung das Leben feierten, Erinnerungen heraufbeschworen. Sie dachte an frühere Totenwachen in den Häusern von Bergleuten, die, notdürftig gewaschen, in einem schmuddeligen Brettersarg lagen, direkt auf der Grube in den Sarg gelegt, so daß noch Kohle mit hineinfiel, an die Geschichten von den festlichen Totenfeiern der ganzen Familie auf den polnischen Friedhöfen, an die Geschichte vom leeren Grab, aus dem ein Lukacz wieder auferstanden war.

Im Morgengrauen verblaßten die Schatten, die Erinnerungen wichen dem Ritual des Tages. Der Sarg wurde geschlossen und zur Totenmesse abgeholt, Maria folgte ihm als Erste, auch während der Totenmesse stand sie in der ersten Reihe, unbewegt überwachte sie das Zeremoniell.

Nach der Totenmesse hob man den schweren Sarg in einen Leichenwagen, Maria achtete darauf, daß alle Kränze eingeladen wurden, dann stieg sie in ein Taxi und folgte dem schwarzen, ruhigfahrenden Wagen, durch dessen Fenster sie den Bronzesarg der Gräfin sah. Auf dem Güterbahnhof schob man den Sarg in einen Güterwagen, Maria unterschrieb den Frachtzettel mit dem Bestimmungsort »*Gut von Lukacz bei Posen über Bomst*«, die Tür wurde zugeschoben und plombiert, Maria wartete noch zwei Stunden vor dem verschlossenen Güterwagen, stand da einsam, geduldig und ganz ruhig, bis der Wagen endlich mit einem klirrenden Ruck anzog und auf seinem Gleis langsam entschwand. Eilig ging sie nach Hause, denn bei einem Begräbnis durfte man das Haus nie alleine lassen, die Toten kehrten sonst während der Beerdigung in ihre Häuser zurück, das hatte sie schon als Kind gelernt, deshalb durfte der Friseur auch nicht mit zur Beerdigung, er mußte bei verschlossenen Türen Wache halten. Als sie nach Hause kam, stand er gehorsam mit gezogenem Säbel in der Uniform der polnischen Lanzenreiter hinter der Haustüre.

Maria führte das Haus weiter, als ob die Gräfin noch lebte. Sie ließ sich durch nichts von ihren Pflichten abbringen, bestand sogar auf den sonntäglichen Geschichtslesungen, die Dr. Levi ihr nicht ausreden konnte, und so las der Friseur gelangweilt die alten Geschichten vor gelegentlich auftauchenden Freunden der Gräfin. Maria übernahm die Verantwortung für das Haus, keiner durfte ihr da hineinreden, sie achtete auf alles, nichts durfte verändert werden, alles mußte an seinem Platz bleiben, das tat sie nicht nur aus Dankbarkeit, das sicher auch, sie vergaß ihre Gräfin nie, auch nie, was sie bei ihr gelernt und erfahren hatte, aber jetzt handelte sie aus Pflichtbewußtsein, dafür war sie da, das war ihre Aufgabe, das konnte die Gräfin von ihr erwarten, sie hatte das Haus weiterzuführen, bis der Bruder der Gräfin eine Entscheidung fällte.

Die Entscheidung kam mit einem Brief aus Posen, der den Verkauf des Hauses anordnete, sie übergab den Brief einem Makler, führte die Kaufwilligen durch das Haus und war anwesend, als der Kaufvertrag abgeschlossen wurde.

An dem Tag, an dem der neue Eigentümer das Haus betrat, packte Maria ihre Sachen in ihren Schließkorb, legte den vom Papst gesegneten Rosenkranz aus Korallen, den ihr die Gräfin einmal geschenkt hatte, zu ihren Erinnerungsstücken und fuhr den Korb auf einer Handkarre zu Dr. Levi, der ihr angeboten hatte, seinen Haushalt zu führen. Dr. Levi war ganz erschrocken, als sie unangemeldet vor der Türe stand, und meinte, er hätte ihr doch einen Träger für den Schließkorb schicken können, aber Maria sagte, das sei ihre Sache, sie möchte keine Umstände machen. Sie schleppte den schweren Schließkorb in ihr Zimmer, packte ihre Sachen aus und servierte Dr. Levi zwei Stunden später das Mittagessen.

Dr. Levi hatte schon lange eine einfache Arztpraxis in der Altstadt von Düsseldorf, in der Nähe des Karlplatzes, von dem frühmorgens der Lärm der Marktleute herüberschallte. Er kannte die Krankheiten seines Viertels, die Sorgen der Menschen, lebte mit Geburt und Tod, Ehekrach und Arbeitslosigkeit, Blutdruckmessen und Lungenabhorchen, mit dem Blick aus seinem Arbeitszimmer auf eine zum Rhein hinführende Straße, auf der eine Parade von Gaslaternen in immer gleichen Abständen Wache hielt, während er aus dem Wartezimmer direkt in das Kellerloch eines Nachbarhauses sah, in dem immer ein Kind spielte, das, so oft es Dr. Levi erblickte, ihm die Zunge rausstreckte.

Sein Wartezimmer war keine Höhle des Elends, machte ihn aber doch mit den Jahren zum melancholischen Dünnhäuter, erzwang eine skeptische Perspektive auf die Menschheit, die er mit abendlicher Goethe-Lektüre betäubte. Er besaß die Sophien-Ausgabe, herausgegeben im Auftrag der Großherzogin Sophie von Sachsen-Weimar, deren 133 Bände er sich Band für Band erobert hatte, sie war ihm Weltersatz, war sein Opium, seine feuerfeste Kammer auf dieser Erde. Er las nicht nur, er rezitierte gern, um die Sprache im Raum zu spüren, saß allein mit dem Klang seiner Stimme im Schein der Leselampe, las laut die Gedichte, Romane und Theaterstücke, genoß das *Vorspiel auf dem Theater,* die Dialoge zwischen Faust und Mephisto, die Naturgedichte, den Wohlklang der Sprache in den Romanen, deklamierte Nächte hindurch und betrat am nächsten Tag seine Praxis mit dem schönen Bewußtsein der Nacht, das ihm über manche Erkenntnis des Tages hinweghalf, ihn vermuten ließ, daß hinter all dem, was er täglich hörte und sah, sich doch noch eine vernünftige menschliche Regung verberge. So führte ihn die Sprache in eine nichtvorhandene Welt, erzeugte eine irrtümliche Hoffnung, die ihm das Leben kosten würde.

Maria regierte diesen Junggesellenhaushalt ohne Schwierigkeiten, sonntags hatte sie frei, Dr. Levi ging dann aus oder kochte selbst, einmal im Monat kamen abwechselnd die Herren vom Kunstverein und vom Musikverein, auch das war bald Routine.

Wenn Dr. Levi nachts aufblieb, im Arbeitszimmer hinter seinem großen Schreibtisch saß, mit dem dikken Füllfederhalter im Licht der Schreibtischlampe auf hellblauem Papier »unnütze Gedanken« notierte, wie er sagte, oder stundenlang durch das Fenster auf die Gaslaternen der nächtlichen Straße sah, blieb Maria ebenfalls wach, ging nicht in ihr Zimmer, saß in der Küche und wartete. Dr. Levi versuchte vergeblich sie zu überreden, doch nun endlich schlafen zu gehen, sie schüttelte den Kopf; wenn er aufbleibe, bleibe sie auch auf, es könne ja sein, daß er frischen Kaffee wünsche. Dr. Levi argumentierte, daß er sich den Kaffee früher ja auch selber gemacht habe, aber mit Argumenten war Maria, wie immer, nicht beizukommen, sie handelte, wie immer, nach ihren eigenen Maßstäben, jetzt sei sie da, antwortete sie, und wenn Herr Dr. Levi nachts Kaffee wünsche, sei das ihre Sache. Dr. Levi gab nach und bestellte sich nun öfter Kaffee in sein Arbeitszimmer, weil er nicht ertragen konnte, daß sie da allein, stundenlang wartend, in der Küche saß.

Klingelte nachts das Telefon und rief Dr. Levi zu einem Patienten, stand Maria auch auf, half ihm in den Mantel, gab ihm seine Tasche und wartete, bis er zurückkam, um ihn zu fragen, ob er noch einen Wunsch habe. Sie legte sich erst ins Bett, wenn sie hörte, daß auch er in sein Schlafzimmer ging. Seine Argumentation, daß er früher ja auch alleine aufgestanden sei, sie nun wirklich nicht immer mit aufstehen müsse, verhallte ungehört. Sie lächelte höflich, nickte Dr. Levi freundlich zu, fand seine Bemühungen um sie rührend und stand beim nächsten Nachttelefon wieder mit dem Mantel und der Tasche Dr. Levis neben der Wohnungstüre.

Der Genueser war ein Schachpartner Dr. Levis, er erschien in unregelmäßigen Abständen, verschwand für zwei, drei Monate, stand dann wieder unangemeldet mit ausgebreiteten Armen strahlend in der Türe, in der einen Hand eine holzgeschnitzte, in den hiesigen Breitengraden ganz und gar unbekannte Gottheit, in der anderen eine chinesische, indonesische oder mexikanische Vase, großzügig verschenkte er beides, holte aus den Taschen seines seidenen, in allen Farben changierenden Anzugs weitere Kleinodien aus Gold und Edelsteinen, ohne daß man wußte, wie wertvoll oder wertlos das alles war, die kleinen buntschimmernden Broschen in Samtschächtelchen, die wildbemalten Porzellan- oder Keramikvasen, und welche Zauberkräfte den aus Rosenholz, Alabaster und Elfenbein gefertigten Figuren entsprangen, die vielarmig und vielbeinig in einem zeremoniellen Tanz erstarrt waren oder sich mit üppigen Bäuchen und grinsenden Schädeln rekelten und streckten und dreiäugig die Welt bedrohten.

Lachend warf er sich in den nächstbesten Sessel, kreuzte die Beine, zündete sich mit extralangen Streichhölzern eine ägyptische Zigarette mit Goldmundstück an und genoß die Überraschung, die er jederzeit steigern konnte, indem er seine Pässe zeigte, die den Genueser als Holländer, Dänen, Mexikaner auswiesen. Darauf erhielt er im Bankhaus Trinkaus auf der Königsallee, wohin sich sonst kein Mensch traute, weil alle wußten, daß dort der liebe Gott wohnt, jede Art von Geld. Mit seinem weißen Borsalino, der mit einer großen Krempe sein kupferfarbenes, von harten Furchen durchzogenes Gesicht beschattete, die leichtgeschlitzten Augen, die breiten

Kinnladen mit dem ewig lachenden Mund, der herausfordernd aus dem Schatten auftauchte, betrat er, von seinen Göttern beschützt, wie ein Freibeuter diesen Tempel und kam mit holländischen Gulden, amerikanischen Dollars, englischen Pfundnoten heraus.

Er stellte sich nie mit seinem Namen vor, sagte immer nur: »Ich komme aus Genua. Wir Genueser leben auf dem Meer und im restlichen Teil der Welt, soweit er vom Wasser her erreichbar ist. Eigentlich sind wir Londoner«, schloß er regelmäßig, »mit Italien haben wir nichts zu tun.«

Das war seine Geburtsurkunde, die ihn als Weltbürger legitimierte, ohne daß er Genaueres hinzufügte wie andere Menschen, die Wohnort, Beruf, Frau und Kinder nannten, Visitenkarten und Fotos aus der Brieftasche zogen, damit man sie nicht übersah oder vergaß. Er wußte, daß seine Erscheinung den anderen Rätsel aufgab, er liebte das Rätselhafte, genoß es, wie andere ihren Feierabend genießen. Auch Dr. Levi, von Maria nach Wohnort und Beruf des Genuesers befragt, wußte nur von einem Postfach in Amsterdam, das einer Firma gehörte, die Rum importierte, mehr war nicht zu erfahren.

War der Genueser in der Stadt, wohnte er im Breidenbacher Hof, dem teuersten und vornehmsten Hotel der Stadt, erschien spät abends und immer unangemeldet zwei- bis dreimal in der Woche zum Schachspiel, mit dem er sich angeblich auf seinen langen Schiffsreisen die Zeit vertrieb, obwohl Dr. Levi einmal zu Maria bemerkte, daß dieser Schachspieler wohl eher ein Pokerfreund sei, er spiele immer so, als hätte er noch zwei Türme und eine Dame im Ärmel, und ein Bauernopfer mache ihm geradezu Freude.

Aber er mochte diesen Kerl, der sich so sehr von den alltäglichen Gestalten seiner Praxis abhob, und vermißte ihn, wenn er nach drei, vier Wochen wieder verschwand, ohne jedes Abschiedswort, ohne vorherige Ankündigung ausblieb, einfach nicht mehr da war und auch der Breidenbacher Hof nur melden konnte: »Der Herr ist mit unbekanntem Ziel abgereist.«

So wie er verschwand, tauchte er auch wieder auf, ohne jede Erklärung, ohne jede Entschuldigung, Herr der sieben Meere, fragte man ihn, sagte er: »Geschäfte«, setzte sich, als wäre er gestern erst weggegangen, an den kleinen Schachtisch und eröffnete das Spiel mit einem Zug. Dr. Levi rückte sich dann seinen Sessel an den Tisch, und geräuschlos schoben sie die Jadefiguren über die grünen und schwarzen Jadesteine des Schachbretts, Dr. Levi sehr konzentriert, der Genueser eher beiläufig, plaudernd, Geschichten aus allen Hafenstädten der Welt auftischend, die von Kontinent zu Kontinent segelten, überall nur kurz anlegten und schnell wieder auf und davon waren. Es konnte passieren, daß eine Geschichte in Bahia begann, in Sansibar ihren komischen Höhepunkt hatte und in Bombay tragisch endete. Brachte Maria eine Flasche Wein an den Schachtisch, nützte der Genueser die Pause, um das Gespräch auszuweiten, erzählte dann gerne von Malakka, wo er sich einmal ausruhen wolle, in einem verlassenen Sultanspalast, von dem aus man das Meer überblicke, flüssiges Gold in der Abendsonne, jadegrün im Monsunregen, lichtblau in der Mittagsstille, erzählte von Malaien, Chinesen, Indern, die mit den Nachfahren der Portugiesen und Holländer in einem Sprachengewirr zusammenlebten, zwischen malaiisch-chinesisch-indisch-portugiesisch-holländischen Tempeln lebten, zwischen ihren Mysterien, Göttern und Dämonen den Geschäften nachgingen. Ein bißchen Seeräuberei, gelegentlich ein Streit zwischen zwei Göttern, aber sonst, die Kanonen der Eroberer seien verrostet, die Forts zerfallen, es herrsche eine gleichmäßige, friedliche und ganz alltägliche Vernunft. So ein Hitler sei da gar nicht denkbar.

Das veranlaßte Dr. Levi zu der gereizten Replik: »Dieser Hitler ist auch hier nicht denkbar. Die Vernunft ist ein europäisches Vermächtnis und nicht ein asiatisches.«

Der Genueser wehrte mit beiden Händen ab, »Ich weiß, das ist in diesen Breitengraden ein weit verbreiteter Aberglauben, aber fahren Sie mal nach Malakka, Mysterien, Götter und Dämonen, das sind die Ebenbilder des Menschen, in Malakka weiß man das und hält die Dämonen auf Distanz, einmal im Jahr eine Feier, ein Götteropfer, aber sonst, aller äußerste Vorsicht.«

»Hören Sie auf mit Ihrem Malakka«, antwortete Dr. Levi.

Aber der Genueser blieb bei seinem Thema, »In Europa herrscht der Mythos, hier hat man hohe Ideale und ewige Werte, für die man gerne sein Leben hergibt, das versteht in Malakka kein Mensch.«

Dr. Levi wurde unwirsch: »Sie verdrehen alles. Die europäischen Nationen sind Kulturnationen.«

Der Genueser lachte: »Kultur taugt nur dazu, andere Menschen guten Gewissens zu erschlagen, ohne Kultur wäre es Mord, mit Kultur, in einem höheren Auftrag, ist es eine Ehrentat. Die deutsche Nation, das deutsche Wesen, die deutsche Kunst, die heiligen

Werte des Abendlandes, das riecht nach Blut und Gemetzel, gehen Sie rechtzeitig nach Malakka, dort leben Menschen und Götter zusammen, der chinesische Friedhof liegt zwischen dem malaiischen und indischen, die protestantischen Holländer hat man über den katholischen Portugiesen begraben, eine sehr tolerante Vernunft, finden Sie nicht?«

Maria tanzte gern. Der Genueser, der sich in den Sehnsüchten der Menschen auskannte, erschien bald nur noch, um Maria zum Tanzen abzuholen, mit Tanzen konnte man Maria verführen, sie war süchtig danach. Die Abende hießen nun Kristall-Palast, Eremitage, Jungmühle, wo die Bands so spielten, wie amerikanische Bands spielten, die Barmixer Charly hießen, die Welt aus Charleston, Jimmy, lachenden Flirts, großzügigen Trinkgeldern, neuester Mode und einem ständig wiederholten »Hallo, auch da« bestand. Sie tanzte, daß der Genueser sich geschlagen gab, tanzte alleine; die im Kreis um die Tanzfläche herumstehenden Menschen schlugen mit den Händen den Takt, die Band hämmerte den Rhythmus, die kreisenden Lichtpunkte der Bar drehten sich mit Maria, die tanzend sich mit den Lichtern drehte, die Band spielte den Tiger-Rag dreimal hintereinander, denn der Genueser zahlte mit Devisen, und Maria tanzte, das Saxophon jammerte sein Solo, die harten Stöße der Trompete jubelten zur Bardecke empor, der Schlagzeuger verausgabte sich auf allen Trommeln und Bekken, daß man die Schläge körperlich spürte und der Klang der Becken sich betäubend um Maria legte.

Wenn sie mit dem Genueser die Bar betrat, unterbrach die Band ihr Programm, spielte sehr langsam

Georgia on my Mind, das Lieblingslied Marias, lockte Maria damit auf die Tanzfläche, wo sie mit einem ganz ruhigen in sich gekehrten Drehen ihren Tanzabend begann, Wange an Wange mit dem Genueser, während der Sänger der Band sein »Georgia« ins Mikrofon hauchte.

Die Devisen des Genuesers regelten alles, Maria trank nur noch Champagner, trug kurze Röcke, schimmernde Seidenstrümpfe, hochhackige Pumps, ein schmales Kettchen am Fuß, begann zu rauchen, dazu benutzte sie eine lange perlmuttbesetzte Zigarettenspitze, spielte gekonnt, und mit ihren Blicken die Männer irritierend, an einer Perlenkette, die, in der Mitte zu einem dicken Knoten verschlungen, bis in den Schoß fiel, trug auffallend große silberne Ohrringe aus Mexiko als Kontrapunkt zu ihrem weichen zarten Gesicht und ihrem schwarzhaarigen Bubikopf, schminkte sich à la mode und konnte sich einen Abend ohne Tanzen nicht mehr vorstellen.

Dr. Levi hatte das Schachbrett weggeräumt, machte sich seinen starken Kaffee wieder alleine, auch bei den nächtlichen Notrufen war alles wieder wie früher, allerdings nicht ganz wie früher, denn er vermißte jetzt Marias Anwesenheit.

Als Maria eines Nachts sehr spät nach Hause kam, sah sie das Licht in seinem Arbeitszimmer, die Türe war weit geöffnet, was immer hieß, daß er sie sprechen wolle. Sie ging hinein, entschlossen, sich nichts sagen zu lassen. Dr. Levi saß in seinem altmodischen schweren Paletot auf einem Stuhl und kramte in der Arzttasche.

Maria fragte: »Etwas Besonderes?«

Dr. Levi antwortete: »Durchgebrochener Blinddarm. Einweisung ins Krankenhaus.«

Maria blieb an der Türe stehen, vergrub sich in ihrem weißen Mantel mit dem hohen Schalkragen, Dr. Levi stand auf, ließ seinen schweren Paletot über den Rücken abrutschen, fing ihn auf und warf ihn wie immer quer durch den Raum auf einen Sessel, danach sah er schweigend auf die Gaslaternen vor seinem Fenster. Maria wartete, sie wußte, er brauchte immer erst einen Anlauf, er mußte es immer erst formulieren, aber dann war es soweit.

»Polka-Paul hätte gesagt, man kann eine Melodie sehr unterschiedlich spielen, man muß dabei nur im Takt bleiben.«

»Er will mit mir nach Malakka und dort ein Haus bauen.«

»Träume sind in der Realität eine sehr banale Wirklichkeit, von der man nicht glauben mag, daß sie einst ein Traum war. Erfüllte Wünsche sind verlorene Wünsche, denn was man hat, kann man sich nicht mehr wünschen. Ein Zustand, der vorwiegend aus Katzenjammer besteht.«

»Warum sind Sie dagegen?«

»Weil das kein Mensch ist, der ein Haus baut, der segelt von Hafen zu Hafen, wozu braucht er sonst drei Pässe?«

»Sie spielen mit ihm Schach.«

»Warum er mit mir Schach spielt, weiß ich nicht, das hat er mir noch nicht gesagt, jedenfalls hat er anderes im Kopf als Schach.«

»Import Export, er ist ein Geschäftsmann.«

»Daran glaube ich nicht, Rum-Import, ein paar Fässer vielleicht, pro forma, was er exportiert, hat noch keiner gesehen, aber es bringt offenbar sehr viel Geld ein. Import Export, nein nein, der fühlt sich nur unter einer Piratenfahne wohl.«

»Sind Sie eifersüchtig?«

»Ich fühle mich der Gräfin verpflichtet, sie hätte das sehr getadelt. Und ich fühle mich auch deinen Gelsenkirchenern verpflichtet, die immer so unbeholfen wirken, weil sie zwölf Stunden am Tag arbeiten.«

»Er verdient sein Geld nun mal auf andere Weise.«

»Geld verdient man durch Arbeit, alles andere ist ein Gerücht. Selbst Rockefeller hat nicht an der Börse angefangen.«

»Das sind alles keine Gründe«, sagte Maria mit ihrem abweisenden Gesicht.

Dr. Levi drehte sich um und sah sie an. »Setz nicht deinen Dickkopf auf. Du bist keine Abenteurerin.«

»Ist er ein Abenteurer?«

»Das ist der Typ, der für zwei Geheimdienste gleichzeitig arbeitet, das macht ihn interessant, aber erschossen wird er trotzdem.«

»Besprechen Sie das alles bei Ihrem Schachspiel?«

»Vielleicht ist er einer von denen, die auf die eine oder andere Weise Menschen ins Gelobte Land bringen. Aber er macht es jedenfalls nicht aus Glaubensgründen, auch nicht aus Überzeugung, für ihn ist es ein Sport, es macht ihm Spaß, weil es viel Geld bringt. Er liebt Geld, ein attraktives Leben und eine attraktive Maria. Das ist einer, der anderen Paradiese vorgaukelt. Kurzfristig ein gutes Geschäft, langfristig wird es mit Enttäuschungen bezahlt.«

Dr. Levi öffnete das Fenster, der naßkalte Morgendunst fiel ins Zimmer, das Gespräch war beendet und wurde nie mehr aufgenommen. Der Genueser erschien nicht mehr. Maria wollte nicht mehr tanzen. Der Alltag kehrte so rasch zurück, wie er verflogen war.

Drei Monate später klirrten nachts die Scheiben im Arbeitszimmer Dr. Levis, Maria hörte das Geräusch in der Küche und stürzte ins Arbeitszimmer. Auf dem Schreibtisch lag ein Pflasterstein, in den ein Judenstern eingeritzt war, die Tinte aus Dr. Levis Füllhalter lief über das hellblaue Papier, löschte die Schrift, auf dem Teppich vor dem Fenster glitzerten im Schein der Lampe kleine Glassplitter, Dr. Levi stand mit dem Gesicht zur Wand, betete laut, schaukelte, weinte.

Dann drehte er sich um, sprach Maria in einer fremden Sprache an, die sie nicht verstand, begriff das langsam, sprach wieder deutsch, ließ sich in einen Sessel fallen, »Ich hab schon immer ein Pech. Man kann so weit gehen, wie man will, in alle Himmelsrichtungen, wo immer man auch ankommt, man wird gesteinigt.«

Maria zog den Vorhang vor das Fenster und sammelte die Splitter auf. Dr. Levi sah zu, dann begann er wieder zu reden: »Talmud, Bibel, Koran, Unterschied oder Gemeinsamkeit? Babylonische Sprachverwirrung oder gemeinsame Schöpfung? Jeder ist näher zu Gott und findet sich einzigartig und hat die Wahrheit, und schlägt dem anderen den Schädel ein. Dummheit, Ignoranz und Mordlust.« Er stand auf und lächelte, »Meine unnützen Nachtgedanken.«

Als sich der Vorfall wiederholte, bat Dr. Levi Maria um Verständnis dafür, daß er sie entlassen müsse. Maria verstand nicht, Politik war nicht ihre Stärke, sie verstand gar nichts mehr, als Dr. Levi ihr ein außerordentlich gutes Zeugnis auf dem Briefbogen des Dr. Christiansen überreichte, das auch von Dr. Christiansen unterschrieben war und beifügte: »Dr. Christiansen wird die Angaben bei einer Rückfrage bestätigen.«

Dr. Christiansen wohnte ein Stockwerk höher, war Lungenfacharzt, Maria kannte die Familie, hatte dort gelegentlich im Haushalt ausgeholfen, wenn ein Familientag es erforderte, begriff aber die Situation nicht.

Dr. Levi meinte: »Es ist ja nur eine Vorsichtsmaßnahme«, er wirkte hilflos, lächelte verlegen, »Für die Historiker ist die Geschichte immer so eindeutig. Der eine siegt, der andere verliert, einer widerruft oder widerruft nicht, ein Friedensdokument wird unterschrieben oder zerrissen, und dann geht alles folgerichtig seinen guten oder schlechten Gang, eine kausale Kette klarer Abläufe. Aber wenn man mittendrin steht, ist alles sehr verworren, und es gibt hundert Möglichkeiten für die Zukunft.«

Maria packte ihren Schließkorb. Dr. Levi ließ ihn von einem Dienstmann ins St. Anna-Stift tragen, das direkt neben der Kunstakademie lag und wo Schwester Ansberta jungen stellungslosen Mädchen Übernachtung und Aufenthalt bot.

11

Friedrich hatte alle Eigenschaften, die Maria nicht hatte, ein größerer Gegensatz war nicht denkbar. Ein Abenteurer des Alltags, halsbrecherisch leichtsinnig, improvisierend und die kleinen Freuden genießend, lebte er mit grundlosem Optimismus nach dem Motto »Alles nicht so schlimm, wird schon werden.«

Ungläubig und lebenslustig, verschmitzt und ironisch, phantasievoll und witzig, ohne großes Interesse an einer bürgerlichen Existenz, fand er das Leben ganz erträglich. Eine Woche auf dem Markt reichte für eine Woche Nichtstun. Wozu sich das Leben unnötig schwermachen. Dagegen stand der ernste, fast tragischgestimmte, pflichtbewußte Charakter der Maria, ihre stolze Schwermütigkeit, ihre jähzornigen Temperamentsausbrüche und dunklen Vorahnungen, die Gewißheit eines harten Schicksals, das Leben war schwer, und ohne diese Beschwernis war es kein Leben. Friedrich sah, wohin er auch blickte, stets nur blauen Himmel und hellen Sonnenschein, während Maria hinter dem Horizont schon die nachtdunklen Wolken ahnte, die Unheil und Unglück brachten. Sie brauchte, und vielleicht ahnte sie das auch, einen Menschen, der gleichmütig mit den Schultern zuckte, wenn die Wolken sich über ihr zusammenzogen, ihr in die Augen sah und lachte, während Friedrich, der heute dies und morgen das plante, insgeheim wohl auch wußte, daß da jemand sein mußte wie diese Maria mit ihrem Lebenswillen und ihrer unerschöpflichen Lebenskraft, um ihn aus seinen Irrwegen herauszuführen und wieder auf den geraden Weg zu bringen.

Sie trafen sich zum erstenmal am Martinsabend zwischen herumtobenden Kindern, die mit leuchtenden Papierlaternen oder ausgehöhlten und eingeschnittenen Rüben, durch die Kerzenlicht schimmerte, vor jeder Haustüre kaum verständliche Gesänge herausschrien, denen man nach einigem Hinhören entnehmen konnte, daß hier ein reicher Mann wohne, dem man ein langes Leben wünsche, wenn er von seinem

Reichtum etwas abgebe, der sich das Himmelreich erwerben könne, wenn er von seinem Besitz recht viel verschenke. So manch einem war der Besitz lieber als das Himmelreich, die Haustüre blieb geschlossen, da wurde dann das Geschrei und Gejohle der Kinder noch größer und auch bedrohlicher, prophezeit wurde, daß das Haus nur noch auf einem Bein stehe, der Geizhals mitten darin sitze, mitsamt seinem Besitz also bald untergehen würde, und mit einem »Jitzhals Jitzhals« zogen sie weiter zu gebefreudigeren Häusern, warfen sich mit ihren kleinen Säcken auf die Straße, um die herausgeschleuderten Äpfel, Nüsse, Bonbons und Schokoladen einzusammeln, das war harte Arbeit, denn wer die anderen wegstieß, der konnte am meisten zusammenraffen, aber das dauerte nur Sekunden, dann stießen die anderen zu und schnappten sich ihren Teil der Beute.

Nach zehn Minuten zwischen diesen aus vielen Mündern herausgeschrieenen »Reicher Mann Himmelreich Jitzhals«, einem chaotisch unabgestimmten Chorgesang, der wild durch alle Straßen hallte, rief auch Maria: »Hier wohnt ein reicher Mann«, ließ sich von einem rücksichtslos die Menge durchstoßenden Kinderzug, der sich mit Fäusten und Fußtritten seinen Weg zum nächsten Haus bahnte, mitreißen, und als man ihr einen alten Schuh an den Kopf warf, schrie auch sie wütend: »Jitzhals Jitzhals Jitzhals.« Es war das erste Mal, daß Friedrich erlebte, wie Maria aus ihrer stolzen Zurückhaltung übergangslos und explosionsartig in einen Temperamentsausbruch verfallen konnte. Mit einer energischen Armbewegung verschaffte sie sich in dem Gewühl Platz, der Schuh flog in das Fenster zurück, aus dem er gekommen war; da das Fenster genau in diesem Moment wieder geschlossen wurde und Schuh und Fenster sich klirrend vereinigten, war es ratsam, in der Dunkelheit und der hin und her wogenden Menge unterzutauchen. Maria lief so schnell, kurvte so verrückt um die Menschen herum, daß Friedrich Mühe hatte, nachzukommen.

Den Heiligen Martin gab es zum Erstaunen Marias gleich mehrfach, einmal sah sie ihn als Ritter auf einem verschreckten Pferd mit einer durch die vielen Laternen heldisch aufleuchtenden Rüstung und einem kurzen Umhang. Ein halbnackter frierender Bettler trat an ihn heran, fiel flehend auf die Knie, der Ritter nahm seinen Umhang, riß ihn in zwei Teile und reichte die eine Hälfte dem vor ihm knienden Bettler mit einer demutsvollen Verbeugung, wobei er sich mühsam am Pferd festhielt. Gleich danach erschien der Heilige Martin aber auch schon als weihevoller Bischof auf einem müden Schimmel, steuerte mit Hilfe seines Krummstabs segnend durch die Menge, entfernte sich kopfnickend und milde lächelnd, und noch von ferne leuchteten die Edelsteine auf seinem kostbaren Ornat, auf daß ein jeder sehe, daß eine gute Tat ihre Zinsen bringt.

Niemand wußte so recht, woher dieses Treiben kam und seit wann es je stattfand. Es lag fern der dunklen Erinnerung, war schon in Italien ein alter Brauch, kam wohl mit den italienischen Handwerkern, den französischen Kaufleuten, hatte sich hier neugebildet, neue Wurzeln gefaßt, und zeigte immer noch die alte Legende. Friedrich wußte nur, daß das Wort Kapelle sich von dem Cape des Heiligen Martin ableitete, das in alten Zeiten in einem kleinen Raum aufbewahrt wurde, aber das hatte er von Gustav, der von diesen Dingen mehr verstand.

Am nächsten Tag war *Hoppeditz-Erwachen,* der Beginn der Karnevalssaison, auf der zu Füßen des Kurfürsten Jan Weilern, der unveränderbar wie die Vergangenheit mitsamt seinem Pferd auf einem Denkmalssockel erstarrt war, auch wieder viel gelacht wurde, einfach so, aus »Spaß an der Freud«, wie es hier hieß, also über nichts, man lachte, damit die anderen etwas zu lachen hatten, worüber man dann selber wieder lachen konnte, man lachte aus der Einsicht heraus, daß das Leben nicht ewig dauere und auf jeden nur der Tod warte, daß auch dieser Karneval seinen Aschermittwoch nicht überleben werde, und »dat janze Jedrisse«, wie man die wenigen Jahre hier auf Erden nannte, sowieso zum Heulen sei und es deswegen schon besser wäre, von vornherein darüber zu lachen. Figuren in leichter Schräglage, das Gleichgewicht sachte ausbalancierend, beugten sich weit vor, sahen einem forschend in die Augen und fragten: »Du bist doch auch ein Mensch?«, bejahte man das, breitete sich auf dem Gesicht des Fragenden eine innere Glückseligkeit aus, ein Ausdruck vollkommener Harmonie. Aber schon nach wenigen Minuten sah man in demselben Gesicht wieder nagende Zweifel, besorgte Stirnfalten, einen gequälten Ausdruck, der sich nur besänftigen ließ, indem sich der Betreffende erneut vertraulich einem Menschen näherte, um ihn zu fragen, ob er auch ein Mensch sei.

Maria verstand diesen Humor nicht, der alles menschliche Tun von vornherein für aussichtslos und sinnlos hielt, jedes Ziel für unerreichbar, jede Aufregung und Anstrengung, jede Mühe und Arbeit für eine Vergeudung des von Gott geschenkten Lebens. Die einzig erstrebenswerte Existenz war die, möglichst bewegungslos neben einer Theke hinter einem Glas Bier zu sitzen und dem irrsinnigen Treiben zuzusehen, das leider mit der Erschaffung der Welt begonnen habe, aber spätestens mit dem Ende der Welt wieder aufhören werde. Das eigene Leben dürfe man sich davon aber auf keinen Fall verdrießen lassen, das erreichte man dadurch, daß man nichts für ernst, wichtig, bedeutsam und unabänderlich hielt, und auf Karneval durfte man dann eben ganz öffentlich demonstrieren, daß man die Menschen für verrückt hielt, wobei man klugerweise den ersten Schritt tat und sich selber für verrückt erklärte.

Nach *Hoppeditz* kamen die Adventstage mit ihren frühen kalten Nächten. Man traf sich in den Wirtshäusern der Stadt, wohin sich das Leben verkroch, wo man dicht beieinandersaß, um alles und jedes ausführlich zu besprechen. Friedrich war mit jedem Wirt per du, was ihm erlaubte, das Lokal zu verlassen, ohne zu zahlen, er hatte ohnehin eine ständig offene Rechnung, aber das wußte Maria noch nicht, dagegen war es beeindruckend, wenn Friedrich mit einem saloppen Gruß und einem »Erledigen wir später« die Gaststätte verließ. Ihr Weg endete immer im Hofgarten, der mit seinen verschlungenen Pfaden frostig glitzernd dalag, und schon die Kälte gebot, daß man hier nur noch engumschlungen gehen konnte.

So kamen sie zum Triton-Brunnen, der breit die Königsallee eröffnete. Triton, eine Götterfigur, Sohn des Poseidon, der immer nur die Figur darstellte, in die er sich gerade verwandelte, der dabei nie wußte, wer er wirklich war, dessen Sohn also durch die Verwandlungskunst eines Bildhauers sehr sinnvoll diese Straße repräsentierte, ritt, halb Mensch, halb Fisch, mit seiner Harpune auf einem gewaltigen Meereswesen, starrte blind in das künstliche Schaufensterlicht, aus dem die Straße bestand, ein Licht, das die wenigen Menschen vor den Fenstern einseitig anleuchtete, sie mit allen Farben des Regenbogens übergoß und irisierende, sich wie ein Fächer ausbreitende Schatten warf. Der lange Wassergraben, schnurgerade unter den Bäumen durchgezogen, teilte die Straße in eine helle und eine dunkle Hälfte, mit einem dünnen Eis bedeckt, verwandelte er den leuchtenden Regenbogen der sich selbst darstellenden Götter wieder in eine trübe Helligkeit. Vor dem Brunnen war das Eis aufgeschlagen, und in dem kleinen Wasserloch trieben zwei Schwäne, die Köpfe ins Gefieder gesteckt.

»Das sind wir«, sagte Maria.

»Da müssen wir aber aufpassen, daß das Wasser bis zum Frühjahr offenbleibt«, sagte Friedrich.

An den Adventssonntagen fanden traditionelle Familienfeiern statt, an denen außer Adventsliedern alles gesungen wurde, was der deutsche Rhein und die deutsche Studentenschaft in die Welt gesetzt hatten, auch die neuen Karnevalslieder wurden erprobt. Maria fühlte sich wohl in diesem losen Verbund von Individuen, wollte ihn bald nicht mehr missen und rückte schnell ins eigentliche Familienzentrum vor, das befand sich rechts von Gustav auf dem Ledersofa, links waren die Bücher. Gustav mochte Maria, obwohl er manche ihrer Sätze mit Sarkasmus kommentierte, Maria gab ungeniert zurück, was Gustav respektierte, es war der Grundstein eines lebenslangen und mit allen Finessen der Rhetorik geführten Streites um Gott und die Welt, der nie einen Sieger sah. Helles stieß auf Dunkles, Verändern auf Erdulden, kritische

Vernunft auf irrationales Verhalten, klares logisches Denken auf eine unerklärbare in mythischen Geschichten aufgehobene Lebenshaltung. Gustav hatte den Schleifstein gefunden, an dem er sein Messer ansetzen konnte, das verhalf ihm zwar zu geschärften Gedanken und glänzenden Formulierungen, brachte im Alter aber auch die Einsicht, daß seine Worte vergangen waren, während der Schleifstein nicht die geringsten Spuren der Abnützung zeigte.

Nach Advent kam Weihnachten, das wurde gefeiert, als hätte man vorher gefastet, von morgens bis abends wurde ununterbrochen gegessen und getrunken, alle, die jemals einem Fontana auf die Schulter geschlagen hatten mit den Worten, »Du bist mein Freund«, ein Vorgang, der häufig auch umgekehrt verlief, wobei man später nicht mehr so genau wußte, wer wen zum Freund ernannt hatte, sie alle erschienen, sagten, wir kennen uns ja, aßen und tranken mit, blieben über Nacht, wenn es spät wurde, nahmen auch gern den nächsten Tag noch mit. Maria hatte den Eindruck, daß die Wohnung der Eingang zum städtischen Weihnachtsbazar war.

Nach Weihnachten kam Silvester, so daß man die von Weihnachten herübergezogene Feierei nicht groß unterbrechen mußte, mit Anstand weiterfuhren konnte, das zog sich bis Heiligedreikönige, dieses Fest hatte sich durch die Badenserin Yvonne in der Familie eingebürgert und wurde zum Andenken an die arme tote Yvonne als Feier beibehalten. Ein selbstgebackener Bohnenkuchen krönte Gustav Jahr um Jahr zum Bohnenkönig, Fin wußte das zu deichseln, er legte großen Wert auf den Pappring, der sorgfältig aufgehoben mit mattem Glanz die Jahre durchwanderte. Maria meinte, es freue sie, daß ausgerechnet Gustav so viel Wert auf das Fest der Heiligen Drei Könige lege, die ja bekanntlich an der Krippe unseres Herrn gestanden hätten. Gustav antwortete, es sei ein schönes Beispiel dafür, wie gerne Politiker mit einem Wunder arbeiteten. Diesen Vorgang solle man sich zu Beginn jedes neuen Jahres immer vor Augen halten.

Dann stand schon Karneval vor der Tür, mit den Kostümen mußte man sich beeilen, Phantasie war gefragt, schließlich wollte man sich im Quartier nicht blamieren. Fins Nähmaschine kurbelte meterweise Stoffe, Gustav entwarf Masken, Friedrich und Elisabeth dekorierten die Wohnung. Maria fragte sich während dieser ganzen Betriebsamkeit, wann in dieser Familie denn einer mal ernsthaft und dauerhaft arbeitete, erzählte deshalb des öfteren von ihren Gelsenkirchener Bergleuten und ihrer regelmäßigen schweren Schicht, alle hörten gerührt, aber verständnislos zu, und Elisabeth sagte jedesmal: »Es gibt eben Leute, die gerne arbeiten.«

Den Rosenmontag erlebte Maria wie einen Vulkanausbruch, in der Erinnerung wußte sie nur, daß seit dem frühen Morgen ein Rumoren und Getöse die Stadt erfüllte, ein unterirdisches Grollen, das sich im Laufe des Tages zu einem alles betäubenden Schreien auswuchs, kostümierte Massen, unberechenbare Lavaströme, ergossen sich wie in eruptiven Stößen über die Straßen, lärmende, maskierte Menschenschlangen, umkreisten girlandenhaft jeden, fingen alle ein, drückten sie zu einem einzigen Menschenknäuel zusammen, das gewalttätig und chaotisch übereinanderstürzte, sich zwischen Pritschen und Konfetti überschlug, Arme und Beine streckten sich hilfesuchend aus dem

Knäuel, ertasteten den Boden, richteten sich wieder auf, schlossen sich zu einer neuen Kette zusammen, Verletzte blieben zurück, aber das schien keinen zu stören, es gehörte dazu, ein zerstörerisches Labyrinth ohne Ariadnefaden, ein barbarisches Treiben mit makabren Humorausbrüchen, funkelnd vor Gewalt und Aggression, grausam zuschlagend hinter häßlichen Masken, in der nächsten Sekunde in eine tränenreiche verzweifelte Gemütlichkeit umkippend, in eine hilflose Zärtlichkeit, in einen Lebensüberdruß, der ein höhnisches Lachen herausschrie und erneut um sich schlagend in einen Menschenhaufen hineinsprang.

Auf Maria wirkte alles unfroh, als hätten die Menschen die lästige Pflicht, das Fest hinter sich zu bringen, als hätten sie in dieser Zeit anderes im Kopf, als wäre ihnen zum Heulen zumute, sie aber tanzten in grotesken Sprüngen durch die Nacht, tobten in einem wilden Aufstand gegen all das, was sie umgab und was sie nicht ändern konnten.

Sie war erstaunt, am Aschermittwoch so viele strahlende Gesichter zu sehen, die behaupteten, dieses Jahr wäre es wieder sehr schön gewesen, erst jetzt fanden sie wieder zu ihrem vergnüglichen breiten Lachen zurück, das ihnen durch die Zeiten half, die glühende Lava war in einen kühleren Zustand übergegangen, der Gleichmütigkeit und Gelassenheit erlaubte. Das alles lief schnell ab, schoß zu einem Siedepunkt empor, fiel wieder zurück, und keiner wußte genau, was geschehen war. In Oberbilk konnte man gestandene Kommunisten sehen, die mit dem Aschenkreuz der Kirche auf der Stirn noch halb im Kostüm und Maske eines wehmütigen Clowns leise die Internationale singend nach Hause zogen.

Maria wartete auf diesen Aschermittwoch, aber der war noch lange nicht die Grabplatte des Winters, man mußte jetzt das Frühjahrsfest der KPD im Volksgarten vorbereiten, Parolen auf Schilder pinseln, die Requisiten für das Kinderfest einsammeln, Säcke fürs Sackhüpfen, Löffel und Eier fürs Eierlaufen, Fin war in der Schalmeienkapelle und übte den ganzen Tag *Horch was kommt von draußen rein* und *Hoch auf dem gelben Wagen*. Obronski & Beaulieu bauten mitten in ihrem Kolonialwarenladen ihr Kasperletheater auf und reparierten die Puppen, denn das KPD-Fest im Volksgarten war immer der Beginn der Saison. Der gute Hermann war gegen die KPD, stand aber für die Kasse zur Verfügung, Koslowski erschien wegen der Getränke, Big Ben wegen des Ordnungsdienstes, einige Herren erschienen im »Oberbilker Hemd«, dem schlichten Unterhemd, in dem man arbeitete, feierte und schlief und fragten halblaut, ob Gustav ihnen auch diesmal wieder bei den Reden behilflich sein könne, die Weltlage sei so unübersichtlich, und seit Karneval wären sie noch nicht zu Verstand gekommen, und die Parteizeitung verstehe außer dem Chefredakteur kein Mensch, auch Kalmeskäu erschien als Prediger Salomon, der während des Festes auf seiner Tafel mit ausgewählten Sprüchen gegen das politische Treiben seine mahnende Stimme erheben wollte, die Zigeuner im Hinterhof hämmerten und schraubten an ihren Wagen herum, denn auch für sie begannen nun hellere Zeiten, auch sie traten am Volksfest auf. Als es endlich soweit war und sich alle mit roten Nelken im Knopfloch im Grünen trafen, als man wieder Kahnfahren konnte auf dem Volksgartenweiher, einem schönen kleinen See mit vielen Buchten, auf dem Friedrich und Maria im Winter mit ihren Schlittschuhen Kreise und Achten gezogen hatten, sich voneinander entfernten und wieder näherten, sich schließlich trafen, da nahm Maria, mit Friedrich im allgemeinen Festtrubel in einem solchen Kahn sitzend, die Ruder in die Hand, brach aus dem Konvoi sich zuprostender Menschen aus, steuerte in eine ruhige Bucht und eröffnete Friedrich, daß man nun aber unbedingt heiraten müsse. In der Ferne jubelten aus dem Musikpavillon die Schalmeien.

Die *Kö* der Arbeiter, die Kölner Straße, verlief mit ihren stadtfremden Namen in gerader Linie planmäßig durch das Quartier. Zwischen den Fabriken, die mit der Vorder- oder Hinterseite an die Straße grenzten, sie seitlich wie dunkle Bollwerke mit hohen Mauern einfaßten, hatten sich Wohnhäuser, Geschäfte, Kneipen, Handwerksbetriebe geschoben, Bäcker, Metzger, Milch- und Lebensmittelläden, Schuster, Schneider, Wäschereien, Schnapsdestillen, Tanzdielen, Kinos und Sarggeschäfte, ein ungeplantes zufälliges Neben- und Durcheinander von Leben, Arbeit, Vergnügen und Tod. In den gleichmäßig langen Schichten zwischen Tag und Nacht hämmerte und dröhnte es aus den Fabriken, brummten die großen Kräne, heulten die Sirenen und Dampfpfeifen, fauchten die Lokomotiven rangierend über die Straße, begleitet von den Trillerpfeifen der Rangierarbeiter. Man lebte mit diesen Geräuschen, wohnte und schlief in Räumen, deren Wände von Rissen durchzogen ständig vibrierten, ein ununterbrochenes Erdbeben spielte sich da ab, in den Kneipen zitterte das Bier im Glas, im Kino begleiteten die wummernden Dampfhämmer die Schießereien zwischen Weißen und Roten in den Wildwestfilmen, aber das war insgesamt beruhigend, so wie Schiffspassagiere das ferne Geräusch der Dieselmaschine und der Schiffsschraube als beruhigende Versicherung ihrer Existenz empfinden und erst aufschrecken, wenn das Geräusch ausbleibt, so war auch hier das durchgehende Stoßen und Schlagen der viele Stockwerke hohen Maschinen, die Stahl für eine stählerne Welt bearbeiteten, die Zusicherung von Arbeit und die Stille so schrecklich wie der Tod. Kam man aus der Fabrik, stand man vor seiner Wohnung, seiner Stammkneipe, seinem Laden, dem Kino, das seine Vorstellungen mit Schichtende begann, mußte man zur Schicht, standen alle, Minuten nachdem sie aus dem Bett gekrochen waren, die Stechkarte in der Hand am Fabrikeingang und hatten auf dem Weg noch einen Klaren getrunken und ein Brot gekauft, denn die Kneipen und Läden öffneten mit Schichtanfang.

Aus Piedboeuf, Poensgen und all den anderen Namen war ein Werk und ein Stadtteil geworden, ein Stahlwerk, Röhrenwerk, Kesselwerk, das nur noch den Namen des Stadtteils trug, in dem das alles lag, *Oberbilker Stahlwerke*. Es gehörte nun einem Mann, den keiner mehr kannte, gehörte alles zum größten Montankonzern Europas, den dieser Mann auch leitete, der sich weit ausgedehnt hatte, auch die Gelsenkirchener arbeiteten nun für diesen Mann, fuhren in Bergwerke ein, die dem Konzern gehörten, der in einem dunklen Gebäude in der Stadt residierte, »Stahlhof« genannt, ein finsterer Bau aus Quadern, Gußeisen und Kirchenfenstern, wie ein spanischer Königspalast drohend in die Ewigkeit gebaut, als hätte hier bis zum jüngsten Gericht der Kardinal Großinquisitor seinen Sitz und fälle hier seine Urteile.

Da war es für viele ein Trost, daß am Anfang der Kölner Straße, noch vor dem großen Stahlwerk, das kommunistische »Douaumont« lag, wie die bürgerliche Presse es nannte, der Sitz der KPD, hier ging auch jeden Morgen die Sonne auf, sie hieß *Freiheit,* wurde hier verlegt und gedruckt und gewiß auch im »Stahlhof« gelesen, das dachten zumindest die Genossen, die in ihrer *Freiheit* gerade lesen konnten, daß der Kardinal Großinquisitor im Industrieclub der Stadt den Politiker Hitler zu einem Vortrag eingeladen hätte, ihm nach diesem Vortrag von Herzen Glück und Erfolg für seine Bewegung wünschte und selber sehr bewegt Beifall klatschte, während draußen in der kalten Luft auf dem Corneliusplatz, dem schönsten Platz der Stadt, auf dem im Frühjahr für einige Tage Magnolienbäume blühen, die Linksparteien und die Gewerkschaften protestierten, in Sprechchören habe man gerufen: »Hitler bedeutet Krieg.«

Nachrichten aus einer anderen Welt, die auf der Kölner Straße nicht das Leben veränderten, aber doch Demonstrationszüge auslösten, die mit roten und schwarzen Fahnen, genau wie bei der Beerdigung eines Genossen, von der *Freiheit* am großen Stahlwerk vorbei über den Oberbilker Markt, dem Zentrum des Quartiers, Hauptplatz aller Barrikaden, in Richtung Stoffeler Friedhof zogen, wo die Helden ihre Ruhe fanden, das Leben sich dem Tode beugte und die Demonstrationszüge sich folgenlos auflösten.

Menschenkolonnen, langgezogene starke Kettfäden, die mit den Straßenbahnschienen und der Oberleitung an der Eisenbahnunterführung in einem Punkt zusammenliefen, schwer wie ein gewaltiger Kettbaum lag die eiserne Brücke auf der Straße, drückte sie in die

Tiefe und hielt die geraden Fluchtlinien in ihrem Fluchtpunkt fest. Menschen sausten hastig wie Weberschiffchen durch die Kette, kreuz und quer über die Straße, hinterließen ein unsichtbares Muster, das keiner mehr erkennen konnte. Die das ganze Quartier umfassende Maschine arbeitete an ihrem eigenen Muster. Die Mechanik hatte sich verbunden mit der Kohle zu einer sich stetig ausdehnenden Energie, größer als die Energie der Menschen, die aus der Mechanik der Webstühle die Maschinen entwickelt hatten, die Kohle gefördert hatten für diese Maschinen, indem sie in endloser Arbeit die Erde aushöhlten. Sie alle waren jetzt nur noch ein auswechselbares Teil der weltumspannenden Arbeitsmaschine, sie existierte inzwischen sogar ohne sie, die Menschen hatten abgedankt, waren nicht mehr Schöpfer ihrer Welt, Herren der Erde, waren nur noch kleine unbeholfene, den Maschinen unterworfene Kreaturen, ein dünner Faden in Kette und Schuß der neuen Welt.

Maria ratterte mit dem guten Hermann, der inzwischen ein Motorrad besaß und wußte, wo man Prozente bekam, von Möbellager zu Möbellager. Sie hatte eine Wohnung in Aussicht und kaufte für das Schlafzimmer zwei Betten mit Schlaraffiamatratzen, zwei Nachttischschränkchen mit dazugehörigen Lampen, eine Frisierkommode und einen viertürigen Kleiderschrank, alles massiv Eiche und für die Wohnküche einen dreiteiligen Küchenschrank aus Pitchpine mit drei Schubladen, oben und unten jeweils drei Türen, die oberen mit Glasscheiben, einen gleichen Schrank einteilig, einen Tisch, vier Stühle, einen Senkingherd mit Aufsatz, fast neu, ein Schnäppchen, das der gute

Hermann vermittelte. Der Herd war ein Klotz aus Nikkel und Email und sah mit seinem Aufsatz aus wie ein altmodischer Tresor, die ganze Anlage hätte einer Lokomotive als Prellbock dienen können, vier Mann konnten ihn nicht anheben, wo er stand, stand er, er hätte die Werkskantine jeder Fabrik geziert. Maria bezahlte bar, das Geld hob sie von ihrem Sparbuch ab, da hatte sich die Waisenrente und fast ihr gesamter Lohn angesammelt, sehr zum Erstaunen der Familie Fontana, bei der Sparsamkeit bisher unbekannt war.

Maria trat nun endgültig in diesen großräumigen Familienverband ein, der auf sie exotisch wirkte. Die Freiheit der Einzelnen irritierte sie, in Gelsenkirchen gingen alle immer zur gleichen Zeit schlafen, einer erhob sich, die anderen erhoben sich auch und alle krochen in ihre Betten. Wenn hier einer müde in sein Bett fiel, konnte es sein, daß ein anderer ausgeschlafen aufstand, sich feinmachte und in die Stadt ging, wobei es unerheblich war, ob das nun morgens, mittags oder abends geschah. An regelmäßige Mahlzeiten war keiner gewöhnt, Fin kochte, wann sie wollte, und die anderen kamen und gingen, wann sie wollten. Es war auch nie ganz klar, wer nun gerade Arbeit hatte und wer nicht, wobei Arbeit nicht unbedingt eine feste Anstellung bedeutete. Selbst Gustav, das Familienoberhaupt, schien immer mehrere Tätigkeiten gleichzeitig auszuüben, die er vage mit »Ich hab da was an der Hand« beschrieb, zerschlug sich davon etwas, sah er woanders glänzende Aussichten, zu einer wirklich festen Arbeit konnte er sich nie durchringen, sie hätte im Gegensatz zu seinen anderen Interessen gestanden. Brauchte Fin Geld, suchte jeder in seinen Taschen, ob da was war, war wenig da, kam wenig auf den Tisch, war viel da, entstand ein Fest an einer überladenen Tafel, war gar nichts da, konnte man immer noch in Wilhelmines Gastwirtschaft gehen, die schrieb an und vergaß es wieder. Maria war da eine neue Farbe, ein neuer Zusammenhalt, die losehängenden Kettfäden an einem alten Webstuhl wurden neu gespannt, von einem frischen starken Schußfaden durchzogen, schien ein neues Muster zu entstehen. Und Gustav, der das so empfand, drohte Friedrich Prügel an, wenn er nicht wisse, wie er sich in Zukunft zu benehmen habe.

Maria erklärte entschlossen, daß sie nur kirchlich und nur katholisch heiraten werde, was die Kinder betreffe, so sei das auch klar, katholisch getauft. Es war der erste Machtkampf, den Maria in der Familie anzettelte, sie gewann ihn ohne Anstrengung. Kirche und Religion interessierten hier nicht, keiner erinnerte sich, jemals in einer Kirche gewesen zu sein. Die spöttisch gemeinte Frage Marias: »Sind denn Friedrich und Elisabeth überhaupt getauft?« beantwortete Gustav mit unschuldigem Gesicht: »Ich glaube nicht.« Auf die entsetzte Reaktion Marias, er müsse sich doch wenigstens an die Kirche erinnern, schüttelte Gustav den Kopf und sagte: »Ich war noch nie in einer Kirche.« Maria wollte nun unbedingt die Taufurkunden sehen, Gustav saß nachdenklich auf seinem Ledersofa, fuhr sich mit der Hand über seinen kahlgeschorenen Schädel, zuckte mit den Schultern, suchte dann unter den erstaunten Augen Marias etwas im Bücherregal, erblickte unter *Vorgeschichtlicher Literatur* die Bibel, blätterte sie durch, aber Taufurkunden waren da auch nicht zu finden. Gustav schwamm in unklaren Erinnerungen, die ferner liegenden waren deutlicher, »Ursprünglich waren das alles Hugenotten«, murmelte er, aber das wußten alle, die Geschichte kannte jeder, die Seidenmanufaktur in Lyon, die Fontanas in Iserlohn, die sich dort zu einem mächtigen Stamm entwickelt hatten, gewissenhafte Pastoren, ehrbare Kaufleute, stolze Fabrikbesitzer, die immer noch Messingwaren herstellten, immer noch in derselben Branche arbeiteten, die wußten sogar Genaueres von Florenz, hatten nachgeforscht und erfahren, daß die Fontanas von Florenz nach Lyon kamen, das waren dann wohl Katholische, vielleicht auch einige Waldenser. Gustav, der immer noch Verbindungen hatte zu seinen Iserlohnern, erinnerte sich, daß sie auf der Suche nach dem umfangreichen Webmuster- und Familienbuch waren, erinnerte sich nun auch, daß sein Großvater von einem Düsseldorfer Notar Papiere erhalten hatte, eine ganze Kiste voll verstaubter ungelesener Dokumente, in altmodischen Buchstaben geschrieben, vor Jahrzehnten hatte er das einmal gesehen, sich nie damit beschäftigt, vielleicht war auch das Buch dabei. Wo war die Kiste? Gustav wollte das Buch haben. Seine Phantasie blühte auf. Ihn interessierte nur noch das verlorene Buch.

All das beantwortete nicht die Frage nach den Taufscheinen. Maria interessierte sich nicht für die Vergangenheit, sie wollte die Taufscheine sehen. Fin meinte: »Wenn Friedrich nicht getauft ist, gibt es auch keinen Taufschein, dann muß er sich eben jetzt taufen lassen, dann hat er seine Himmelsurkunde.« Maria wurde wild und schrie: »Seid ihr denn alle Heiden?« Gustav schrie: »Heiden sind die tolerantesten Menschen, die es gibt, sie glauben an nichts, akzeptieren aber jeden, der glaubt.« Maria begann von vorne und versuchte es mit der Schule, aber auch da war wenig Erkenntnis, Elisabeth und Friedrich hatten die weltliche Schule von

Dr. Schrank besucht, die beste Schule in der Stadt, wie alle sogleich bestätigten, aber Religion interessierte auch da keinen. Maria wurde inquisitorisch und nahm sich Friedrich vor, er müsse doch wissen, ob er katholisch oder evangelisch sei. Friedrich wußte es nicht. Elisabeth wußte es auch nicht. Kommunion oder Konfirmation? Allgemeines Rätselraten, das Friedrich beendete, indem er sagte, auf dem Markt heiße er der Mohammedaner, weil er so gut handeln könne. Maria gab auf, sie hatte Tränen in den Augen, das konnte nun Gustav wieder nicht ertragen, er muffelte: »Fragt Wilhelmine, vielleicht hat Yvonne damals etwas gemacht, ich glaube, die war protestantisch.«

Wilhelmine fand dann doch noch etwas Evangelisches im Familienarchiv, die benötigten Urkunden waren vorhanden. Mit dieser geschickten Rochade verschaffte Gustav sich entscheidende Vorteile im Streit um das Hochzeitsessen, denn ob nun Barszcz-Suppe oder Zuppa pavese oder Consommé nature zu Anfang, das bestimmte den Verlauf und das Ende des gesamten Essens, das war nun wirklich Religion, da ging es um die Zivilisation. Fin war es egal, sie konnte sowieso nicht kochen, Gustav beherrschte es aus diesem Grund inzwischen und hatte eine präzise Vorstellung von einem traditionellen und würdigen Hochzeitsessen, Friedrich entwickelte zu aller Überraschung auf einmal Prinzipien, die er hartnäckig verteidigte, so daß zwischen Maria, Gustav und Friedrich ein erbitterter Kampf entstand, der nach tagelangem Verhandeln und ständigen Sticheleien zwischen Kartoffel- und Nudelessern in einem Kompromiß endete, der so aussah, daß es vor der Trauung einen polnischen Imbiß, nach der Trauung einen italienischen Imbiß und abends für die

Familie ein klassisches französisches Diner geben sollte. Die Getränkefrage war für Gustav die pièce de résistance, da stand er als Rocher de bronze und diskutierte nicht über Bordeaux, Burgunder und Champagner, erklärte sich aber bereit, vor und nach der Trauung einen polnischen Wodka zu trinken, wenn er, und das nun wieder seine Bedingung, die Kirche nicht betreten mußte. Fin meinte, da könne man hingehen, der Pfarrer sei Kommunist. Gustav meinte, das sei bestenfalls ein verkappter Sozialdemokrat, diese Forderung stelle das ganze Arrangement des Hochzeitsessens in Frage. Damit war die Koalitionsfrage gestellt, der Kompromiß gefährdet, Maria mußte zurückstecken, Gustav durfte zu Hause bleiben, nun schien alles in Ordnung, jeder vertrat die Meinung, daß er sich in den wichtigsten Punkten durchgesetzt habe, keine der entscheidenden Glaubens- und Lebensfragen war für ein Linsengericht verraten worden, beide Familien konnten sich erhobenen Hauptes vereinigen.

Das Hochzeitsessen geriet ins Sagenhafte. Da jeder das Wort Imbiß auf seine Weise interpretierte, Maria zeigen wollte, was sie konnte, Gustav mit Wilhelmines Hilfe dagegenhielt, sollte eine Hochzeitstafel entstehen, gegen die die wunderbare Brotvermehrung in der Bibel eine armselige Veranstaltung war, das ganze Haus hätte tagelang davon leben können, ein Jahr lang zahlte Gustav an den Schulden, denn er benutzte die Gelegenheit und orderte im Weinhaus Mühlensiepen nur berühmteste Lagen und Jahrgänge, Hospices de Beaune war für ihn die untere Grenze.

Elisabeth feierte den Abschluß des Hochzeitskontraktes – man kann nie wissen, vielleicht kommt etwas dazwischen, vielleicht fällt die Hochzeit noch ins Wasser, vielleicht brennt die Kirche ab – sofort mit Kaffee und Kuchen, dafür war sie sowieso zuständig, das einzige, was sie in der Küche zustandebrachte, starken Kaffee kochen und große Torten backen, die sie mit Unmengen Sahne herunterschlang. Zwar gab es hier schon wieder den ersten Mißton, weil Gustav eine dunkelrote Kirschtorte mit Hilfe einer Sahnetüte in ein Kunstwerk aus Hammer und Sichel verwandelte, Maria nahm die Sahnetüte und verzierte die danebenliegende Schokoladentorte mit dem Bildnis der Heiligen Maria Mutter Gottes von Tschenstochau, aber das mußte sie erst erklären, denn die kannte hier keiner. Im übrigen sollte die Hochzeit in der Josephskirche stattfinden.

Die Josephskirche am Josephsplatz an der Josephstraße bildete eine unauffällige Dreieinigkeit nur wenige Meter neben der Kölner Straße, der Hauptschlagader des Quartiers, und dem Oberbilker Markt, dem Herz des Quartiers, folgerichtig war die Josephskirche die Seele des Quartiers, der wirkungsvolle Vatikan dieses Stadtteils. Wie vom Petersplatz in Rom führten Straßen und Gassen in alle Richtungen, die schon durch ihre Namensgebung eine Grenze zogen. Zur Kruppstraße führte die kleine Van-der-Werff-Straße und ehrte einen Hofmaler des Kurfürsten Jan Wellem, die bemühte Stadtverwaltung hatte wohl gedacht, daß etwas Kultur in diesem Viertel nicht schaden könne, da der Holländer zudem auch die Rotterdamer Börse entworfen hatte, schien die Wahl nicht so ganz falsch, sie sorgte jedenfalls für Nachdenklichkeiten, zuweilen standen Arbeiter rätselnd vor dem Straßenschild und führten einen scharfsinnigen Dialog, um herauszufinden, welcher Fabrikbesitzer da so hochherzig direkt neben Krupp verewigt war.

Ein schmaler Weg führte vom Josephsplatz durch Fabriken und Wohnhäuser zum Bistumssitz der Russisch-Orthodoxen Kirche und zum Kloster der Barmherzigen Schwestern, die nebeneinanderlagen und durch die Madonnenfigur in einem Spitzbogenfenster des russischen Hauses zumindest geistig vereint waren. Den ganzen Tag flatterten die Filles de la Charité mit ihren schwingenden weißen Hauben wie Tauben hin und her, warfen einen scheuen Blick auf die Maria der Orthodoxen und eilten ins Josephskrankenhaus, um Alte, Kranke und Neugeborene zu betreuen.

Umrahmt von Fabrikmauern aus lehmgelben Ziegeln war die aus dunkleren Steinen erbaute Kirche Teil der Fabrikarchitektur des Quartiers, und die Kinder wunderten sich darüber, daß aus dem Turm, der einem schön verzierten Fabrikschornstein glich, kein Rauch aufstieg. Die Sensation stellte aber eindeutig der Vorplatz dar, auf dem unbenutzt und unberührt ein kleiner Rasenfleck mit seinem Grün prunkte. Damit die Rasenfläche größer wirkte, hatte man sie geteilt, so daß die Naturfreunde durch zwei Rasenflächen und anschließend um sie herumgehen konnten, was schon einem längeren Parkspaziergang glich, außerdem war dieser Rasen, der nur wenige Quadratmeter umfaßte, durch ein stabiles Eisengitter umgeben, so daß die Menschen staunend vor den wenigen Grashalmen standen, die sie bewunderten wie ein exotisches Tier im Zoo. Man konnte guten Gewissens behaupten, daß mehr Eisenstangen als Grashalme vorhanden waren, aber so etwas Wertvolles mußte entsprechend geschützt werden, die Kinder drückten ihre Nasen durch die Gitterstäbe, berührten mit vorsichtig ausgestreckten Händen die Grashalme, erstaunt, daß sie sich so leicht streicheln ließen, sich den Händen anschmiegten, ganz anders als Stein und Eisen. Als Höhepunkt erschien dann sonntags morgens auch noch der Herr Pfarrer und bat zur Messe, und viele Genossen meinten, es sei ein schmutziger Trick der Kirche, vor ihrem Portal Rasen zu säen.

Nun war die Josephskirche keine normale Pfarre, sie entstammte diesem Milieu und hatte sich ihm angepaßt. Rom war weit, der Kardinal in Köln verirrte sich nicht in diese Gegend, und so legte man die kirchlichen Vorschriften nach dem gesunden Menschenverstand aus. Das Patronatsfest des Heiligen Joseph mußte man, christlich gesehen, am 19. März begehen, das hatte Rom so festgelegt, aber man erklärte den Heiligen mit gutem Gewissen zum Arbeiter und feierte das Patronatsfest am Kampf- und Feiertag der Sozialistischen Arbeiterbewegung, am 1. Mai. Die Arbeiter, die an diesem verbotenen 1. Mai für ihre verbotenen Ziele demonstrierten, flüchteten vor der heranrückenden Polizei und ihren Gummiknüppeln, die härter als eine Dachlatte waren, auf den Josephsplatz, wo sie die wunderbare Ausrede hatten, lediglich ihr Pfarrfest zu feiern.

An solchen Tagen vereinigten sich die weiß-gelben Fahnen der Pfarre mit den roten der Kommunisten und den schwarzen der Anarchisten, und auch der Atheistenbund und die Freigeistige Vereinigung retteten sich mit ihren Schildern *Gott ist tot* und *Nieder mit der Kirche* in den Schoß der Alleinseligmachenden, denn der Heilige Joseph war auch der Patron der Flüchtenden. Der Pfarrer verteilte bei der Gelegenheit sein

Weihwasser, verbunden mit einem donnernden Latein, technisch gekonnt und äußerst großzügig und schwungvoll über die Polizisten, so daß die Tschakos triefen und die Ordnungshüter, vor diesem Chaos kapitulierend, aussahen, als ob sie weinten, während die Pfarrkirche einem festlichen Hochaltar im Fronleichnamszug glich, bedeckt mit roten Transparenten, auf denen die Forderungen der Arbeiter nach Gerechtigkeit auf Erden in großen Buchstaben zu lesen waren und gottgefällig bis zum Abzug der Polizei an der Kirche lehnten.

Einen Tag vor der Hochzeit bemerkte Maria entsetzt, daß Friedrich tatsächlich keinen guten Anzug besaß, das, was er da so trug, hatte er Freunden abgekauft, und er trug es salopp mit der Bemerkung: »So schlecht sieht das doch nicht aus.« Er hatte keinen guten Anzug, das war nun mal so, überflüssig so ein Ding, wozu brauchte man einen guten Anzug? »Für die Hochzeit in der Kirche«, antwortete Maria und gab ihm Geld. Friedrich zockelte los und kam mit dem Geld bis zum Rollo, eine Schnapsdestille für Boxer und Rennradfahrer, die hier auf ihre Siege und Niederlagen wetteten, vorwiegend auf die Niederlagen, da hatten sie danach wenigstens den Wettgewinn, Friedrich hatte hier viele Freunde, und das Geld war im Handumdrehen weg. Maria gab ihm noch einmal etwas, Friedrich ging mit den besten Vorsätzen los, schlich sich durch stille Nebenstraßen nach dem Motto »Und führe mich nicht in Versuchung«, kam auf diese Weise bis in die Altstadt, wo die Freunde gleich im Dutzend auf ihn warteten und jeder der Meinung war, »Nur auf ein Bier.« In Schräglage spazierte er spät abends wieder zur Tür herein, rechtfertigte sich damit, nur ein Bier getrunken zu haben, aber eben mit sehr vielen Leuten, alles alten guten treuen Freunden, denen man das nicht abschlagen konnte, jedenfalls, das Geld war wieder weg.

Maria, die sich gerade mit Gustav um die Benutzung der Küche stritt, denn sie hatte es gerne »dibsche dobsche«, was soviel wie sauber und schön bedeutete, während Gustav mehr »aus der Lamäng« arbeitete, sich in der Küche enorm ausbreitete und vieles für den nächsten Tag liegen ließ, schrie Friedrich an: »Hol dir deinen Anzug, wo du willst. Wenn du morgen früh nicht anständig angezogen vor der Kirche stehst, wird nicht geheiratet.« Gustav murmelte so etwas wie: »Das hat man davon, wenn man sich mit Pfaffen einläßt« und wischte sich danach das rotgesprenkelte Gesicht ab, weil Maria kurz und hart eine Kelle in die Barszcz-Suppe schlug.

Friedrich machte kehrt, marschierte in eine SA-Kneipe, wo es auch viele alte Freunde gab, erklärte die Situation, fand Verständnis, unterschrieb einen Wisch, lieh sich von einem ehemaligen Genossen eine halbwegs passende SA-Uniform und zog sie noch in der Kneipe an. In der Uniform schlief er bei einem Freund auf dem Sofa, am anderen Morgen erschien er punkt zehn Uhr vor der Josephskirche in seinen braunen Klamotten und sagte zu Maria, die schon auf ihn wartete: »Das ist der neue Anzug«, worauf ihm Maria eine solche Ohrfeige verpaßte, daß selbst der Pfarrer, der gerade aus dem Kirchenportal trat, erschrak und fragte, ob es sich da um das Brautpaar handele. Friedrich, dem der Begriff »peinliche Situation« völlig fremd war, sagte: »Ja«, Maria sagte: »Nein.«

Die Situation wurde gerettet durch den guten Hermann, der sich in einem artistischen Sprung, dabei den Anlasser durchtretend, auf sein Motorrad warf und nach wenigen Minuten einhändigfahrend wieder erschien, mit der anderen Hand präsentierte er seinen schwarzen Anzug. Friedrich zog sich in der Sakristei um, bekam vom Pfarrer noch ein Chemisettchen, das er sich umband, beides paßte nicht, aber es ergänzte sich, so daß es schon wieder flott aussah. Maria war jedenfalls bereit, ihr Nein zurückzunehmen und zusammen mit Friedrich die Kirche zu betreten, wobei Fin ihnen noch rasch zuflüsterte: »Laßt euch Zeit mit der Trauung, Gustav wird mit der Pistole schon auf euch warten.«

In der Kirche saßen bereits die Gelsenkirchener, eine schwarze stumme Gruppe, verhärmt und düster dreinschauend, Marias Schwester Gertrud, die zur Hochzeit gekommen in Düsseldorf bleiben wollte und mit dem guten Hermann schon sehr Hand in Hand ging, denn der war, seinem Ziel bürgerlich zu werden, einen entscheidenden Schritt nähergekommen, er übte seine verschiedenen Tätigkeiten jetzt hinter einem Postschalter aus. Auch Elisabeth ließ sich den Auftritt nicht entgehen und erschien in einem dekolletierten roten Seidenkleid mit einem Wagenrad von Hut, der durch eine verwegene Hutnadel festgehalten wurde. Fin, die sich als Genossin einredete, der Pfarrer sei Kommunist, um als Frau teilnehmen zu können, trug das schwarze Kleid des Hauses, das bei Taufen, Hochzeiten, Silberhochzeiten, Beerdigungen von allen Frauen getragen wurde, keiner wußte, wem es eigentlich gehörte, es wurde ständig ausgeliehen, auf die jeweilige Figur und den jeweiligen Anlaß hin von allen Frauen verändert, bei Hochzeiten mit einer weißen

Blume, bei Beerdigungen mit einem Trauerschleier verziert, und war, von immer mehr Nähten durchzogen auf dicken und dünnen Figuren bei jeder pietätvollen Feierlichkeit das angemessene Kleid. Maria, die als einzige das Ritual der kirchlichen Trauung ernstnahm, trug ein elegantgeschnittenes dunkelblaues Seidenkleid mit einem leichten Umhang aus Brüsseler Spitzen, aufrecht und konzentriert stand sie vor dem goldschimmernden Altarlicht, hatte in ihrer dunklen Silhouette vor der Helligkeit etwas Madonnenhaftes, zog die Blicke auf sich und war der Mittelpunkt der Zeremonie.

Als das Hochzeitspaar mit dem Persilkarton, in den der Pfarrer die SA-Uniform gepackt hatte, das Wohnzimmer betrat, stand Gustav mit der Pistole in der Hand in der Mitte des Zimmers unter dem Kristalleuchter. Er hob die Pistole und zielte auf Friedrich, kniff ein Auge zu, um sein Ziel nicht zu verfehlen, Maria stand versteinert, erwartete in der nächsten Sekunde den Schuß, Fin, die auf das Theater schon vorbereitet war, die wußte, daß Gustav nicht auf Friedrich schießen würde, daß er aber zumindest einen Schuß losdonnern müßte, um sein Renommee im Quartier zu wahren, trat gelassen vor Gustav, drückte den mit der Pistole bestückten Arm nach oben, dadurch schob sich der Zeigefinger am Abzug nach unten, ein Schuß krachte, zerschlug den Kristalleuchter, löste im ganzen Haus einen Kurzschluß aus, Gustav erschrak am heftigsten, duckte sich, stand im Staub der herumspritzenden Kristallsplitter, in einem Wutanfall warf er die Pistole an die Wand, trat gegen einen Stuhl, schlug sich das Schienbein auf, stand hilflos auf einem Bein, seine Wunde blutete.

Im Haus wurde der Schuß als Ehrensalut genommen, als Zeichen zur Eröffnung des Hochzeitsfestes, die Wohnungstüren öffneten sich, überall standen Menschen, die mit dünnem Draht ihre durchgebrannten Sicherungen flickten, der gute Hermann griff geistesgegenwärtig zur Geige, sein Bruder hatte schon das Akkordeon umgeschnallt, die Perlmuttasten schimmerten verheißungsvoll, der gute Hermann, ganz Laune, die Finger der einen Hand im Vibrato auf die Saiten gedrückt, die andere Hand zog den Bogen durch, der Bruder und sein Akkordeon wurden eins, bliesen sich auf, der Körper schwoll dröhnend an zu doppeltem Umfang, das Fest war nicht mehr aufzuhalten und brach aus.

Da Friedrich nicht tanzen konnte, schnappte sich die aus ihrer Erstarrung ins Leben zurückkehrende Maria ihre Schwester Gertrud, die verwirrt neben ihr stand, die beiden Schwestern lösten sich aus dem Schreck in einen wilden atemlosen wirbelnden Tanz durch die dichtgedrängt stehenden Menschen, die sich alle in die Wohnung schoben, die Tod oder Hochzeit miterleben wollten, ganz egal, was sich da abspielte.

Auch das Treppenhaus war schon voll mit Menschen, die sich hinauf- oder hinunterschoben, sich in fremde Wohnungen verirrten, dort bei einer Tasse Kaffee verschnauften, erneut versuchten, hinauf- oder hinunterzukommen, manch einer stand dreimal hintereinander vergeblich vor der Wohnungstüre, weil er immer wieder in einen Abwärtssog geriet, anderen gelang es nicht, die Hochzeitswohnung zu verlassen, weil sie von den Nachrückenden immer wieder nach oben getragen wurden. Big Ben, der für Ordnung sorgen sollte, schließlich hatte man deutlich genug verkündet, »Nur im engsten Familienkreis«, wanderte selber unfreiwillig mehrmals auf und ab. Kalmeskäu, der Prediger Salomons, hielt sich samt seiner Schiefertafel mit dem Tagesspruch lange an der Haustüre fest, denn alle Eintretenden sollten seinen Satz lesen, »*Auch weiß der Mensch seine Zeit nicht, sondern wie die Fische gefangen werden mit dem verderblichen Netz und wie die Vögel mit dem Garn gefangen werden, so werden auch die Menschen verstrickt zur bösen Zeit, wenn sie plötzlich über sie fällt*«, er wurde von der Menge dann doch weggeschwemmt, Tafel und Prediger trennten sich in einer besonders heftigen Woge, der Spruch des Tages tanzte auf den Köpfen auf und ab, während der Prediger unterging und nicht mehr gesehen wurde. Nur der Wirt Koslowski mit seinen Fässern, mit seinem lärmgewohnten Ruf, »Bier für das einfache Volk«, bahnte sich seinen Trampelpfad, fand wie Moses einen Weg durch das Rote Meer, hinter ihm schlossen sich wieder die Wogen.

Wilhelmine, oben und unten inzwischen erheblich umfangreicher geworden, thronte hinter dem kalten Buffet wie früher hinter ihrer Ladentheke, sie hatte zu tun, denn alle kamen. Der Polizist Schmitz-Grandjean-O'Faolein zweimal, einmal in Uniform, um offiziell im Namen des Polizeireviers zu gratulieren, das zweitemal auch in Uniform, aber privat, um sich den Getränken zu widmen. Kannichhelfen machte sich wie immer Sorgen um die steigenden Sargpreise und wurde von der nackten Angst geschüttelt, die Schiffsbegräbnisse nahmen rapide zu. Vater Abraham berichtete, daß er demnächst einen Gesetzeskommentar schreiben werde, der alle Gesetze erübrige. Beide ließen sich vorsichtshalber von Oma Tines aus der Hand lesen, was sie dem Brautpaar verweigerte. Obronski & Beaulieu hatten ein Hochzeitsspiel geschrieben und einstudiert, das sie unbeachtet im allgemeinen Getümmel und Geschiebe wie geprobt zu Ende spielten, schließlich waren sie Profis.

Auch Gustav ging unter mit seiner Hochzeitsrede, die von der Andromeda zu den Plejaden, der Cassiopeia und den Magellanschen Wolken führte, über Herkules, Cepheus, Perseus, Pegasus zur Lyra und zu Sobieskis Schild, zum Schiff Argo und dem Haar der Berenike, von der nördlichen und südlichen Krone zu großen und kleinen Bären und Hunden, eine gedankenvolle Rede über Sternensysteme und Fixsterne, ewige Gesetze und unerbittliche Bahnen, über die Mechanik der Sterne, die fern der Erdkugel ihr beständiges Muster in den Himmel webten, sichtbar für den, der auch bei Tage Augen hatte und nicht erst die hereinbrechende Nacht abwarten mußte. Einige Genossen vom Volksbildungsverein erinnerten sich dunkel, diesen Vortrag des öfteren sonntags vormittags im Planetarium gehört zu haben, wo Gustav seine Bildungsexkursionen hielt.

Salem Barenbeek, der Stotterer, morgens Blumenverkäufer auf dem Markt, abends Zauberer, hatte Mühe, mit seinen Blumen und Gebinden das Brautpaar zu erreichen. Sein »Gladi Gladi Gladiolen« war berühmt, auch sein »Chrysan Chrysan Chrysanthemen«, er wußte, warum er auf dem Markt die schwersten Namen herausstotterte, die Leute kauften bei ihm, denn die Leute amüsieren sich gerne über Menschen, die ein Gebrechen haben, »du du dumme Hüh Hüh Hühner«, sagte Salem Barenbeek und zeigte mit den Augen zwinkernd die Lederklapptasche mit den Einnahmen des Tages. Sein Vater war auf Segelschiffen um die Welt gereist und hatte ihm seine in der ganzen Welt gesammelten Zaubertricks hinterlassen, darunter auch das Geheimnis des indischen Seiltricks, damit trat er abends als Zauberer bei Vereinsfesten, Jubiläen, Kaffeekränzchen und Kegelklubs auf, vor Publikum war seine Zunge gelenkiger, da sprach er fließend eine Kunstsprache, die mit »Sehr verehrte Damen und Herren« begann und in einer unnatürlich genau artikulierten, sehr hochliegenden harten Sprache zwei Stunden andauerte, hinter der Bühne und nach dem Auftritt stotterte er wieder.

Angereist war auch Marias Cousin Michael, der immer noch in Schwarz arbeitete, wie er sagte, aber endgültig über Tage. Er hatte eine Schornsteinfegerwitwe mit vier Kindern geheiratet, lebte in Brüssel, konnte kaum noch deutsch und nur noch sehr wenig polnisch, dafür einigermaßen französisch und kauderwelschte mit seiner Frau, die wieder im sechsten Monat schwanger war und immer freundlich nickte, notfalls auch auf flämisch.

Jeannot aus Basel erschien ebenfalls, er besaß nun eine Bijouterie auf der Freien Straße, seine Frau, die in dieser Ehe eindeutig das Vermögen verkörperte, damit aber nichts anzufangen wußte, eine kleine graue Maus, erstarrt in guter Erziehung und schüchterner Höflichkeit, sagte immer nur zu jedem: »Excusez, ich möchte nicht stören.«

Die Gelsenkirchener verteidigten die Ecke, in der sie sich festgesetzt hatten, reputierlich, festlich gestimmt, aber auch feierlich tragisch, bedeutsam, wie sie es gewohnt waren. Das Durcheinander von Freunden und Bekannten paßte ihnen nicht, in Gelsenkirchen fand eine Hochzeit innerhalb der Familie statt, alles, was nicht zur Familie gehörte, und war man noch so befreundet, blieb außerhalb. Niemals stand die Familienfestung stärker, abweisender, geschlossener als an Hochzeiten, Kindtaufen, Beerdigungen. Das hier, das war Karneval, und Maria würde ihren Aschermittwoch noch erleben.

Inzwischen waren viele, die Hochzeitswohnung verpassend, am ächzenden Treppengeländer entlanghangelnd, auf dem Speicher gelandet, schauten durch die Dachluken auf die Straße, riefen, winkten, die unten verstanden nichts, denn vom Rotfrontkämpferbund bliesen einige Trompete, während anrückende SA-Leute Scheiben einwarfen, es begann die seit Tagen befürchtete Schlägerei.

Vor dem unscharfen Wandbild Düsseldorfs in Gustavs Zimmer bemühte sich ein Fotograf, eine erste Adresse von der Kölner Straße, der einzige, der im Frack kam, vergeblich, die für ein Hochzeitsfoto nötige Ordnung herzustellen, indem er jeden, der an ihm vorbeilief, und der möglicherweise etwas mit Braut und Bräutigam zu tun hatte, an den Armen festhielt, ihn mit seiner ganzen Körperkraft vor den mit einem schwarzen Tuch verhüllten Kasten auf dem großen Holzstativ zog, ihm dort einen Platz zuwies mit der strengen Anordnung, bewegungslos stehenzubleiben, den nächsten einfing, ihn danebenstellte, aber während er einen Dritten am Kragen hatte, verließen die ersten zwei das Zimmer, so daß er mit dem Dritten leidgeprüft, doch unverdrossen von vorne anfing, eine neue Gruppe erarbeitete, die sich wieder auflöste oder in Streit geriet, weil die ersten, die sich nur ein Bier geholt hatten, nun doch wieder zurückkamen und die für sie reservierten, aber nun neu besetzten Plätze beanspruchten.

Im Moment der größtmöglichen Ordnung in dieser Unordnung, in dem Moment, in dem das Chaos wie ein Kaleidoskop für eine Sekunde einfror, feststand, Endgültigkeit ausstrahlte, Sicherheit und Glauben an die ewigen Werte der Familie vermittelte, der Fotograf erleichtert den Auslöser in die Hand nahm, in diesem Moment erschien der Stotterer mit entsetztem Gesicht, versuchte etwas mitzuteilen, was nicht über seine Lippen wollte, nicht aus ihm herauswollte, und während sich die Gesichter der Hochzeitsgruppe vor dem Fotoapparat immer mehr auf den Mund des Stotterers konzentrierten, Ahnungslosigkeit in Neugier, Lachen in angstvolle Verstörung überging, die sich vom Gesicht des Stotterers übertrug, dessen Körper sich bog und wand unter der Anstrengung des Sprechenwollens, der an den stockenden Worten, an denen er guttural würgte, fast erstickte, und die Gesellschaft, statt in die Kamera immer mehr auf den Stotterer schauend, sich ebenfalls verkrampfend in eine lähmende Stille fiel, sprang der mit einer letzten Anstrengung in seine Zaubersprache und schrie: »Sehr verehrte Damen und Herren, Herr Medizinalrat Dr. Levi hat sich erhängt.«

Der Fotograf zuckte zusammen, drückte auf den Auslöser, die Kamera hielt ein Bild fest, das aus einer Gruppe von Menschen bestand, die mit schreckerfüllten Augen auf ein unsichtbares Bild hinter dem Fotografen starrten, als hätten alle in dem Moment die Zukunft gesehen.

INHALT

I
Chronik und Erzählung 9

II
Das Leben geht weiter 89

III
Die Zeit steht still 195

DIETER FORTE
Das Muster

erscheint als elfter Band der
BRIGITTE-EDITION
ERLESEN VON ELKE HEIDENREICH

Lizenzausgabe für BRIGITTE-EDITION

© 1992 S. Fischer Verlag GmbH, Frankfurt am Main
© Autorenfoto: dpa/Ulrich Perrey
Ausstattung und Gestaltung von
Groothuis, Lohfert, Consorten, Hamburg
Herstellung:
G+J Druckzentrale, Hamburg
Prill Partners producing, Berlin
Satz: Dörlemann Satz, Lemförde
Druck und Bindung: GGP Media GmbH, Pößneck
Printed in Germany

ISBN 3-570-19523-6

DIE BRIGITTE-EDITION
IN 26 BÄNDEN
ERLESEN VON ELKE HEIDENREICH

1 | PER OLOV ENQUIST *Der Besuch des Leibarztes*
2 | PAULA FOX *Was am Ende bleibt*
3 | T.C. BOYLE *América*
4 | NIGEL HINTON *Im Herzen des Tals*
5 | RUTH KLÜGER *weiter leben*
6 | RICHARD FORD *Unabhängigkeitstag*
7 | JANE BOWLES *Zwei sehr ernsthafte Damen*
8 | ARNON GRÜNBERG *Phantomschmerz*
9 | JIM KNIPFEL *Blindfisch*
10 | DOROTHY PARKER *New Yorker Geschichten*
11 | DIETER FORTE *Das Muster*
12 | WISŁAWA SZYMBORSKA *Die Gedichte*
13 | HERMANN H. SCHMITZ *Das Buch der Katastrophen*
14 | HARUKI MURAKAMI *Gefährliche Geliebte*
15 | CARL FRIEDMAN *Vater/Zwei Koffer*
16 | BORA ĆOSIĆ *Die Rolle meiner Familie in der Weltrevolution*
17 | MARLEN HAUSHOFER *Die Wand*
18 | JOHN UPDIKE *Gertrude und Claudius*
19 | ANNE MICHAELS *Fluchtstücke*
20 | STEWART O'NAN *Das Glück der anderen*
21 | CHRISTA WOLF *Kein Ort. Nirgends*
22 | MAARTEN 'T HART *Gott fährt Fahrrad*
23 | ALESSANDRO BARICCO *Seide*
24 | ISABEL BOLTON *Wach ich oder schlaf ich*
25 | RADEK KNAPP *Herrn Kukas Empfehlungen*
26 | ANTONIO TABUCCHI *Erklärt Pereira*

MEHR INFOS ZUR GESAMTEDITION UNTER
www.brigitte.de/buch und in BRIGITTE

Mix
Produktgruppe aus vorbildlich
bewirtschafteten Wäldern und
anderen kontrollierten Herkünften

Zert.-Nr. SGS-COC-1940
www.fsc.org
© 1996 Forest Stewardship Council